MARIE JANSEN

Wo die ungesagten Worte bleiben

Buch

Frankreich 1940. Als deutsche Soldaten das kleine Dorf Paimpont besetzen, bricht für die junge Französin Audrey eine Welt zusammen. Ihre Familie ist bisher weitgehend vom Krieg verschont geblieben, doch nun muss sie ihr geliebtes Château für einen deutschen Offizier verlassen. In diesen dunklen Zeiten verliebt sie sich ausgerechnet in den Sohn des Generalobersten, Rudolf – doch ihre Liebe steht unter keinem guten Stern …

Berlin/Frankreich 2014. Die Architektin Sabine hat sich ihre Stelle in einem angesehenen Immobilienkontor hart erarbeitet. Doch ihr schwierigster Auftrag steht ihr noch bevor, denn sie soll ein altes sagenumwobenes Château in Frankreich zu einem Hotel sanieren, was sie bald in Gefahr bringen wird …

Autorin

Marie Jansen ist das Pseudonym einer deutschen Autorin, die zuvor erfolgreich exotische Sagas veröffentlicht hat. Mit ihrem ersten Roman bei Blanvalet, *Als wir Schwestern waren,* erfüllte sie sich den Wunsch, eine große Familiengeschichte zu erzählen. Die Autorin lebt mit ihrer Familie und ihren Pferden in Norddeutschland.

Von Marie Jansen bereits erschienen:

Als wir Schwestern waren

Besuchen Sie uns auch auf www.facebook.com/blanvalet und www.twitter.com/BlanvaletVerlag

MARIE JANSEN

Wo die ungesagten Worte bleiben

Roman

blanvalet

FSC
www.fsc.org
MIX
Papier aus verantwortungsvollen Quellen
FSC® C014496

Verlagsgruppe Random House FSC® N001967

1. Auflage

Neumarkter Straße 28, 81673 München
Dieses Werk wurde vermittelt durch die Literarische Agentur
Thomas Schlück GmbH, 30827 Garbsen
Redaktion: Angela Kuepper
Umschlaggestaltung: www.buerosued.de
Umschlagabbildungen: Arcangel Images/Malgorzata Maj
JvN · Herstellung: sam
Satz: Buch-Werkstatt GmbH, Bad Aibling
Druck und Bindung: GGP Media GmbH, Pößneck
Printed in Germany
ISBN 978-3-7341-0324-7

www.blanvalet.de

Das einzig Wichtige im Leben
sind die Spuren von Liebe,
die wir hinterlassen.

Prolog

Frankreich, im Herbst 2005

Stufe um Stufe ging Audrey die Treppe hinab. Als sie den Packen Dokumente auf den großen Stapel legte, stieg Staub auf, dessen Partikel im einfallenden Licht glitzerten wie Sterne.

Sie unterdrückte ein Niesen und sah sich um. Es war eine ganze Weile her, dass sie hier gewesen war. Eine unsichtbare Schwere lastete auf dem Raum. So viele Geschichten und Schicksale, die hier lagerten. Ihr Blick streifte den Koffer in der Ecke. Auch ihr Schicksal verbarg sich hier …

Seufzend wandte sie sich um und stieg die Treppe hinauf. Es war an der Zeit, die Vergangenheit ruhen zu lassen.

Ein letztes Mal wandte sie sich um, und eine Welle der Einsamkeit erfasste sie. Doch sie war nicht allein. In ihr lebten all die ungesagten Worte.

Kapitel 1

Berlin, im Frühjahr 2016

»Ich habe den perfekten Job für dich, Bine. Bleib bitte noch einen Moment, damit wir darüber sprechen können.« Joachim Reineck erhob sich von seinem Platz hinter dem Besprechungstisch, strich sein graues Jackett glatt und trat zum Fenster, während die anderen Mitarbeiter des Immobilienkontors Wilthman hastig ihre Papiere zusammenklaubten und den Raum verließen. Das Montagsmeeting war der erste Termin der Woche, und jeder hatte es danach eilig, zu seinem Tagesgeschäft überzugehen. Die zwei Stunden in dem hell erleuchteten, kalt weiß eingerichteten Konferenzraum waren nicht unbedingt das, was man einen beliebten Start in die Woche nannte.

Sabine blieb sitzen. Etwas ungeduldig schob sie den Kugelschreiber auf ihrer Arbeitsmappe hin und her. Sie hasste es, wenn Reineck sie Bine nannte. »Frau Beck« oder zumindest »Sabine« wären angemessener gewesen in diesem Raum. Und überhaupt … schließlich waren sie im Büro. Der Umstand, dass er gegen seine Gewohnheit diese Anrede wählte, ließ sie nichts Gutes ahnen. Doch Sabine kniff die Lippen zusammen und schwieg. Reineck stand derweil vor dem Fenster und schaute ungerührt nach draußen. Er war Anfang vierzig, groß, hatte dunkle Haare und sah gut aus, doch er war ein … Sabine schluckte ihre Abneigung hinunter und bemühte sich darum, professionell zu bleiben. Ihre Gefühle gegenüber Reineck hatten in diesem Raum und auch bei der Arbeit einfach nichts verloren. Meistens gelang es ihr auch, ihre Wut auf ihn zu zügeln. Sie war ja selbst schuld gewesen damals.

Was er sich jetzt wohl wieder ausgedacht hatte? Sabine war an diesem Morgen eigentlich nicht in Stimmung für neue Aufträge. Erst in der vergangenen Woche hatte sie ein Projekt abgeschlossen – den perfekten Job, wie Reineck es so gerne nannte. Er hatte viel Mühe und Schweiß gekostet. Sie wusste, dass Reineck sie mit solchen Aufträgen herausforderte, immer in der Hoffnung, sie würde scheitern.

Joachim Reineck stand mit ihr im Projektmanagement des Immobilienkontors Wilthman auf gleicher Stufe. Seit geraumer Zeit buhlten sie beide um die Stelle des Junior Managers, denn Heinrich Wilthman, der Chef des Immobilienkontors, würde bald seine Nachfolge regeln wollen. Sabine war erfahren in ihrem Job und auch ehrgeizig genug, um sich diese Position zu erkämpfen, doch Joachim Reineck war fünf Jahre älter als sie und hatte somit auch mehr Berufserfahrung. Er war kein leichter Konkurrent. Heinrich Wilthman beobachtete sie in letzter Zeit beide sehr genau, das wusste Sabine, Reineck aber natürlich auch.

Dieser Mann war ehrgeizig bis in die letzte Haarspitze. Je länger Sabine ihn kannte und ihn beobachtete, desto mehr wurde ihr das fein gewobene Netz aus Intrigen, Spitzeleien und einem Hauch Korruption bewusst, welches Reineck um sich spann. Seine nach außen dick aufgetragene Freundlichkeit, sein immerwährendes »Ich bin ein netter Typ«-Lächeln umgaben einen Kern, der nur schwer zu durchschauen war. Leider gelang den meisten der Blick auf seine wahren Beweggründe zu spät, und somit pflasterten seinen Weg eine ganze Reihe Menschen, die von ihm enttäuscht worden waren, deren Existenz er zerstört oder deren Herz er gebrochen hatte. Dies hatte er auch bei Sabine fast geschafft.

Heinrich Wilthman, der Sabine gegenübersaß, ließ seinen Bürosessel nach hinten kippen, faltete die Hände vor dem Bauch und nickte ihr gefällig zu. Der mächtige grauhaarige Mann war der Fels dieses Unternehmens. Sabine mochte ihn, denn trotz aller Strenge und Härte, die ihm seine Stellung abverlangte, hatte er etwas Väterliches an sich.

Wilthman wartete, bis der letzte Angestellte den Raum verlassen hatte, und setzte sich wieder aufrecht hin.

Sabine wunderte sich ein wenig, dass dieses neue Projekt nicht Thema des Meetings geworden war. Große Aufträge bedurften eigentlich der Mitarbeit mehrerer Abteilungen des Immobilienkontors. Andererseits war sie inzwischen wie Reineck in der Position, dass sie in Projekte involviert wurde, die durchaus im Bereich des Vertraulichen lagen und einer individuellen Betreuung bedurften.

»Frau Beck, wie ich hörte, haben Sie die Sanierung der Häuser am Heinrichdamm erfolgreich abgeschlossen. Glückwunsch.« Es schwang Anerkennung in Wilthmans Stimme mit.

Sabine zuckte kurz mit den Achseln. »Alles Verhandlungssache.« Sie bemühte sich, ein möglichst gleichgültiges Gesicht zu machen. Bloß in Reinecks Anwesenheit keine Schwäche zeigen. Doch innerlich brodelte es in ihr. Sie hatte wochenlang gekämpft, um den überwiegend älteren Mietern adäquate Ersatzwohnungen zu beschaffen, damit der Hausbesitzer eine Luxussanierung durchziehen konnte. Ein Geschäft, das in Berlin leider alltäglich geworden war. Ein Geschäft, das sie hasste. Sie mochte den Immobilienhandel, sie mochte Sanierungsprojekte und Aufträge, die Kreativität forderten, aber nicht auf diese Art und Weise. Sie hatte all die unvorhergesehenen Probleme in ihre Zwischenberichte an Wilthman einfließen lassen. Reineck hatte zu Beginn davon gewusst, dass das Objekt noch bewohnt gewesen war, doch Sabine darüber in Unkenntnis gelassen. So hatte sie einerseits die unschuldigen Mieter im Nacken gehabt, die es leider galt, aus ihren Wohnungen zu bekommen, andererseits den Auftraggeber, dem Reineck versichert hatte, dass dies »kein Problem« sei.

»Nun ja, eine etwas genauere Vorarbeit wäre sicherlich besser gewesen.« Wilthman blickte kurz zu Reineck, der immer noch am Fenster stand. Ihr Chef war zwar ein harter Knochen, was das Geschäft anging, doch blieb er immer und in jedem Fall menschlich. Ein Charakterzug, der Reineck nicht zu eigen war. Ihm ging es einzig um Erfolg und Geld.

Reineck schnaubte leise. Eben wohl, weil er sich gar nicht so viel Mühe gemacht hätte wie Sabine, oder vielleicht auch, weil er gehofft hatte, sie würde den hartnäckigen Fall gar nicht abschließen können.

Dieser Gedanke trieb Sabine ein kleines triumphierendes Lächeln auf das Gesicht. Sie richtete sich auf, strich sich eine Strähne ihrer dunkelblonden Haare hinter das rechte Ohr und wandte sich an ihren Chef.

»Offen für Neues, Herr Wilthman – was gibt es zu tun?«

Joachim Reineck setzte sich wieder auf seinen Platz und zog geräuschvoll den Stuhl an den Tisch. »Ich habe mit Heinrich«, er nickte Herrn Wilthman zu, »bereits alles besprochen. Er würde sich freuen, wenn du das Projekt annimmst.«

Das hieß im Klartext, dass Reineck den Auftrag entweder für zu unwürdig hielt, um ihn selbst zu erledigen, oder er so problematisch war, dass Reineck es lieber Sabine überließ, ins Fettnäpfchen zu treten. Reineck war ein Feigling, wenn es drauf ankam. Noch ein Umstand, der Sabine immer wieder einen kleinen Vorsprung sicherte. Sie war im Gegensatz zu ihm gewillt, für ihren Erfolg hart zu arbeiten und Probleme in den Griff zu bekommen.

Allerdings ließ etwas anderes Sabine aufhorchen: »Heinrich«? Dann war Reineck mit dem Chef also schon per Du! Ein kurzes Stirnrunzeln von Wilthman sagte Sabine allerdings, dass auch er sich über diese sehr persönliche Betonung wunderte. Reineck pokerte offenbar mal wieder hoch. Bisher hatte Sabine bei dieser Rangelei um den begehrten Platz an der Seite des Chefs einfach mitgemacht, doch langsam nervte sie sein Gehabe. Ob »Bine« oder »Heinrich« – die Sache nahm allzu private Züge an. Und leider musste sie befürchten, dass er weit mehr ausspielen würde, als ihr lieb war. Die Angst, dass er ihren Ausrutscher eines Tages gegen sie verwenden würde, verfolgte sie ständig. Was, wenn er sich irgendwann entschied, Sabine auf die ganz miese Tour aus dem Weg zu räumen?

Heinrich Wilthman wusste sicherlich, dass Reineck jedem Rock hinterherlief, aber dass er auch bei ihr gelandet war? Allein schon der Gedanke an die Affäre war unsäglich peinlich. Sie versuchte sich wieder zu konzentrieren.

Lass dir nicht immer von dieser alten Geschichte Bange machen, mahnte sie sich.

»Du magst doch Sanierungen?« Reineck wandte sich ihr zu und schenkte ihr dieses künstliche Lächeln, das er auch im Beisein von Kunden immer aufsetzte. Ob er es abends vor dem Spiegel übte? Sabine ekelte es innerlich, doch sie riss sich zusammen, sie war schließlich Profi.

»Ja, Joachim. Dann lass mal hören …«, konterte sie mit einem ebenso aufgesetzten Lächeln. Die persönliche Anrede verfehlte ihren Sinn nicht, er verzog kurz das Gesicht.

»Ich habe dir die Unterlagen auf deinen Schreibtisch legen lassen. Das Objekt dürfte genau nach deinem Geschmack sein.«

»Ich werde es mir ansehen.«

Heinrich Wilthman räusperte sich. Auf seiner Stirn hatte sich eine nachdenkliche Falte gebildet. Dieser Auftrag schien ihn besonders zu beschäftigen. Dazu war er ein alter, erfahrener Geschäftsmann; dass sich seine beiden besten Angestellten hier gerade die Hörner zeigten, blieb ihm nicht verborgen.

»Frau Beck, ich würde mich sehr freuen, wenn Sie diesen Auftrag betreuen würden. Der Kunde ist ein guter Freund des Hauses und zudem sehr investitionsfreudig. Sie verstehen, worauf ich hinausmöchte? Es könnten gute Nachfolgeprojekte daraus resultieren.«

In seiner Stimme schwang etwas mit, das Sabine nicht gleich deuten konnte. Sentimentalität? Er hatte den

Freund des Hauses betont und nicht die eventuell zu erwartenden geschäftlichen Interessen. Also war ihm die Person dahinter wichtig?

»Herr Wilthman, Sie wissen ja, dass Sie sich auf mich verlassen können.« Sie schenkte ihrem Chef ein ehrliches Lächeln. Es verfehlte seine Wirkung nicht. Wilthman entspannte sich sichtlich.

»Viel Glück«, raunte Reineck und schob seine Papiere auf dem Tisch zurecht.

Ihr entging der leicht gehässige Unterton nicht. Also doch ein problematischer Auftrag. Dass er anscheinend mehr wusste, als sie gerade erfahren hatte, ärgerte sie. Ihr lagen einige Fragen auf der Zunge, doch wenn Wilthman meinte, sie hätte genug Informationen, dann war das eben so. Innerlich seufzte sie. Äußerlich versuchte sie souverän zu bleiben.

»Ich sichte die Unterlagen und sage Ihnen dann Bescheid, wann ich mit dem Projekt beginnen kann.«

»Tun Sie das, Sabine, denn ich wäre froh, wenn ich dem Kunden zeitnah einen Projektleiter stellen könnte. Schaffen Sie es diese Woche noch?«

»Ich denke, ja.« Sabine erhob sich, nahm ihre Aktenmappe zur Hand und verabschiedete sich von ihrem Chef. Joachim konnte sie mal!

Reineck erhob sich ebenso. »Dann ist ja alles besprochen.«

Sabine war neugierig, doch sie ging betont langsam durch den Flur, holte sich noch einen frischen Kaffee aus dem Automaten der Küchenzeile und wartete, bis Reineck abgezogen war. Dann erst betrat sie ihr Büro.

»Scheißkerl!«, entfuhr es ihr, nachdem die Tür hinter ihr ins Schloss gefallen war. Barsch warf sie ihre Akten auf den Schreibtisch, wo auch die angekündigte braune Mappe lag.

Ja – sie hatten einmal miteinander geschlafen, aber das war nun über acht Jahre her und ein einmaliger Ausrutscher zu Sabines Anfangszeit im Immobilienkontor Wilthman gewesen. Nur zu gerne würde sie dieses kleine Malheur ausradieren. Heute hasste sie sich selbst dafür. Damals war sie schlichtweg auf seine charmante Art und seine unwiderstehlichen blauen Augen hereingefallen, wie wohl auch viele andere Frauen vor und nach ihr. Außerdem war ihr Selbstwertgefühl im Eimer gewesen, und sie hatte es ihm leicht gemacht. Sie spürte, wie sich ihr Magen bei der Erinnerung an jene Zeit verkrampfte.

Nach dem ersten lähmenden Schock, dass sie für ihn nur eine weitere flüchtige Eroberung war, und der Scham darüber, so blöd gewesen zu sein, und das auch noch zum zweiten Mal in ihrem Leben, begann sie umso intensiver, an ihrem eigenen beruflichen Netzwerk zu arbeiten und das Thema Männer ganz weit aus ihrem Leben zu verbannen. Die Arbeit war das Mittel zum Zweck, um sich unliebsamen Erinnerungen zu entziehen. Reineck wurde somit zu ihrem größten Konkurrenten, und dies nicht nur, weil sie ihm insgeheim etwas heimzahlen wollte, sondern auch, weil ihr ihre Arbeit umso wichtiger wurde. Im Gegensatz zu ihm hatte sie seit jeher einen guten Leumund und war wesentlich vertrauenswürdiger für die Kunden. Ihm eilte sein Ruf ja oft schon voraus. Aus dem kleinen Betthupferl, zu dem er sie einst degradiert hatte, war im Laufe der Jahre eine echte Rivalin erwachsen. Damit hatte er wohl nicht gerechnet, und so manches Mal war sie ihm beruflich eine Nasenlänge voraus. Dieses Gefühl bestärkte Sabine, ihm jeden Tag aufs Neue die Stirn zu bieten. Auch jetzt rief sie sich dieses Gefühl in Erinnerung, atmete tief durch und straffte sich.

Sabine beäugte die Projektmappe und umwanderte ihren Arbeitsplatz in einem großen Bogen, als könnte das dort abgelegte Papier nach ihr schnappen. Renovieren und Sanieren lag ihr mehr, als etwas ganz Neues zu schaffen, und ein Teil von ihr war voller Spannung, was sie erwarten würde. Die Tatsache, dass Reineck ihr den Auftrag zugespielt hatte, minderte ihre Freude jedoch und machte sie misstrauisch.

Schon im Architekturstudium hatten sie alte Gebäude und Gemäuer mehr interessiert als die straff linierten, kalten Zeichnungen, auf die ihre Mitstudenten so gestanden hatten. Alte Werte erhalten, Schönes bewahren und im neuen Glanz erstrahlen lassen, das war ihre Welt. Dass es dabei in der Großstadt auch manchmal um karge Plattenbauten ging, störte sie nicht. Selbst hier gelang es ihr, mit offenen Raumkonzepten, neuen Fenstern und Balkonen Wohnräume zu schaffen, in denen die Menschen sich wohlfühlten. Zumindest, wenn sie nicht erst angestammte Mieter aus ihren Wohnungen pflücken musste, wie beim letzten Mal.

Anspruchsvoller wurde es bei Villen oder gar Gutshäusern – diese Aufträge waren ganz klar ihre Steckenpferde. Dabei war sie sich nicht zu schade, ihre Zeit über Tage hinweg in einem Arbeitsoverall zwischen Handwerkern und Vorschlaghämmern zu verbringen. Reineck hingegen fuhr höchstens mit seinem flotten Sportwagen vor und kommandierte herum. Daher hatte Sabine bei kniffeligen Aufträgen bisher immer punkten können. Und sie hatte – davon war sie fest überzeugt – das ganzheitliche Konzept des Immobilienkontors Wilthman verstanden. Ein weiterer Pluspunkt, den ihr Chef zu schätzen wusste. Ihre Zuständigkeit endete nicht bei der finalen Schlüsselübergabe oder wenn der letzte Handwerker die Baustelle verlassen hatte. Sie betreute ihre Kunden auch weiterhin und hatte sich ein solides Netzwerk geschaffen, welches immer wieder neue Aufträge oder Folgeverträge in das Büro brachte. Der volle, gut sortierte Aktenschrank an der Wand gegenüber vom Schreibtisch sprach da ein klares Wort: Erfolg.

Auch jetzt ließ sie den Blick über die vielen Aktenrücken gleiten und beruhigte sich damit selbst. Dann setzte sie sich mit einem Seufzen an ihren Platz. Es half ja nichts, sie würde sich das Projekt genauer ansehen müssen. Wenn Reineck es mit »Heinrich« schon besprochen hatte, würde ihr ohnehin keine Wahl bleiben. Und kneifen würde sie sowieso nicht, solange es noch ein paar Steine gab, die es wiederaufzubauen galt.

Noch immer misstrauisch schlug sie den Deckel der braunen Aktenmappe auf. Ein eher schmales Portfolio steckte darin, fein säuberlich gebunden. »Sanierung und Umbau Château Maélis«, stand in dicken Lettern auf dem Deckblatt. Darunter war ein Schwarz-Weiß-Bild eines alten Hauses zu sehen. »Konzipierung und Durchführung: Immobilienkontor Wilthman. Projektleitung: Sabine Beck.« In einer kleinen Klarsichtmappe war ein Schlüssel beigefügt: langhalsig, das Metall angelaufen.

»Na toll.« Sabine ließ das Portfolio auf den Tisch zurücksinken. Nicht, weil das Projekt sie nicht reizte, sondern weil ihr bei dem Wort »Château« sogleich der erste Haken an dem Auftrag ins Auge sprang. Ein Château lag sehr wahrscheinlich nicht in Deutschland. In dem Fall wäre sie Monate weg vom Fenster, denn so etwas musste man direkt vor Ort betreuen. Das hatte sich Joachim Reineck ja fein ausgedacht. Chouette – prima! Er setzte also nicht mehr auf komplizierte Projekte, um ihr ein Bein zu stellen, sondern schickte sie einfach in die Wüste.

Dennoch – das Bild des Châteaus rührte auch eine große Neugier in Sabine an. Was sollte aus dem Gemäuer werden? Sie blätterte zur Informationsseite. Die Beschreibung war spärlich: ein Hotel. Ihr Herz machte einen kleinen Hüpfer. Keine Frage – das war ihr Ding. Die wenigen Bilder in der Mappe sprachen ein klares Wort. Das Haus war riesig und alt, da ging es nicht nur darum, ein neues Bad einzubauen.

Sie schaltete ihren PC an und lehnte sich zurück. Nachdenklich blickte sie aus dem Fenster. Von ihrem Schreibtisch aus konnte sie über die Dächer von Berlin blicken. Durch das Grau der Wolken schoben sich an diesem Tag nur wenige Lichtstrahlen. Das typische Schmuddelwetter hatte beharrlich den ganzen Winter über gehalten, und der Übergang zum Frühjahr war kaum bemerkbar gewesen. Es war bereits Anfang Mai, dennoch wollte die kalte und feuchte Witterung der Sonne keine Chance geben. Natürlich konnte es ein Fehler sein, hier in Berlin so lange das Feld zu räumen und es Reineck zu überlassen, doch andererseits würde sie sich mit solch einem Auftrag bei Wilthman profilieren können, zumal ihm so viel daran gelegen war. Vielleicht war es sogar gut, aus der Ferne zu agieren, sonst lief sie womöglich noch Gefahr, dass ihr Reineck gegenüber tatsächlich der Kragen platzte.

Wieder nahm sie die Projektmappe zur Hand und betrachtete eingehend das Titelblatt, welches das Haus in seiner vollen Pracht zeigte. Groß, herrschaftlich, wenngleich offensichtlich viel daran zu tun war. Und sie liebte Frankreich. Sie würde den Auftrag also annehmen, natürlich! Ein schwaches Kribbeln breitete sich in ihrem Bauch aus. Ein neues Haus war immer wie eine neue Liebe – zuerst ein aufregendes Blind Date, dann wurde mit jedem Treffen mehr daraus. Sie sah auf. Ein bisschen verrückt war sie schon, was das anging. Aber immerhin hielten die Beziehungen zu den Häusern dann auch länger als … Das Kribbeln verschwand und machte einem ungemütlich leeren Gefühl Platz. Schnell nippte Sabine an ihrem Kaffee, als ob sie dieses Empfinden damit fortspülen könnte.

Ihr Blick fiel auf das Fenster, diesmal auf ihr eigenes Spiegelbild. Sie trug einen grauen Hosenanzug, darunter eine beige Bluse. Die dunkelblonden Haare hatte sie am Morgen zu einem Knoten geschlungen. Ihr Gesicht war schmal, vielleicht etwas blass. Genaugenommen hatte es die triste Farbe ihres Hosenanzugs – oder kam ihr das nur so vor in Anbetracht der Wolkendecke im Hintergrund? Vielleicht wäre es ganz gut, mal wieder nach Frankreich zu kommen. Sie hatte vor Jahren einige Semester in Paris studiert.

Sabine seufzte. Die letzten Monate waren arbeitsreich gewesen. Der letzte Auftrag in Berlin hatte sie wohl doch mehr mitgenommen, als sie sich eingestehen wollte. Der Stress mit dem Bauherrn und das schlechte Gewissen den Mietern gegenüber hatten ihren Tribut gezollt. Frankreich. Vielleicht lag das Château ja in der Nähe einer schönen Stadt?

Sabine schlug das Portfolio erneut auf. Auf der zweiten Seite befand sich das Datenblatt mit allen wesentlichen Informationen. Château Maélis, 35380 Paimpont, stand dort als Adresse. Keine Straße? Sabines Blick blieb an der Zeile hängen, wo der Auftraggeber ausgewiesen war. Nicolas Geradin, Quai de l'Hôtel de Ville, 75004 Paris. Sie zog die Augenbrauen nach oben. Das wiederum sagte ihr etwas. Es handelte sich um eine der besten Adressen in Paris. 4. Arrondissement, bestimmt mit Blick auf die Seine, vielleicht sogar auf Notre-Dame. Paris war eine ihrer Lieblingsstädte. Stundenlang war sie dort durch die Straßen gewandert und hatte die faszinierende Stadt auf sich wirken lassen. Kurz überkam sie Wehmut. Das waren noch Zeiten gewesen! Erinnerungen an laue Sommerabende in gemütlichen Bistros, zusammen mit Freunden, huschten ihr durch den Kopf. Seit wann eigentlich bestand ihr Leben nur noch aus Arbeit? Sie schüttelte kaum merklich den Kopf, denn die Antwort kannte sie nur zu gut. Sie spürte einen kleinen Stich, dann konzentrierte sie sich bewusst wieder auf die Unterlagen.

Mit der rechten Hand fischte sie nach der Maus. Zwei Klicks, und eine Karte erschien auf dem Bildschirm. Sie tippte die Adresse des Châteaus in das Suchfeld ein. Das Satellitenbild zoomte auf Frankreich, in den Westen. Die Ortsmarkierung erschien inmitten eines großen grünen Flecks im Herzen der Bretagne.

Sabine musste zunächst noch einmal die Ansicht verkleinern, um sich zu orientieren. Paimpont war ein Dorf mitten in einem riesigen Waldgebiet namens Brocéliande.

Die nächste Großstadt war augenscheinlich Rennes, aber Sabine schätzte die Entfernung auf mindestens fünfzig Kilometer. Es würde nicht einfach sein, für einen derart abgeschiedenen Ort Handwerker zu finden. Je nach Aufwand würde der Auftrag also noch mehr Zeit in Anspruch nehmen und vor allem teurer werden. Sofort gestalteten sich in ihren Gedanken erste Planungen. Ein Hotel also? Sie nahm die braune Mappe wieder zur Hand und überflog die Seiten. Ein altes Haus aus dem 18. Jahrhundert, groß, viele Zimmer, ein riesiges Grundstück. Sicher eine weise Entscheidung. Die Lage schien ruhig, vielleicht auch romantisch. Das Haus wirkte groß genug für das Vorhaben, und wenn es einst ein herrschaftliches Anwesen gewesen war, wären die Rahmenbedingungen wie die Größe der Wirtschaftsräume, die Zimmeraufteilung und auch das Umfeld reizvoll. Wenn es mal nur nicht gar zu einsam war.

Sie besah sich die Karte genauer. Durch das Waldgebiet führten einige Straßen, aber alle ohne Bezeichnungen. Vereinzelt gab es Häuser oder Bauernhöfe auf Lichtungen, mehr aber auch nicht. Sie rief im Internet weitere Informationen auf. Die Suche ergab erfreulich viele Treffer. Das Waldgebiet war ein beliebtes Ausflugsziel, und rundherum gab es ein großzügiges Angebot für Touristen. Schlagworte wie König Artus, Feen und Zauberer tauchten auf. Sie klickte sich weiter durch die Internetseiten. Die Liste an Hotels und Pensionen in der Gegend war eher dünn. Da hatte der Besitzer, dieser Nicolas Geradin, wohl einen guten Einfall gehabt, denn Bedarf an Hotels gab es in Paimpont ganz offensichtlich. Natürlich lag es außerhalb ihres Aufgabenbereichs, welcher Erfolg den Projekten ihrer

Bauherren später beschieden wäre. Doch sie interessierte sich nun mal für das Drumherum, und genau da lag der Unterschied zu Reineck.

Ob das Château alter Familienbesitz war oder ob er es gekauft hatte? In dem Portfolio fanden sich dazu keine Informationen. Über den Zustand des Hauses gab es zu Sabines Verdruss leider auch nicht viele Informationen. Einige wenige Bilder von den Innenräumen ließen erahnen, dass es zumindest keine völlige Ruine war. Aber fünf bis sechs Monate würde sie sicherlich einplanen müssen. Eine Bauvoranfrage war wohl bereits gestellt worden. Genauere Pläne würde sie selbst erarbeiten müssen. Nachdenklich nippte sie an ihrem Kaffee, der inzwischen kalt war.

»Frau Beck, ich würde mich sehr freuen, wenn Sie diesen Auftrag betreuen würden. Der Kunde ist ein guter Freund des Hauses …«, kamen ihr die Worte ihres Chefs in den Sinn. Sabine überlegte, der Name des Auftraggebers war ihr unbekannt. Sie rief die zentrale Kundendatei des Kontors auf, aber die Suche nach dem Namen Geradin ergab keinen Treffer. Kannte Wilthman den Kunden privat? Nachdenklich legte sie den Kopf schief und starrte einen Augenblick lang auf die Datensammlung auf dem Bildschirm. Dann tippte sie den Namen in der Maske der Suchmaschine ein. Dort gab es unzählige Treffer. Geradin war kein Unbekannter, er schien ein erfolgreicher Geschäftsmann zu sein. Ihr Blick fiel auf ein Foto. Gut sah er auch noch aus. Vielleicht ein paar Jahre älter als sie, dunkelhaarig, mit auffallend grünen Augen. Sabine verzog kurz das Gesicht. Das tat nichts zur Sache.

Was den Auftrag anging, gab es im Grunde nichts mehr zu überlegen. Er war genau nach ihrem Geschmack, und sie würde ihn zu aller Zufriedenheit erfüllen, sodass sich Reineck in ein paar Monaten in den Hintern beißen würde, dieses Projekt nicht selbst in die Hand genommen zu haben. Kampflustig richtete Sabine sich auf und drückte auf ihrem Bürotelefon die Taste, die sie mit Heinrich Wilthman verband.

»Ja?«

»Sabine Beck hier. Herr Wilthman, ich habe mir das Portfolio gerade angesehen und werde den Auftrag natürlich gerne übernehmen.«

Sie hörte, wie ihr Chef am anderen Ende geradezu erleichtert ausatmete. Eine leise Alarmglocke schrillte in ihrem Innern. Gab es etwa noch einen Haken? Hatte sie etwas übersehen?

»Das freut mich sehr, Frau Beck, Sie waren schließlich meine erste Wahl für das Projekt, und ich bin froh, dass Herr Reineck« – da war wohl doch nichts von wegen per Du, lachte Sabine sich ins Fäustchen – »bereit war, Ihnen den Auftrag zu überlassen. Dazu muss ich Ihnen noch eines sagen: Das Château ist ein … etwas … schwieriges Objekt.«

Jetzt horchte Sabine in der Tat auf. Solche Floskeln kannte sie nicht aus dem Mund von Heinrich Wilthman. Sie wartete, ob er noch etwas hinzufügen wollte, und verkniff es sich nachzuhaken, damit ihr Chef dies nicht als Unsicherheit oder gar Schwäche deuten könnte. Wenn er nicht mehr dazu sagen wollte, hatte dies sicher seinen Grund. Sie würde es gewiss erfahren, früher oder später.

»Machen Sie sich keine Sorgen, Herr Wilthman.«

»Ich weiß, Sabine, Sie kommen mit allem klar. Wie schon gesagt, Sie haben da mein vollstes Vertrauen. Wann, denken Sie, können Sie nach Frankreich reisen?«

Sabine überschlug schnell, was noch zu tun war, und aktivierte die Routenplanung auf dem PC. Sie könnte fliegen, aber in Anbetracht der vagen Informationen über das Projekt und die Örtlichkeiten war dies wohl eher ein Fall für Emma.

»Ich könnte am Freitag losfahren und wäre dann am Sonntag vor Ort.«

»Prima, ich werde Monsieur Geradin darüber in Kenntnis setzen und denke, er wird sich dann dort mit Ihnen treffen.«

»Gut, ich freue mich.«

»Gutes Gelingen, Frau Beck, und melden Sie sich bei mir, wenn es Probleme gibt.«

»Natürlich.« Sabine legte auf und starrte auf die Routenplanung. Es waren rund 1500 Kilometer, also fünfzehn Stunden Fahrt. Sie müsste Emma auf jeden Fall vorher noch einmal in der Werkstatt durchchecken lassen. Emma war ein kleiner, silberfarbener Wohnwagen, den sie sich anlässlich ihres zweiten Auftrags in Mecklenburg angeschafft hatte. Ihre ersten Erfahrungen dort in Bezug auf Pensionen und Hotels waren ernüchternd gewesen. Nicht, dass sie nicht gut gewesen wären, aber die ganze Fahrerei vom Hotel zur Baustelle – und das oft mehrmals am Tag – hatte sie genervt. Kurzum hatte sie beim nächsten Auftrag in der Region beschlossen, sich ihr eigenes Bett mitzunehmen. Schnell war die silberne Emma gefunden. Der Name stammte von ihrem alten Nummernschild, denn einst hatte Emma ihren Dienst in Emmendingen getan und war dann bei einem Händler in Berlin gelandet. Sabine hatte die Anschaffung nicht bereut. In einigen ruhigen Winterwochen hatte sie den Wohnwagen ganz nach ihrem Geschmack eingerichtet: ein großes Bett mit vielen Kissen, ein anständiger Arbeitstisch, eine kleine gasbetriebene Küchenzeile und eine Nasszelle, die es ihr dank eines Wasservorrats aus einem Kanister erlaubte, schnell den Baustellenstaub abzuwaschen. Mithilfe von Solarzellen konnte sie sogar den nötigen Strom erzeugen, um den Laptop und das Handy am Leben zu erhalten. Denn Strom und frisches Wasser waren auf abgelegenen Baustellen nicht selbstverständlich.

Sabine blieben dreieinhalb Tage, um das Nötigste in Berlin zu regeln. Aber viel gab es da nicht zu tun. Sie musste Emma warten, der Nachbarin Bescheid geben, sich von Wiebke, ihrer Assistentin und wertvollsten Verbündeten im Büro, die wichtigsten Unterlagen zu Ämtern und sonstigen baurelevanten Institutionen in der Gegend um Paimpont raussuchen lassen, und … sie sollte ihrer Mutter Bescheid geben, dass sie länger fort war. Auch wenn sie der Meinung war, dass diese sich dafür nicht weiter interessierte. Im Grunde war sie sofort abkömmlich. Außer ein bisschen Papierkram, der noch auf ihrem Schreibtisch lag, und ihrer Steuererklärung, die dringlichst unterschrieben werden wollte, hielt sie nichts in Berlin. Zwei Stimmen regten sich in ihrem Kopf. Die eine sagte: Freu dich, du bist frei und kannst machen, was du willst. Die andere konterte leise: Du bist einsam, Sabine.

Schnell leerte sie den Becher mit dem kalten Kaffee, verzog kurz das Gesicht und drückte dann die Telefontaste zu Wiebke.

»Ja, bitte?«

»Wiebke, kommen Sie mal rein? Ich habe ein paar Dinge, die erledigt werden müssen.«

Als Sabine am Abend in ihre Wohnung zurückkehrte, hatte sie bereits von Wiebke eine Liste mit Adressen und weitere Informationen bekommen. Baubehörden, Gemeindeverwaltungen, Bezirksämter. Wiebke war Gold wert und sprach vor allem sehr gut Französisch und Englisch, arbeitete schnell und zuverlässig. Sie war Sabines Anker im Büro und hatte es bisher immer geschafft, ihr wertvolle Informationen zu beschaffen, wenn sie irgendwo im Nirgendwo saß und dringend Hilfe benötigte.

Eine Werkstatt, die Emma durchchecken konnte, war auch schon gefunden, Sabine musste den Wohnwagen nur morgen dorthin fahren. Und schon war das Wesentliche vor der Abfahrt erledigt. Packen müsste sie noch, doch das würde schnell gehen.

Sabine stapfte die acht Treppenblöcke zu ihrer Wohnungstür in der vierten Etage empor und schaute auf dem Absatz kurz zur Eingangstür ihrer Nachbarin Daria. Ein Paar plüschiger Hausschuhe stand davor, Daria war also nicht zu Hause.

Sabine seufzte leise und schloss ihre Wohnungstür auf. Gern hätte sie bei einem Glas Wein mit Daria über ihr neues Projekt gesprochen. Sie beide hatten sich im Lauf der letzten acht Jahre, die Sabine in Berlin lebte, angefreundet. Freunde hatte sie sonst nur wenige, weil ihr Leben fast nur aus Arbeit bestand. Freundschaften und Kontakte aus Studienzeiten bestanden nur noch rudimentär. Hier und da mal ein Telefonat mit Beate, einer ehemaligen Mitbewohnerin, die es ins Allgäu verschlagen hatte. Ein paarmal im Jahr eine E-Mail von Sybille, mit der sie vor Jahren in Dortmund zusammengearbeitet hatte, die jedoch inzwischen in Schweden lebte. Natürlich hatte sie damals in Dortmund einen größeren Bekanntenkreis gehabt. Aber nach der Sache mit Christian hatte sie es für besser gehalten, alle Kontakte abzubrechen. So würde sie den Abend wohl allein verbringen.

Niedergedrückt trat sie in ihre Wohnung. Im Gegensatz zu den meisten ihrer betreuten Immobilien waren ihre eigenen vier Wände noch ganz ursprünglich, keine rausgerissenen Mauern, keine moderne Raumvergrößerung. Sie zog sich in dem schmalen Flur die Schuhe aus und hängte ihre Jacke an die Garderobe. Das letzte Licht des Tages fiel durch die niedrigen Gaubenfenster, durch die sie einen schönen Blick über einen kleinen Park hatte, wo sich in der Ferne der Fernsehturm am Abendhimmel erhob. Die Straßen rundherum waren ruhig, mit einigen kleinen Cafés und Kneipen. Nicht, dass Sabine viel ausging, doch manchmal fiel ihr nach einem langen Arbeitstag zu Hause die Decke auf den Kopf. Dann setzte sie sich gerne noch eine Stunde irgendwohin, trank etwas und ließ das Treiben um sie herum auf sich wirken. An diesem Abend konnte sie sich aber nicht mehr dazu aufraffen. Ihre Schwester Nicole hätte sie wohl als sozial vereinsamt betitelt, umgab sie sich selbst doch mit einer ganzen Heerschar an Freundinnen und Bekannten, überwiegend durch Kontakte aus Stillgruppen, Kindergärten, Schulen und Gemeindetätigkeiten.

Missmutig ließ Sabine sich auf das Sofa plumpsen. Sie hatte wenig Lust, jetzt in Grübeleien über ihre verpatzte Chance in Dortmund, ihre Schwester oder ihre Mutter zu verfallen. Doch es blieb kaum aus, dass sich die Erinnerungen in ihren Kopf drängten. Wenn sie an einem Abend wie diesem nach Hause kam, in eine leere Wohnung, wurde Sabine ihr Singledasein schmerzlich bewusst.

Sie hatte nur wenig Kontakt zu ihrer Familie, die in Salzwedel lebte. Sabine war gerade mal acht Jahre alt gewesen, als ihr Vater gestorben war. Nicole und ihre Mutter waren sich immer näher gewesen als Sabine. Wohl auch, weil Sabines Lebensplanung sich nicht sofort nach der Schule um die Familiengründung gedreht hatte. Nicole, inzwischen einundvierzig Jahre alt und damit drei Jahre älter als sie selbst, hatte kaum, dass sie achtzehn war, geheiratet und hintereinander drei Söhne bekommen, die perfekte Familie mit der glücklichen und vielbeschäftigten Oma, die sich mit diesem Ersatz über den eigenen Verlust hinwegtröstete. Sabine hatte sich oft überflüssig gefühlt und nach der Schulzeit schnell die Flucht ergriffen. Studium, Praktika, Hamburg, Paris, das Intermezzo in Dortmund – wo sie sich selbst kurz davor wähnte, auch eine Familie zu gründen – und dann Berlin. Wenigstens war sie herumgekommen und war es gewohnt, für sich allein zu sorgen.

Sie schnappte sich die Fernbedienung des Fernsehers und zappte ziellos durch die Programme. Sie konnte sich nicht beschweren, sie hatte einiges geschafft in ihrem Leben, verdiente gut und … fühlte sich auch gut, meistens. Wenn sie nicht gerade darüber nachdachte, dass andere Frauen in ihrem Alter ganz anders lebten als sie. Sie ging immerhin schon auf die vierzig zu. In den Augen ihrer Schwester war sie damit sogar schon von der Liste der Spätgebärenden gepurzelt und stand mit einem Bein in den Wechseljahren. Andere Frauen kümmerten sich um Ehemann, Kinder und Eigenheim, statt durch die Welt zu tingeln und auf staubigen Baustellen Handwerkern Anweisungen zu geben. Es war ja nicht so, dass Sabine sich nicht vorstellen konnte, eine Familie zu gründen. Es war aber einfach noch nicht der Richtige dabei gewesen. Nun ja, einmal schon, damals in Dortmund, aber die Enttäuschung war groß gewesen, als sie die Wahrheit über Christian herausgefunden hatte.

Genervt von ihren Grübeleien stand Sabine vom Sofa auf, ging in die Küche und nahm aus dem Kühlschrank eine angebrochene Flasche Weißwein. Frankreich war im Grunde die perfekte Idee! Es war ganz gut, dass sie in drei Tagen Emma hinter ihr Auto spannen konnte und fortkam. Vielleicht sollte sie schon mal packen? Alles, nur nicht weiter grübeln. Sie stellte den Ton des Fernsehers etwas lauter – ein guter Trick gegen vermeintliche Einsamkeit – und begab sich in ihr Schlafzimmer. In Anbetracht der Dauer des Projekts konnte sie eigentlich gleich alles aus ihrem Kleiderschrank mitnehmen.

Kapitel 2

Berlin – Paimpont, wenige Tage später

»Bitte rechts abbiegen, jetzt rechts.«

Sabine schreckte zusammen und lenkte etwas zu forsch, sodass ihr schwerer Geländewagen mit Emma im Schlepptau entrüstet schlingerte. Irgendetwas piepte warnend, dann lag der Wagen aber wieder ruhig auf der Straße, und Sabine schaffte es noch rechtzeitig, die Abfahrt zu erwischen. Dieses Auto war eigentlich eine Nummer zu groß für sie – und für den Berliner Stadtverkehr sowieso. Doch draußen auf den Baustellen hatte es ihr schon gute Dienste geleistet.

Sie war der Route von Berlin über Potsdam nach Leipzig gefolgt, um von dort Richtung Westen zu fahren. Frankfurt am Main war eine echte Herausforderung gewesen, der Verkehr so dicht, dass sie gedacht hatte, sie würde ihr Tagesziel niemals erreichen. Doch dann war es auf den Straßen wieder ruhiger geworden, und jetzt näherte sie sich bereits Saarbrücken. Dort wollte sie auf einem Campingplatz übernachten, um sich wieder an Emma zu gewöhnen.

Draußen wurde es langsam dunkel. Sabine schaute auf die Kilometerzahl ihres Navis. Statt der errechneten sieben Stunden saß sie schon seit gut neun Stunden hinter dem Steuer, eine Mittagspause in Niedersachsen mit eingerechnet. Sie war müde, und ihre Augenlider wurden langsam schwer. Und sie war noch nicht mal die Hälfte der Strecke gefahren. Sorgsam beobachtete sie den blauen Pfeil auf dem Display. Jetzt nur nicht verfahren!

Der Campingplatz lag an einem idyllischen kleinen See. Der Platzwart schaute zwar etwas mürrisch, da er wohl Feierabend machen wollte, lotste sie dann aber auf einen Stellplatz nahe dem Ufer. Während Sabine über den Platz tuckerte, sah sie schummriges Licht in den Vorzelten der anderen Camper. Die meisten waren wohl auf Urlaubsreise und genossen einen ruhigen Abend. Anfang Mai war es noch zu kühl, um draußen zu sitzen; der Tau benetzte die Büsche und das Gras der Parzellen. Mit Bedacht parkte Sabine den Wohnwagen ein, kuppelte ihn mit geübten Handgriffen ab und fuhr dann ihr Auto auf den dafür vorgesehenen Parkplatz.

Die letzten Sonnenstrahlen verschwanden hinter einem Waldstück, als Sabine die Tür ihres fahrbaren Domizils aufschloss. Vielleicht nicht die konventionelle Art für eine Architektin, auf Auftragsreisen zu gehen, dachte sie, doch es roch vertraut im Innern von Emma, und Sabine wusste gleich, wo alles lag. Sie zog die Schuhe aus, die auf dem Weg vom Parkplatz im nassen Gras feucht geworden waren, und knipste die batteriebetriebene Lampe an. Unter der Arbeitsplatte stand eine Gasflasche, die den Kocher, den Kühlschrank und die mobile Heizung betrieb. Auf Knopfdruck nahm die kleine Heizung ihren Dienst auf. Sabine öffnete den Kühlschrank, den sie vor ihrer Abfahrt noch gefüllt hatte, und machte sich etwas zu essen. Vielleicht war es nicht so luxuriös wie in einem Hotel, doch ein belegtes Brot und ein heißer Kakao schmeckten eben besser, wenn man die Füße unter die eigene Decke kuscheln konnte.

Mit Emma hatte sie schon einiges erlebt, weniger Urlaub, aber dafür Aufträge in Norddeutschland, der Schweiz und sogar in Wales. Das Wohnwagengespann dort im Linksverkehr zu fahren war eine echte Herausforderung gewesen. Emma war mit der Zeit zu ihrem zweiten Zuhause geworden und bescherte Sabine auch gleich zu Beginn dieses neuen Abenteuers eine warme und angenehme Nacht.

Am nächsten Morgen war sie früh auf und kuppelte den Wohnwagen an, noch bevor sich bei den Nachbarcampern das Leben regte. Als die Sonne am Morgenhimmel stand, war sie schon wieder auf der Autobahn, neben sich einen frischen Kaffee, das Radio auf einen französischen Sender eingestellt. In kurzen Momenten schlich sich fast etwas Urlaubsstimmung ein, doch dann wanderten ihre Gedanken zu der Aufgabe, die in den nächsten Monaten vor ihr liegen würde. Alles war noch vage und schemenhaft. Zunächst musste sie mit dem Besitzer des Châteaus sprechen. Wie wohl seine Vorstellungen vom Umbau waren?

Sabine hielt sich an die Autoroute de l'Est, ihr Tagesziel war Paris, oder besser gesagt ein Campingplatz südlich der Stadt. Dort hatte sie einmal übernachtet, als sie einen ehemaligen Studienkollegen in Paris besucht hatte.

Hatte das Navi am Morgen noch euphorische viereinhalb Stunden Fahrt verkündet, wurden daraus wegen einer ganzen Reihe von Baustellen an der Grenze zu Frankreich fast sieben. Paris war vom Campingplatz aus sogar mit der S-Bahn zu erreichen – perfekt, wenn man einen schönen Abend in der Innenstadt verbringen wollte. Doch Sabine war müde von der Fahrt, und ein klein wenig stach sie der Stachel der Einsamkeit bei dem Gedanken, allein durch die Stadt zu schlendern. In gedämpfter Stimmung bereitete sie sich ihr Abendbrot zu und kuschelte sich dann mit der warmen Tasse in der Hand und dem Teller auf den Knien auf ihr Bett.

Der dritte Tag der Reise verlief problemlos, es war Sonntag und die Autobahnen leer. Über Le Mans in Richtung Rennes war Sabine guter Dinge, ihr Ziel bei Tageslicht zu erreichen, um sich in Ruhe umsehen und einrichten zu können.

Bei La Pointe verließ sie die Autobahn. Die Straße führte schnurstracks in das große Waldgebiet, und das Spiel von Licht und Schatten zwischen den Bäumen ließ alles unwirklich erscheinen. Hier und da gingen breite Waldwege von der Straße ab, aber über einige Kilometer gab es weder Häuser noch nennenswerten Verkehr.

Plötzlich endete der Wald abrupt, und Sabine fand sich mitten in einem Dorf wieder. Paimpont. Steinhäuschen mit akkurat geschnittenen Lorbeerhecken davor, eine schmale Straße mit auffallend hübschen Straßenleuchten, oben geschwungen mit einer nostalgischen Laterne daran. Sabine fuhr langsam an eine Kreuzung heran. Es gab in Paimpont eine alte Abtei, wohl ein Tourismusmagnet. Sie beschloss, dort nach dem Weg zu fragen, denn hier endete ihre Navigation, und sie hatte keine Ahnung, wo genau sich das Château Maélis befand. Ein

Schild mit dem Hinweis Bourg wies nach links. Sabine setzte den Blinker.

Die Ortsmitte samt der Abtei lag an einem großen See. Die Straße führte für eine kurze Strecke direkt an dessen Ufer entlang. Sabine bog auf einen großen Parkplatz ab. Hier würde ihr sicherlich jemand weiterhelfen können. Sie parkte, stieg aus und streckte sich genüsslich – zweieinhalb Tage im Auto zu sitzen war ganz schön zermürbend.

Vom Parkplatz aus führte ein breiter Kiesweg direkt auf das lang gezogene Abteigebäude zu, hinter dem sich der See erstreckte. Er lag in einem fahlen Dunstschleier, den die Frühlingssonne noch nicht aufzulösen vermochte. Doch hatte der Mai hier bereits Einzug gehalten, die Bäume trugen sattes Grün, und hier und da blühten die ersten Blumen.

Sabine brauchte nicht lange nach jemandem zu suchen, den sie nach dem Weg fragen konnte, da mitten auf der von Wegen durchzogenen Rasenfläche eine Menschengruppe bei einem steinernen Brunnen stand. Sabine näherte sich ihr und hielt nach dem Reiseführer Ausschau. Dieser war nicht schwer zu erkennen; der Mann stand zwar mit dem Rücken zu ihr, aber er gestikulierte und erzählte, und alle Augen waren auf ihn gerichtet. Auch kleidungsmäßig hob er sich deutlich von den Touristen ab: Er trug eine pludrige bunte Leinenhose, Sandalen, ein schlabbriges Hemd und eine putzige Franzosenmütze. Das lange blonde Haar hatte er im Nacken zu einem Zopf gebunden. Sabine blieb ein Stück entfernt von der Gruppe stehen, denn sie wollte seine Rede nicht stören. Er erzählte mit melodischer, fast geheimnisvoll leiser, aber kräftiger Stimme auf Englisch mit leichtem französischem Akzent von irgendwelchen Sündern, die wohl einst in dem Brunnen ihre gerechte Strafe gefunden hatten. Als er fertig war und die Gruppe sich aufmachte, um den nächsten Punkt der Führung zu begutachten, räusperte sich Sabine, bevor der Mann sich ebenfalls zum Gehen wandte.

»Pardon?« Sabine trat schnell an ihn heran. Sie wappnete sich, die französischen Vokabeln wieder aus ihrem Gedächtnis hervorzuholen. Seit ihrem Studium in Paris hatte sie nur selten Französisch sprechen müssen.

»Salut, gehören Sie auch zu der Gruppe? Ich bin Sebastien – Ihr Guide. Gehören Sie auch zur Gruppe?« Ein Paar blauer Augen strahlte Sabine aus einem leicht erhitzten Gesicht an.

»Oh nein, ich habe nur eine Frage, wenn Sie erlauben.«

»Natürlich, Mademoiselle, wie kann ich helfen?« Er verneigte sich kurz.

Jetzt spürte Sabine, wie ihr eine leichte Hitze in die Wangen stieg. »Ich bin auf der Durchreise«, sie deutete hinter sich auf den Parkplatz, wo Emma im Sonnenlicht silbrig glänzte wie ein kleines Ufo.

»Oh, zum Campingplatz sind Sie aber falsch abgebogen, da hätten Sie …« Er winkte ausladend mit dem Arm in die Richtung, aus der Sabine gekommen war.

»Nein. Zum Campingplatz wollte ich nicht. Ich suche das Château …«

»Château de Comper?« Er wirbelte herum. »Da müssen Sie noch weiter bis nach Concoret.« Wieder ein kräftiges Winken in eine andere Richtung. Sabine musste lachen. Wenn der Mann den ganzen Tag über so engagiert war, brauchte er wohl kein Sportprogramm mehr.

»Nein, auch das nicht. Ich suche den Weg zum Château Maélis.«

Der Mann versteinerte mitten in seiner Bewegung. Dann ließ er den Arm sinken und zog die Augenbrauen skeptisch empor.

»Kennen Sie es?«, fragte Sabine vorsichtig.

Er nickte.

»Können Sie mir sagen, wie ich dorthin komme?«

»Oui …«

Sein plötzliches Zögern verunsicherte Sabine. Ein wenig ratlos blickte sie ihn an.

»Excusez-moi, entschuldigen Sie.« Er fing sich wieder, und das Lächeln kehrte auf sein Gesicht zurück. Doch wirkte er mit einem Mal sehr ernst. »Darf ich fragen, warum Sie zum Château Maélis wollen?«

»Ich komme aus Deutschland. Das Haus soll saniert werden, ich bin Architektin.«

»Architektin? Okay.« Er neigte den Kopf leicht zur Seite. »Sie sind allein?« Dies war eher eine Feststellung als eine Frage.

»Ja.« Sabine zuckte irritiert mit den Schultern.

Der Mann schaute sie einen Augenblick an, schüttelte leicht den Kopf, erklärte ihr dann aber den Weg. »Fahren Sie da vorne links und weiter durchs Dorf, am Ende geht eine Straße schräg links ab. Die nehmen Sie. Nach ein paar Kilometern kommt rechts ein kleiner See, da müssen Sie links ab in den Wald. Die Schranke können Sie per Hand öffnen. Von da immer geradeaus.«

Sabine fragte sich im Stillen, ob sie sich das alles merken konnte.

»Wenn Sie rechter Hand eine große Lichtung sehen,

müssen Sie aufpassen, dort gibt es nämlich nur einen schmalen Weg. Den fahren Sie rein, und dann sind Sie auch schon da. Viel Glück, und wenn Sie etwas brauchen, kommen Sie ins Dorf. Ich muss weiter …« Er deutete auf die Touristengruppe, die sich vor der Abtei gesammelt hatte und ungeduldig auf ihn wartete.

»Ja, vielen Dank.« Sie hob kurz die Hand, doch er war schon auf und davon.

Die Straße aus dem Dorf heraus war noch einfach zu finden. Sabine fuhr langsam, um den angekündigten See nicht zu verpassen. Hier gab es nichts außer Wald. Als plötzlich zu ihrer Rechten Wasser durch die Baumreihen schimmerte, bremste sie den Wagen. Tatsächlich ging links ein Weg ab, versperrt von einer weißen Schranke. Sabine hielt an und stieg aus. Mit beiden Händen umfasste sie den Arm der Absperrung, die Farbe blätterte bereits ab. Fast erschrak sie, als sich die Schranke ganz leicht nach oben bewegen ließ; ein Gewicht auf der linken Seite erleichterte das Öffnen. Rasch stieg sie wieder in den Wagen und hielt samt Emma auf den dahinterliegenden Weg zu. Dieser war nur geschottert und stark mit Grün bewachsen. Sabine schloss die Schranke wieder und fuhr dann tiefer in den Wald. Zwei Mal musste sie anhalten, um Astwerk vom Weg zu räumen. Hier kam wohl nur selten jemand entlang. Leise seufzte sie und starrte erwartungsvoll zwischen die dichten Baumreihen, um die angekündigte Lichtung nicht zu verpassen. Als sich rechts von ihr eine große Freifläche öffnete, blendete die Sonne sie fast schmerzhaft. Der Weg, der am Ende der Lichtung zurück in den Wald führte, war kaum auszumachen, doch immerhin wechselte der Schotterbelag dort in zwei gepflasterte Fahrstreifen. Sabine hörte beim Einbiegen, wie niedrige Äste hinten an Emma entlangschrammten. »Mist!«

Nach wenigen hundert Metern lichtete sich der Wald erneut, und ein riesiges schmiedeeisernes Tor versperrte den Weg. Sabine hielt erneut an, stieg aus und musste sich erst einmal sammeln. Sie hatte zwar geahnt, dass das Château Maélis einsam gelegen war, aber dieser Ort befand sich gefühlt am Ende der Welt. Um sie herum gab es nur Natur, und wenn sie lauschte, hörte sie außer leisem Vogelgezwitscher und dem Rauschen des Windes in den Baumwipfeln nichts.

Sie trat zu dem Tor, das bedrohlich vor ihr aufragte. Zwei Flügel, links und rechts an breiten Steinsäulen befestigt. Keine gemauerten Säulen, sondern eher Menhire, die von den Halterungen der Torflügel umschlossen waren. Ein außergewöhnlicher Anblick. Sabine legte kurz eine Hand an einen der fast drei Meter hohen Steine, während sie das Tor beäugte. Er fühlte sich bitterkalt an. Das Tor hingegen war eine Meisterarbeit. Schlicht geschmiedet, wenig Verzierung, doch von zeitloser Qualität. Oben, wo sich die Torflügel trafen, war eine Art Rosette zu erkennen. Das Metall war alt, sehr alt. Sie trat an die Mitte des Tores heran und drückte gegen eine der Seiten. Mit einem tiefen, fast überrascht klingenden Quietschen bewegte es sich in den Angeln. Sabine brauchte ihre ganze Kraft, um beide Flügel aufzuschieben. Schwer atmend hielt sie einen Moment inne und schaute auf ihre Hände: Rost und Grünspan. Auch dieses Tor war offenbar lange nicht benutzt worden. Sie würde es sicherheitshalber offen stehen lassen.

Ihre Vorfreude auf das Château war inzwischen deutlich geschrumpft. Missmutig wischte sie sich die Handflächen an der Hose ab und stieg wieder in ihr Auto. Im Schritttempo fuhr sie weiter. Ob sie sich jetzt schon auf dem Grundstück des Châteaus befand? Noch war nichts vom Gebäude zu sehen.

Doch dann plötzlich, hinter einer leichten Linkskurve, kam wieder eine Lichtung, nein – ein See! Sabine bremste so abrupt, dass der Wohnwagen rumpelnd hinter ihr zum Stehen kam. Hastig stieg sie aus. Nur wenige Schritte trennten sie vom Ufer. Der Boden war feucht und rutschig. Der Unmut, den sie eben noch über das abgelegene Grundstück verspürt hatte, verflog. Die Wasserfläche des Sees wurde teils von der Sonne beschienen, die andere Hälfte lag im Dunstschleier des Waldschattens. Und da, am gegenüberliegenden Ufer, stand es: das Château Maélis. Etwas in Sabines Brust zog sich schmerzhaft sehnsüchtig zusammen, so überwältigend war der Anblick. Das alte Sandsteingebäude glänzte in allen erdenklichen Facetten von Gelb bis Gold. Die weiß umrahmten Fenster schienen versonnen auf das Wasser zu blicken. Das Schloss mit seinen Nebengebäuden erstreckte sich am Ufer, als wolle es den See umarmen. Dicke Stränge Kletterrosen zogen sich bis zu den Zinnen empor, umrahmten mehrere Fenster, und die ersten Blüten blitzten aus dem satten Grün.

Das Gebäude bestand aus drei Teilen: einem hochaufragenden, zweigeschossigen Mittelteil mit vier großen Flügeltüren an der Front, von denen aus eine Terrasse fast bis zum Ufer reichte. Über den Türen ein schmaler Balkon, getragen von steinernen Säulen, mit einer weißen Brüstung. Rechts und links zwei große, aber niedrigere Anbauten mit akkurat aufgereihten Fenstern und nochmals je drei kleinen Terrassen. In Sabines Vorstellung formte sich sogleich ein Bild, wie dieses Haus und die Terrassen an einem lauen Sommerabend warm beleuchtet dalagen, Gäste am Ufer saßen, leise Musik erklang. Es war perfekt, egal, wie es von innen oder von hinten aussah … einfach prädestiniert dafür, ein lauschiges, exquisites kleines Hotel mit noblem Ambiente zu werden. Ihr Herz klopfte bis zum Hals. Schnell stieg sie wieder in ihr Auto, um zum Château zu gelangen.

Der Weg führte noch eine ganze Weile gewunden am Ufer entlang, bis der Wald in Buschwerk überging und dann auf einer Freifläche endete. Die rückwärtige, dem See abgewandte Hausfront war die eigentliche Vorderseite. Ein großes, ehemals gekiestes Rondell lag vor dem Gebäude, mittig ein imposanter alter Baum. Vom Haupthaus erstreckte sich neben der großzügigen Auffahrt eine Grünfläche, die bei genauem Hinsehen erahnen ließ, dass dies einmal ein blühender Park gewesen war. Gegenüber dem Château befanden sich hufeisenförmig angeordnet zahlreiche Nebengebäude. Die Anlage war bei Weitem größer, als Sabine geahnt hatte.

Sie parkte ihr Auto mitsamt Emma einfach vor dem Haupteingang. Eine breite steinerne Treppe führte zu einer großen, buntglasigen Doppeltür empor. Beseelt von neuer Motivation, stieg sie aus dem Wagen. Auf dieser Seite gab es weder Balkone noch Terrassen, nur Fenster und diverse Türen. Sabine blickte an der Hausmauer entlang. Jetzt, da sie dem Haus ganz nahe war, konnte das Château Maélis bei allem Charme nicht verbergen, wie sehr der Zahn der Zeit an ihm genagt hatte. Moose, Flechten und allerlei Grünzeug hatten sich in den groben Fugen der Steinmauern eingenistet, vom Dach aus hatte Wasser seinen Weg abwärts gefunden und dunkle, feuchte Spuren hinterlassen. Dachrinnen hingen krumm und schief am Gesims, hier und da fehlten Schindeln. Der traurige Anblick zog sich weiter bis hin zu den Fenstern, die Scheiben blind vor Schmutz und hier und da geborsten. Sabine atmete schwer aus. Der erste Schein hatte sie betrogen. Etwas ratlos drehte sie sich um und blickte zu den Nebengebäuden, Scheunen mit großen Holztüren und Schleppdächern, unter denen Büsche wuchsen. Rechts neben der Freifläche lag ein kleineres Steinhaus mit gedrungenen Fenstern, vielleicht einst ein Speicher oder eine Gesindeunterkunft. Sabine versuchte sich vorzustellen, wie es früher hier wohl zugegangen war. Langsam wanderte sie einmal die ehemalige Auffahrt ab. Hatte es Landwirtschaft gegeben? Dazu waren eigentlich zu wenig Stallungen und Scheunen da. Vielleicht war es auch einfach der Besitz einer gut betuchten Familie gewesen. Sogleich schlichen sich Bilder von alten Automobilen in ihre Vorstellung, die unter der Abdachung gestanden und darauf gewartet hatten, ausgefahren zu werden. Vielleicht hatte es Pferde gegeben, sicherlich war man zur Jagd aufgebrochen.

Ein Windhauch ergriff die Krone des großen Hofbaumes, und ein lautes Rascheln holte Sabine zurück in das Hier und Jetzt. Sie fröstelte. Die vielen Jahrzehnte Geschichte, die dieses Anwesen erlebt hatte, waren verflogen. Man hatte es förmlich vergessen, einfach einschlafen lassen. Warum? Eine Frage, die sich Sabine immer stellte, wenn sie auf Häuser traf wie dieses. Eigentlich erwartete man, dass Generation um Generation solch ein besonderes Objekt hegte und pflegte. Doch vielleicht war das nur eine verklärt romantische Vorstellung. Immerhin wusste Sabine nur zu gut, wie viel Unterhalt solche Häuser kosteten. Und die Zeiten, in denen man sich eine ganze Heerschar an Bediensteten halten konnte, die sich um den Erhalt kümmerten, waren für die meisten längst vorbei.

Sabine umschlang ihren Oberkörper mit den Armen. Der Schlüssel zum Château steckte noch in der Portfoliomappe, die auf der Rückbank ihres Wagens lag. Morgen würde sie sich hier mit dem Besitzer des Hauses treffen. Heute war die einzige Gelegenheit, alles schon einmal zu begehen und anzuschauen. Sie würde neue Pläne zeichnen müssen, in den Unterlagen befanden sich nur unvollständige und sehr alte Aufmaße. Alles, was sie dafür brauchte, hatte sie im Wohnwagen, mit Ausnahme eines Plotters für großformatige Drucke. Das würde sie irgendwo in einem Copyshop erledigen müssen, um die Handwerker später bedienen zu können. Für den Auftraggeber bevorzugte sie die virtuelle Variante.

Was einst lange Zeichenarbeit bedeutet hatte, ließ sich heutzutage mit wenigen Klicks auf dem Computer erledigen, inklusive virtuellem Rundgang durch die Planungen. Meist beeindruckte dies den Kunden mehr, als wenn er sich allein mit seiner Vorstellungskraft durch großflächige Zeichnungen arbeiten musste. Lasermessgeräte machten einen Zollstock überflüssig, und wenn man die Daten gleich übertrug, hatte man selbst bei solch einem großen Objekt binnen eines Tages das Grundgerüst für die weitere Verarbeitung. Nicht, dass Sabine ihr Handwerk nicht von der Pike auf gelernt hätte, doch so lief die Arbeit inzwischen nun mal, und Zeit war schließlich Geld.

Sie öffnete die hintere Tür ihres Wagens, holte den alten, langhalsigen Schlüssel aus der Projektmappe und stieg die Treppe zur Eingangstür hinauf.

Im Gegensatz zur Absperrschranke und dem Eisentor weigerte sich die Tür beharrlich, den Weg freizugeben. Sabine drehte mehrere Minuten den Schlüssel gefühlvoll im Schloss herum. Eine kleine Spinne verließ dabei panisch das Loch, dann endlich erklang ein leises Knirschen, und der Schlüssel stieß auf Widerstand. Vorsichtig, nicht, dass er noch abbrach! Sabine bewegte ihre Hand am Schlüssel zaghaft hin und her. Dabei starrte sie angestrengt auf das bunte Bleiglasfenster. Eine schöne Arbeit, vielleicht konnte sie die Tür ja erhalten? Klack! Ebenso vorsichtig betätigte sie den alten Drehknauf. Mit einem schleifenden Geräusch ließ sich die Tür öffnen.

Sabine fand sich in einer großen Eingangshalle wieder. Gegenüber der Tür stand ein steinerner Zierbrunnen, der das Auge sofort gefangen nahm. Rechts und links davon wanden sich Treppenstufen empor, um sich hinter dem Brunnen zu treffen und zu einer breiten Treppe zu vereinen. Der Brunnen war tatsächlich ein außergewöhnliches Stück. Mittig in einem fast zwei Meter großen Becken stand die Figur einer steinernen Frau, ihre Füße waren nackt. Die Oberfläche war stumpf und angelaufen, hier und da zeigten sich grüne Flecken, aber dennoch war der Brunnen zeitlos elegant und von filigraner Schönheit. Rechts und links der Treppen gingen große Doppeltüren ab, ebenso jeweils zwei zu ihrer Linken und auch zur Rechten.

Der Aufbau solcher Häuser war fast immer ähnlich, egal, ob in Deutschland, Frankreich oder England. In der unteren Etage befanden sich die ehemaligen Salons, das Damen- und das Herrenzimmer, außerdem ein großes Speisezimmer oder gar ein Saal. Sabine hatte im Exposé gelesen, dass dieser hinter der Treppe lag, und hoffte, dass die Terrassentüren, die sie vom See aus gesehen hatte, zu ihm gehörten. Das bot viel Raum für Fantasie. In der oberen Etage hatten gewöhnlich die Zimmer der Herrschaft gelegen, wie auch die Bäder und Gästezimmer und unterm Dach die Stuben der Bediensteten. Was in den Nebenflügeln lag, galt es noch herauszufinden, vielleicht einstige Bibliotheken, Arbeits- oder Musikzimmer. Küche und Wirtschaftsräume lagen vermutlich im Keller, über schmale Treppen und Flure mit den restlichen Etagen verbunden. Die hohen Herrschaften hatten bedient werden wollen, ohne es wahrzunehmen. Wie Mäuse in den Wänden hatten die Hausmädchen umherhuschen müssen. Vor Sabines innerem Auge gestaltete sich ein Bild aus längst vergangenen Zeiten, in denen weiß beschürzte Mädchen auf leisen Sohlen durch die Eingangshalle gelaufen waren. Doch Staub und Kälte holten sie schnell wieder zurück in die Wirklichkeit dieses verwaisten Ortes. Die Wände sahen trocken aus, obgleich sich die dicke rotbraune Tapete wellte, was aber nicht ungewöhnlich war, wenn nicht geheizt wurde. Zum Glück gab es keine nennenswerten Verfärbungen an den Wänden, die den Verdacht erweckten, das Wasser vom Dach hätte auch vom Gemäuer innen Besitz ergriffen. Sabine schnupperte. Es roch nach altem Holz, doch nicht nach verfaultem. Prüfend beäugte sie den Boden. Fliesen. Einerseits gut, da schimmelte nichts, andererseits schlecht, falls der Auftraggeber sich eine Fußbodenheizung wünschte. Es wäre schade, wenn man den alten, zart bemusterten Bodenbelag herausreißen müsste. Langsam wanderte sie ein paar Schritte weiter in das Haus. Die Decke war über zwei Etagen hoch, eine große Stuckrosette verriet den Platz, wo einst ein großer Lüster Licht gespendet hatte. An den Wänden hatten wohl Gemälde gehangen, hier und da sah man noch die ausgeblichenen Ränder, wo einst die Rahmen geendet hatten.

Sabine ging zu einer der breiten Holztüren seitlich der Treppe und öffnete diese. Einen Augenblick blendete das Licht sie so sehr, dass sie die Hand vor die Augen halten musste. Die Sonne war inzwischen um das Haus herumgewandert und schien nun direkt durch die Türen herein, die zum See hinausgingen. Sabine betrat den großen Saal. Die Begeisterung packte sie so sehr, dass sie die Arme ausbreitete und sich einmal um die eigene Achse drehte. Der Raum war riesig und hell, leise verhallten ihre Schritte an den Wänden. Der Boden war aus weißem Marmor, Sabine hörte dies am Klang ihrer Schritte. Zwischen den Türen, die von der Eingangshalle in den Saal führten, lag ein pompöser offener Kamin. Schwarze Rußablagerungen zeugten davon, dass er einst viel genutzt worden war. Die vier riesigen Terrassentüren auf der gegenüberliegenden Seite, jede deckenhoch, gaben den Blick frei auf den See und den dahinterliegenden Wald. Sie trat zu einer der Scheiben und blickte hinaus; auch die Terrasse war mit großen Marmorplatten ausgelegt. Dies war mit Sicherheit kein armes Haus gewesen, wahrlich nicht.

Der Blick auf den See zog sie einen Augenblick lang in den Bann. Zwei Schwäne glitten über das Wasser und hinterließen kleine gekräuselte Wellen, in denen sich das Sonnenlicht tausendfach brach. Die Terrasse war ebenso ungepflegt wie das ganze Anwesen, dicke Grasbüschel hatten sich in den Fugen eingenistet, und ein moosiger Belag überzog die niedrige Mauereinfassung. Sabine riss sich vom Anblick des Sees los und setzte ihren Rundgang fort. Zur Rechten des Saals befand sich ein Anbau, sechs große Zimmer, von denen drei zum See hinausgingen und drei zur Hofseite. Im gegenüberliegenden Seitenflügel bot sich das gleiche Bild. Die Zimmer waren so großzügig bemessen, dass ohne weiteres Bäder eingebaut werden konnten. Ein kleiner Zwischenflur zum Saal wäre sicher nötig, die zukünftigen Gäste sollten es ja ruhig haben. Bei so viel Platz blieb aber auch Spielraum. Der erste Eindruck war soweit positiv.

Von der Eingangshalle aus inspizierte Sabine die weiteren Räume. Wie im Exposé angekündigt, fanden sich dort vier ehemalige Salons, ideal, um später die Funktionsbereiche eines kleinen Hotels zu erfüllen: eine Rezeption samt Wartebereich, ein Büro, ein WC und ein Raucherzimmer.

Zurück an der Treppe schenkte Sabine dem Zierbrunnen Aufmerksamkeit. Die Statue der Frau umfasste mit beiden Händen ein steinernes Herz, aus dem wohl das Wasser laufen sollte. Ein übersprudelndes Herz? Sabine versuchte den Brunnen irgendeiner Zeit zuzuordnen. Jugendstil? Sicher war sie sich nicht. Fast hätte sie römisch gesagt, doch die Frisur der Statue – filigrane Zöpfe, die sich um den Kopf schlangen – und das angedeutete Kleid waren deutlich später angesiedelt. Fast wirkte der Gesamtaufbau ein wenig kitschig, doch bei genauerer Betrachtung vermittelte die steinerne Frau so viel Ernsthaftigkeit, dass es einem gar nicht mehr in den Sinn kam zu hinterfragen, warum sie dort stand. Vielleicht war dieses Kunstwerk in irgendeinem regionalen Zusammenhang zu sehen? Sabine erinnerte sich an die Treffer zu diversen Mythen und Sagen, die ihr der Computer ausgespuckt hatte. Das wäre umso netter und würde die zukünftige Eingangshalle des Hotelbetriebs sicherlich aufwerten. Sie mussste genauer über den Brunnen und seine Bedeutung nachforschen, notierte sie sich in Gedanken auf ihrer To-do-Liste.

Langsam stieg sie die Stufen hinauf. Wo sich die beiden Treppen auf halber Höhe trafen, gab es eine kleine Empore, direkt über dem Brunnen gelegen. Eine schöne Sicht auf die Halle, ein Innendekorateur würde hier später seine wahre Freude haben. Vereint zu einer breiten Treppe, führten die Stufen in die obere Etage. Drei schmalere Türen gingen auf den Außenbalkon hinaus.

Links und rechts zweigte je ein Flur ab. Sabine zählte jeweils acht Türen, bestenfalls also insgesamt achtundzwanzig Zimmer. Nicht viel. Da würde das Ambiente perfekt sein müssen, um das Haus als Hotel zukünftig ganz auszulasten. Vielleicht konnte man in den Nebengebäuden noch zwei bis vier Appartements einbauen? Sabine öffnete eine der Zimmertüren. Ein großer heller Raum lag dahinter, doch leider sprangen ihr hier sofort Mängel in die Augen. Dicke dunkle Wasserstreifen zogen sich von der Decke her die Wände herab. Die Tapeten rollten sich teils bis zu zwei Meter von den Wänden, dahinter kam ein pelzig schwarzer Belag zum Vorschein. Das war nicht gut. Wenn es hier feucht war, wäre das Dachgeschoss wohl auch nicht besser. In ihrer Kalkulation machten die Kosten einen deutlichen Sprung nach oben.

Das traurige Bild zog sich durchweg durch alle Räume der Etage. Zudem gab es einige defekte Fenster. Diese mussten eh ausgetauscht werden, doch hatten sie ebenso Feuchtigkeit hereingelassen. In einem der letzten Räume bahnte sich sogar schon eine Kletterpflanze ihren Weg vom Fenstersims bis über die Seitenwände. Sabine seufzte. Immerhin waren die Räume hier jeweils mit einem Nebenzimmer versehen, das einst wohl als Ankleidezimmer gedient hatte, sich nun aber perfekt für den Einbau eines Bades eignete. Denn davon gab es augenscheinlich kein einziges auf dieser Etage. Nicht ungewöhnlich. Allerdings bedurfte es im ganzen Haus vieler hundert Meter neuer Wasser-, Abwasser- und Stromleitungen. Eine neue Heizungsanlage wäre auch nötig. In zwei Räumen hatte Sabine alte Ölöfen stehen sehen. Heizkörper gab es im ganzen Haus keine, nur den Kamin im Saal. Bei allem räumlichen Luxus musste man damals zwischen diesen Wänden schlimm gefroren haben. Sabine schauderte. Und auch wenn es sicherlich ein witziger Gag wäre, legten Hotelgäste heute doch mehr Wert auf eine andere Art von Wärme als die, welche einst von gusseisernen Glutpfannen in den Betten hergerührt hatte.

Dic Stiege zum Dachgeschoss musste sie suchen. Ganz hinten im linken Teil der Etage lag versteckt eine schmale Treppe, die sowohl nach oben als auch nach unten führte. Der Flur der Bediensteten. Zunächst kletterte sie die schmalen Holzstufen empor. Unterm Dach war es kalt und zugig. Das blanke Gebälk war zu sehen und darauf die Schindeln. Die kleinen Risse und Verschiebungen ließen Lichtstrahlen hereinfallen und wohl auch Feuchtigkeit, wenn es regnete. Komplett neue Isolation, notierte sich Sabine auf ihrer gedanklichen Liste. Der Holzfußboden knarrte mürrisch, als wäre er ungehalten, nach so vielen Jahren wieder einmal betreten zu werden. Rechts und links unter der Dachschräge gab es insgesamt zwölf abgetrennte Zimmer, darüber war der Raum bis in den Giebel offen. Sabine bezweifelte allerdings, dass sie sich dazu eigneten, zu Hotelzimmern umgebaut zu werden, und ein prüfender Blick bestätigte dies. In einem der Räume stand noch ein schmales Holzbett, der Boden war schwarz und morsch. Durch eine winzige Luke fiel Tageslicht auf eine verstaubte Kommode. Dies waren die ersten Möbel, die Sabine in diesem Haus ausmachen konnte. Es wäre wohl das Beste, wenn das Dachgeschoss komplett zu einer zukünftigen Betreiberwohnung ausgebaut werden würde. Vielleicht sogar noch zwei oder drei große Appartements dazu. Ein Problem würde allerdings das Dach bereiten, da ließen sich nicht so einfach große Fenster oder gar Gauben einbauen, zumal Bauämter bei alten Häusern in der Regel eher abgeneigt auf solche Anfragen reagierten.

Um wieder nach unten zu gelangen, nahm Sabine die kleine Stiege. Am Ende stand sie vor einer Tür. Sie war nicht verschlossen, ließ sich aber auch nicht ohne Weiteres öffnen. Von der anderen Seite hatte man sie mit Tapete überklebt. Da in diesem Haus ohnehin alles rausgerissen werden musste, fackelte Sabine nicht lange und stemmte sich mit aller Kraft gegen den Widerstand. Dickes Papier riss, Putz bröselte, dann sprang die Tür auf. Sabine stand im Flur des unteren linken Nebenflügels. Feiner Staub stob in kleinen Wolken durch das einfallende Sonnenlicht. Sie musste unbedingt mit den alten Plänen noch einmal durch das ganze Haus gehen.

Jetzt fehlte nur noch das Untergeschoss. Sabine klopfte

sich den Staub vom Pullover und ging zurück in die Eingangshalle. Sie konnte sich bei der Suche nach der Kellertür ein Grinsen nicht verkneifen, Falltüren und Folterkammern kamen ihr in den Sinn. Durch die versteckte Stiege vorbereitet, bemerkte sie eine Garderobe neben dem linken Saaleingang, welche sich bei genauerem Hinsehen zugleich als Tür entpuppte. Knarzend gab sie den Blick auf eine steinerne Treppe frei, die nach unten führte. Ein kaltes Kribbeln stieg Sabine den Nacken hinauf. Keller waren gar nicht ihr Ding, aber es half nichts. Ein muffiger, feuchter Geruch drang ihr beim Hinabsteigen in die Nase. Es war düster, doch am Ende der Treppe gab es einen alten, schwarzen Drehschalter. Sabine betätigte ihn hoffnungsvoll, doch nichts geschah. Wäre ja auch zu schön gewesen, wenn es noch Strom gäbe in diesem Haus, dachte sie frustriert. Sie holte ihren Schlüsselbund aus der Hosentasche, an dem sie eine kleine Taschenlampe bei sich trug. Der Lichtkegel war minimal, aber er reichte aus, um sich zu orientieren. Im Gegensatz zum geradlinigen und einfachen Aufbau der oberen Etagen war der Keller mit seinen Steinmauern ein Gewirr von Gängen, Türen und Kammern. Der Boden knirschte feucht, und mehrmals spürte Sabine, wie Spinnweben ihr Gesicht streiften. Sie war nicht zart besaitet, doch ihr Kopfkino sprang zuverlässig an. Um sich selbst zu beruhigen, räusperte sie sich mehrmals beim Weitergehen. Eine komplette Kellersanierung wäre also auch nötig. Wenigstens fiel durch die schmalen Fenster etwas Licht in die Räume. Sabine ließ alle Türen auf, um sich etwas mehr Überblick verschaffen zu können. Ehemalige Vorratskammern, Hauswirtschaftsräume, eine Waschküche mit Außentür zum

Hof hin und ein Bretterverschlag mit WC – wer auch immer hier zuletzt gewohnt hatte, komfortabel war es nicht gewesen. Am Ende des Kellergangs gab es einen großen Raum, unverkennbar die ehemalige Küche mit einer großen alten Feuerstelle an der Außenmauer. Sabine war vom Originalzustand beeindruckt. Fast zu schade, dies alles herauszureißen, vielleicht könnte man hier noch einen kleinen gastronomischen Trakt einbauen. Für die Hotelküche wäre sicherlich im restlichen Keller noch ausreichend Platz. Sie beließ es bei einem kurzen Blick in die übrigen Räume. Den Keller musste sie mit einer anständigen Taschenlampe oder noch besser einer funktionierenden elektrischen Beleuchtung begehen.

Als sie wieder in der Eingangshalle stand, atmete sie auf. Eilig zupfte sie sich die Spinnweben aus den Haaren, bevor sich das krabbelige Gefühl, das diese in ihr auslösten, verstärken konnte. Aus ihrer Hosentasche meldete sich plötzlich laut und fordernd ihr Handy. Sabine zuckte zusammen, verwundert darüber, in diesen alten Gemäuern ausreichend Netz zu haben.

»Beck«, meldete sie sich etwas atemlos.

»Nicolas Geradin«, sagte eine tiefe Männerstimme am anderen Ende.

»Oh, hallo, ich…«, setzte Sabine an.

»Sind Sie bereits im Château Maélis, Madame Beck?«

Die Männerstimme mit dem starken französischen Akzent trieb Sabine unwillkürlich eine Gänsehaut die Arme hinauf.

»Ja, ich bin seit zirka zwei Stunden vor Ort.«

»Gut. Ich werde morgen um fünfzehn Uhr da sein.«

»Gut, ich …«

»À bientôt! Bis morgen.«

Weg war er. Sabine starrte verdutzt auf ihr Display. Das fing ja gut an. Missmutig stopfte sie das Telefon wieder in ihre Hosentasche.

Während sie das Haus verließ, um zurück zu ihrem Auto zu gehen, packte sie der Ehrgeiz. Gut – wenn Monsieur morgen um fünfzehn Uhr käme, wäre sie vorbereitet. Jetzt hieß es Emma irgendwo parken und abhängen und dann wieder ab ins Haus, um die ersten Vermessungen vorzunehmen, solange es noch hell war. Am Abend würde sie dann bereits die ersten Pläne auf dem Laptop erstellen können. Die Nacht würde lang werden.

Kapitel 3

Sabine hatte bis spät in die Nacht ihre Messungen aus dem Haus in ihr Planungsprogramm übertragen. Mauer um Mauer, Fenster um Fenster und Tür um Tür waren virtuell gewachsen. Solange das leise Brummen den Laptops noch erklungen war, fühlte sie sich in Emma behütet. Nach dem Ausschalten des Lichts und des Laptops war jedoch die plötzliche Stille allgegenwärtig gewesen und Sabine hellwach. Sie wusste nicht, wie lange sie auf dem Bett gelegen hatte, die Augen nach oben ins Dunkle gerichtet, auf ungewöhnliche Geräusche lauschend. Allein sein war eigentlich kein Problem, aber dennoch fehlte ihr irgendein Lebenszeichen, damit sie sich nicht fühlte wie der letzte Mensch auf dieser Welt. In Gedanken erschien immer wieder das Satellitenbild von diesem riesigen Waldgebiet, in dem sie sich befand, und eine leise Stimme mahnte sie: Du bist mitten im Nirgendwo.

Das bist du nicht zum ersten Mal, herrschte sie sich dann im Stillen an und drehte sich entschlossen auf die Seite. Doch kurz darauf erklang die Stimme wieder: So weit abgeschieden warst du noch nie.

Das war leider wahr. Selbst in Mecklenburg, wo sie einen Gutshof betreut hatte, hatte es noch Anwohner auf dem Gehöft und vor allem auch eine Herde Kühe gegeben, die nachts rumort hatte. Hier am Château Maélis herrschte eine Grabesstille, so als hätten sich selbst die üblichen Waldbewohner wie Vögel, Füchse oder was auch immer da draußen im Dunkeln herumlaufen mochte, vor der Nacht versteckt. Sabine versuchte ihre angespannten Nerven zu beruhigen, doch erst als ein schwaches Morgenlicht durch die Fenster des Wohnwagens schien und sich irgendwo ein Vogel leise zwitschernd zurückmeldete, fand sie ein wenig Schlaf.

Es war kurz nach acht, als sie wieder aufwachte. Auf dem kleinen Campingherd setzte sie sich einen extrastarken Kaffee auf und überflog ihre Aufzeichnungen. Ihr fehlten noch das Dachgeschoss und der Keller. Die müsste sie noch vermessen, bevor Monsieur Geradin am Nachmittag vorbeikam. Eine aussagekräftige Planung konnte sie ohnehin erst erstellen, wenn sie seine Vorstellungen kannte. In Gedanken hatte sie gestern schon einige Mauern eingebrochen, Durchgänge versetzt und Zwischenwände eingezogen. Doch das waren alles vage Ideen. Die Statik des Hauses musste eingehend geprüft werden. Sie wusste, dass es sich nicht lohnte, vorab viel an Zeit in solche Vorschläge zu investieren, das letzte Wort hatte immer der Auftraggeber, und oft sahen seine Vorstellungen ganz anders aus. Hier musste man als Architekt flexibel reagieren und Ideen annehmen können, aber auch Empfehlungen unterbreiten. Eigentlich freute sie sich immer auf diesen konstruktiven Teil der Arbeit, doch wie Nicolas Geradin einzuschätzen war, das vermochte sie nicht zu sagen. Wollte er Ergebnisse sehen? Wollte er bei allem mitreden? Hatte er eigene Planungen? Sie wusste viel zu wenig über ihren Auftraggeber. Das wiederum bereitete ihr Unbehagen. Und dass er sie am gestrigen Tag am Telefon regelrecht abgewimmelt hatte, verbesserte dieses Gefühl nicht gerade.

Nachdenklich klemmte sie sich ihren Notizblock und den Laptop unter den Arm, nahm ihre Kaffeetasse und verließ Emma, um zum Haus zu gehen. Sie hatte den Wohnwagen an der Seite des kleinen Steinhauses geparkt. Dieses hatte sie noch gar nicht besichtigt, ebenso wenig wie die anderen Nebengebäude. Das musste sie heute auch noch nachholen, doch das Haupthaus war als Planungsmittelpunkt zunächst wichtiger.

Sabine trat durch die Eingangshalle in den Saal. Noch stand die Sonne hinter dem Haus, sodass der See im Morgendunst lag. Da es keinerlei Tische oder Ähnliches gab, stellte sie den Laptop auf den breiten Kaminsims, ging zu einer der Terrassentüren und öffnete diese. Faseriger Lack sprang beim Öffnen des Holzrahmens ab. Mit ihrem Kaffee in der Hand trat Sabine auf die großzügige Terrasse. Die Luft war noch kalt und feucht, und es roch nach Wald und Wasser. Einige Stufen führten hinab auf eine Rasenfläche und weiter zum See. Sabine ging auf das Ufer zu. Ihre Schuhe wurden nass vom Tau. An der Wasserkante konnte sie die Reste eines einstigen Steges erkennen. Vermoderte Holzpfähle steckten noch im morastigen Boden. In Gedanken baute sie bereits wieder ein hölzernes Konstrukt über dem Wasser auf, keinen schmalen Steg, sondern eine großzügige Sonnenterrasse. So etwas musste hier einfach entstehen, die Gäste würden es lieben.

Ein lautes Krachen ließ Sabine jäh zusammenzucken. Ein Luftzug hatte die Terrassentür zuknallen lassen.

»Mist«, fluchte Sabine. Der Kaffee war übergeschwappt, und einige unschöne Flecken zierten nun ihren Pullover.

»Schluss mit der Idylle – jetzt wird gearbeitet«, sagte sie zu sich selbst und ging über die Terrasse zurück ins Haus. Sie mochte es sich fast nicht eingestehen, aber sie war froh, wenn bald Handwerker das Château bevölkerten, denn so ganz allein würde sie es hier nicht lange aushalten.

Gerade als Sabine das Lasermessgerät abgeschaltet hatte und die letzten Daten der Kellerräume eingab, hörte sie ein Motorengeräusch. Im gleichen Augenblick vibrierte ihr Handy in der Hosentasche. Kurz vor fünfzehn Uhr! Sie hatte sich vorsichtshalber den Wecker gestellt, um noch ein paar Minuten zu haben, sich umzuziehen. Dafür war es jetzt wohl zu spät. Monsieur Geradin war überpünktlich. Mit einer Hand stellte sie den Alarm ab, mit der anderen griff sie den Laptop, dann beeilte sie sich mit einem leisen Fluchen, nach oben zu kommen. In der Eingangshalle hörte sie, wie ein schweres Fahrzeug vor dem Gebäude zum Stehen kam. Anstatt gleich zur Tür zu gehen, verharrte sie einen Moment an einem der Fenster. Diesmal wollte sie am Zuge sein und zunächst einen kurzen Blick auf den Mann erhaschen, mit dem sie gleich sprechen sollte. Das brächte ihr zwar nicht wirklich einen Vorteil, beruhigte aber ihre Nerven etwas.

Vor dem Haus parkte ein großer schwarzer Geländewagen, der ihren Wohnwagen im Hintergrund wie eine Getränkedose aussehen ließ. An den Seiten waren Dreck und Schlamm bis an die Fenster emporgespritzt, der Fahrer war im Wald wohl nicht gerade zaghaft gefahren.

Das Erste, was Sabine von Nicolas Geradin zu sehen bekam, war sein schwarzbrauner Haarschopf. Schwungvoll stieg er aus dem Wagen. Kraftvoll warf er die Wagentür zu und trat vor das Fahrzeug. Er war groß: Über den breiten Schultern spannte sich eine dunkelgrüne Wachsjacke, darunter trug er ein blaues Hemd, Jeans und fast kniehohe Jagdstiefel. Perfekt gekleidet für diesen Ort. Sabine konnte ihm nun ins Gesicht schauen. Kurz, ganz kurz überkam sie ein Gefühl der Scham, ihn so unverhohlen zu beobachten. Während er die Jacke am Kragen zurechtzog, sah er sich suchend um. Sein Blick stockte, als er den Wohnwagen entdeckte. Dann wandte er sich um. Seine Stirn war hoch, die Augenbrauen voll und gleichmäßig geschwungen. Die Nase durchaus markant, aber weder zu lang noch zu groß geraten. Er trug einen gepflegten Dreitagebart. Trotz seiner Größe wirkte er nicht schlaksig, sondern eher sportlich. Sabine kam nicht umhin zu bemerken, dass er gut aussah, sogar verdammt gut. Dies war ihr ja schon auf dem Bild im Internet aufgefallen, jetzt in natura stand es aber in keinem Vergleich.

Als er den Blick auf das Haus richtete, kam Leben in Sabine. Wie peinlich wäre es, wenn er bemerken würde, dass sie ihn beobachtete. Schnell machte sie einen Schritt zurück, zupfte an ihrem Pullover und ärgerte sich darüber, dass sie nicht mehr die Zeit gehabt hatte, sich etwas Akkurates anzuziehen. Jetzt stand sie da in ihren dicken, aber bequemen Arbeitsschuhen, einer verwaschenen Jeans und einem Pullover, der weder figurschmeichelnd noch modern war und sich neben den Kaffeeflecken auch noch durch seinen schmutzigen Spinnweben-Schick auszeichnete. Seufzend strich sie sich einige widerspenstige Haarsträhnen hinter die Ohren.

Schritte kamen die Stufen zur Eingangstür hinauf. Den Laptop unter dem Arm, ging Sabine auf die Tür zu.

Schon stand er vor ihr. Fast wären sie aufeinandergeprallt.

»Pardon!« Er blieb wie angewurzelt stehen und blickte auf Sabine herab. Ein kleiner Funken Überraschung spiegelte sich in seinen Augen, bevor seine Miene wieder undurchdringlich wurde.

»Madame Beck?«

»Oui.« Sie schaute zu ihm hoch und verfing sich einen Augenblick in seinen dunkelgrünen Augen.

»Bonjour, wir können Deutsch miteinander sprechen.« Er schob sich an ihr vorbei und betrat die Eingangshalle.

Dabei umhüllte Sabine ein dezenter Hauch Männerduft. Herb, süßlich. Sabine musste tief Luft holen, um sich wieder zu fangen. Die kurze erzwungene Nähe zu ihm und seine tiefe melodische Stimme, die ihr am Telefon bereits einen wohligen Schauer über die Haut gejagt hatte, hatten ihr einen Herzschlag lang die Fassung geraubt. Sie drehte sich zu ihm um.

»S'il vous plaît – wie Sie möchten.« Er sollte nicht denken, dass sie seine Sprache nicht beherrschte.

»Sie haben sich bereits umgesehen.« Das war keine Frage, sondern eine Feststellung. Seine Aussprache trug einen starken Akzent, dennoch schien er sehr gut Deutsch zu sprechen.

Sabine besann sich auf ihre Professionalität. »Ich bin soeben mit dem ersten Aufmaß des Hauptgebäudes fertig geworden. Gerne können wir schon die Planungen besprechen.«

Er ging ein paar Schritte auf den Brunnen zu. Sein Blick richtete sich auf die Gestalt der jungen Frau. »Der Brunnen bleibt bestehen.«

Auch dies war eine Feststellung oder eher sogar ein Befehl. Sabine spürte kurz, wie ihr Selbstbewusstsein ins Wanken geriet. Das Auftreten dieses Mannes brachte sie total aus dem Konzept.

»Wie Sie möchten, Monsieur Geradin.« Er hatte sich ihr nicht mal vorgestellt, fiel ihr auf. »Ich werde mich gerne nach Ihren Vorstellungen richten. Wollen wir …«, es war eine dumme Idee, das wusste sie, noch bevor sie den Satz vollendet hatte, doch sonst gab es hier nirgendwo einen Ort, wo man hätte sitzen und etwas besprechen können, »… in meinen Wohnwagen gehen und die Planungen einmal ansehen?« Wohnwagen! Wie hörte sich das denn an?

Er wandte den Kopf leicht in ihre Richtung und zog die Augenbrauen hoch. Sabine klatschte sich innerlich mit der flachen Hand vor die Stirn.

Doch dann lächelte er. »Gerne.«

Auf dem kurzen Weg über den Hof zu Emma konzentrierte sich Sabine darauf, sich zusammenzureißen. Was war denn nur los mit ihr?

»Vorsicht – Kopf einziehen.« Sie hielt ihm die Tür des Wohnwagens auf. Ohne dass sich seine Miene verändert hätte, zog er seine Jacke aus und stieg dann leicht gebeugt in Sabines mobilen Wohnsitz.

Dieser Mann hatte sicherlich in seinem Leben noch keinen Wohnwagen betreten. Jemand wie er machte bestimmt in Luxushotels oder gar seinen eigenen großen Ferienhäusern Urlaub. Aber Emma stand auch nicht zum Urlaubmachen hier. Sabine folgte ihm und deutete auf die Sitzecke. »Bitte«, sagte sie und stellte ihren Laptop auf den Tisch zwischen ihnen.

Nicolas Geradin nahm Platz. Ohne das restliche Innere des Wagens eines Blickes zu würdigen, faltete er die Hände auf dem Tisch zusammen und sah Sabine auffordernd an.

»Darf ich Ihnen einen Kaffee anbieten?«

»Nein, danke. Zeigen Sie mir bitte Ihre Planungen.«

Puh, er war wirklich eine harte Nuss, Freundlichkeit war offensichtlich keine seiner Stärken. Sie setzte sich ihm gegenüber. Dabei schossen ihr die ganzen Fragen durch den Kopf, die eigentlich zu solch einem Zeitpunkt und Projekt angebracht waren, teils aus Höflichkeit, teils wegen ihrer rein informativen Natur. Sie brachte jedoch kein Wort hervor. Schweigend schaltete sie das Gerät an, und nach einem kurzen Flackern und zwei Tastenbefehlen erschien auf dem Bildschirm der erste virtuell generierte Plan des Hauses.

»Ich habe zunächst gestern und heute den Ist-Zustand erfasst. Natürlich kamen mir dabei schon einige Ideen, wie sich das Château umbauen ließe. Aber bevor ich Ihnen diese unterbreite, möchte ich mir natürlich gerne Ihre Vorschläge anhören. Es ist schließlich Ihr Haus.« Um den guten Willen hinter ihren Worten hervorzuheben, schenkte sie ihm ein Lächeln.

Nicolas Geradin nickte. Dann schaute er einen Augenblick irritiert auf den Bildschirm.

Sabine bemerkte das Malheur erst, als es zu spät war. Verdammt, verdammt, verdammt. Die Mauern des Hauses erschienen irgendwie schief. Wie konnte das passieren? Sie hatte ganz genau gemessen und die Ergebnisse eingetragen. Sie hatte in ihrem Berufsleben schon so viele Gebäude vermessen, dass dies eine Tätigkeit war, die sie selbst im Schlaf vollziehen konnte. Aber hier in dieser Planung war irgendwo ein Fehler. Hastig tippte sie auf die Tastatur, sodass der Bildschirm auf eine andere Ansicht wechselte. »In Einzelbereichen können wir das besser durchgehen.« Ihr geschultes Auge sah immer noch eine kleine Abweichung in dem Aufbau des Grundrisses, doch sie hoffte, dass ihm dies nicht auffallen würde. »Was haben Sie sich denn vorgestellt, Monsieur Geradin?« Ihr Herz klopfte wie wild.

Er lehnte sich zurück und verschränkte die Arme vor der Brust. »Das Hotel soll das beste der Gegend werden. Besser noch: eines der besten in der Bretagne.«

»Haben Sie Wünsche, was den Umbau angeht?«

»Der Brunnen bleibt stehen, alles andere ist Ihr Job.« Jetzt huschte kurz ein Lächeln über sein Gesicht.

»Gut, dafür bin ich ja hier. Dann erkläre ich Ihnen jetzt meine Ideen.« Sabine befand, dass es Zeit war, seiner Schweigsamkeit entgegenzutreten. Die Zeichnungen auf dem Bildschirm gaben ihr Sicherheit, da wusste sie, wovon sie sprach, und konnte sich von seiner Präsenz etwas ablenken. »Beginnen wir im Westflügel …«

Sie führte ihn gewandt durch die Grundrisszeichnungen, wies immer wieder mit dem Finger auf Mauern und Türen, die es zu versetzen galt. Mit einem Tastenbefehl und dem Einsatz der Maus ließen sich die Objekte mühelos verschieben, um dem Betrachter einen Eindruck der Veränderungen zu vermitteln. Sie erläuterte ihm ihre Ideen zu den Gästezimmern, wie die Bäder eingebaut werden sollten, wo sich Wirtschaftsräume befinden könnten und wie sich das gesamte Raumkonzept so aufteilen ließe, dass die späteren Gäste genug Privatsphäre hätten. In den Stunden, die sie im Haus mit dem Ausmessen beschäftigt gewesen war, hatten sich ihre Vorstellungen bereits herauskristallisiert. Das war eines ihrer größten Talente: In Windeseile erfasste sie Gebäude, und die Ideen zu den Umbauten flogen ihr nur so zu.

Sie beendete ihre vorläufige Präsentation mit dem Dachgeschoss und der Erläuterung der dort angedachten Appartements. Geradin saß immer noch mit verschränkten Armen da und hörte ihr aufmerksam zu.

»Das wäre es. Die Nebengebäude habe ich mir noch nicht angesehen, vielleicht ließe sich dort noch mehr verwirklichen, gegebenenfalls in dem kleinen Steinhaus.« Sie deutete hinter sich, denn Emma stand ja genau daneben.

»Nein, dieses kleine Nebenhaus bauen Sie bitte für mich aus.«

»Okay.« Sabine verfluchte sich im Stillen, das Häuschen nicht schon inspiziert zu haben. Wäre sie darauf vorbereitet gewesen, dass er hier seine eigenen Räumlichkeiten wünschte, hätte sie ihm dementsprechend etwas präsentieren können.

Sein Gesichtsausdruck wurde eine Nuance weicher. »Oder besser noch – geben Sie es als Erstes mit in Auftrag, Madame Beck. Sie wollen doch nicht die nächsten Monate hier wohnen?« Seine dunkelgrünen Augen machten eine kurze kreisende Bewegung.

»Ach, das bin ich gewohnt.« Sie zuckte betont gleichgültig mit den Achseln.

»Nein, Sie brauchen eine anständige Unterkunft, Sie werden ja etwas Zeit hier verbringen. Richten Sie es sich ein.« Er löste seine Arme aus der Verschränkung und legte die Hände gefaltet auf den Tisch.

»Soll ich Ihnen dann Bescheid geben, wenn ich das Nebengebäude durchgeplant habe?« Sabine ging davon aus, dass er sicherlich eigene Vorstellungen hatte, wenn er es später für sich selbst nutzen wollte.

»Nein, nein, das überlasse ich ganz Ihnen.« Er winkte für Sabines Gefühl dieses Angebot ein bisschen zu hastig ab und wechselte schnell das Thema.

»Heinrich hatte recht. Sie sind die richtige Frau für dieses Projekt. Ihre Planungen hören sich schlüssig an und versprechen ein gutes Gesamtkonzept zu ergeben. Sie haben mein vollstes Vertrauen in dieser Sache.«

Sabine war verblüfft angesichts dieses plötzlichen Redeschwalls. Aber war das alles? Hatte er denn nicht irgendetwas beizusteuern? Er machte nicht den Eindruck, als gäbe er sonst ein Projekt aus der Hand oder überließe es gar dem Zufall. Sollten der Umbau zum Hotel und sein privates Ferienhaus ganz auf ihren Schultern lasten? Sollte sie sich jetzt geschmeichelt fühlen? Und er war mit Heinrich Wilthman bekannt, gut bekannt. Denn im Gegensatz zu Reineck nahm sie Nicolas Geradin sofort ab, dass er per Du mit ihrem Chef war.

»Danke, Monsieur Geradin, ich werde mein Bestes geben.«

»Ich weiß. Lassen Sie uns noch einmal in das Haus hinübergehen, ich war schon lange nicht mehr hier. Ist viel kaputt?« Er erhob sich.

Sabine sprang auf, um ihm die Tür zu öffnen.

Während sie ihm über den Hof folgte, musterte sie ihn nochmals. Er wirkte nun ein klein bisschen entspannter als noch bei seiner Ankunft. Vielleicht war jetzt die richtige Zeit für die Fragen, die Sabine auf der Zunge lagen. Sie interessierte sich brennend für die Geschichte hinter diesem Anwesen.

»Gehört das Château Maélis zum Familienbesitz, Monsieur Geradin?«

Ohne seine Schritte zu verlangsamen, antwortete er: »Ja, meine Großmutter wohnte hier. Sie starb vor über zehn Jahren. Seitdem steht das Haus leer.«

In der Eingangshalle verharrte er nochmals den Bruchteil einer Sekunde vor dem Brunnen, dann ging er zielstrebig in den Saal.

»Sieht alles noch ganz passabel aus.« Er schaute sich um.

Für Sabine kam nun der unbequeme Teil, sie sollte ihn auf die Kosten aufmerksam machen, die sein Plan nach sich ziehen würde.

»Ja«, begann sie. »Allerdings sind einige Teile des Gebäudes in keinem so guten Zustand. Das Dach ist undicht, einige Wände sind feucht, es gibt keine Heizung …«

»Als Kind habe ich einige Male hier unten vor dem Kamin geschlafen, oben erfror man fast«, fiel er ihr ins Wort und ging dabei zu der großen Feuerstelle hinüber. »Und einmal bin ich in diesem Raum Rad gefahren. Draußen lag zu viel Schnee, ich hatte es zu Weihnachten bekommen …«

Sabine schwieg. Seine vorhin noch so feste und bestimmende Tonlage war einem Hauch Sentimentalität gewichen.

»Waren Sie oft hier als Kind?«

Er sah sie kurz an, sein Blick traf den ihren, und seine grünen Augen schienen noch eine Nuance dunkler zu werden.

»Nein.« Da war sie wieder, die tonlose Härte, die nichts weiter verriet. »Was denken Sie, Madame Beck, wird der Umbau kosten?«

Sabine war erleichtert, dass er das Thema von sich aus ansprach. »Sie werden mit einer siebenstelligen Summe rechnen müssen.«

»Lassen Sie alle Rechnungen an mein Büro in Paris senden.«

Er hatte nicht mal mit der Wimper gezuckt. Geld schien für ihn keine Rolle zu spielen.

»Handwerker werden Sie in der Umgebung genug akquirieren können. So einen großen Auftrag wird sich hier niemand entgehen lassen. Ich muss los.« Plötzlich schien er es sehr eilig zu haben, das Château Maélis zu verlassen. »Wenn etwas ist – rufen Sie in meinem Büro an.« Schon verließ er mit schnellen Schritten den Saal.

Sabine folgte ihm, doch als sie am Eingang ankam, saß er schon in seinem Geländewagen. Kurz hob er die Hand zum Gruß und weg war er. Sabine blieb verdutzt stehen. Unschlüssig hob sie die Arme. Dann war dies jetzt ihr Spielplatz? Es schien so.

Herr Wilthman hatte sie vorgewarnt, dass das Château ein schwieriger Fall sei – oder war es vielmehr um den Kunden gegangen? Sie fand ihn ziemlich merkwürdig vom Auftreten her, wenn auch überdurchschnittlich attraktiv. Sie straffte sich. Nicht nur, dass dieser einsame Ort ihr an die Nerven ging, jetzt wollten auch noch ihre Hormone mitmischen. Schlechte Kombination. Dabei hatten weder Einsamkeit noch Hormone in den letzten Jahren eine Rolle in ihrem Leben gespielt. Im quirligen Umfeld von Berlin hatte sie sich stets im Griff, doch hier, mitten in diesem Wald in Frankreich, fühlte sie sich plötzlich seltsam ausgeliefert. Um sich auf andere Gedanken zu bringen, marschierte sie schnurstracks über die Einfahrt zu den Nebengebäuden. Die musste sie sich nun genauer ansehen und dann dringend am Laptop prüfen, wo sie sich vermessen hatte. Auch wenn es Nicolas Geradin anscheinend nicht aufgefallen war, die Handwerker, die sie bald mit Plänen versorgen musste, wären da sicher nicht so nachsichtig. Krumme Zeichnungen konnte sie nun wirklich nicht abliefern. Und am Abend wollte sie zum Dorf fahren, dort etwas Anständiges essen und schauen, ob sie schon die ersten Kontakte knüpfen könnte. Auf diese Weise konnte sie ihre Gedanken auf die Aufgabe lenken und fort von diesem Mann und seinen grünen Augen.

Die Scheunen wirkten auf den ersten Blick leer. Zopfartige Spinnweben hingen vom Gebälk, und dicker Staub und trockene Blätter lagen auf dem Boden. Zumindest waren die Räume in einem besseren Zustand als das Hauptgebäude. Vielleicht hatte man sie länger benutzt, als das Haus bewohnt gewesen war. Als sie sich genauer umsah, fielen ihr ein paar alte Maschinen auf. Nun wurde ihr auch klar, wozu man diese Scheunen früher genutzt hatten. Zwei große verstaubte Sägen standen noch darin, ebenso wie einige andere Geräte, die eindeutig der Holzverarbeitung gedient hatten. Bei dem riesigen Waldgebiet, welches das Château umgab, war das ein schlüssiger Wirtschaftszweig.

Die Wände der Scheunen waren allesamt aus Feldsteinen gemauert. Sabine prüfte auch deren Substanz. Die großen, hallenartigen Räume würden sich vorzüglich für den Hotelbetrieb nutzen lassen. Sie brauchte noch Platz für Lager- und Kühlräume. Außerdem hatte sie das Anwesen noch gar nicht in seiner Gesamtheit bedacht, denn auch der Park wollte gepflegt werden. Dazu brauchte man

Maschinen und Gartengeräte. Vielleicht würde man weitere Terrassen bauen können und sogar irgendwo einen Pool. Sie brauchte dringend einen Lageplan, sicher gäbe es einen bei der Gemeinde. In ihrem Kopf überschlugen sich bereits wieder die Details. Ein buntes Durcheinander an Gedanken, das sich in den nächsten Tagen ordnen und ihr den Weg vorgeben würde. Das war ein richtig großes Ding hier. Zufrieden stemmte sie die Arme in die Hüften, ließ den Blick schweifen und beschloss dann, sich das Steinhaus anzusehen.

Das Gebäude hatte ein recht hohes Fundament aus gräulichen Steinen, darüber schloss sich ein Aufbau aus gelbem Sandstein an. Zwei Holztüren gingen zur Hofseite hinaus. Sabine öffnete zunächst die linke. Dahinter befand sich ein leerer Raum, vielleicht eine Werkstatt oder ein Lagerraum? Die zweite Holztür war ebenfalls nicht verschlossen. Das Erste, was Sabine auffiel, war, dass eine hölzerne Garderobe an der Wand des Flurs hing und sogar noch ein Teppichläufer auf dem Boden lag. Verdutzt hielt sie inne. Am Ende des Flurs führten drei Stufen auf einen Absatz, von wo aus sich die Treppe nach links wandte. Noch konnte sie nicht erkennen, wie es dort weiterging. Doch als sie die Stufen emporstieg und um die Ecke sah, stockte ihr der Atem. Vor ihr lag ein vollständig möblierter Raum. Ein Wohnzimmer. Sabine brauchte einen Augenblick, um diese Erkenntnis zu fassen. Bei genauerem Hinsehen wurde ihr klar, wer hier wohl gewohnt hatte. Die Möbel und die Einrichtung trugen eindeutig die Handschrift einer älteren Dame. Die Großmutter von Nicolas Geradin hatte ihre letzten Jahre anscheinend gar nicht im Château verbracht, sondern hier in diesem kleinen Häuschen. Kein Wunder bei der veralteten, oder besser gesagt nicht vorhandenen Ausstattung des Schlosses.

Hier sah es deutlich wohnlicher aus als im Haupthaus. Ein Sofa stand direkt am Fenster, mit großblumigem Muster, auf den Armlehnen filigrane Häkelschoner. Ein Esstisch mit vier Stühlen aus dunklem Holz, obenauf eine völlig verstaubte Tischdecke, und in der Zimmerecke ein recht moderner Holzofen. An der anderen Seite des Raumes ein Bett, das in einen Alkoven eingebaut war, der sich über den darunterliegenden Flur erstreckte. Sabine mochte sich fast nicht bewegen, denn es fühlte sich ganz stark danach an, als würde hier noch jemand leben. Vergilbte Zeitschriften lagen auf einem Stapel, und mit einem Schaudern wurde ihr bewusst, dass daneben sogar noch eine Lesebrille lag. Vorsichtig ging sie weiter in den Raum hinein. Gegenüber der Tür befand sich ein Durchgang. Sabine erblickte dahinter eine Küche mit Elektroherd, einer Arbeitsplatte, über der ein Fenster den Blick in den Wald freigab, und einem leeren Kühlschrank, dessen Tür offen stand. Von der Küche aus führte eine weitere Tür rechts in ein kleines Bad. Eine Toilette, ein Waschbecken und eine kleine Badewanne mit einem Heißwasserboiler darüber.

Als sie in den Wohnraum zurückkehrte, fielen ihr zwei Dinge auf. Zum einen konnte man aus dem Fenster den See sehen, und dieser zog einen sofort in seinen Bann, egal, von wo aus man ihn betrachtete. Sabine spähte einen Augenblick lang zu der Wasserfläche hinüber. Wie schön es sein musste, das Gewässer im Lauf der Jahreszeiten zu beobachten. Nun kam ja bald der Sommer, und Sabine schätzte, dass sie ihn in Anbetracht der bevorstehenden Arbeit auf jeden Fall hier verbringen würde. Vielleicht auch noch den Herbst, gar den ersten Frost? Leise seufzte sie, als ihr klar wurde, wie viel Zeit ihr Aufenthalt hier in Anspruch nehmen würde.

Zum anderen wurde ihr ein seltsames Detail in diesen Räumen bewusst. Nirgends war auch nur ein kleiner Hinweis zu erkennen, wer hier wirklich gelebt hatte. Zwar waren alle Alltagsgegenstände noch vorhanden, aber es gab keine persönlichen Fotos oder irgendetwas, wo auch nur ein Name draufstand. Sie hatte auf die Großmutter von Nicolas Geradin getippt, doch mit Sicherheit ließ sich dies gar nicht sagen. Sehr merkwürdig, wo der Rest der Einrichtung doch komplett vorhanden war.

Sabine versuchte die Situation möglichst nüchtern zu betrachten. Sicherlich machte der Vorschlag von Monsieur Geradin, zunächst dieses Nebenhäuschen zu renovieren und es übergangsweise als Wohnung zu nutzen, in Anbetracht des guten Zustands der Räume Sinn. Hier war längst nicht so viel Renovierungsaufwand nötig wie im Haupthaus, und die Aussicht auf ein Plätzchen mit Strom aus der Steckdose und fließendem Wasser war reizvoll. Doch er hätte sie vorwarnen können, dass es noch so aussah, als ob hier jemand lebt. Wo sollte sie mit all den Sachen hin? Wollte er sich denn nicht um den Nachlass seiner Großmutter – oder von wem auch immer – kümmern? Sie würde wohl noch einmal mit ihm sprechen müssen.

Zaghaft formte sich in ihren Gedanken ein Bild, wie man diese Räume renovieren konnte. Das Häuschen war wirklich reizvoll. Doch das Gefühl, jemandem sein Zuhause zu nehmen, überschattete ihren anfänglichen Enthusiasmus. Mit einem Mal fühlte Sabine sich bitter an den letzten Auftrag in Berlin erinnert. Dort hatte sie die geplanten Wanddurchbrüche um die Wohnzimmerschränke der dort noch wohnenden Mieter herum zeichnen müssen.

Zunächst aber musste sie das Problem der fehlerhaften Planung des Haupthauses lösen. Dieser Aufgabe würde sie sich als Erstes widmen.

Als die Dämmerung über dem Wald hereinbrach, lehnte sich Sabine frustriert vor ihrem Laptop zurück. Sie war den ganzen Spätnachmittag mit den alten Plänen und ihren neuen Maßen durch das Haus gelaufen und hatte die wichtigsten Wände nochmals kontrolliert. Wie sie es auch drehte und wendete, irgendwo war ein Fehler. Doch sie konnte weder sagen, wo er sich befand, noch um wie viel genau die Planzeichnung von den Realmaßen abwich. So etwas war ihr schon lange nicht mehr passiert. Irgendwo in dem Haus gab es ein schwarzes Loch. Vielleicht ein versteckter Kaminzug oder eine doppelte Wand. Sie hatte etwas Ähnliches in einem alten Bauernhaus erlebt – und erst nach Tagen eine alte, zugemauerte Räucherkammer gefunden. Nach solch einer hatte sie auch hier schon gesucht, nur hatte der Keller kein Geheimnis preisgegeben. Es würde ihr nichts anderes übrig bleiben, als zunächst alle Maße um einige Zentimeter aufzustocken. Das ergäbe einen ausgewogenen Plan, mit dem die Handwerker arbeiten konnten. Deren genaue Messungen je nach zu erledigender Arbeit waren ohnehin nötig. Sabine ging davon aus, dass gewissenhaft gearbeitet werden würde, und ob ein Rohr dann einen Tick länger oder kürzer sein würde, täte nichts zur Sache. Viel eher ärgerte sie ihre augenscheinliche Unfähigkeit, den Fehler zu finden. Vielleicht hatte sie sich in den letzten beiden Tagen aber auch zu sehr verausgabt. Nur von Kaffee, Brot und Keksen konnte man auf Dauer schlecht leben, es war Zeit, dass sie mal wieder etwas Anständiges aß und danach eine Nacht durchschlief.

Entschlossen griff sie nach dem Autoschlüssel, suchte ihre Jacke, denn draußen hatte ein kühler Nieselregen eingesetzt, und machte sich auf, den letzten Punkt des Tages zu verwirklichen: ein Besuch im Dorf Paimpont.

Kapitel 4

Der Regenschauer war bereits wieder vorbei, doch hatte er den Boden der Waldwege stark aufgeweicht, und als Sabine in Paimpont aus ihrem Wagen stieg, fielen dicke Erdklumpen vom Auto ab. Sie hatte den Parkplatz nahe der Abtei angesteuert, sicherlich würde sie hier irgendwo ein Restaurant finden. Es war inzwischen fast dunkel, die Lichter an den Straßen waren angegangen und verbreiteten ein schummriges Licht. Bei der nostalgischen Form der Straßenlaternen erwartete sie fast, irgendwo einem Nachtwächter im Lodenmantel und mit langer Anzündfackel zu begegnen. Doch es waren Glühbirnen, die die Straßen des Dorfes beleuchteten.

Sabine ging über die breiten Kieswege auf die Abtei zu. Am Seeufer sah sie schemenhaft einige Spaziergänger. Vor der Abtei bog die eigentliche Seitenstraße links ab. Sabine bemerkte zu ihrer Zufriedenheit in vielen der gedrungenen Steinhäuser noch Licht. Eindeutig ein Anlaufpunkt für Touristen. Sie schlenderte langsam an der Abtei vorbei. Zwischen dem Kapellengebäude und den ersten Wohn- und Geschäftshäusern lag ein größerer Platz. Dort stand ein Denkmal mit einem blau gekleideten Soldaten. Unzählige in Gold geprägte Namen schimmerten im Licht der Laternen auf dem Fuß des Steinsockels. Sabine schauderte kurz, ein Mahnmal eines

Krieges, der auch vor dieser beschaulichen Gegend nicht haltgemacht hatte.

Gegenüber lag das Touristenzentrum. *La Porte des Secrets* stand auf dem Portal, die Pforte der Geheimnisse. Neugierig trat Sabine zu einem der Schaukästen, in dem Informationsmaterial ausgehängt war. Mit ausgesuchten Guides konnte man Touren durch den Wald buchen. Ob Sebastien wohl hier arbeitete, der Fremdenführer, den sie am Vortag nach dem Weg gefragt hatte? Vorstellen konnte sie es sich, er passte perfekt ins Bild. Sie musste schmunzeln und las weiter. Es ging um Feen, König Artus und viele Geheimnisse, die der Wald Brocéliande barg. Ja, sie konnte diesen Eindruck inzwischen bestätigen. Auch das Château Maélis umspann eine rätselhafte Aura. Nur, dass sie nicht auf einer Touristenführung war, sondern irgendwie mittendrin steckte.

Sabine zog ihre Jacke enger um den Körper und wandte sich wieder zur Straße. Gleich an der Ecke fand sie ein Bistro, ihr Magen knurrte bereits auffordernd.

Der kleine Gastraum war gut besucht. Sprachfetzen aus Französisch und Englisch drangen in Sabines Ohren, während sie sich einen Platz suchte. Kaum saß sie an einem der kleinen Tische, kam eine ältere, rundliche Bedienung.

»La carte, s'il vous plaît.« Sabine wollte endlich wieder Französisch sprechen. Dass Nicolas Geradin das Deutsche vorgezogen hatte, ärgerte sie fast ein wenig, denn sie mochte die Sprache sehr und wünschte sich wieder etwas Übung.

Die Bedienung machte kehrt und kam wenig später mit einer in Leder gebundenen Speisekarte wieder. Sabine bestellte eine Suppe samt Brotbeilage und ein Hauptgericht mit Fleisch, Pommes und Salat. Während sie auf ihr Essen wartete, ließ sie den Blick zu den anderen Gästen schweifen. Familien mit Kindern, ältere Paare und auch einige Grüppchen junger Leute saßen vergnügt an den Tischen und ließen den Abend ausklingen. Bis auf die Familien mit Kindern sah man den Leuten an, dass es eher Naturtouristen waren. Die Füße von allen, ob jung oder alt, steckten in derben Wanderschuhen. Die Hosen waren teilweise am Knöchel noch feucht und mit Schlammspritzern übersät. Wanderrucksäcke lagen zwischen den Tischbeinen und daneben sogar einige erschöpfte Hunde, die ausgestreckt neben den Füßen ihrer Herrchen schliefen. Ob sich für Nicolas Geradins zukünftige Hotelgäste überhaupt reizvolle Unternehmungen in der Umgebung fanden? Nicht, dass diese etwas gegen Wanderungen hätten, doch meist suchten gut betuchte Leute eher das Naturerlebnis auf einem Golfplatz. Ein Bild an der Wand des Gastraumes brachte sie auf eine Idee. Darauf war eine Gruppe Reiter zu sehen. Pferde! Vielleicht wäre das eine gute Ergänzung zum Hotelangebot. Die weitläufigen Scheunen des Châteaus böten Platz dafür, und der Wald hatte sicherlich genügend Wege für schöne Ausritte. Vielleicht konnte man sogar eine Jagdgesellschaft organisieren. Sabine war gewiss keine gute Reiterin, doch in ihrer Jugend hatte sie einige Sommer ein Zeltlager auf einem Ponyhof besucht. Es war eher eine Flucht vor ihrer Familie gewesen, doch die warmen Nüstern der Pferde hatte sie nie vergessen. Und, so viel stand nun mal fest, Leute mit gutem finanziellem Hintergrund waren eben oft im Reitsport aktiv. Sie notierte sich diese Idee auf dem inzwischen gut gefüllten Gedankenprotokoll.

Das Essen war hervorragend. Als der Teller leer war, wusste Sabine, dass sie in der kommenden Nacht schlafen würde wie ein Stein. Sie bestellte sich noch ein Glas Wein anstelle eines Nachtischs. Inzwischen hatte sich der Gastraum etwas geleert, und die Bedienung polierte hinter einer hölzernen Theke Gläser. Sabine stand auf und nahm auf einem der Hocker an der Bar Platz. Sie war schließlich nicht nur zum Essen hergekommen. Es war an der Zeit, die ersten Kontakte zu knüpfen.

Die Bedienung nickte ihr freundlich zu. »Gefällt es Ihnen in Paimpont?«

Sabine schenkte der Frau ein Lächeln und nahm den Faden sofort auf. »Bisher habe ich noch nicht viel gesehen, ich bin erst gestern angekommen.«

»Oh, dann müssen Sie unbedingt eine der Führungen mitmachen. Die sind im ganzen Land berühmt.« Sie deutete mit einem Kopfnicken in die Richtung, wo Sabine vorhin die Aushänge gesehen hatte.

»Wenn ich Zeit dazu finde, gern. Ich bin eigentlich zum Arbeiten hier.«

Dieser beiläufige Hinweis verfehlte seine Wirkung nicht. »Tatsächlich?« Die Bedienung trat ein paar Schritte näher an Sabine heran, ohne das zu polierende Glas wegzustellen.

»Ich bin Architektin, ja. Ich soll hier ein altes Château sanieren.«

»Oh, wie spannend. Welches denn? Eines der Anwesen oben in Concoret?«

»Nein, es liegt hier im Wald, es handelt sich um das Château Maélis.«

Sabines aufmerksamem Blick entging nicht, wie sich

bei der Erwähnung des Namens die Augen der Frau überrascht weiteten.

»Oh, Sie sind das … Na dann … Dafür kommen Sie extra aus Deutschland? Sie sind doch aus Deutschland?«

Die Frau hatte also schon davon gehört? Da Sabine bezweifelte, dass Nicolas Geradin es in Paimpont erzählt hatte, blieb wohl nur der Touristenführer Sebastien übrig.

»Ja, ich habe den Auftrag von dem französischen Besitzer erhalten. Unsere Firma hat schon einige große Häuser saniert. Kennen Sie das Château Maélis?« Sabine versuchte diese Frage möglichst beiläufig klingen zu lassen.

»Oui, jeder kennt es. Aber …«

»Aber was?« Sabine platzte fast vor Neugier, griff aber äußerlich ganz ruhig nach ihrem Weinglas.

»Nun, es liegt sehr … abgeschieden.« Die Frau schien zu überlegen, was sie Sabine verraten sollte. Dann beugte sie sich leicht nach vorne und dämpfte ihre Stimme. »Und man erzählt sich ja auch so einige Geschichten über das Haus … seit die alte Madame tot ist …«

»Das bringen alte Mauern wohl so mit sich.« Sabine nickte verständnisvoll.

Das Gesicht der Bedienung sah besorgt aus. »Non, Madame, wirklich … es gibt da Geschichten … da sollen seltsame Dinge passiert sein.«

Sabine fragte sich in Anbetracht der einsamen Nacht, die sie dort verbringen musste, ob sie nach Einzelheiten fragen sollte oder lieber nicht. Sie nahm einen großen Schluck von ihrem Wein. Lieber nicht. Die Schauermärchen würden sie wohl früh genug noch erreichen, also wechselte sie lieber das Thema.

»Ich werde in den nächsten Monaten viele Handwerker einstellen müssen. Haben Sie eine Idee, wen ich fragen könnte? Gibt es eine Baufirma im Ort?« Die Frage war reine Höflichkeit. Natürlich gab es eine, Sabine hatte im Internet recherchiert, und die Ergebnisse hatten darauf schließen lassen, dass sie in der Gegend Handwerker finden würde. Sabine nannte es im Stillen gerne Baupsychologie. Natürlich konnte man auch große Unternehmen engagieren, doch wirkliche Akzeptanz in ländlichen Gegenden erlangte so ein Projekt nur, wenn die Anwohner sich einbezogen fühlten und davon profitierten. Reineck hatte dies Heinrich Wilthman gegenüber einmal als Gefühlsduselei abgetan, doch Sabine hielt, egal, wo sie arbeitete, an diesem Prinzip fest und war bisher damit immer gut gefahren.

»Was soll denn mit dem Château passieren?« Das Interesse der Frau war geweckt.

»Es soll zu einem Hotel umgebaut werden.«

Jetzt entspannte sich die Frau hinter dem Tresen wieder und schien die Schauergeschichten zu vergessen. »Oh, oui, das hört sich interessant an! Mein Schwager hat ein Bauunternehmen. Er macht alles, vom Mauern bis zum Malen. Er kommt aus Campénéac, das liegt westlich des Waldes. Wenn Sie mir sagen, in welchem Hotel Sie wohnen, sorge ich dafür, dass er sich bald bei Ihnen meldet.«

»Ich wohne direkt am Château. Ich gebe Ihnen meine Karte.« Sabine nestelte eine ihrer Visitenkarten aus der Hosentasche. »Er soll mich anrufen oder gerne einfach vorbeikommen. Am besten gleich morgen, wenn er Zeit hat.«

»Sie wohnen dort? Aber … Na, ich werde ihn gleich

morgen Früh anrufen. Er wird sich sicher bei Ihnen melden.«

»Vielen Dank, Sie haben mir damit schon sehr geholfen.« Sabine bezahlte ihre Rechnung und brach auf. Ihr Gefühl sagte ihr, dass diese Frau sicher nicht bis morgen warten würde, ihren Schwager zu kontaktieren und so, wie sie beim Namen des Châteaus reagiert hatte, würde wohl spätestens bis morgen Mittag jeder Einheimische hier in Paimpont darüber im Bilde sein, dass draußen im Wald eine Architektin saß, die Arbeit zu vergeben hatte. Sabine war sich sicher, dass der Weg der stillen Post in einer ländlichen Gegend immer noch besser war, als solch einen Auftrag anonym aufzugeben. Und dass sich Neuigkeiten hier schnell rumsprachen, hatte sie ja selbst erfahren.

Das Hämmern an Emmas Eingangstür erfolgte dann jedoch unerwartet früh. Sabine lag noch im Bett, und in ihrem Kopf dröhnte das Klopfen wie eine Kirchturmglocke.

»Ja! Ja doch … Moment!« Verwirrt versuchte sie sich zu sammeln und stand auf. Das Geräusch verstummte.

Während sie in ihre Hose schlüpfte, spähte sie auf ihr Handy. Es war noch nicht einmal sieben Uhr. Durch das Fenster des Wohnwagens konnte sie erkennen, wie das Morgenlicht soeben über die Baumkronen stieg. Und sie erkannte noch etwas: Ein grüner Wagen parkte vor dem Haupthaus, und vor ihrer Wohnwagentür stand ein Mann in einem grauen Anzug, der ungeduldig auf sie wartete. Schnell band sie sich die Haare zusammen und öffnete die Tür.

»Ja, bitte?«

»Denard Halovét – ich komme vom Bezirksbauamt.« Mit gewichtigem Blick schaute der Mann sie an. Seine grauen Haare sahen zerzaust aus, doch sein Blick war hellwach und sein Gesichtsausdruck bitterernst.

»Guten Morgen, Monsieur, was kann ich für Sie tun?« Sabine versuchte freundlich zu wirken, obwohl dieser morgendliche Überfall gar nicht nach ihrem Geschmack war. Bauamt? Da hatte die stille Post aber schneller gearbeitet, als ihr lieb war.

Der Mann rückte seine dicke Brille zurecht und neigte den Kopf etwas zur Seite. »Uns ist zu Ohren gekommen, dass Sie planen, das Château zu sanieren und umzubauen. Ich möchte darauf hinweisen, dass uns noch keinerlei konkrete Anträge vorliegen.«

»Das ist mir bewusst, Monsieur Halovét, ich bin auch erst den dritten Tag vor Ort. Eine Bauvoranfrage müsste Ihr Amt aber erhalten haben.« Sabine erinnerte sich an einen entsprechenden Antrag im Portfolio und stemmte die Arme in die Hüften.

Der Mann hob gewichtig die Hand und reckte den Zeigefinger in die Höhe. »Das reicht nicht! Ihnen ist hoffentlich klar, dass es auch in unserem Land so etwas wie Vorschriften gibt. Es ist ein altes Haus, da können Sie nicht einfach …«

Sabine hob ebenso eine Hand, um seiner Ansprache Einhalt zu gebieten. »Monsieur, ich bin mir dessen absolut bewusst, und es war auch nicht meine Absicht, hier einfach zu beginnen, ohne die entsprechenden Rücksprachen mit den zuständigen Ämtern zu halten.« Für wie doof hielt der Mann sie eigentlich?

Er sah sie mit ärgerlich zusammengekniffenen Lippen

an. Dann schnappte er nach Luft und setzte nochmals an. »Sie werden Auflagen zu erfüllen haben, und es darf nichts umgebaut werden, ohne dass nicht das zuständige Amt … Ein Hotel, das bedarf eingehender Prüfung …«

Sabine wurde nun selbst langsam ärgerlich. »Das weiß ich. Ich werde dem Amt die Planungsunterlagen zur Prüfung vorlegen, sobald sie fertig sind. Noch einmal – ich bin erst seit vorgestern hier«, sie zeigte mit dem Finger auf das Haupthaus, »das lässt sich nicht in ein paar Stunden bearbeiten. Und ich bin mir jeglicher Auflagen, Anforderungen und behördlichen Abläufe bewusst. Ich bin Architektin. Zumal der Besitzer des Anwesens, Monsieur Geradin, auch schon die erforderlichen Unterlagen angewiesen hat.« Ihr Tonfall war schärfer ausgefallen, als sie eigentlich gewollt hatte. Schnell räusperte sie sich und bemühte sich um einen versöhnlichen Gesichtsausdruck. Auch wenn es ungehörig war, dass dieser Mann sie am frühen Morgen derart überfiel, mit dem Bauamt verscherzte man es sich lieber nicht, ob in Deutschland oder Frankreich.

»Ich wollte Ihnen das auch nur mitteilen.« Monsieur Halovét reckte sein Kinn in die Höhe. »Und Monsieur Geradin braucht nicht glauben … Die Vorschriften gelten für ihn ebenso wie für alle anderen auch.«

Daher wehte also der Wind. Sabine seufzte innerlich. Der Bauherr selbst schien also das Problem zu sein. Na bravo!

»Monsieur Halovét«, setzte sie mit deutlich freundlicherer Stimme an. »Ich werde Sie persönlich über jeden geplanten Bauabschnitt informieren. Nichts liegt mir ferner, als hier eine …«, wie sagte man das auf Französisch nur? Sie stockte und überlegte kurz, der frühmorgendliche Überfall hatte sie aus dem Konzept gebracht, »… wilde Sanierung anzugehen«. Und auch wenn ihr so gar nicht danach war, fügte sie hinzu: »Aber danke, dass Sie sich extra deswegen so früh hierher bemüht haben. Darf ich Ihnen wenigstens einen Kaffee anbieten?«

»Non.« Monsieur Halovét schüttelte den Kopf, als hätte sie ihm gerade ein ernsthaftes Bestechungsangebot gemacht. »Ich muss auch wieder weiter.«

Wahrscheinlich, um dem nächsten Bauherrn einen Schreck einzujagen, dachte Sabine, nickte aber dennoch verständnisvoll.

Monsieur Halovét machte auf dem Absatz kehrt und marschierte davon.

Sabine sah ihm nach, bis er in sein Auto gestiegen war und vom Hof fuhr. Jetzt brauchte sie einen Kaffee, am besten einen starken. Sie strich sich genervt über die Haare. Besonders seriös sah sie um diese Uhrzeit wohl noch nicht aus. Während sie das Getränk aufbrühte, blickte sie prüfend auf die Uhr. Wiebke würde schon im Büro sein. Sie wählte ihre Durchwahlnummer des Immobilienkontors Wilthman.

»Frau Beck, guten Morgen, was kann ich für Sie tun?«, erklang es fröhlich auf der anderen Seite.

Sabines Stimmung hob sich etwas. »Guten Morgen, Wiebke. Ich habe eine Bitte an Sie. Ich hatte soeben Besuch vom örtlichen Bauamt …«

»Oh, die arbeiten aber früh!«

»Das können Sie wohl sagen. Auf jeden Fall war der Mann sehr energisch, was die Planungen und Genehmigungen angeht. Ich schicke Ihnen heute Mittag alle erforderlichen Unterlagen, würden Sie diese bitte dann so vorbereiten …«

»… dass keiner was zu meckern hat. Natürlich.« In Wiebkes Stimme schwang Kampflust mit.

»Genau.«

»Kein Problem.«

»Danke.« Sabine wusste, dass es Wiebkes Spezialität war, so lupenreine Anträge zu stellen, dass Bauämter nicht anders konnten, als ihren Stempel darunterzusetzen. Monsieur Halovét würde sich noch umgucken. Sie hoffte nur, dass dessen offensichtliche Abneigung Nicolas Geradin gegenüber nicht noch andere Probleme barg oder dass gar noch mehr Leute in der Gegend schlecht auf ihn zu sprechen waren.

Sabine verbrachte die Zeit bis zum Mittag damit, die Unterlagen vorzubereiten. Die Pläne waren so weit fertig. Sicherlich würde im Laufe der nächsten Monate noch die eine oder andere Änderung nötig sein, aber diese wurden selten abgelehnt, wenn der eigentliche Bauplan seine Genehmigung erhalten hatte. Sie hoffte, dass der Vorgang nicht allzu viel Zeit in Anspruch nehmen würde. Mit dem Entkernen des Hauses würde man schon anfangen können, aber die wirklichen baulichen Maßnahmen würden erst stattfinden können, wenn alles abgesegnet war. Ihr juckte es schon in den Fingern, die ersten Tapeten eigenhändig von den Wänden zu entfernen. Oft kamen dabei noch unbekannte Dinge zum Vorschein – zugemauerte Durchgänge oder manchmal auch Wandverzierungen, die den Planungen neue Aspekte gaben. Die ersten Wochen auf einer Baustelle waren bei solch einem alten Haus immer ein bisschen wie eine Schatzsuche.

Sie steckte den Internet-Stick in den Laptop. Zum Glück war der Empfang passabel. Nachdem sie die E-Mail nach Deutschland abgesendet hatte, lehnte sie sich zufrieden zurück. Wenn sich jetzt noch der Bauunternehmer meldete, würde der Tag vielleicht doch gar nicht so schlecht werden.

Bis zum Abend wartete sie vergeblich. Am Nachmittag war sie ein wenig auf dem Grundstück herumgestreift, langsam wurden ihr die Örtlichkeiten vertraut. Um den See sollte unbedingt ein schöner Weg angelegt werden. Sie hatte sich an seinem Ufer durch die Büsche und das Unterholz geschlagen. Viele Ideen spukten bereits in ihrem Kopf herum. Doch ohne den ersten Handwerker würde hier nichts passieren. Und – das betrübte sie fast ein wenig – spätestens bei den Planungen zu den Gärten und der Parkanlage hätte sie wohl nicht mehr viel zu sagen.

Als die Sonne sich langsam hinter den Baumkronen versteckte, wurde ihr bewusst, dass niemand mehr anrufen oder gar kommen würde. Da half es auch nicht, dauernd auf das stille Telefon zu starren. Sabine beschloss, noch mal ins Dorf zu fahren.

Durch das Fenster des Bistros sah sie, dass auch am heutigen Tag dieselbe Frau hinter dem Tresen stand. Sabine steuerte sie gleich nach dem Betreten des Gastraumes an.

»Oh, guten Abend, möchten Sie wieder etwas essen?« Die Frau schenkte Sabine ein verhaltenes Lächeln.

»Ja, das auch, danke. Ich wollte mich allerdings kurz erkundigen, ob Sie Ihren Schwager erreicht haben, wegen der Baustelle. Ich hatte gehofft, er meldet sich heute bei mir.«

»Oui … Nun, wie soll ich sagen…« Die Frau blickte Sabine verunsichert an. Das Ganze war ihr sichtlich unangenehm. »Ich habe mit ihm gesprochen, und … er hat doch sehr viel zu tun momentan. Leider wird er nicht kommen können.«

»Aha.« Sabine versuchte ihre Verblüffung zu verbergen. »Da kann man dann wohl nichts machen. Wissen Sie denn vielleicht noch irgendein Unternehmen, bei dem ich fragen könnte? Es wäre hervorragend, wenn ich eines hier aus der Gegend beauftragen könnte.«

»Non.« Jetzt schüttelte die Frau so kräftig den Kopf, dass ihr Gesicht ganz rot wurde. »Ich weiß keines. Ich muss jetzt auch weiterarbeiten. Möchten Sie die Karte?«

»Ja, bitte.« Sabine suchte sich einen freien Platz und beobachtete nachdenklich, wie die Frau sich schnell den anderen Gästen widmete. Dieser Versuch war wohl gescheitert. Sabine ärgerte sich ein bisschen und verspürte auch keinen wirklich großen Hunger. So leicht würde sie jedoch nicht aufgeben, es sollte doch wohl möglich sein, in der Umgebung irgendwelche arbeitswilligen Handwerker zu finden? Oder war es ein Fehler gewesen, nicht vorher schon alles geregelt zu haben? Vor ihrem inneren Auge erschien das hämisch grinsende Gesicht von Reineck – »Na, schon die ersten Probleme?« Unmerklich schüttelte Sabine den Kopf, um den Gedanken zu vertreiben. Sie würde – wie immer – Handwerker finden.

Es war unmöglich! Am nächsten Tag telefonierte sie sich im Umkreis von fünfzig Kilometern durch alle Kontakte, die ihr Wiebke am Morgen schnell zusammengestellt hatte. Nichts, kein einziger Bauunternehmer schien gewillt, sich mit dem Château zu befassen. Dabei war es doch ein sicherer und lukrativer Auftrag.

Erst der letzte Anruf, dem sie schon keine Hoffnung mehr beigemessen hatte, brachte einen kleinen Erfolg. Am anderen Ende der Leitung war ein von der Stimme her noch junger Mann, der ihr zusagte, am nächsten Tag vorbeizukommen, um sich das Objekt anzusehen.

»Oui, Madame, ich habe aber nur ein mittelgroßes Unternehmen«, gab er zu bedenken. Doch Sabine war insgeheim schon so weit, dass sie froh war, wenn sich überhaupt ein einziger Handwerker finden ließ.

»Kein Problem, kommen Sie doch erst mal vorbei, und schauen Sie sich das Ganze an. Dann können wir sehen, ob Ihre Firma die Sanierung bewerkstelligen kann.«

Der Mann schien allerdings misstrauisch zu sein. »Gibt es bei Paimpont niemanden, der diesen Auftrag haben will?«

»Nun …« Sabine musste überlegen, wie sie das Dilemma in passende Worte verpackte. Es war ihr schließlich selbst ein Rätsel, warum ihr alle absagten. »Man hat hier in der Umgebung wohl aktuell einige größere Aufträge.«

Der junge Mann schwieg einen Augenblick. »In Ordnung, ich komme dann morgen Vormittag, wenn es recht ist.«

»Ja, ich freue mich. Ich bin vor Ort.«

»À demain.«

»À demain.« Bis morgen. Sabine legte erleichtert auf. Das war wenigstens ein kleiner Lichtblick! Sie würde es diesen verkappten Provinzlern hier schon zeigen. Nur weil sich aus unerklärlichen Gründen keiner dieser Baustelle annehmen wollte, würde sie nicht die Flinte ins Korn werfen. Hatte Wilthman das gemeint, als er gesagt hatte, das Château wäre ein schwieriges Projekt? Hatte Reineck es geahnt und deswegen dankend den Auftrag an Sabine weitergegeben? Hatte man ihr hier wichtige Fakten unterschlagen? Sie musste einige Mal tief ein- und ausatmen, um nicht wütend zu werden. Sie hatte es immerhin geschafft, zumindest einen möglichen Bauunternehmer zu finden.

Nun konnte sie auch den letzten Anruf des Tages tätigen. Sie wählte die Nummer von Nicolas Geradin.

»Büro von Monsieur Geradin«, meldete sich eine Frauenstimme.

»Sabine Beck, ist Monsieur Geradin zu sprechen?«

»In welcher Angelegenheit?«

»Ich leite die Sanierung des Châteaus Maélis.«

»Da müssen Sie sich an den zuständigen Projektleiter wenden.«

Sabine war verwirrt von dieser Antwort. »Ich denke, da ist Monsieur Geradin persönlich mein Ansprechpartner.«

»Madame, Monsieur kümmert sich gewöhnlich nicht selbst um jede einzelne Firma.« Die Stimme der Dame bekam einen leicht spitzen Unterton.

Sabine wurde ungeduldig. »Es geht um ein privates Bauvorhaben, Madame, dies wäre mit Monsieur Geradin persönlich zu besprechen.«

»Einen Augenblick bitte.«

Sabine wartete.

»Ich stelle Sie durch.« Eine kurze Melodie erklang.

»Geradin«, meldete sich die wohlbekannte Männerstimme am anderen Ende.

Sabine spürte, wie sie leicht erschauderte.

»Sabine Beck hier, entschuldigen Sie, dass ich Sie jetzt schon behelligen muss. Ich wollte nur fragen, was ich mit den Dingen aus der Wohnung … dem Haus … nun ja, da sind noch sehr viele Sachen …« Himmel, stottere doch nicht schon wieder so rum, schimpfte sie im Stillen. »Soll ich das alles leerräumen?«

»Werden Sie wohl müssen, wenn Sie es renovieren wollen.« Seine Stimme klang frostig.

»Ich wollte nur sichergehen, dass …« Sie kam sich plötzlich dumm vor, ihn wegen dieser Frage angerufen zu haben. Obwohl sie immer noch überzeugt war, dass es seine Aufgabe war, zu bestimmen, was mit den Dingen geschah, und nicht ihre.

»Räumen Sie es einfach aus. Ich kümmere mich später darum.« Sein Tonfall wurde etwas wärmer. »Entschuldigen Sie, ich hatte nicht daran gedacht, dass die Wohnung noch vollgestellt ist. Ich … war einfach zu lange nicht dort. Ist es ein Problem für Sie, das zu erledigen?«

»Nein, nein! Ich kümmere mich darum.«

Es entstand eine kurze Pause. Sie hörte seinen leisen Atem am anderen Ende der Leitung. Verlegen räusperte sie sich. »Okay, das war's auch eigentlich schon.«

»Gut«, sagte er, und seine Stimme wurde plötzlich deutlich wärmer. »Ich freue mich, wenn wir uns dann das nächste Mal sehen. Bis dahin.«

»Bis dahin.« Sabine legte auf und musste unwillkürlich lächeln. Auch wenn er merkwürdig war, freute sie sich wirklich darauf.

Beschwingt von diesem seltsam kribbeligen Gefühl, das seine Stimme in ihr hervorrief, machte sie sich sogleich daran, das Steinhaus leerzuräumen, zumindest, was die leichteren Gegenstände anging.

In dem Raum unter der Wohnung fand sie mehrere alte Holzkästen und Pappkartons, darin konnte sie einiges verstauen. Als sie die Regale leerräumte, verflog ihre positive Stimmung. Die Person, die hier einst gewohnt hatte, hatte Bücher über englische Rosen gelesen, schien sich mit der Haltung von Pfauenvögeln befasst zu haben und hatte Sagen und Märchen gemocht – so viel verriet die Büchersammlung. Zudem gab es einige alte Kataloge und Bedienungsanleitungen. Sabine brauchte einen Augenblick, um herauszufinden, worum es ging; dann begriff sie, dass es sich um die Vorläufer von Videokameras handelte. In einem Schrank fand sie alte Geräte mit Kurbeln und Filmspulen. Es fühlte sich falsch an, das alles einfach sang- und klanglos in Kisten zu räumen, obwohl Sabine die Person nicht gekannt hatte.

Sie versuchte sich mit der weiteren Planung abzulenken.

Hier würde sie einiges selbst machen können; streichen wäre die größte Aufgabe. Die kleinen Räume hatten einen schönen alten Holzboden, zu schade, um ihn unter einem künstlichen Belag zu verstecken. Im Bad und in der Küche müssten neue Installationen angebracht werden, aber auch dies waren im Vergleich zu der Großbaustelle im Château eher Kleinigkeiten. Sie beschloss, das alte Häuschen weitestgehend im Urzustand zu belassen. Alles raus, Licht und Luft schaffen, Möbel in hellen Farben, und schon würde es eine schnuckelige Unterkunft werden. Ob dieser Stil Nicolas Geradin später auch zusagen würde?

Im Grunde konnte sie hier nicht viel falsch machen, und viel Spielraum gab es auch nicht auf den wenigen Quadratmetern. Zumal sie sich immer noch nicht vorstellen konnte, dass Nicolas Geradin später einmal längere Zeit hier verbringen würde. Er war … einfach nicht der Typ für ein romantisches Ferienhaus im Wald. Sabine musste bei dem Gedanken lachen. Vielleicht tat sie ihm unrecht? Doch er hatte in den letzten zehn Jahren immerhin kein Interesse an dem Château gehabt.

Sie schleppte bis zum späten Nachmittag Kisten mit Kleinkram vom Steinhaus hinüber in eine der Scheunen. Ordentlich stapelte sie dort die Sachen. Sie wusste nicht, ob Geradin davon noch etwas haben wollte.

Kurz vor Anbruch der Dämmerung stand sie zufrieden im Wohnzimmer. Jetzt, wo zumindest die persönlichen Dinge aus der Wohnung entfernt waren, kam es ihr schon nicht mehr so merkwürdig vor, hier tätig zu werden. Sie befasste sich sonst eher mit leeren Gebäuden und Räumen.

Verstaubt und erschöpft kehrte sie zu Emma zurück. Ein bisschen tat es ihr leid, den Wohnwagen bald gegen das kleine Haus einzutauschen. Doch eine richtige Dusche und eine größere Küche waren auf längere Sicht Gold wert. Während sie Kaffee aufbrühte, kontrollierte sie ihre E-Mails. Wiebke war fleißig gewesen und hatte ihr die Eingangsbestätigung der Pläne beim örtlichen Bauamt weitergeleitet. Dann hatte Monsieur Halovét jetzt ja etwas zu tun.

Sabine lehnte sich entspannt zurück und überschlug in Gedanken ihre nächsten Schritte. Am nächsten Tag würde sie einen Elektriker und einen Installateur für das Bad ihrer neuen Unterkunft suchen. Denen würde sie erst gar nicht das Château auf die Nase binden. Natürlich würden sie wissen, worum es ging, wenn sie ihnen die Adresse gab. Doch sollten sie ruhig erst mal in dem kleinen Haus werkeln, dann würden sie ja vielleicht von alleine den lukrativen Großauftrag riechen.

Zufrieden kuschelte sie sich in ihre Kissen, mit dem guten Gefühl, dass es jetzt endlich richtig losging.

Kapitel 5

»Salut.« Es war in der Tat ein sehr junger Mann, vielleicht Mitte zwanzig, hochgewachsen, breitschultrig und mit kurzem, etwas wirrem blondem Haar, der am nächsten Morgen aus einem blauen Transporter stieg.

Sabine hatte gerade das Telefon vom Ohr genommen. Ein Installateur und Elektriker waren gefunden. Sie hatte nur von einem alten Ferienhaus gesprochen statt vom Château, und schon hatten sich beide bereiterklärt, noch am selben Tag vorbeizukommen.

»Bonjour«, begrüßte sie den Bauunternehmer gut gelaunt.

»Jacques Brion, wir hatten telefoniert?«

»Sabine Beck, ja. Ich freue mich, dass Sie gekommen sind. Wollen wir uns gleich das Haus ansehen?«

»Gerne. Nennen Sie mich Jac.« Er fischte aus der Fahrerkabine seines Wagens ein Klemmbrett samt Stift. »Bereit!«

»Dann kommen Sie, Jac.«

Er folgte ihr zum Haupthaus. Aus den Augenwinkeln bemerkte Sabine, wie sein Blick prüfend über das Château glitt.

»Feuchtigkeit, hm, Dach neu, Fenster, Putz …«, murmelte er.

»Ja, hier gibt es einiges zu tun.« Sabine öffnete die Eingangstür.

In der Halle blieb Jac stehen, steckte die Hände in die Hosentaschen und zog ein nachdenkliches Gesicht.

»Das wird ein ziemlich großes Ding.« Er sah leicht verunsichert aus.

Sabine wandte sich zu ihm um. Er machte einen aufrichtigen Eindruck, das gefiel ihr. »Haben Sie genug Arbeiter?«

»Ich denke, ja.«

»Haben Sie die nötigen Maschinen?«

»Ja, auch.«

»Dann bekommen Sie diesen Auftrag, Jac. Ich werde noch heute die Verträge vorbereiten.« Sie holte tief Luft, es wäre sicherlich nicht gut, Jac, der sich als ehrliche Seele zeigte, im Ungewissen zu lassen. Sie beschloss, lieber gleich mit offenen Karten zu spielen. »Ich möchte ehrlich zu Ihnen sein, Jac. Ich weiß nicht, warum, aber in der ganzen Umgebung ließ sich kein anderer Bauunternehmer finden, der bereit war, sich dieses Hauses anzunehmen.«

Jac lächelte schief. »Ja, mein Vater hat mich gestern auch davor gewarnt, hierherzukommen.«

»Himmel, was ist denn nur los mit der Gegend?« Sabine hob hilflos die Arme, sah ihre letzte Chance dahinschwinden.

»Ich bin dennoch hier, Frau Beck. Wenn ich all den alten Geschichten dieses Waldes glauben würde, wäre ich wohl den ganzen Tag damit beschäftigt, an irgendwelchen Bäumen Waldgeistern zu huldigen, aus dubiosen Quellen, die das ewige Leben versprechen, Wasser zu schöpfen, oder in irgendwelchen Tälern darauf zu warten, dass mir eine Fee erscheint.« Aus seinem Lächeln wurde ein Lachen. »Mythen und Sagen sind das eine … geschäftlich zu überleben das andere. Ich habe die Firma erst vor Kurzem übernommen. Ich will ehrlich sein – als Sohn, der in große Fußstapfen tritt, hat man es gar nicht so leicht.« Er wurde wieder ernst. »Ich kann diesen Auftrag mehr als gut gebrauchen, und dafür bin ich auch gerne bereit, gegen den Strom zu schwimmen.«

Sabine stemmte die Hände in die Hüften. »Jac, Sie sind mein Mann!«

»Prima – dann schauen wir uns jetzt am besten das Haus an.«

Jacques Brion entging nicht der kleinste Mangel. Er schien ganz in seinem Element und erwies sich trotz seines jungen Alters schon bald als gewissenhafter Bauplaner.

Nach gut zwei Stunden waren sie durch. Jac hatte sich unablässig Notizen gemacht. Sabine war glücklich, dass sie ihn aufgetan hatte. Mit ihm würde die Sanierung gelingen, dessen war sie sich sicher. Als sie wieder in der Eingangshalle, dem Ausgangspunkt ihrer Besichtigung, standen, sagte Jac:

»Das wird eine große Sache, Frau Beck.«

»Das hoffe ich doch. Kann ich immer noch mit Ihnen rechnen?«

»Natürlich.« Er klopfte auf sein Klemmbrett. »Ich kalkuliere das mal in Ruhe durch. Mit dem Entkernen können wir meinetwegen sofort anfangen. Schicken Sie mir heute noch die Pläne rüber?«

»Ja natürlich, gerne.« Sabine musste sich beherrschen, ihm nicht einfach um den Hals zu fallen. Sie freute sich wie ein kleines Mädchen an Weihnachten, dass es endlich losging. Beschwingt verabschiedete sie Jac.

Nur wenige Stunden später fuhr erneut ein Lieferwagen

auf den Hof – der Installateur für die Wasserversorgung. Er schaute ziemlich mürrisch drein, als er aus dem Wagen stieg, aber Sabine gab ihm gar nicht die Chance, negativ auf das Château zu sprechen zu kommen.

»Monsieur Savere, ich freue mich, dass Sie es so schnell einrichten konnten.« Entschlossen führte sie ihn zu dem kleinen Steinhaus.

»Hier muss nur der Hauptanschluss wieder gängig gemacht werden. Und die Armaturen im Bad und in der Küche müssten geprüft werden.«

Der Mann brummte etwas Unverständliches und schlurfte hinter ihr her. Es dauerte eine geraume Zeit, bis er die Zuleitung zum Gebäude gefunden hatte, dann aber gab der Wasserhahn in der Küche ein gurgelndes, spuckendes Geräusch von sich, und ein Schwall rostiger Brühe ergoss sich in das Becken.

»Da müssen Sie erst mal gut spülen, Madame«, meinte Monsieur Savere, der mit einer großen Wasserrohrzange im Türrahmen stand.

»Ja, ich weiß.« Sabine huschte an ihm vorbei, um im Badezimmer alle Hähne aufzudrehen.

»Wollen Sie hier wohnen?« Der Mann sah inzwischen nicht mehr ganz so verkniffen aus. Sabine hatte geahnt, dass die Neugier irgendwann überwiegen würde.

»Nur so lange, wie das Château drüben saniert wird.«

»Ja, ich hab davon gehört … Ein Hotel soll's werden?«

»Ja, genau.«

»Aha … und wer macht die Baustelle?«

»Ein Unternehmer aus Rennes«, flunkerte Sabine. Jac kam aus einem kleinen Ort jenseits des Waldgebietes, aber das musste der Mann ja nicht wissen. Sollten die hiesigen

Dörfler ruhig ein bisschen was zum Spekulieren haben, wo sie ihr doch alle einen Korb gegeben hatten.

Der Installateur schraubte an den Wasserhähnen herum, klopfte hier und da gegen eine Leitung und ließ dann irgendwann sein Werkzeug geräuschvoll in eine Kiste fallen.

»Das war's, Wasser haben Sie jetzt erst mal wieder.«

»Danke.« Sabine hielt ihm einen vorbereiteten Zettel mit Nicolas Geradins Adresse hin. »Die Rechnung schicken Sie bitte hierhin.«

»Nicolas, hm … kenne ihn noch als Kind. Dass der sich nach so vielen Jahren um den alten Kasten da drüben schert. Also Madame, falls Sie später … drüben … mal einen Installateur brauchen … Ich habe zwar immer viel zu tun, aber wir könnten ja mal sehen.«

»Ich komme beizeiten vielleicht darauf zurück.« Sabine gab sich immer noch gleichgültig, im Stillen aber lachte sie sich ins Fäustchen. Was auch immer die Menschen davon abhielt, im Château arbeiten zu wollen: Wenn erst jemand vor Ort war, merkte, was ihm da entging, und sich vor allem darüber klar wurde, dass hier kein Gespenst oder was auch immer aus der Ecke gesprungen kam, regelten sich die Dinge von allein.

»Na dann, erst mal viel Glück.« Der Mann schnappte sich seinen Werkzeugkoffer und verabschiedete sich.

Sabine ließ die Wasserhähne weiterhin laufen. Es würde dauern, bis sich der Belag aus den Rohren gelöst hatte. Doch das leise Rauschen und die Aussicht, am Abend eine warme Dusche genießen zu können, hoben ihre Laune. So gern sie ihre Emma mochte – Wasserkanister und Campingklo waren keine Dauerlösung.

Am Nachmittag fand sich der Elektriker ein, und es spielte sich fast die gleiche Szene ab wie mit dem Wasserinstallateur: erst mürrisches Auftreten, dann langsames Auftauen. Er brauchte zwar deutlich länger, um dem Haus einen funktionierenden Stromanschluss zu verpassen, und fluchte über die alten Sicherungen. Aber letztendlich bot auch er nach dem Entflammen der letzten Glühbirne an, dass Sabine sich melden könne, wenn es im Château etwas zu tun gäbe.

Am Abend saß Sabine zufrieden auf einem Klappstuhl vor Emmas Tür. Zur Feier des Tages hatte sie ihre letzte Flasche Rotwein geöffnet. Dank Wasser und Strom hatte sie eine Dusche nehmen können, auch wenn die nackten Räume dem Haus keine angenehme Atmosphäre verliehen. Aber es ging voran. Und wenn Jac wie versprochen am nächsten Tag mit seinen Männern loslegen und sie selbst im Haus mit dem Streichen beginnen würde, dann würde es hier in ein paar Tagen schon ganz anders aussehen.

Laute Motorengeräusche ließen Sabine am nächsten Morgen hochschrecken. Als sie aus dem Bett und in ihre Kleider sprang, meldete sich ihr Kopf mit einem unangenchmen Schwindelgefühl. Sie hätte den Wein am Vorabend wohl besser sein lassen.

Ein lautes Rumpeln ließ Emmas Wände wackeln, darauf folgte ein markerschütterndes Quietschen. Sabine kannte diese Geräusche. Mit noch offenen Schnürsenkeln trat sie aus dem Wohnwagen. Vor dem Château stand ein riesiger grüner LKW, und vom Wald her hörte sie bereits den nächsten herankommen. Das Fahrzeug lud soeben einen großen Schuttcontainer ab.

Der Fahrer winkte und schrie gegen das Motorengeräusch an: »Ist das in Ordnung so?«

Sabine winkte und nickte kräftig. »Ja, alles klar!«

Vor dem nächsten LKW schob sich Jacs Lieferwagen aus dem Schatten des Waldes. Neben ihm in der Fahrerkabine saßen zusammengequetscht drei weitere Männer.

Der Wagen kam neben Sabine zum Stehen. Jac sprang mit einem breiten Lächeln heraus.

»Da sind wir, Madame, jetzt geht's los.« Wie ein Dirigent übernahm er das Kommando. LKW nach LKW rollte über den schmalen Waldweg auf das Château zu. Schuttmulden und Container wurden abgeladen, und binnen der nächsten Stunden sah es auf dem Hof aus wie auf einer Großbaustelle. Sabine versuchte Jac zu folgen, gab aber schnell auf. Der Mann war ganz in seinem Element und brauchte weder Anweisungen noch Hilfe.

Als gegen Mittag seine Arbeiter die ersten Schubkarren mit abgerissenen Tapeten und Holzverkleidungen aus dem Haus in die Mulden kippten, klopfte er an die Tür zu Sabines Wohnwagen. Sie hatte sich zurückgezogen, um zu sehen, ob es schon Nachrichten vom Bauamt gab, auch wenn es unwahrscheinlich war, dass es so schnell ging.

»Madame Beck?«

»Hier – ja! Kommen Sie rein, Jac.«

Er musste den Kopf einziehen in dem niedrigen Wagen.

»Meine Männer sind jetzt dabei, alles rauszuholen, was rausmuss.« Er klopfte auf die Tasche, die er unter der rechten Achsel trug. »Ich habe mir erlaubt, die Pläne auszudrucken.«

»Oh …« Sabine wurde etwas verlegen, sie hatte glatt

vergessen, sich darum zu kümmern. »Das ist nett von Ihnen.«

Jac zog einen dicken Stapel aus der Tasche. »Ihre Planungen sind hervorragend, genauso hätte ich es auch gemacht mit diesem Haus.«

»Das ist mein Job.« Sabine nahm lächelnd die Papiere entgegen.

»Allerdings …«, er druckste etwas herum, »gibt es wohl irgendwo noch eine Abweichung in den Maßen.«

Sabine hatte geahnt, dass es einem gewieften Bauunternehmer auffallen würde. »Äh ja … da muss ich noch einmal genau schauen. In derart alten Häusern weiß man nie, wo sich vielleicht noch ein verborgener Raum versteckt.«

Er nickte verständnisvoll. »Einige Mauern könnten doppelt gesetzt sein, früher hat man so was gerne mal gemacht. Ich habe mir das schon angesehen, aber Genaueres wissen wir natürlich erst, wenn wir an das Abreißen gehen.« Er zuckte mit den Achseln. »Wir machen dann mal weiter.« Er nickte Sabine gut gelaunt zu und verschwand wieder, wobei er sich fast den Kopf stieß.

Sabine breitete nachdenklich die Pläne vor sich auf dem Tisch aus. Selbst in Großformat und auf Papier wollte ihr der verdammte Fehler einfach nicht ins Auge springen.

Die ersten eineinhalb Tage brachten bereits eine große Veränderung im Château mit sich. Die Luft war staubig, und es roch nach Schimmel, alten Tapeten und morschem Holz. Fenster wurden aus ihren Rahmen gebrochen, Fußbodenbeläge entfernt, alter Putz von den Wänden geklopft. Container um Container füllte sich, wurde abgeholt und durch leere ersetzt.

Der Sonntag tauchte das Château in eine gespenstische Stille. Sabine hatte sich von Jac am Vortag mit dem Lieferwagen alle Utensilien bringen lassen, die sie zur Renovierung des Nebenhauses brauchte. Zwei seiner Arbeiter hatten die großen Möbel in die Scheune getragen, sodass sie mit der Arbeit beginnen konnte.

Abends schmerzten ihr die Arme vom Streichen, doch je mehr das Château an Substanz verlor, desto mehr gewann das kleine Haus an Charme.

Am Montagmorgen, kurz nach dem ersten Vogelgezwitscher, rumpelte Jac bereits wieder mit seinen Arbeitern im Haupthaus herum. Sabine trat gerade mit ihrer Kaffeetasse aus dem Steinhaus, wo sie nachgesehen hatte, ob die Farbe vom Vortag schon getrocknet war, als sich ein grünes, ihr wohlbekanntes Auto zwischen die Container auf dem Hof schob. Im Vorbeigehen stellte sie ihre Tasse vor dem Wohnwagen ab und begrüßte den Mann, der ausstieg, schon von Weitem. »Monsieur Halovét, guten Morgen.«

Der Beamte sah nicht weniger mürrisch aus als bei seinem letzten Besuch. In der linken Hand trug er eine braune Aktenmappe.

»Sie haben ja nicht lange gewartet mit dem Baubeginn«, sagte er spitz, während er auf Sabine zulief. Er klang gerade so, als lauere er nur darauf, die ersten Beanstandungen machen zu können.

»Nur die ersten Entkernungsmaßnahmen«, sagte Sabine beschwichtigend.

»Nun«, Monsieur Halovét zog ein Gesicht, als hätte er Zahnschmerzen, »dann wird es Sie freuen zu hören, dass unsere Behörde den ersten Bauabschnitt auch freigeben wird.« Er zückte einen Stapel Papier aus der Tasche wie eine Pistole aus einem Holster und streckte ihn Sabine entgegen. »Natürlich sind einige Dinge noch zu besprechen, aber das regeln wir direkt mit Monsieur Geradin.«

Sabine gab sich Mühe, nicht breit zu grinsen. »Das freut mich in der Tat, Monsieur Halovét, und ich bin Ihnen dankbar, dass es so schnell ging.«

Der Beamte reckte das Kinn in die Höhe und verengte die Augen zu Schlitzen. »Ich werde persönlich die amtsseitige Aufsicht über die Bauvorhaben abhalten.«

Sabine machte eine einladende Geste mit dem Arm. »Kein Problem, Sie können jederzeit kommen.«

»Wir sehen uns.« Er reckte das Kinn noch etwas höher, machte auf dem Absatz kehrt und marschierte schnurstracks zu seinem Wagen zurück.

Kaum hatte er ihr den Rücken zugewandt, ließ Sabine ihren Gefühlen freien Lauf und ballte die rechte Hand zu einer Faust, um sie in einer Siegesgeste nach unten schnellen zu lassen. »Ja! Danke, Wiebke!« Fürs Erste stand dem Projekt Hotel Château Maélis nichts mehr im Weg.

Jac stellte in den nachfolgenden Tagen weitere Arbeiter ein, und Sabine gab die ersten Anweisungen zu den geplanten Umbauarbeiten. Im Erdgeschoss und in der ersten Etage waren die Vorbereitungen bereits abgeschlossen. Das Château wirkte nackt und schutzlos ohne Fenster und jeglichen Schmuck. Einzig die Terrassentüren hatten sie drin gelassen, denn sie wollte den großen Saal mit dem alten Marmorboden nicht dem unsteten Wetter aussetzen. Der Wind blies durch die restlichen Räume, wirbelte kleine Staubwolken auf und trug den muffigen Geruch nach draußen. Jac hatte bereits einen Fensterbauer kontaktiert, um das Innere des Gebäudes bald wieder zu schützen.

Nur das Dachgeschoss bereitete Sabine noch etwas Sorge. Sie und Jac hatten fast einen ganzen Tag damit zugebracht auszuwählen, welche Balken man entfernen konnte, ohne dass die Statik des riesigen Daches leiden würde. Bevor das Dach selbst repariert werden konnte, musste das Gebälk darunter in einem stabilen Zustand sein.

Auf dem Hof des Châteaus ging es inzwischen zu wie in einem Ameisenhaufen. Jac hatte die Baustelle so gut im Griff, dass Sabine sich voll und ganz der Renovierung des Steinhauses widmen konnte. Auch wenn alles in diesen ersten Tagen nach Baubeginn den Anschein erweckte, es ginge rasend schnell, wusste sie, dass sie noch etliche Wochen hier verbringen würde.

Am Donnerstag machte sie sich auf nach Rennes, um einige Möbel einzukaufen.

Am Vortag hatte sie versucht Nicolas Geradin zu erreichen, doch eine Sekretärin hatte sie mit tonloser Stimme auflaufen lassen.

»Monsieur Geradin ist momentan nicht zu sprechen.«

Sabine hatte ihr mit knappen Worten erklärt, dass es darum ging, sein zukünftiges Haus einzurichten, und sie nicht wüsste, ob er selbst eine Auswahl treffen wolle und wie sie den Kauf der Möbel abwickeln sollte.

Die Dame am anderen Ende der Leitung hatte scharf die Luft eingesogen. »Für so etwas hat Monsieur Geradin keine Zeit. Lassen Sie die Rechnungen einfach an unsere Geschäftsstelle schicken.« Mit diesen Worten hatte sie aufgelegt.

Bitte schön. Sabine war irritiert über die schroffe Abweisung gewesen. Nicolas Geradin schien ein wirklich vielbeschäftigter Mann zu sein.

Die Fahrt nach Rennes kam ihr wie ein Flug zu einem anderen Stern vor. Nach fast vierzehn Tagen in der Einsamkeit des Waldes, nur unterbrochen durch kurze Einkäufe in Paimpont, erschienen ihr die Straßen mächtig voll. In einem Industriegebiet fand sie ein großes Möbelhaus, und auch hier musste sie sich erst wieder an die ganzen umtriebigen Menschen um sie herum gewöhnen. Suchend schlenderte sie durch die Gänge zwischen Sofas und Tischen. Sie hatte keinen blassen Schimmer, was Nicolas Geradins Geschmack entsprechen könnte. Irgendwann gab sie den Versuch auf, seine Vorlieben durch Grübelei zu ergründen, und kaufte einfach ein paar Dinge, die ihr gut gefielen. Ein geschäftstüchtiger Verkäufer war schnell gefunden, der ihre Wünsche und Bestellungen notierte.

»Oui, Madame, das können wir alles morgen bereits liefern.«

»Es ist für einen Geschäftskunden, ich richte sein Feriendomizil ein.« Ein bisschen mulmig war Sabine schon, als sie einfach einen Zettel mit Geradins Adresse weiterreichte, damit die Rechnung an ihn geschickt würde. Der Verkäufer schaute auf den Namen, zog einmal kurz die Augenbrauen hoch und nickte dann eifrig.

»Oui, für Monsieur Geradin, kein Problem.«

Beim Verlassen des Möbelhauses nahm Sabine sich fest vor, intensiver über Nicolas Geradin zu recherchieren. Er schien kein Unbekannter zu sein.

Am nächsten Morgen schon lieferte ein Transporter die bestellten Möbel. Zwei Männer trugen das neue Sofa, einen Tisch, Stühle und diverse Kartons über den Hof ins Haus. Binnen weniger Stunden erlangte der Wohnraum eine ungeahnte Gemütlichkeit. Es roch noch etwas nach frischer Farbe und Bohnerwachs. Sabine hatte es sich nicht nehmen lassen, den alten Holzfußboden eigenhändig aufzufrischen.

Im Château begannen die Arbeiter derweil vorsichtig, die ersten Balken aus dem Dachgeschoss zu entfernen. Mühselig schafften sie das Ständerwerk über die Treppe nach draußen.

Sabine hatte soeben die bestellte Matratze ausgepackt und in das große Alkovenbett gewuchtet, als aus dem Hauptgebäude ein lauter Knall und Rufe ertönten. Eilig rannte sie zum Haupthaus. In der Tür stehend sah sie, wie auf der Treppe vier Männer mit einem dicken Holzbalken kämpften, der mit der Front über dem Geländer zur Eingangshalle hin zeigte.

»Festhalten, festhalten, lasst ihn nicht abrutschen!« Jac stand unten in der Halle und wies seine Männer an. Von oben kamen zwei weitere Arbeiter herbeigeeilt, um das störrische Holz zu umklammern. Doch der Balken war zu schwer, einer der Träger geriet auf der Treppe ins Stolpern, sackte weg, und der Balken kam gefährlich ins Rutschen.

»Verdammt – weg! Weg!« Jac sprang zur Seite und riss Sabine dabei unsanft mit sich, sodass sie stolperte. Einen Sekundenbruchteil später krachte der Holzbalken vom Treppengeländer nach unten in die Eingangshalle.

»Alles in Ordnung?« Jac musterte Sabine besorgt.

»Alles o.k.«

»Wir konnten ihn nicht halten, Chef!« Die Arbeiter kamen erschrocken die Treppe hinab und starrten auf das Malheur.

»Jemand verletzt? Nein? Gut – schafft das Ding jetzt raus hier, und beim nächsten Balken packen mehr Leute mit an, habt ihr verstanden?« Jac stemmte die Hände in die Hüften und schüttelte vorwurfsvoll den Kopf.

Die Männer wuchteten den schweren Balken hoch und trugen ihn durch die Eingangstür. Sabine beäugte den Boden. Schritt für Schritt ging sie die Fliesen ab. Nichts! Ein Hauch Erleichterung machte sich in ihr breit – bis sie beim Brunnen ankam. Der Balken hatte den Rand des Beckens getroffen, eine unschöne Macke prangte zwischen den Verzierungen … und im Becken lagen Scherben. Sabine schaute zu der steinernen Frau auf. Das Herz in ihrer Hand hatte einen Sprung, und vom Boden waren einige Teile abgeschlagen. Sabine stieg in das Becken, um den Schaden genauer zu besehen.

»Merde – ist doch etwas kaputtgegangen?« Jac blieb am Rand des Brunnens stehen.

»Ja, hier ist etwas abgesprungen.« Sabine bückte sich, um die abgeplatzten Scherben aufzuheben. Vorsichtig probierte sie, ob sich die Teile wieder zusammensetzen ließen. Vielleicht würde man sie kleben können, die Bruchkanten waren recht gleichmäßig. Hoffentlich gab das keinen Ärger! Nicolas Geradin hatte dem Brunnen bei seinem kurzen Besuch viel Aufmerksamkeit gewidmet, er schien ihm als Einziges hier wichtig zu sein.

Während Sabine die Scherben zwischen den Fingern drehte, um sie zu begutachten, fiel ihr ein größeres Stück auf, das noch zu Füßen der Statue lag. Es war der untere Teil des Herzens.

»Ich geh mal raus und sehe nach, was die Männer machen. Tut mir leid, das hier. Meine Firma kommt natürlich für den Schaden auf.«

»So was passiert, Jac. Wird sich schon reparieren lassen.«

Abschätzend hob sie das steinerne Bruchstück auf und wog es in der Hand. Es war eindeutig zu leicht, um massiv zu sein. Sabine nahm eine weitere Scherbe zur Hand. Obwohl diese kleiner war, war sie deutlich schwerer. Sie legte sämtliche Scherben zu den Füßen der Frauenstatue, nur das leichte Bruchstück behielt sie in der Hand. Als sie es schüttelte, klapperte es im Inneren. Was dort wohl drin sein mochte? Nachdenklich blickte Sabine zur Tür. Draußen rumorten die Arbeiter mit dem Holzbalken herum. Immer noch im Brunnenbecken stehend, drehte sie sich um und suchte nach einer passenden Stelle. Mit einem vorsichtigen Hieb auf die Innenseite der Brunnenkante versuchte sie das Bruchstück aufzuschlagen. Ein kurzes Knirschen ertönte, und ein weiterer Splitter löste sich. Sabine betrachtete das Teil genauer, es schien in der Tat hohl. Vorsichtig steckte sie den Zeigefinger in das entstandene Loch. Da war etwas! Nach einigem Drehen und Wenden bekam sie es mit der Fingerspitze zu fassen und zog es hervor. Ein alter, rostiger Schlüssel purzelte auf ihre Handfläche. Erstaunt betrachtete Sabine ihren Fund.

»Sabine? Kommen Sie mal?«, rief Jac in diesem Moment.

»Ja!« Sie legte das Bruchstück zu den anderen und steckte den Schlüssel in ihre Hosentasche.

Jac stand mit seinen Arbeitern vor dem Haus, als Sabine dazukam.

Er deutete nach oben zum Dach. »Ich denke, wir sollten Montag einen Kran herschaffen und dann erst weitermachen. Die letzten Balken werden wohl noch schwerer sein, und ich möchte kein weiteres Risiko eingehen.«

Sabine nickte. »Ja, sicher ist sicher. Haben Sie denn einen Kran?«

»Klar!« Jac grinste. »Gut, Männer, dann räumen wir heute noch da oben auf, sodass wir Montag einen Teil des Daches abdecken können für einen Durchlass. Morgen machen wir dann den Rest unten.«

Jacs Arbeiter nickten einvernehmlich. Keiner schien Lust zu haben, sich von einem Balken erschlagen zu lassen.

»Dann auf! Weiter geht's!« An Sabine gewandt, meinte er: »Entschuldigen Sie noch mal den Schaden, wir hatten uns mit dem Balken wirklich etwas verschätzt.«

»Schon gut, Jac, aber hören Sie sich bitte nach einem guten Steinmetz um, der Brunnen muss auf jeden Fall wiederhergestellt werden.«

»Natürlich.«

Sabine schenkte ihm ein mildes Lächeln, denn er machte so ein betroffenes Gesicht, als hätte ihn der Balken mitten in die Magengrube getroffen.

Kapitel 6

Am Nachmittag bezog Sabine das kleine Steinhaus. Mit dem neuen Anstrich und den von ihr ausgewählten Möbeln erschien es ihr nicht länger seltsam, sich hier häuslich einzurichten. Im Gegenteil, schon jetzt kam Wehmut in ihr auf bei dem Gedanken, dass sie dieses Domizil in wenigen Monaten wieder verlassen musste. Das Haus strahlte Geborgenheit aus. Der Ofen, den sie mit altem Holz aus der Scheune angefeuert hatte, spendete angenehme Wärme, und der Blick auf den See, den die tiefstehende Sonne in goldenen Glanz tauchte, war fantastisch.

Auf der einen Seite des großen neuen Holztisches stellte Sabine ihren Laptop ab und stapelte ihre Bauunterlagen. Auf der anderen Seite blieb immer noch ausreichend Platz zum Sitzen und Essen. Ihre Kissen und Decken verfrachtete sie in das Alkovenbett, und ihre Kleidung verstaute sie in dem neuen Schrank. Sie hatte es sich nicht nehmen lassen, in der Kleinwarenabteilung des Möbelhauses die nötige Grundausstattung für die Küche und das Bad zu kaufen. Zufrieden hörte sie der neuen Kaffeemaschine zu, wie diese ihre erste Kanne aufbrühte, während sie am Fenster stand und beobachtete, wie die Bauarbeiter für diesen Tag Feierabend machten. Sie hatte Emma mit dem Auto so weit an die Scheune herangeschoben, wie es ging. Dort würde der Wohnwagen in den nächsten Wochen nicht im Weg stehen.

Als Sabine eine Hand in die Hosentasche steckte, spürte sie den Schlüssel. Den hatte sie fast vergessen! Sie zog ihn hervor, legte ihn auf den Tisch neben sich und holte sich eine Tasse dampfenden Kaffees. Nachdenklich beäugte sie den ungewöhnlichen Fund. Der Schlüssel ähnelte demjenigen, den sie für die Eingangstür des Châteaus bekommen hatte. Warum verbarg jemand einen Schlüssel in einem steinernen Herzen? Gehörte er zum Haus? Wenn ja, zu welcher Tür? Lauter Fragen schossen ihr durch den Kopf.

Kurz entschlossen stellte sie ihre Tasse ab, schnappte sich den Schlüssel und lief zur Scheune. Dort hatten die Handwerker alle bereits ausgebauten Türen abgestellt, um sie später aufzubereiten. Sabine probierte den Schlüssel in jedem einzelnen Türschloss aus, doch er passte zu keinem. Als Nächstes ging sie zum Château hinüber. Der Schlüssel passte weder zur Eingangstür noch zu einer der Außentüren, die zum Keller führten. Die letzte Möglichkeit war der Keller selbst. Dort gab es ein paar Türen, die bislang noch nicht ausgebaut waren. Im Untergeschoss war es schon fast dunkel, noch immer gab es keine Beleuchtung. Sabine überwand sich, probierte eine Tür nach der anderen – doch vergebens.

»Das gibt's doch nicht«, sagte sie halblaut zu sich selbst. Die einzigen übrigen Schlösser waren die der Türen aus dem Dachgeschoss. Diese lagen allerdings in einem der Abrisscontainer. Ohne lange zu überlegen, ging Sabine nach draußen, kletterte in den Container und testete auch dort jedes auffindbare Türschloss. Aber das Rätsel um den Schlüssel wollte sich ihr nicht preisgeben. Frustriert lehnte sie sich an die kühle Innenseite des Stahlcontainers und hielt den Schlüssel in das Gegenlicht der untergehenden Sonne. »Wo gehörst du nur hin?« Natürlich war es möglich, dass dieser Schlüssel gar nicht zum Château gehörte. Aber warum sollte ihn dann jemand hier versteckt haben, und dazu noch an einem derart ungewöhnlichen Ort? Sabine wurde das Gefühl nicht los, dass das passende Schloss hier irgendwo zu finden sein musste. Nur wo? Gab es auf dem Grundstück vielleicht einen verborgenen alten Keller oder ein Gebäude, welches gar nicht mehr stand? Sie hatte inzwischen von Wiebke einen Auszug des Lageplans vom Château bekommen, darauf war ihr nichts dergleichen aufgefallen. Er war allerdings neueren Datums gewesen.

Vorsichtig kletterte sie aus dem Container. Sie brauchte den Rat von jemandem, der sich hier besser auskannte. Doch so, wie die Einwohner von Paimpont ihr bisher begegnet waren, glaubte sie nicht daran, dass ihr jemand helfen würde, selbst wenn er sich hier auskannte. Grübelnd ging sie zum Steinhaus zurück. Vor der Tür blieb sie abrupt stehen. Doch, sie wusste jemanden. Dieser Fremdenführer … Wie war noch gleich sein Name? Sebastien. Vielleicht erwischte sie ihn noch, wenn sie sich beeilte.

Minuten später saß Sabine im Auto und steuerte den Wagen über den Waldweg. Als sie in Paimpont ankam, brach schon die Dämmerung herein. Sie parkte an der Abtei und eilte zum Touristenzentrum La Porte des Secrets. Erleichtert sah sie schon von Weitem, dass die Tür geöffnet und das Büro anscheinend noch besetzt war.

»Bonjour.« Atemlos stürmte sie in das Gebäude, wo zwei ältere Frauen hinter einer Informationstheke standen.

»Bonjour. Möchten Sie eine Führung buchen? Dann bitte für morgen, wir schließen gleich.« Eine der Damen rückte ihre Brille zurecht und trat an den Tresen heran.

»Nein, ich …« Sabine sammelte sich erst mal. »Ich suche einen Ihrer Guides. Sebastien ist sein Name.«

Die Frauen lächelten breit.

»Aha«, sagte die eine.

Sabine sah den beiden sofort an, was sie dachten. Es kam wohl öfter vor, dass nach Sebastien gefragt wurde, wohl aber nicht aus Gründen der Lokalhistorie.

»Ich habe einige Fragen an ihn bezüglich der Geschichte der Gegend.«

»Na, dann können Sie doch am besten eine Tour buchen.« Die beiden Frauen sahen sich verschwörerisch grinsend an, dann besannen sie sich jedoch. »Er müsste so in zwanzig Minuten mit seiner letzten Gruppe zurückkehren.«

»Danke. Ich warte dann draußen.« Sabine hatte wenig Lust, sich den beiden spekulationsfreudigen Damen weiter auszuliefern. Draußen setzte sie sich auf einen der Abgrenzungssteine des Platzes und wartete. Es wurde Minuter um Minute dunkler, in den Bistros der Straße gingen Lichter an, und vereinzelt fanden sich Gäste ein.

Wie angekündigt näherte sich vom Abteigebäude her nach gut zwanzig Minuten eine größere Gruppe Menschen. Sebastien sprang Sabine sogleich ins Auge: in der Mitte vorangehend, mit einem langen Wanderstock in der rechten Hand. Beim Näherkommen sah sie in den Gesichtern der Touristen Erschöpfung. Die ersten sprachen bereits über das Abendbrot und in welchem Gastraum sie sich einfinden würden. Sebastien hingegen wirkte, als wäre er ganz in seinem Element. Als er seine kurze Abschlussrede gehalten hatte, stand Sabine auf und ging auf ihn zu.

Schwungvoll drehte er sich zu ihr um. »Ah, die Mademoiselle vom Château. Was kann ich für Sie tun?«

Sabine musste lachen. »Beck, ich heiße Sabine Beck … und Sie können in der Tat etwas für mich tun.«

»Mademoiselle Beck, sehr gerne, aber ich gestehe, ich habe jetzt Feierabend, und meine Kehle ist ganz trocken.« Er zwinkerte ihr frech zu.

»Monsieur Sebastien, ich habe nur ein paar kurze Fragen, wäre aber gewillt, diese bei einem Getränk mit Ihnen zu besprechen«, konterte sie. Er war ein Charmeur, ohne Frage.

»Nun, darüber lässt sich reden.«

»Gut – dann gehen wir? Sie werden wissen, wo Sie sich am besten erholen können.« Sabine hob aufmunternd die Hände.

Sebastien lotste Sabine in eine Taverne am Ende der Straße. Der Wirt begrüßte ihn nickend.

»Mein bescheidenes Wohnzimmer nach einem anstrengenden Tag.« Galant bot er Sabine einen Stuhl an. Sie fragte sich im Stillen, ob er immer so war oder ob das alles noch zu seiner Rolle als Fremdenführer gehörte.

»Wie viele Führungen machen Sie am Tag?«, fragte sie neugierig.

»Oh, zwei bis drei, je nachdem.« Seine Stimme bekam einen etwas gefälligeren Tonfall, und seine Gesichtszüge entspannten sich.

Also doch ein Schauspieler.

»Anstrengender Job, hm?«

»Ja schon, aber es macht auch Spaß.« Mit einem Fingerzeig orderte er zwei Getränke an der Theke. »Sie trinken doch Wein?«

»Ja, gerne.«

»Gut, dann schießen Sie mal los, wobei kann ich helfen?«

Sabine überlegte, wie sie am besten anfangen sollte. »Also, ich suche jemanden … der mir etwas mehr über die Geschichte des Château Maélis erzählen kann. Wissen Sie, wir bauen dort jetzt zwar sehr viel um, aber ich würde mich bei der Sanierung gerne etwas an historischen Fakten orientieren.«

»Hm«, machte Sebastien. Sein Gesicht wurde ernst. »An welche Art von Fakten dachten Sie denn da?«

»Na ja, vielleicht gibt es die eine oder andere Geschichte aus der Vergangenheit … irgendeinen berühmten Bewohner … ach, was weiß ich?« Sabine zuckte die Achseln. »Es war nur so eine Idee, Sie zu fragen, Sie kennen sich doch sehr gut aus hier in der Gegend und sind sicherlich mit der Geschichte des Châteaus vertraut.«

»Kann Ihnen Nicolas da nicht weiterhelfen?« Sebastien lehnte sich auf seinem Platz zurück und verschränkte die Arme vor der Brust.

»Sie kennen Monsieur Geradin?«

Nun zuckte Sebastien mit den Achseln.

»Na, kommen Sie, irgendeine Spukgeschichte wird es zu dem Haus doch sicherlich geben. Zum Beispiel der große Brunnen im Haus, die Frau – ist das eine Fee oder so was?« Sabine lächelte und nippte an ihrem Wein.

Sebastien hingegen fixierte sie mit bitterernstem Gesicht. »Manche Geschichten wollen nicht erzählt werden, Mademoiselle Beck.«

Sabine verschluckte sich fast an ihrem Wein und sah ihn verblüfft an. Sollte das eine Warnung sein?

Sogleich wurde sein Gesicht etwas weniger starr, und ein kurzes, mildes Lächeln huschte über seinen Mund. »Natürlich gibt es ein paar Gruselgeschichten zu dem Haus. Was wollen Sie hören? Die Weiße Frau vom See, der buckelige Torwächter?«

Sabine winkte ab. »Oh nein, bitte nicht! Die Gespenster werden wohl von ganz alleine auftauchen. Ich dachte eher an etwas über die Gebäudehistorie.«

Er schien abzuwägen, ob er ihr helfen sollte. Dann beugte er sich leicht nach vorne und nickte. »Gut, da kann ich Ihnen sicher etwas weiterhelfen. Ganz so umfangreich ist mein Wissen über das Haus zwar nicht, aber ein bisschen kann ich Ihnen schon erzählen. Ich war allerdings schon sehr lange nicht mehr im Château, ich weiß gar nicht, wie es da momentan aussieht.« Ein neugieriger Unterton schwang in seiner Stimme mit.

»Dann würde ich vorschlagen, dass Sie mich einfach mal dort besuchen kommen.« Sabine hob einladend ihr Glas.

»Gerne.« Er tat es ihr gleich.

»Wie wäre es gleich morgen? Oder haben Sie da Führungen?«

»Nur morgen Früh einmal zu Merlins Grab und danach zum Tal ohne Wiederkehr. Ab fünfzehn Uhr habe ich frei.«

»Scheint eine spannende Gegend hier zu sein. Fünfzehn Uhr wäre perfekt.«

Sie plauderten noch ein wenig über das Dorf und die Geschichte der Abtei. Dann verabschiedete sich Sabine, nicht ohne die Rechnung zu bezahlen.

»Das nächste Mal lade ich Sie ein.« Wieder dieses spitzbübische Zwinkern.

Sabine musste lachen. »Gerne.« Auch wenn sie sich noch nicht im Klaren war, was sie von diesem Mann halten sollte, schien er nett, war redegewandt und eine angenehme Gesellschaft. Hatte er mit ihr geflirtet? Auf dem Rückweg musste sie einige Male still in sich hineingrinsen. Doch er war einfach nicht ihr Typ, oder zumindest hatte sie bisher keinen Gedanken an solch einen langhaarigen, extravagant gekleideten Mann verschwendet.

Am nächsten Nachmittag fuhr gerade der letzte Transporter mit Jacs Männern vom Hof, als Sabine sah, wie Sebastien zu Fuß den Waldweg entlang Richtung Château spazierte.

Die Bauarbeiter hatten den ganzen Vormittag über auf mehreren Quadratmetern das Schindeldach abgedeckt und dieses zur Sicherheit mit einer großen Plane wieder verschlossen. Am Montag würde der Kran eingesetzt werden. Sabine war mit dem Fortgang der Arbeit zufrieden, und sie gönnte den Männern den freien Sonntag, auch wenn ihr beim Gedanken an die Einsamkeit etwas mulmig wurde. Sie selbst hatte in der vergangenen Nacht im Steinhaus gar nicht gut geschlafen. Sebastiens Andeutungen bezüglich der Geschichten, die man lieber ruhen lassen sollte, hatten ihre Fantasie etwas spinnen lassen. Eigentlich gab sie auf solche Märchen nichts, doch an einem derart abgeschiedenen Ort war es kein Wunder, wenn ihre Gedanken verrücktspielten. Mitten in der Nacht war sie aufgestanden und hatte aus dem Fenster gespäht, weil sie gemeint hatte, Schritte auf dem Kies vor dem Château gehört zu haben. Natürlich war da niemand gewesen, aber wirklich beruhigt hatte Sabine das nicht.

Sebastien sah mit seinem langen Stock so aus, als wäre er ein Wanderer, der sich hierher verlaufen hatte. Seine Schritte waren kräftig, doch langsam und bewusst ausgeführt. Sabine beobachtete ihn, wie er am Ufer des Sees entlangging, dort kurz stehen blieb, auf das Wasser sah und dann weiterlief. Auch wenn er mit seinen langen Haaren und seiner weit schwingenden Schlabberhose absolut nicht in die Riege der Männer passte, auf die Sabine sonst aufmerksam wurde, hatte er etwas an sich, das sie berührte. Sie kannte ihn nicht genauer, doch sein Auftreten, seine innere Ruhe und Selbstsicherheit brachten sie dazu, ihm zu vertrauen. Obwohl … Sabine grübelte über den richtigen Ausdruck nach, während sie ihn beobachtete. Souveränität passte besser. Er wirkte absolut souverän und glaubwürdig. Wahrscheinlich erlangten seine erzählten Geschichten dadurch auch mehr Macht. Sie konnte sich gut vorstellen, dass er bei den Touristen beliebt war.

»Bonjour!« Sebastien war derweil auf dem Hof des Châteaus angekommen und schwang seinen Wanderstock zur Begrüßung.

»Bonjour! Ich freue mich, dass es geklappt hat.« Sabine winkte ebenfalls.

»Viel ist ja vom Haus nicht mehr übrig«, bemerkte er mit einem Blick nach oben, wo leere Fensteröffnungen und nun auch noch das große Loch im Dach von den Arbeiten zeugten.

»Die alte Lady braucht dringend eine Frischekur«, Sabine deutete auf das Château. »Aber wir versuchen sorgsam mit ihr umzugehen.«

»Das will ich hoffen.« Sebastien lachte. »Sie wollten ja heute etwas über die Geschichte des Hauses erfahren.« Er machte eine ausladende Geste, als wolle er sie auf eine seiner Führungen mitnehmen. »Fangen wir also gleich an.« Er zeigte mit dem Wanderstock auf das Mauerwerk. »Das Haus wurde im Jahr 1757 erbaut, das war noch vor der Französischen Revolution. Die alte Dame kann froh sein, dass man ihr damals die noch jugendlichen Mauern nicht gleich wieder einriss.« Langsam ging Sebastien auf das Haus zu und erzählte weiter. »Ein Jagdsitz war es gewesen, die Familie über einige Stränge und Knoten sogar mit dem Königshaus verwandt, später allerdings dann eher den Revolutionären zugetan. Die Familie Perrières war hier seit jeher ansässig – anfangs wohlhabend, aber dann, als der Adelstitel nichts mehr wert war und nicht länger getragen werden durfte, schwenkten sie auf den Holzhandel um. Bietet sich ja auch an hier. Irgendwann war wohl der wirtschaftliche Gedanke besonnener als Königstreue zur entfernten Verwandtschaft, und man wurde bürgerlich.«

Sabine hörte interessiert zu. Ihre Vorstellungen über die vergangenen Zeiten dieses Châteaus bekamen ganz neue Dimensionen.

Sebastien schritt währenddessen durch die Eingangstür in die Halle. Kurz verharrte er vor dem Brunnen, als wolle er die Frauenstatue begrüßen. »Die Weiße Dame, dazu kommen wir später.« Dann marschierte er schnurstracks in den Saal. Auf dem weißen Marmorboden fing sich das goldene Nachmittagslicht, er stellte sich in die Mitte, breitete kurz die Arme aus und referierte weiter. Er sprach von verzweigten Familienbanden, Festen und

Gästen und von baulichen Veränderungen. Mit seinen Worten verwandelte sich der Saal vor Sabines innerem Auge plötzlich zu einem belebten Ort. Wie im Zeitraffer rauschte das 19. Jahrhundert an ihr vorbei. Von wegen, er wusste nicht viel über die Geschichte dieses Châteaus. Hier sprach ganz eindeutig nicht nur ein geschulter Touristenführer, sondern ein gestandener Historiker.

Nur einmal, ganz kurz, unterbrach er seine Rede. Sie waren durch eine der Terrassentüren getreten, und Sebastien hielt an den Stufen inne, die hinunter auf die Rasenfläche und bis zum Seeufer führten. Seine Stimme wurde leiser. »Als Kinder sind wir in diesem See geschwommen.« Dann räusperte er sich, und sein Ton wurde wieder sicherer. »Der See hat übrigens eine Grundwasserquelle, es leben auch große Fische drin. Da hinten«, er wies nach rechts, zum Waldrand, »gibt es irgendwo einen Ablauf. Ich denke, der ist fast nicht mehr zu finden, sollte vielleicht aber einmal ausgebaggert werden.«

Sabine erinnerte sich an eine größere morastige Fläche, die sie entdeckt hatte, als sie den See umwandert hatte. »Ja, ich glaube, den habe ich schon gefunden, ich werde mich darum kümmern. Waren … waren Sie oft hier als Kind?«, setzte sie zaghaft nach. Bisher hatte Sebastien nichts anklingen lassen, was vermuten ließ, dass er Nicolas Geradin besser kannte. Doch seine Andeutung hatte Sabine hellhörig werden lassen.

Sebastiens Blick wurde eine Nuance härter angesichts dieser Frage. »Ja, aber das ist lange her. Der Anbau dort drüben stammt aus dem Jahr …«

Es war offensichtlich, dass er nicht darüber reden wollte. Sabine beließ es dabei und folgte ihm außen um das

Haus herum, während er von den Erweiterungen des Anwesens erzählte. Als sie an der Front des Châteaus angekommen waren, betraten sie es wieder durch den Haupteingang. Wie zuvor blieb Sebastien vor dem Brunnen stehen.

»Tja … und da ist sie nun, die Weiße Dame. Wissen Sie, Sabine, keiner weiß es genau, aber man munkelt, dass die letzte Bewohnerin dieses Hauses – Audrey Perriéres – ihrer Tochter damit ein Denkmal setzen wollte. Früher stand nur eine einfache Säule mittig im Brunnen, da kann ich mich noch dran erinnern.«

»Audrey Perriéres? War das … Nicolas Geradins Großmutter?«

»Ja, genau. Sie starb vor gut zehn Jahren. Hat ihre letzten Jahrzehnte hier sehr zurückgezogen gelebt. Man munkelt … nun, Sie wissen ja, wie das in Dörfern so ist … dass sie nicht mehr ganz …« Sebastien machte mit dem rechten Zeigefinger eine kreisende Bewegung neben seiner Schläfe. Sein Tonfall war nun nicht mehr der eines Redners, sondern eher privat-vertraut.

»Vielleicht reagieren die Bewohner von Paimpont deswegen so abweisend auf mich.« Sabine trat nachdenklich an den Brunnen heran. »Dann muss dies wohl Monsieur Geradins Mutter sein.« Kein Wunder, dass er den Brunnen unbedingt erhalten will, fügte sie in Gedanken hinzu. »Was ist passiert, dass die Dame ihrer Tochter ein Denkmal setzen wollte?«

»Da bin selbst ich überfragt. Die Perriéres lebten an sich sehr zurückgezogen, ich hatte nur als Kind Kontakt, weil meine Großmutter bei Audrey Perriéres ab und an im Haushalt half. Ich durfte dann mit, wenn Nicolas mit seinen Eltern hier in den Ferien war. In einem Sommer kamen sie einfach nicht mehr. Ich weiß nicht, was passiert ist. Offenbar gab es einen Streit … na ja, und danach wurde wohl auch dieser Brunnen umgebaut.« Sebastien wirkte ehrlich betrübt, ging ein Stück weiter zum Seitengeländer der Treppe und strich sanft über den hölzernen Handlauf. »Meine Oma hat geschimpft, wenn wir hier runtergerutscht sind. Aber das sind ganz andere alte Geschichten.« Er lächelte Sabine aufmunternd zu. »Haben Sie noch Fragen, oder konnte ich Ihnen schon weiterhelfen?«

Sabine spürte plötzlich den Schlüssel in ihrer Hosentasche durch den dünnen Stoff hindurch, als wäre er auf einen Schlag eiskalt geworden. Sie steckte die Hand in die Tasche und umschloss das Metall mit der Faust. »Also, besser hätte ein Historiker einem die Geschichte des Hauses auch nicht vermitteln können. Danke, Sebastien. Ich weiß nun einiges mehr und denke, es wird mir bei den weiteren Planungen helfen.« Sie machte eine kurze Pause. »Wobei … Eine Frage habe ich doch noch. Vielleicht ist es albern, aber …« Sie zog den alten Schlüssel aus ihrer Hosentasche. »Den hier habe ich gefunden, und er passt in keines der Schlösser. Ich dachte, vielleicht haben Sie eine Idee? Gab es hier früher noch ein Gebäude?«

Sebastien streckte die Hand nach dem Schlüssel aus. »Zeigen Sie mal.« Er lehnte sich rücklings an den Unterbau der Treppe und drehte den Schlüssel hin und her. »Sieht nicht ungewöhnlich aus. Ich habe keine Ahnung, ob es früher hier vielleicht noch andere Gebäude gab. Wo haben Sie ihn denn gefunden?«

»Ach, das war bei den Abrissarbeiten«, flunkerte Sabine

und war insgeheim froh, dass Sebastien den Schaden am Brunnen gar nicht bemerkt hatte.

»Und Sie sind sicher, dass er zu keinem Schloss hier passt? Zu irgendeiner Tür? Einer Kammer?«

»Nein, die habe ich alle ausprobiert.« Sie zuckte die Achseln und wanderte ein paar Schritte umher. »Wahrscheinlich ist es nicht wichtig … Ich dachte nur … vielleicht … Na, ist auch egal.« Sie drehte sich um und nahm ihm den Schlüssel wieder aus der Hand. Dabei fiel ihr Blick auf die Holzverkleidung des Treppenunterbaus, und plötzlich traf sie fast der Schlag. Wie dumm war sie gewesen, ein dilettantischer Anfängerfehler! Plötzlich wurde ihr klar, wo der Fehler in ihren Messungen liegen musste. Nämlich genau da!

»Was ist? Haben Sie gerade ein Gespenst gesehen?« Sebastien lachte.

»Ja, so in der Art. Wissen Sie …«, Sabine mochte es fast nicht zugeben, »ich hatte einen Fehler in den Zeichnungen, es war, als fehlte irgendwo ein kleiner Raum in diesem Haus.« Sie klopfte prüfend auf die Holzverkleidung neben Sebastien. »Aber ich glaube, ich habe die Ursache dafür gerade entdeckt.«

»Aha, wie spannend! Und was denken Sie?« Er stieß sich von der Holzverkleidung ab und drehte sich ebenfalls zum Treppenaufbau.

Sabine klopfte an der Wand entlang, um einen Hohlraum zu finden. »Unter Treppen befinden sich oft kleine Kammern. Vielleicht habe ich die einfach übersehen!« Jagdfieber hatte sie gepackt, und sie folgte der Holzverkleidung, bis diese auf die Mauer zum Saal stieß. Nichts!

»Vielleicht auf der anderen Seite?« Sebastien war schon um die Ecke in die Eingangshalle verschwunden.

Kurz starrten dort beide auf das braun lasierte Holz. Holzleisten waren in Vierecken als Verzierung angebracht. Sabine klopfte auch hier die Verkleidung ab. Plötzlich erklang der Ton dumpfer als zuvor.

»Hier!«

»Aber da ist nichts …« Sebastien fuhr mit der Hand über die glatte Holzfläche.

»Es hört sich hohl an.« Sabine klopfte noch einmal.

»Warten Sie – hier! Schauen Sie hier!« Aus Sebastiens Stimme sprachen Neugier und Spannung. Er schob mit dem Finger vorsichtig eine der Zierleisten beiseite. »Gucken Sie mal, das lässt sich bewegen.«

Unter der Holzleiste kam ein Schlüsselloch zum Vorschein.

»Da haben Sie Ihr verlorenes Schloss.«

»Meinen Sie etwa, dass der Schlüssel genau da reinpasst?« Sabine glaubte normalerweise nicht an übermäßig große Zufälle.

»Probieren Sie es aus!« Sebastien trat einen Schritt zurück.

Sabine steckte den Schlüssel in das Schloss und drehte ihn. Er passte. Ein Klacken erklang.

»Vorsichtig.« Sebastien versuchte mit den Fingerspitzen die Zierleisten zu greifen, und zog langsam daran. Die Umrisse einer gut getarnten Tür lösten sich aus der Holzverkleidung.

»Voilà – Ihre geheime Kammer.«

Sabine öffnete langsam die Tür. Ein dicker Vorhang aus Staub und Spinnweben wallte ihr entgegen. »Oh, da ist wirklich schon lange keiner mehr drin gewesen.« Sie wedelte sich den Blick frei.

»Keine Angst – in staubigen Spinnweben wohnt keine Spinne mehr.« Sebastien grinste und wischte sie einfach mit der Hand beiseite.

»Bitte schön.«

Hinter der Tür führten parallel zur darüberliegenden Treppe Stufen nach unten. Sabine war erleichtert. »Das scheint in der Tat der Raum zu sein, der mir beim Vermessen fehlte. Ein paar Meter mehr im Keller, und alles wird wieder passen.«

»Na dann …« Sebastien wies mit der Hand auf die verborgene Treppe. »Nach Ihnen.«

Sabine verzog kurz das Gesicht. Doch sie wollte auf keinen Fall wie ein Feigling dastehen. Aus der Hosentasche nahm sie ihren Schlüsselbund und knipste die kleine Taschenlampe an, die daran befestigt war. Nach einem tiefen Atemzug betrat sie die erste Stufe nach unten.

Dumpf klangen ihre Schritte auf den steinernen Stufen, so als wolle das Château sie verschlucken. Nach wenigen Metern stand Sabine vor einer weiteren Tür. Vorsichtig prüfte sie, ob diese auch verschlossen war, doch sie gab mit einem lauten Knarren den Weg frei. Dahinter befand sich ein Raum, im Schein der Taschenlampe schätzte Sabine ihn auf vielleicht sechs oder maximal acht Quadratmeter. Ringsum an den Wänden verdeckten ergraute Laken irgendwelche Dinge.

»Eine alte Abstellkammer?« Sebastien schob sich an Sabine vorbei und sah sich neugierig um. Dann zog er einfach eines der Laken beiseite. Eine große Staubwolke stieg empor, sodass Sabine niesen musste.

»Akten?« Sichtlich enttäuscht berührte er kurz den freigelegten Stapel. Dann zupfte er am nächsten Laken.

»Noch mehr Akten … vielleicht vom früheren Holzhandel?«

»Die hat wohl jemand vergessen. Das ganze Haus war ansonsten ausgeräumt, als ich hier ankam.« Sabine leuchtete in die Runde, wo Sebastien gerade Stapel um Stapel freilegte.

»Die hat wohl schon viel früher jemand vergessen. Schauen Sie hier.« Er reichte Sabine eine der braungelben Aktenmappen.

G-J 1950 war darauf zu lesen. Sabine schlug die erste Seite auf. In der Mappe befanden sich irgendwelche Formulare, auf Französisch verfasst und handschriftlich, kaum lesbar, ausgefüllt. Sie klappte die Akte wieder zu. »Was ist das da?« Sie ließ den Lichtkegel auf ein größeres Objekt gleiten, das in der Ecke hinter der Tür stand.

»Zu groß für einen Aktenturm.« Sebastien entfernte auch das letzte Laken, wozu er sich etwas strecken musste. Zum Vorschein kam ein großer alter Reisekoffer. Mannshoch, braun, rissiges Leder, die Ecken abgestoßen. »Ob da was drin ist?« Sebastien versuchte das Ungetüm zu bewegen. »Ist auf jeden Fall schwer – Vorsicht!«

Sabine machte einen hastigen Satz nach hinten, als Sebastien plötzlich den Koffer nach vorne kippen ließ.

»Soll ich ihn aufmachen?« Sebastien blieb neben dem umgekippten Koffer stehen.

»Ich weiß nicht …« Sabine leuchtete Sebastien kurz mitten ins Gesicht.

»Wahrscheinlich sind auch da nur wieder Akten drin.« Schon beugte er sich vor und fingerte an den Scharnieren herum. »Leuchten Sie mal …« Mit einem Geräusch, als würde das alte Leder einen Seufzer ausstoßen, öffnete sich der Deckel.

Sabines Hand zitterte.

»Leuchten, bitte!« Sebastien besah sich den Inhalt. »Keine Akten, das ist … Kleidung und … oh!« Ruckartig richtete er sich auf.

»Was ist?« Sabine trat einen Schritt näher heran, konnte aber nichts erkennen.

»Das ist … ich weiß nicht … seltsam.« Sebastien bückte sich wieder. »Ich brauche mehr Licht, nun kommen Sie doch mal dichter ran.«

Sabine stellte sich neben ihn. »Was ist denn nun da drin?« Sie leuchtete direkt auf den Inhalt. Sogleich stockte ihr der Atem. Erschrocken ließ sie die Hand mit der Taschenlampe sinken. »Ist das …?«

»Ohne Licht kann ich nichts erkennen.« Sebastien knuffte ihr mit dem Ellenbogen in die Seite.

Sie richtete den schwachen Lichtstrahl wieder auf den Kofferinhalt. Von dem Kleidungsstück, das obenauf lag, ging ein Funkeln aus. Es war eine Uniform, die Farbe gelbbraun. Am Revers steckten mehrere große Orden, unverkennbar mit Hakenkreuz darauf.

Sebastien nahm die Uniformjacke vorsichtig aus dem Koffer. »Womit sich die Frage nach dem Alter erübrigt.« Er drehte sich zu Sabine und hielt die Jacke empor.

»Himmel!« Sabine entfuhr ein spitzer Schrei. Mitten auf der linken Brust, durchgehend bis zum Rücken, prangte ein großes Loch.

Sebastien steckte einen Finger hindurch. »Motten waren das mit Sicherheit nicht.« Seine Stimme klang gedämpft. Er ließ die Jacke wieder sinken. »Leuchten Sie noch mal, da ist noch mehr drin.« Raschelnd zog er ein weiteres Kleidungsstück hervor. Dabei fiel irgendetwas klappernd auf den Boden.

»Was war das?« Sabine ließ die Taschenlampe nach unten schnellen.

Sebastien schwieg, sein Atmen ging schwer. »Licht!«, befahl er mit ungewohnt harschem Ton.

Erschrocken leuchtete Sabine ihn wieder an. Ein kalter Schauer jagte ihr den Rücken hinauf.

Beinahe zaghaft griff Sebastien in den Koffer – und hielt ein Kleid in der Hand – ein Brautkleid, unverkennbar durch die zarte Spitze am Dekolleté und die sanft fallenden Rüschen am Saum. Doch von der Brust über den Bauch bis hin zum wallenden Rock war es mit dunklen Flecken übersät.

»Ist das Blut?« Sabine bekam nur ein Flüstern heraus.

»Ich denke, ja.« Ganz vorsichtig legte Sebastien das Kleid zurück an seinen Fundort. »Also – das finde sogar ich jetzt gruselig.«

»Was ist damals nur geschehen…?« Sabine schauderte.

Sebastiens Fuß stieß gegen etwas, und wieder erklang ein klapperndes Geräusch.

»Da liegt noch was, es war auch im Koffer, zwischen der Kleidung.« Er hob den Gegenstand auf.

»Was ist das?«

»Hm … eine alte Filmdose, würde ich sagen. Ich glaube, da ist sogar noch einer drin.« Im Schein der Taschenlampe öffnete er die Dose. »Ja hier, schauen Sie, eine Filmspule.« Prüfend betrachtete er sie. »Acht Millimeter, vielleicht auch sechzehn. Auf jeden Fall aus den Anfangszeiten der Filmerei. Früher waren die Kameras kleine Kästen, an denen man noch kurbeln musste. Die Kinderschuhe der Videofilme sozusagen.« Er beugte sich wieder über den Koffer. »Da sind, glaube ich, noch mehr drin.« Vorsichtig griff er hinein. »Hier … und hier … und da ist noch eine.«

Ganze fünf Filmdosen beförderte er zutage.

»Da steht etwas drauf.« Sabine nahm ihm eine ab und versuchte die Schrift zu entziffern. *»Il était au printemps.* Es war im Frühling.«

»Hier steht *Der dunkle Sommer* drauf.«

»Zeigen Sie mal die anderen.« Sabine stellte sich nun Schulter an Schulter mit Sebastien. Gemeinsam inspizierten sie die Dosen.

»Die Blumen ohne Farbe, Der Nebel, Die Hochzeit … Die Hochzeit!« Sebastien ließ die Dose sinken und nickte in Richtung Brautkleid. »Ob damit … *die* Hochzeit gemeint ist?«

Sabine gab einen gequälten Laut von sich. »Ich hoffe nicht.«

»Finden wir es heraus?« Sebastien sah sie im Schein der Taschenlampe an.

»Wie? Ich meine … denken Sie, die Filme …?«

»Ich glaube nicht, dass man sie grundlos zu den Kleidern gelegt hat. Sie werden etwas damit zu tun haben. Also – was ist?«

Sabine war überhaupt nicht wohl bei der Sache. »Ich weiß nicht, es sind ja nicht unsere Sachen. Sollten wir vielleicht nicht erst …«

»Was? Nicolas um Erlaubnis fragen? Pffff …« Sebastien schüttelte kräftig den Kopf. »Ich wette, er hat keine Ahnung von diesem Kram hier. Sie wollten doch eine spannende Geschichte zum Château – da haben Sie sie.« Sein Lächeln geriet etwas schief. »Okay, vielleicht ist es gar nicht das, wonach es aussieht … vielleicht … vielleicht gab es hier mal eine engagierte Schauspielertruppe oder … was weiß ich.«

»Warum sollte dann jemand all das hier in dieser geheimen Kammer verstecken und zudem noch den Schlüssel …« Sabine biss sich ertappt auf die Lippe.

»Wie, den haben Sie also gar nicht einfach so gefunden? Der war auch versteckt?«

»Können wir das oben besprechen? Langsam erdrückt mich dieser Raum.« Sabine hatte plötzlich das Gefühl, keine Luft mehr zu bekommen.

»Okay – aber die hier nehmen wir mit.« Sebastien klemmte sich die Filmdosen unter den linken Arm.

Wieder in der Eingangshalle angekommen, atmete Sabine einmal tief ein und aus. Das, was sie gerade im Keller gefunden hatten, kam ihr mit einem Mal surreal vor.

Sebastien schaute hingegen ganz unternehmungslustig aus. »Hätte nicht gedacht, dass der Nachmittag noch so spannend wird.«

Sabine hob entwaffnet die Hände. »Mir reicht das ehrlich gesagt schon, so viel wollte ich dann doch nicht wissen.«

»Ach, schade … ich dachte …« Er legte den Kopf schief.

»Was?«

Vorwurfsvoll wackelte er mit einer der Filmdosen. »Lust auf Kino?«

»Wie? Meinen Sie, man kann die noch abspielen?«

»Natürlich, mit einem passenden Apparat, und wenn

das Zelluloid nicht zu sehr gelitten hat da unten im Keller. Ich kenne mich ein bisschen damit aus, mit achtzehn, zwanzig habe ich mich mal für die Geschichte des Films interessiert. Damals wollte ich unbedingt Regisseur werden. Ich glaube, ich habe sogar noch einen passenden Projektor auf dem Dachboden, von meinen Großeltern.«

Sabine zögerte.

»Ach, kommen Sie, das wird spannend, ich mag so alte Sachen. Wobei … wenn ich den Projektor zu Fuß holen muss, wird es eher eine Spätvorstellung.« Er deutete mit einem Kopfnicken nach draußen.

Sabine zuckte mit den Achseln. »Also gut, wir fahren den Apparat holen.«

Wenig später steuerte Sabine ihr Auto durch eine Seitenstraße in Paimpont.

»Da vorne, das Haus mit der grünen Tür.« Sebastien bedeutete ihr anzuhalten. Aufgeregt wie ein kleiner Junge sprang er aus dem Wagen. »Augenblick, bin gleich wieder da.«

Sabine sah ihm hinterher. Das winzige Haus, das er soeben betreten hatte, war umringt von einem Garten. Einladend wiesen Blumenbeete den Weg zur Haustür. Die Fenster des Hauses zierten grüne Holzläden, das niedrige Dach schmiegte sich seitlich des Hauses bis fast an die hohen Büsche. Sicherlich wohnte er hier nicht mit einer großen Familie. Ob er eine Frau hatte? Sabine erinnerte sich an die kichernden Damen aus dem Touristenzentrum. Nein, wohl eher nicht. Warum machte sie sich darüber überhaupt Gedanken? Sicher war er nett, und sie hatten einen wirklich interessanten Nachmittag zusammen verbracht. Doch vorhin, in dem Keller, hatte sich ein vertrautes Gefühl bei Sabine eingenistet, das sie nicht genau zu fassen vermochte. Sebastien war auf jeden Fall ein Typ zum Pferdestehlen.

In diesem Moment erschien er wieder in der Haustür, einen großen Kasten auf dem Arm tragend.

Sabine sprang aus dem Auto. »Warte, ich helfe dir … äh, Ihnen.«

Hinter dem Kasten erklang ein Lachen. »Lass uns ruhig beim Du bleiben, immerhin gehen wir gleich zusammen ins Kino.« Er wuchtete den Kasten in den Kofferraum. »Oh Mann, den hatte ich leichter in Erinnerung. Meine Oma hat mir damit früher gerne Filme gezeigt. Hoffentlich funktioniert er noch. So – weiter geht's.« Schon saß er wieder auf dem Beifahrersitz.

Zurück im Château klaubte er von der Baustelle alles zusammen, was er brauchte, um den Projektor anzuschließen: eine lange Kabeltrommel und einen kleinen Tisch, an dem die Arbeiter sonst ihre Frühstückspause machten.

»Jetzt fehlt nur noch eine Leinwand.« Etwas ratlos sah er sich in der Eingangshalle um.

»Reicht eine Plane? Ich glaube, Jac hat eine neben den Containern liegen.«

»Ja, das müsste gehen, wenn sie denn hell genug ist?«

Gemeinsam trugen sie die zusammengefaltete weiße Plane in den Saal. Sebastien baute aus drei Leitern ein Gerüst und hängte die provisorische Leinwand darüber. »Das müsste reichen. Gleich dürfte es auch dunkel genug sein.«

»Komme gleich wieder.« Sabine eilte aus dem Château hinüber zum Steinhaus. Sie waren den ganzen Nachmittag mit dem Haus und dem Fund beschäftigt gewesen. Mittlerweile knurrte ihr Magen lautstark, und sie schätzte, Sebastien ging es nicht anders. In der Küche sammelte sie ein paar Leckereien zusammen, Brot, etwas Käse, Schinken und eine Flasche Rotwein, dazu Teller und Gläser. Aus dem Wohnzimmer holte sie noch eine Decke. Vollbepackt kehrte sie in den Saal des Châteaus zurück.

Sebastien hatte inzwischen den Projektor ausgerichtet. Eine Lampe am Gerät bestrahlte den passenden Abschnitt auf der improvisierten Leinwand. Sabine breitete die Decke auf dem Marmorboden aus und legte das Essen auf die Teller. Draußen verkroch sich die Sonne soeben hinter den Bäumen.

»Es kann losgehen!« Aufgeregt klatschte Sebastien in die Hände. »Voilà, Madame, bitte darum, Platz zu nehmen.«

Sabine ließ sich auf der Decke nieder und suchte sich eine bequeme Position. Sebastien tüftelte am Projektor herum und versuchte den ersten Film einzulegen.

»So, Moment … Ja, das müsste gehen. Noch eine leere Spule drauf, und ich kann den Film einfädeln …«

Das Klacken eines Schalters erklang, und das Gerät gab ein schnarrendes Geräusch von sich, als die Filmspulen anfingen, sich zu drehen. Sabine beobachtete, wie Sebastien das eine Ende des Filmes in das Gerät steckte. Es knisterte, und der Filmstreifen schob sich durch die Führung. Sebastien stoppte das Gerät, sicherte den Film an der Leerspule und drückte nochmals den Schalter. Aus dem Schnarren wurde ein gleichmäßiges Surren. Auf der Leinwand erschien ein helles Viereck, der Film lief, allerdings noch ohne wirkliches Bild, nur hier und da huschte ein schwarzer Knickstreifen über die Leinwand.

»Schauen wir mal, ob es funktioniert.« Sebastien nahm neben Sabine Platz.

Das Bild auf der Leinwand wurde sepiafarben wie ein altes, verblichenes Foto. Plötzlich erschien ein Schriftzug. Sabine war verblüfft, bemerkte dann aber, dass es sich um ein handbeschriebenes Stück Pappe handelte, das gefilmt worden war.

Le printemps 1940 – Audrey Perriéres, stand darauf in schwungvoller, verspielter Schrift zu lesen.

»Da!« Sabine zeigte auf die Leinwand. »Der Film wurde tatsächlich von Nicolas' Großmutter gedreht.« Schon war die Einblendung wieder verschwunden.

»Die Technik war damals noch nicht ganz so weit, die Kameras mussten noch per Handkurbel betrieben werden«, flüsterte Sebastien. »Schätze, einen Ton wird der Film auch noch nicht haben.« Den brauchte es auch nicht. Gebannt schauten sie beide auf das Bild, das nun erschien.

Es war genau der Saal, in dem sie saßen. Schwarz-weiß das Bild, mit einem Stich Gelb, aber dennoch von überraschender Klarheit. Die Kamera schwenkte langsam einmal in die Runde. Von der Decke hingen große Kerzenlüster, in denen sich das Sonnenlicht fing. Eine lange Tafel stand längs im Raum, sie war festlich eingedeckt. Drei große Blumenbuketts schmückten die Tischmitte.

Sabine und Sebastien saßen genau in der Mitte des Bildes. Sabine jagte ein kalter Schauer über den Nacken, und zugleich wurde ihr vor Aufregung ganz heiß. Es kam ihr so vor, als wäre sie mit einer Zeitmaschine zurückkatapultiert worden. Zurück in eine Zeit, in der das Château Maćlis noch voller Leben gewesen war. Etwas wackelig schwenkte das Bild zum Eingang des Saals. Menschen betraten den Raum, die Frauen mit leichten Hüten, die Männer in Jacketts. Gäste! Sie verteilten sich rund um den Tisch auf den Plätzen. Die Kamera ruckelte einmal kurz. Eine junge Frau erschien plötzlich aus dem Winkel hinter der Kamera, nickte, machte eine aufmunternde Geste und verschwand wieder.

»Ob das wohl Audrey war?« Sabines Stimme war nur noch ein Flüstern, sie konnte den Blick nicht von der Leinwand lösen.

»Ja, ich glaube schon.« In Sebastiens Augen spiegelte sich das Flackern der Leinwand. »Schau nur, sie hatte wohl Geburtstag …«

Während die Kamera weitergekurbelt wurde, ging die junge Frau zum Kopf der langen Tafel. Sie war schlank, ihre Bewegungen geschmeidig, das dunkle Haar zu einem adretten Knoten gebunden. Sie trug ein knielanges, fein gemustertes Kleid, an der Hüfte mit einem schmalen Gürtel, und Schuhe mit leichtem Absatz.

An der Spitze der Tafel angekommen, drehte sich die junge Frau zur Kamera. Sie hatte ein schmales Gesicht, volle Lippen und trotz der mangelnden Schärfe des Films ausdrucksvolle große Augen. Sie wirkte fröhlich, entspannt und selbstbewusst. Als sie lächelte, wurden zwei markante Grübchen auf ihren Wangen sichtbar. Sie erhob ihr Glas, ließ den Blick einmal in die Runde gleiten und begann dann zu den Gästen zu sprechen.

Kapitel 7

Château Maélis, Mai 1940

Audrey hob ihr Glas. Aus den Augenwinkeln beobachtete sie Henri, wie er die Kurbel bediente. Die Kamera war ihr Ein und Alles, nichts mochte sie mehr, als Filme zu drehen. Fast schmerzte es ein wenig, sie an diesem Tag in die Hände ihres besten Freundes zu übergeben. Doch es war ein besonderer Tag, und daher musste sie einfach mit auf das Bild.

Sie wandte sich ihren Gästen zu. »Ich freue mich außerordentlich, dass ihr alle meiner Einladung gefolgt seid.« Sie nickte ihrem Vater zu und überließ ihm das Wort.

Bernard Perriéres räusperte sich, tätschelte liebevoll die Hand seiner Frau Luise, die neben ihm saß, erhob sich und zupfte sein Jackett gerade.

»Liebe Freunde, liebe Familie. Heute ist ein wahrlich besonderer Tag. Unsere geliebte Tochter feiert ihren einundzwanzigsten Geburtstag. Was soll ich sagen … Gestern lief sie noch mit Kniestrümpfen und einem Püppchen auf dem Arm durch das Haus, und heute – ist sie eine strahlende junge Frau.«

Audrey verzog kurz das Gesicht, schenkte ihm dann aber ein Lächeln. Sie wusste, dass ihr Vater schwer damit haderte, dass sein kleines Mädchen langsam flügge wurde.

Er bedachte sie mit einem liebevollen Blick, bevor er weitersprach. »Lasst uns diesen Tag gebührlich feiern. Und lasst uns heute einmal nicht über die schweren Zeiten nachdenken.« Seine Miene verfinsterte sich. »Gilt doch all meine Liebe und Sorge nicht nur Audrey, sondern auch unserem Sohn Gilbert, wo immer er auch gerade sein mag.«

Audrey sah, wie die Augen ihrer Mutter traurig glänzten. Nicht weinen, Mama, nicht weinen. Nicht heute. Auch Audrey vermisste Gilbert schmerzlich. Er war an der Front, seine letzte Meldung schon einige Wochen her. Bei dem Gedanken an ihn war es, als umfasse eine eiskalte Hand ihr Herz. Er gehörte da nicht hin, sein Platz war doch hier. Sie schluckte schwer, musste sich zusammenreißen. Er würde nicht wollen, dass sie an diesem Tag voller Sorge um ihn war.

»Ich erhebe mein Glas nun aber für Audrey! Mögen deine zukünftigen erwachsenen Jahre hoffentlich ebenso glücklich verlaufen wie die deiner Kindheit und Jugend. Meine Tochter …«, er streckte ihr die Hand entgegen und umfasste mit der anderen die seiner Frau, »… Liebe und Zusammenhalt in der Familie sind das, was uns Kraft gibt. Auf Audrey!«

Die Gäste erhoben ihre Gläser. »Auf Audrey!«

Henri hörte auf, die Kamera zu bedienen, und trat zu Audrey an den Tisch. »Ich hoffe, ich habe nicht zu sehr gewackelt.«

»Die Kamera stand auf dem Stativ. Wenn du nicht wieder dauernd mit der Nase drangestoßen bist, sollte es wohl geklappt haben.«

Henri streckte ihr blitzschnell die Zungenspitze heraus.

»He, ich bin ab heute erwachsen, und du bist es eh schon, also benimm dich.« Sie stieß ihn über die Tischecke hin an. Er quittierte dies mit einem Zwinkern.

Henri war nicht Gilbert, doch er war ein tröstender Ersatz für Audrey. Sie kannten sich von klein auf. Henri war immer wie ein zweiter großer Bruder für Audrey gewesen. In Wirklichkeit war er ihr Cousin, der Sohn des jüngeren Bruders ihres Vaters, Eric Perriéres. Während Bernard die Tradition des Holzhandels auf dem Grund des Châteaus weiterführte, hatte ihr Onkel sich in Rennes als Kaufmann einen Namen gemacht. Henri verband in sich die Talente der Familie – zum einen das Geschick, was den Handel betraf, zum anderen die Liebe zum Wald und das Wissen um Holz und dessen Wert. Gilbert hingegen war nicht ganz so auf den Handel bedacht, dafür hatte er die Mitarbeiter gut geführt, kannte die Maschinen wie kein anderer und liebte das Château und die damit verbundenen Traditionen wie alle in der Familie. So oder so, beide jungen Männer waren die ganze Hoffnung ihrer Väter. Gilberts Abwesenheit war für alle kaum erträglich und warf einen tiefschwarzen Schatten über die gesamte Familie.

Wie ihr Vater aber eben selbst gesagt hatte: *Liebe und Zusammenhalt in der Familie sind das, was uns Kraft gibt.* Audrey hatte sich umso mehr gefreut, dass an diesem Tag alle Gäste gekommen waren, unter ihnen auch Eric Perriéres mit seiner Frau Isabelle und Henris beiden Schwestern Elodie und Josette. Man sah sich nicht oft, obwohl Rennes nicht weit entfernt lag; dennoch war es im Alltag eine zu weite Strecke, um sie regelmäßig zu fahren. Daher lebte Henri auch seit zwei Jahren in der Verwalterwohnung im Nebenhaus.

Henris Mutter war oft pikiert gewesen, weil ihr Sohn lieber bei der Familie seines Onkels blieb als bei seiner eigenen. Doch die Väter waren sich einig, dass Gilbert und Henri wohl glücklicher waren, wenn man sie nicht zwang, sich jeweils mit ihren Schwestern beschäftigen zu müssen. Wobei Audrey und Gilbert eine wesentlich innigere Beziehung zueinander hatten als Henri und seine Schwestern. Ihre eigene Mutter hätte es wohl lieber gesehen, wenn sich Audrey mit ihren Cousinen befreundet hätte statt mit Henri. Doch für die beiden jüngeren Mädchen hatte sich Audrey nie wirklich interessiert. Auch wenn Henri und Gilbert sie oft geärgert hatten, bildeten die beiden Jungs und Audrey eine verschworene Gemeinschaft. Henri hatte seit jeher mehr Zeit auf dem Château verbracht als in Rennes, und sie wusste, dass er sich ebenso um Gilbert sorgte wie sie und ihre Eltern. Er selbst war bisher von der Armee verschont geblieben, denn ein altes Bronchialleiden machte ihn für den Soldatendienst untauglich. Was ihn früher als Kind geärgert hatte, ein stetiges Husten und seine Kurzatmigkeit, hatte ihm jetzt wohl Kopf und Kragen gerettet. Seit Gilbert eingezogen war, übernahm er ganz selbstverständlich auch noch dessen Aufgaben im Château. Und wenn ihr Bruder erst wieder da war, würden sich die beiden jungen Männer sicher rasch einig werden, was die Arbeitsaufteilung anging. So er denn wiederkam. Wieder musste Audrey schlucken, und sie versuchte die düsteren Gedanken zu verdrängen.

Die Hausmädchen begannen das Essen aufzutragen.

»Ich habe noch ein Geschenk für dich. Dafür müssen wir aber nach dem Essen auf die Terrasse.«

»Du solltest doch nicht …« Audrey sah ihren Freund empört an.

»Es ist nicht nur von mir, dein Vater hatte auch sein Zutun.« Über den Tisch hinweg nickte Henri Bernard Perriéres zu.

Dieser hob warnend den Suppenlöffel. »Verplappere dich nicht, Henri.«

Henri grinste und legte seine Serviette zurecht. »Nein, Monsieur. Bon appétit.«

Audrey ließ den Blick zwischen den beiden Männern hin- und herschnellen. Was sie wohl ausgeheckt hatten? Auch wenn sie betont hatte, zu ihrem einundzwanzigsten Geburtstag müsse man ihr nichts schenken, freute sie sich natürlich über eine Überraschung, und eine kribbelige Spannung machte sich in ihr breit.

Die Gespräche bei Tisch verliefen gedämpft. Die dunkle Klaue des Krieges hatte die Welt fest im Griff. Auch wenn man hier im Westen Frankreichs noch nicht so viel davon spürte, der bedrohliche und unaufhörliche Sog, der gestandene Soldaten und junge Männer in den Osten zog, war allgegenwärtig. Es rumorte in den Niederlanden und in Belgien. Die Tageszeitungen berichteten inzwischen täglich, und auch das Programm des Rundfunkgerätes wurde mehrmals am Tag durch Sondermeldungen unterbrochen.

Die alliierten Verbände von Franzosen, Briten und Belgiern standen den Deutschen gegenüber. Jeder am Tisch kannte jemanden, den es an die Front verschlagen hatte. Neben Gilbert hatten zwei weitere Cousins ihre Rucksäcke packen müssen, ebenso wie der Sohn der Köchin und der Stallbursche. Ihr Vater bangte, dass man ihm auch noch die erfahrenen Holzarbeiter wegnehmen könnte. Das Netz aus vertrauten Menschen um sie herum hatte große Löcher bekommen.

Dennoch ging das Leben auf dem Château Maélis weiter. In den Wäldern wurde Holz geschlagen, sogar mehr als vor Kriegsbeginn, die Lager waren voll. Bernard Perriéres und Henri hatten viel zu tun.

Ihre Mutter Luise führte das Haus weiterhin mit strenger, aber loyaler Hand. Sie organisierte wohltätige Veranstaltungen, nachdem bekannt geworden war, dass einige Arbeiterfamilien im Dorf das Familienoberhaupt verloren hatten, und diese Familien sollten Unterstützung bekommen.

Audrey sollte im Herbst, auf Wunsch ihrer Eltern, nach Rennes zum Studium gehen. Doch ihre insgeheimen Zukunftspläne sahen anders aus als die ihrer Eltern. Später einmal große Filme für das Kino drehen, das war ihr Traum. Sie würde es als Frau nicht leicht haben, doch gab es in Paris inzwischen sogar eine Schule der Filmkunst. Sie hatte sich heimlich die Unterlagen zuschicken lassen und diese immer wieder voller Aufregung und erwachendem Ehrgeiz gelesen. Bewerben musste man sich mit einem selbst gedrehten Projekt. Dessen Erstellung hatte Audrey sich fest für diesen Sommer vorgenommen. Sie wusste, dass sie es schaffen konnte, dort angenommen zu werden. Und dann, vielleicht schon zum Herbst, müsste sie nicht nach Rennes, sondern könnte vielleicht nach Paris gehen. So oder so war dies ihr letzter Sommer auf dem Château. Würde sie mit der Aufnahme an die Filmschule aufwarten können, würde ihr Vater vielleicht sogar stolz auf sie sein.

Audrey wusste, dass sie mit den Zukunftsplänen ihrer Eltern eigentlich nicht hadern durfte. Die meisten anderen Mädchen bekamen gar nicht erst die Möglichkeit, überhaupt an ein Studium zu denken. Audrey hatte sich zwischen ihren einstigen Mitschülerinnen denn auch nie richtig wohlgefühlt. Deren Gespräche drehten sich um Haushaltsführung und Familiengründung und sonst nichts. Natürlich befand auch Audreys Mutter die Ehe als den sichersten Hafen für eine junge Frau, doch ihr Vater setzte auf Bildung. Eine dumme Frau bringe keinem Mann etwas, pflegte er zu sagen. Das konsternierte Schnauben seiner eigenen Ehefrau überhörte er bei diesen Worten geflissentlich.

Doch ob Audrey ihn letztendlich überzeugen konnte? Sie bangte vor dem Moment, wo sie ihn dies würde fragen müssen. Alles hing letztlich von diesem Filmprojekt ab.

Schon eine ganze Weile hatte sie sich darauf gefreut, endlich erwachsen zu werden, doch je mehr der Krieg in den Mittelpunkt geriet, desto mehr fürchtete sie sich davor, ihre Familie und ihr Zuhause zu verlassen. Wer wusste denn, was noch alles geschehen würde? Und solange Gilbert nicht zurückgekehrt war, würde sie ihre Eltern nicht allein lassen wollen. Die Ungewissheit und dazu noch der Zwang, unter dem Gilbert fortgegangen war, waren ein schwerer Schlag gewesen. Ihre Eltern hatten sie beide mit liebevoller Strenge erzogen, hatten sie gelenkt, aber nie gedrängt. Machtlos hatten sie Gilbert am Sammeltransport verabschieden müssen, jeder Entscheidung über sein Wohlergehen oder gar sein Leben beraubt. Unsicherheit und Angst überdeckten für Audrey seither die Verlockungen der großen, weiten Welt. Sollte erst mal der Sommer ins Land ziehen. Vielleicht würde sich ja diese rot-braune Wand im Osten auflösen, und alles würde wieder wie früher.

»Grüble nicht so viel, heute ist dein Geburtstag.« Jetzt war es Henri, der Audrey unter dem Tisch einen Stups mit einem Fuß versetzte.

»Ich habe nicht gegrübelt.« Audrey konzentrierte sich schnell auf die vor ihr stehende Suppe.

Henri betrachtete sie einen Augenblick nachdenklich.

Audrey wusste, dass sie für ihn ein offenes Buch war, mehr noch als für ihre Eltern. Henri, der ein bisschen kleiner war als sie, mit blonden Haaren, die immer etwas zerzaust aussahen, und stets leicht geröteten Wangen, kannte ihre Gedanken, ihre Wünsche und Ängste ebenso gut, wie ihr Bruder diese gekannt hatte. Rede nicht in der Vergangenheit, Audrey, noch hast du einen Bruder!, ermahnte sie sich selbst. Fast hätte sie sich vor Sorge verschluckt. Sie räusperte sich.

»Siehst du.«

»Ich vermisse Gilbert heute ganz fürchterlich«, flüsterte sie Henri zu.

»Ich auch, aber er würde schimpfen, wenn er sehen würde, wie wir hiersitzen und uns sorgen.«

»Ja, ich weiß.« Audrey holte tief Luft und straffte sich. Die Hausmädchen trugen den zweiten Gang auf.

»Gleich nach dem Nachtisch gehen wir hinaus, Audrey, das wird uns auf andere Gedanken bringen.« Sein Lächeln geriet so spitzbübisch, dass Audrey nicht anders konnte, als nun wirklich neugierig zu werden, was dort wohl auf sie wartete.

Früher hatten sich Audrey, Gilbert und Henri nur in den Ferien gesehen. Alle hatten Schulen weitab des Waldes besucht, Audrey in Rennes, Gilbert in Vannes und Henri in Dinan. Die Freude über das Wiedersehen war jedes Mal groß gewesen und die Wochen, die sie zusammen auf dem Château hatten verbringen können, die schönsten, an die Audrey sich erinnern konnte.

Das Leben für sie als Kinder auf dem Château war geprägt gewesen von Freiheit. Sie badeten im See, streiften durch die Wälder, ritten morgens über die taubenetzten Lichtungen. Abends saßen sie vor dem Kamin im großen Saal, müde und erschöpft, und lauschten den Geschichten von Bernard Perriéres, der hier aufgewachsen war und jede Sage und jedes Märchen zu Brocéliande, dem hiesigen Wald, auswendig kannte. Oft war Audrey froh, bei ihren Streifzügen die beiden Jungen bei sich zu wissen, so spannend wusste ihr Vater zu erzählen.

Doch diese Zeiten waren vorbei. Das wurde Audrey heute mehr bewusst denn je. Sie war nun erwachsen. Ihre Eltern waren nicht so altbacken, dass sie von ihrer Tochter eine baldige Heirat und eine Schar Enkelkinder erwarteten, doch schwebte das unausgesprochene Gebot über den beiden Perriéres-Kindern, sich für das Château Maélis zu verbürgen. Gilbert in der Betriebsleitung und Audrey – wie auch immer sie sich nun entscheiden sollte – mit einem sinnvollen Studiengang und später mit einem Mann, der die Holzwirtschaft ebenso führen konnte wie sein Schwager. Oft hatte Gilbert gewitzelt, Audrey solle doch am besten später Henri heiraten. Audrey fragte sich inzwischen des Öfteren im Stillen, ob sie je einen Mann finden würde, der zu ihr passte. Bisher waren ihre Erfahrungen da eher ernüchternd gewesen. Es fanden sich im Grunde nicht einmal potenzielle Kandidaten für sie, denn rund um Paimpont gab es seit Kriegsbeginn keine jungen Männer mehr.

Das Château Maélis würde bei Gilbert und Henri in besten Händen sein. Sie hatte keine Ahnung, wo da ihre Aufgabe liegen sollte. Die beiden würden außerdem irgendwann selbst Frau und Kinder haben. Diese Vorstellung schmerzte zwar ein wenig, aber so war es nun mal. Audrey sah sich in ein paar Jahren ganz woanders, denn als das fünfte Rad am Wagen hier zwischen diesen Mauern wollte sie gewiss nicht enden. Das Filmen lag ihr im Blut, auch wenn ihr Vater es als Spielerei abtat. Audrey schauderte auch jetzt leicht, wenn sie an diesen tollkühnen Plan dachte. Nicht einmal Henri und Gilbert wussten davon. Sie hatte Angst, die Jungs würden es ebenso als verträumte Mädchenfantasie abtun.

Der Hauptgang wurde abgetragen, und alle am Tisch erwarteten das Dessert.

»Du bist so still heute, Schatz.« Die besorgten Worte ihres Vaters rissen Audrey endgültig aus ihren Gedanken.

»Alles gut, Vater.« Was war denn nur los mit ihr? Sie versuchte ein Lächeln auf ihr Gesicht zu zaubern. In den nächsten Minuten bemühte sie sich, den Gesprächen bei Tisch zu folgen, auch wenn es bei ihren Tanten und Cousinen meist um Dinge ging, die sie eher weniger interessierten.

Kaum war der Nachtisch verzehrt, hielt es Henri nicht mehr auf seinem Platz. Aufgeregt klatschte er in die Hände. »So – nun wollen wir dem Geburtstagskind noch eine Überraschung bereiten. Ich bitte alle auf die Terrasse.«

Bevor Audrey protestieren konnte, eilte er zu der Filmkamera, schnappte diese beim Stativ und bugsierte sie zwischen seinen Schwestern nach draußen auf die Terrasse.

»Henri – vorsichtig!«, tadelte Audrey, die sich ebenso wie alle anderen nach draußen begab. Die Sonne hatte die Terrasse aufgewärmt, und die Familie verteilte sich an den bereitgestellten Gartentischen.

»Stell dich dort hin … da … sodass der See auch noch mit drauf ist.« Henri versuchte die Kamera zu positionieren.

Audrey musste schmunzeln, Henri filmte gerne, war aber zu seinem Verdruss völlig talentfrei, was dies anging. Artig ließ sie sich dennoch von ihm einweisen.

»So ist es gut. Onkel Bernard – Tante Luise.« Er winkte die Familie dichter zusammen. Noch ein prüfender Blick. »Kann losgehen!« Er begann an der Kamera zu kurbeln.

»Ja, mein Kind …« Bernard Perriéres legte seiner Tochter die Hand auf die Schulter. »Wir haben uns noch eine Überraschung ausgedacht. Deine Mutter und ich wissen ja, dass du mit Dingen, die andere junge Frauen erfreuen könnten, nicht viel anfangen kannst.«

Ihre Cousinen kicherten albern. Die beiden zartblonden Mädchen nervten Audrey mit ihrem puppenhaften Gehabe. Konnten sie sich nicht ein Mal beherrschen?

»Aber Henri gab uns einen guten Rat, womit wir dir sicherlich eine Freude machen könnten.«

Audrey wusste partout nicht, was sie erwartete.

»Meine Tochter – würdest du bitte einmal nach Julia pfeifen?«

»Julia?« Audrey sah ihren Vater verblüfft an. Dann zuckte sie mit den Achseln, spitzte die Lippen und ließ einen melodischen Pfiff erklingen. Sogleich ertönte seitlich des

Hauses, vom Park her, eine Antwort. Nur wenige Augenblicke später taperte Julia auf die Terrasse. Julia war eine Pfauenhenne. Audrey liebte diesen Vogel, der ihr oft folgte wie ein Hund. Zu ihrer Überraschung erklang heute plötzlich noch ein Vogelruf, und direkt hinter Julia kam ein Pfauenhahn um die Hausecke zum Vorschein.

Der Vogel stolzierte mit seiner langen blaubunten Schleppe schüchtern an den Menschen vorbei, um den Anschluss an seine neue Gefährtin nicht zu verlieren.

»Oh Vater!« Audrey legte sich vor Überraschung die Hand vor den Mund. Das war wirklich ein Geschenk, das ihr Herz erfreute.

»Nun hat Julia wieder einen Romeo.« Bernard Perrières sah zufrieden auf seine überraschte Tochter und dann auf die beiden Vögel.

Audrey hockte sich hin. »Ja fein … Komm mal her … Komm.« Julia folgte ihrem Locken sofort. »Zeig mal deinen neuen Romeo. So ein schönes Tier. Danke, Vater! Maman!« Audrey war wirklich gerührt. Den alten Romeo hatte letzten Herbst der Fuchs geholt. Überall auf dem Hof hatten eines Morgens seine langen Schmuckfedern gelegen, den toten Vogel hatte Audrey hinter den Scheunen gefunden. Romeo und Julia hatten sie viele Jahre begleitet, der Verlust war sehr schmerzhaft gewesen, der Park des Châteaus seitdem verwaist. Audrey hatte Julia nur mit viel Liebe und Aufmerksamkeit trösten können, fast hätte sich die Henne zu Tode gehungert wegen des Verlustes. Nach einem neuen Hahn hatte sie sich nicht zu fragen getraut. Ihr Vater hatte sich allzu oft über die Vögel geärgert, da sie mit Vorliebe auf seinem Automobil Platz nahmen, hier und da auch gerne mal einen Klecks hinterließen und die Rosenstände zerrupften.

Die Überraschung war gelungen. Freudig versuchte sie den zögerlichen Romeo anzulocken.

Henri trat an ihre Seite, er hatte die Kamera wieder abgestellt. »Na, was sagst du?« Zufrieden schaute er auf die beiden Vögel.

»Was für eine schöne Überraschung. Danke, Henri.« Audrey erhob sich und drückte ihm einen Kuss auf die Wange. Und als wolle Romeo gleich allen zeigen, dass er nun der Herr über diese Parkanlage war, hüpfte er auf die Begrenzung der Terrasse und schlug ein Pfauenrad. Die Sonne brachte seine Federn zum Leuchten, und Audrey wie auch Julia schauten entzückt auf ihren neuen Freund.

Am nächsten Morgen war Audrey früh auf den Beinen. Die Gäste würden gegen Mittag abreisen, sie hatte also noch einige Stunden Zeit, bevor es galt, alle höflich zu verabschieden. Als sie die Eingangshalle querte, die Kamera in der Ledertasche und das Stativ auf der Schulter tragend, hörte sie bereits die Stimmen von Henri und ihrem Vater aus dem Arbeitszimmer. Das Holzgeschäft florierte in diesem Frühjahr. Ladung um Ladung wurde gen Westen geschickt. Verteidigungsanlagen würden damit befestigt werden, Schützengräben und Wälle. Audrey wollte das alles gar nicht so genau wissen. Der Gedanke, dass ihr Bruder irgendwo in einem Graben hockte, der vielleicht mit Hölzern aus seinem geliebten Wald abgestützt war, ließ sie schaudern.

Eilig verließ sie das Haus. Die Luft war lau, Vögel zwitscherten in der aufgehenden Morgensonne, und der Nebelschleier über dem See glänzte wie Goldwatte. Romeo und Julia pickten in zufriedener Eintracht auf dem Hof herum. Die Henne erhob kurz den Kopf, als Audrey näher kam.

»Ich bringe euch nachher ein paar Körner«, versprach sie dem Tier leise. Dann wandte sie sich zum Waldrand. Über einen schmalen Pfad gelangte sie zwischen die Bäume. Der Boden war weich und noch taunass. Es roch nach Moos, altem Holz und verwittertem Laub. Bis der Frühling endgültig am Fuß der Bäume Einzug halten würde, dauerte es noch etwas. Audrey freute sich schon darauf; ein unendliches Meer an kleinen weißen Blüten würde dann alles überziehen und die sattgrünen Sprösslinge der jungen Bäume sich einen Platz im Sonnenlicht sichern wollen. Bis dahin hätte sie die besten Kameraperspektiven ausgesucht. In ihrem Kopf plante sie bereits die Szenen für ihren Bewerbungsfilm. Die Geschichten ihres Vaters hatten sie auf die Idee gebracht. Was lag näher, als an einem derart sagenumwobenen Ort wie dem Wald Brocéliande die alten Legenden aufleben zu lassen? Natürlich hatte Audrey keine richtigen Schauspieler, aber Henri und Francine, das Küchenmädchen, würden einspringen. Die Geschichte vom Zauberer Merlin und der Fee Viviane war einfach perfekt, Audrey hatte sich schon die Schlüsselszenen und die dazugehörigen Schauplätze überlegt: das Liebesgeständnis auf der Brücke der Geheimnisse, das Treffen der beiden an der Barenton-Quelle, Vivianes verborgenes Schloss am Grund des Sees und zu guter Letzt das Tal ohne Wiederkehr. Natürlich hatte sie Henri und Francine nicht erzählt, worum es wirklich für sie bei diesem Filmprojekt ging, das sollte fürs Erste ihr Geheimnis bleiben.

Audrey gelangte von dem kleinen Pfad auf einen breiten Wirtschaftsweg. Hier war es durch die Morgensonne bereits merklich wärmer als im Schatten der Bäume. Sie musste sich beeilen, einige Kilometer waren heute zu laufen, und ihr blieb nicht viel Zeit. In der Ferne huschte eine Hirschkuh in das Unterholz. Die stattlichen Tiere hatten früher den ganzen Wald bevölkert. Doch zu Zeiten der Holzwirtschaft bekam man sie nur noch selten und in den einsamen Stunden zu Gesicht, wenn die Holzfäller noch nicht unterwegs waren.

Audrey blieb kurz stehen und wechselte das Stativ von der rechten auf die linke Schulter. Das Ding war unsäglich schwer, doch behielt man die Kamera in der Hand und drehte gleichzeitig an der Kurbel, waren die Aufnahmen deutlich verwackelt.

Nach gut einer Stunde Fußmarsch war Audrey bei der Barenton-Quelle angekommen. Ein augenscheinlich unspektakulärer Ort: auf einer Lichtung, zwischen knorrigen Wurzeln, entsprang dem Boden eine Quelle. Sie wurde eingerahmt von unzähligen Steinen, die seit Jahrhunderten dem Wasser seinen Weg wiesen. Hier sollte der Sage nach Merlin das erste Mal die Fee Viviane getroffen haben. Verzückt von ihrer Schönheit und Anmut, begann hier die schicksalhafte Liebesgeschichte der beiden. Doch gab es noch eine weitere Sage um diese Quelle. Einst sollten ihre Wasser die Macht gehabt haben, Stürme heraufzubeschwören. Ein Ritter mit schwarzem Wappen bewachte die Quelle, um kein Unheil geschehen zu lassen. Doch so manch böser Mensch hatte es geschafft, den Ritter zu überlisten, Wasser zu schöpfen und dies auf einen nahen Stein tropfen zu lassen. Die Stürme sollten so mächtig gewesen sein, dass das Laub von den Bäumen gerissen worden war und der Regen ganze Ernten davongespült hatte. Bis heute war es ein unausgesprochenes Verbot, Wasser aus dieser Quelle zu schöpfen. Das hatte Audrey aber auch nicht vor. Prüfend sah sie nach oben in das zartgrüne Blätterdach; sie würde nur noch wenige Tage Zeit haben, die gewünschte Szene hier spielen zu lassen, bis die Blätter das Licht gänzlich verschlangen. Sie baute die Kamera auf das Stativ, das mit seinen drei Beinen stabil auf dem Boden stand. Dann wanderte sie verschiedene Punkte ab, den Blick prüfend auf das einfallende Licht und den Schattenwurf gerichtet. Bald war die richtige Stelle gefunden. Aus ihrer Rocktasche zog sie ein Blatt Papier, einen kurzen Bleistift und die alte Taschenuhr ihres Vaters. Sie notierte die Uhrzeit, denn das Licht war nun perfekt, und ebenso der Ort. Dort, wo die Kamera stand, legte sie mit ein paar Ästen ein Dreieck aus. So würde sie den Standort auch in einigen Tagen genau wieder einnehmen können. Inzwischen war es recht warm geworden. Sie schob die Ärmel ihrer Bluse bis zum Ellenbogen nach oben. Noch einen Augenblick die Ruhe dieses Ortes auskostend, ging Audrey zu dem schmalen Wasserlauf, die Steine drum herum waren grün bemoost und glitschig. Vorsichtig hockte sie sich hin und hielt ihre Fingerspitzen in das kühle Nass. Beim Aufstehen rutschte ihr rechter Fuß ab; um nicht zu fallen, trat sie genau in das Rinnsal. Wassertropfen sprangen empor und landeten auf den umliegenden Steinen. Mit einem großen Schritt gelangte sie wieder auf den ebenen Boden der Lichtung, den Schreck des drohenden Sturzes noch in den Gliedern. Sie wischte sich die noch feuchten Hände an ihrem Rock ab und betrachtete die unzähligen Wasserspritzer auf dem grauen Gestein. Ob dies schon als »verschütten« galt? Sie hoffte nicht, denn schlechtes Wetter oder gar einen großen Sturm konnte sie in den nächsten Wochen nun wirklich nicht gebrauchen.

Sorgsam packte sie die Kamera wieder ein und schulterte das Stativ. Sie musste sich beeilen, mit dicken Wanderschuhen und nassem Rocksaum konnte sie die Gäste am Mittag nicht verabschieden. Ihre Mutter legte viel Wert auf das tadellose Auftreten ihrer Tochter. Audrey hatte wenig Lust auf Umarmungen und feuchte Wangenküsse, doch so oft sah sie ihre Tanten, Onkel und Cousinen auch nicht, da musste sie es wohl heute einfach ertragen. Am Nachmittag würde sie sich dann mit ihrer Ausrüstung in die andere Richtung des Waldes aufmachen, da wusste sie eine schmale, uralte Brücke, die ideal für die nächste Szene wäre. Auch dort musste sie alles genau prüfen und eine Markierung legen, um dann in einigen Tagen Henri und Francine genau an diesem Ort anzuleiten, sich mit theatralischen Gesten ihre fiktive Liebe zu gestehen. Hoffentlich würden die beiden eine gewisse Ernsthaftigkeit dabei wahren können.

Gerade als draußen der Vormann der Holzarbeiter die Glocke zur Mittagspause erklingen ließ, kam Audrey adrett und sauber gekleidet die Treppe in die Empfangshalle herab. Innerlich war sie noch ganz erhitzt von dem strammen Marsch, doch schien es keiner zu bemerken. Ihre Cousinen umarmten bereits ihre Mutter zum Abschied, Henri und ihr Vater verabschiedeten ihren Onkel mit Kopfnicken und Schulterklopfen. Den Männern fiel es diesmal sichtlich schwerer als sonst, Abschied zu nehmen.

Auch Audrey verabschiedete sich brav von allen und bedankte sich nochmals für die vielen Glückwünsche. Vielleicht würde man sich zum Weihnachtsfest wiedersehen, je nachdem, wie das Wetter wäre.

Als das Automobil von der Auffahrt gerollt war, atmete Audrey erleichtert aus. Endlich wurde es wieder ruhig im Château.

Doch gerade, als sie sich abwenden wollte, um sich erneut umzuziehen und zurück in den Wald zu gehen, packte Henri sie am Arm. Sein Gesicht war bitterernst.

»Was ist?«, fragte Audrey verwundert, als er sie in das Arbeitszimmer zog.

Ihr Vater stand bereits am Rundfunkgerät, ihre Mutter daneben, nervös ein weißes Taschentuch in den Händen knetend.

»Pst!« Ihr Vater hob mahnend den Zeigefinger, während er mit der anderen Hand den Senderknopf drehte. Das Gerät rauschte und knackte. Dann ertönte eine Stimme.

»… bestätigen wir den westlichen Vorstoß der deutschen Truppen. Die ersten Panzerverbände der Deutschen stehen vor dem Ijsselmeer. In Belgien rücken die deutschen Truppen über die Ardennen vor.«

»Was bedeutet das? Vater?« Audrey schauderte.

Ihr Vater schüttelte niedergeschlagen den Kopf.

Fragend sah sie zu Henri. Dieser senkte den Blick und murmelte: »Krieg. Der Krieg ist fast an Frankreichs Grenzen angelangt.«

Ein ganz anderer Sturm begann nun, ein Sturm, an den Audrey vor wenigen Stunden im Wald noch gar nicht gedacht hatte. Doch es würde ein Sturm werden, der mehr als nur die Blätter von den Bäumen fegte.

Kapitel 8

»Henri, ein bisschen weiter nach rechts, bitte.« Audrey, die hinter der Kamera stand, wedelte mit der linken Hand.

Henri verzog das Gesicht. Er hatte den ganzen Tag protestiert, denn er wollte nicht mit in den Wald. »Ach Audrey – momentan gibt es doch wirklich Wichtigeres.«

»Du hast es versprochen«, antwortete sie trotzig. Natürlich gab es für ihn eine Menge zu tun. Doch war er im Büro durchaus auch mal ein paar Stunden abkömmlich, und zudem dröhnte da das Rundfunkgerät inzwischen den ganzen Tag, was seiner Stimmung nicht gerade zuträglich war.

Die Nachrichten der Sender berichteten unablässig vom Kriegsgeschehen im Osten. Nicht einmal vier Tage war es her, dass die Deutschen die Niederlande überrannt hatten. Ganz Frankreich war erschüttert, wenngleich man sich im Allgemeinen sicher war, weiter würden die Deutschen nicht gehen. Henri war wortkarg und missmutig geworden in den letzten Tagen.

Auch Audrey hatte Angst. Doch ihr Vater versicherte ihr immer wieder, dass sie nichts zu befürchten hätten. Die Sorge um Gilbert hingegen wuchs ins Unermessliche. Noch immer gab es keine Meldung von ihm. Audreys Mutter verschanzte sich jeden Tag aufs Neue hinter fadenscheinigen Aufgaben im Haushalt. Selbst die Köchin war missmutig, weil sie der Dame des Hauses nun täglich auflisten musste, was noch alles in den Vorratskammern war.

»Ich habe schließlich schon einen Krieg mitgemacht«, donnerte Audreys Mutter ganz entgegen ihrer guten Sitten und ließ die Mädchen und die Köchin zusammenfahren. »Ihr werdet mir noch dankbar sein!« Mehrmals am Tag kontrollierte sie die kleine Silberschale in der Eingangshalle, wo die Botenjungen aus Paimpont für gewöhnlich die Post ablegten. Auch Audrey hoffte so sehr auf eine Nachricht von Gilbert, doch diese blieb aus.

»Sicher hat er einfach keine Zeit, und die Nachrichtendienste haben auch anderes zu tun, als Feldpost hin- und her zu tragen«, versuchte Bernard Perriéres seine Frau und seine Tochter zu beruhigen.

Um sich abzulenken, hielt Audrey an ihrem Filmprojekt fest. Es war das Letzte, was ihr in diesen Tagen Hoffnung gab und sie in eine halbwegs positive Zukunft blicken ließ. Irgendwann wäre der Krieg vorbei, und dann würde sie nach Paris gehen.

»Francine, nicht so viel Bein zeigen«, rief Audrey. Francine empfand die Dreharbeiten als willkommene Abwechslung zu ihren sonstigen Aufgaben in der Küche. Sie war jung, blondgelockt, mit verträumten blauen Augen, und hatte mit Krieg nicht viel im Sinn. Den Rocksaum schwenkend, war sie mit Audrey und Henri in den Wald spaziert, als würde die Zeit dort stillstehen.

»Was interessieren mich die Niederlande. Das ist doch ganz weit weg«, unkte sie, als Henri es nicht lassen konnte, seine Besorgnis anzusprechen.

»Henri, vergiss mal für einen kurzen Moment die Nachrichten. Du wirst im Kopf noch ganz verrückt davon.« Audrey fühlte sich ja selbst schon völlig verängstigt, obwohl sie nicht viel von Politik verstand. Dass Henri derzeit gar kein anderes Thema kannte, sagte ihr mehr als deutlich, wie ernst die Lage sein musste. Doch hier, im Wald, wollte sie diese Gedanken abstreifen.

»Noch ein bisschen mehr nach links, nun komm schon.«

Während Francine sich kokett am Geländer der alten Brücke drapiert hatte, bewegte Henri sich nur zögerlich auf seine vermeintliche Angebetete zu.

Zunächst hatte Audrey überlegt, die beiden in alte Gewänder zu stecken. Doch das wäre zu aufwendig geworden, also würde sie die Legende auf moderne Art interpretieren. Außerdem wollte sie die Szene auf der Brücke jetzt endlich drehen, auch wenn sie lieber mit der Quelle begonnen hätte. Aber zu dem langen Fußmarsch konnte sie Henri momentan sicher nicht überreden, sie war schon froh, dass er überhaupt mitgekommen war. Sie würde die Filmstreifen hinterher mühevoll schneiden müssen. Keine leichte Aufgabe, aber vielleicht zeigte sich später darin auch ihr Können. Ein im Ganzen gedrehter Film war einfacher als einer, in dem die Szenen zusammengesetzt waren. Außerdem hatte sie nicht mehr so viele Filmrollen vorrätig.

Audrey seufzte und machte hinter der Kamera einen Schritt zur Seite. »Henri, nun guck nicht, als wenn dich gerade ein Affe gebissen hätte!«

Ergeben hob er die Hände, aber er lachte nun wenigstens.

Audrey verzog sich schnell wieder hinter die Kamera. »Geht doch. Also aufpassen. Auf mein Zeichen!«

Langsam schlenderte Audrey zurück zum Château. Henri war bereits vorausgeeilt. Die Ablenkung hatte nicht lange vorgehalten. Francine hingegen war hinter Audrey zurückgeblieben. Das Mädchen war nicht erpicht darauf, in die dunkle Küche im Keller des Hauses zurückzukehren. Leise summend tänzelte sie durch das Gras am Wegesrand. Audrey wusste nicht, was besser war, Henris konzentrierte Sorge oder Francines Unbedarftheit.

Ob die Szene etwas geworden war, vermochte Audrey noch nicht zu sagen. Im Zweifelsfall würde sie Henri und Francine ein weiteres Mal auf die Brücke schicken müssen. Zumindest hatte es Henri dann doch geschafft, sein schauspielerisches Talent wiederzufinden. Im Spielen war er deutlich besser als beim Filmen. Wie abgesprochen war er vor Francine auf die Knie gegangen, hatte sie angefleht, seine Liebe zu erwidern, während sie sich immer wieder zurückgezogen hatte, um dann doch auf ihn zuzugehen. Nicht nur die Mimik und Gestik der Darsteller wollte Audrey einfangen, sondern auch das einzigartige Licht, in welches die Abendsonne die Brücke tauchte. Je stärker die Eindrücke in Wirklichkeit waren, desto stärker gelang es auch, sie in der charakteristischen gelblichen Tönung des Filmmaterials wirken zu lassen. Eine Farbkamera wäre ein Traum gewesen, doch diese waren einfach unerschwinglich. In Audreys Zimmer lag ein Katalog eines Kameraherstellers, schon ganz abgegriffen; wenn sie erst mal einen Studienplatz sicher hatte, würde ihr Vater sich vielleicht doch davon überzeugen lassen, in das Talent seiner Tochter zu investieren. Filme mit Tonspulen gab es nur für das Kino. Vielleicht würde man sie eines Tages auch für den Hausgebrauch bekommen. So lange musste Audrey sich mit ihrer alten Kamera abfinden und versuchen ihr die besten Bilder zu entlocken.

Als sie am Château ankamen, fiel Audrey sofort die Stille auf. Eigentlich erklangen um diese Zeit noch die Sägen und Äxte der Holzarbeiter aus den großen Scheunen. Beim Gang über die Auffahrt entdeckte sie die Männer. Sie standen an einer Nebentür des Haupthauses, dicht gedrängt, die Köpfe geneigt. Jetzt schloss auch Francine neugierig zu Audrey auf.

Aus der Mitte der Gruppe erklang die Stimme eines Rundfunksprechers. Ivo, der alte grauhaarige Vorarbeiter, richtete sich auf, als er die beiden jungen Frauen erblickte.

»Kommt her, kommt her!« Er winkte ihnen zu.

Audrey war schon als kleines Kind auf Ivos Schultern durch den Park geritten. Sie kannte den Mann, als wäre es ihr eigener Großvater. Seine tiefen Stirnfalten und sein fahles Gesicht verhießen nichts Gutes.

»Was ist los?« Audrey ließ das Stativ von ihrer Schulter sinken, als sie am Haus angekommen war. Francine verschwand blitzschnell durch den Nebeneingang, entweder, weil sie der schlechten Nachrichten überdrüssig war oder eben weil die neuesten Informationen ohnehin zunächst ihren Weg in die Küche fanden.

»Oh Mädchen, das ist nicht gut …« Ivo zog die Baskenmütze von seinem haarlosen Kopf und fuhr sich mit der Hand über die Stirn. »Gestern haben die Deutschen die Stadt Rotterdam dem Erdboden gleichgemacht. Eben wurde verkündet, dass die Niederlande kapituliert haben.«

»Die haben was?« Audrey brauchte einen Augenblick, um zu begreifen, was diese Nachricht bedeutete.

Ivo nickte. »Ja … jetzt stehen sie vor der Tür.«

In den nächsten Tagen brach in ganz Frankreich eine zittrige Unruhe aus. Henri stellte gleich zwei Rundfunkgeräte im Arbeitszimmer auf; aus dem einen ertönten die neuesten Nachrichten der BBC, aus dem anderen die des französischen Senders. Die Regierung bildete sich um, es gab hitzige Diskussionen, und währenddessen wurde der braune Schatten, der auf den Westen fiel, immer dunkler.

An einem Nachmittag Ende Mai hörten sie aus beiden Apparaten nur noch das Wort »Dunkerque«.

Inzwischen verbrachte Audrey viel Zeit im Arbeitszimmer. Auch wenn es sie schauderte, konnte sie sich nicht von den Nachrichten abwenden. Und sie fühlte sich Gilbert gegenüber verpflichtet, auf dem neuesten Stand zu bleiben. Immerhin steckte er mittendrin. Hatten sie anfangs noch gehofft, seine Einberufung an die Front wäre nur ein kurzes Intermezzo, so war es inzwischen überdeutlich, dass die Lage ernst war. Mehr als ernst!

Henri drehte so lange an einem der Empfänger, bis dort ein deutscher Sender rauschend aus dem Äther drang. Auch hier sprach man von Dünkirchen, nur viel euphorischer.

»Das ist doch schon in Frankreich, oder? Henri?«

Henri nickte schweigend und lauschte wieder dem englischen Sender, während er den Deutschen schnell wegdrehte.

Britische Expeditionskorps und französische Truppen waren in der kleinen Stadt von deutschen Panzerverbänden eingekesselt worden. Man hatte dazu aufgerufen, dass jeder, der ein seetaugliches Boot mit Ladekapazität frei hatte, zu Hilfe eilen sollte. Als die Deutschen mitbekamen, was sich über den Seeweg abspielte, schoben sie ihre Panzer auf die alliierte Verteidigungsgrenze zu. Sechs Tage lang pflückten Boote Soldaten von den Stränden rund um die Stadt. Mann für Mann, ob Brite oder Franzose, wurde evakuiert. Als es den Deutschen gelang, die Stadt zu übernehmen, waren über 300 000 Soldaten in Sicherheit gebracht worden.

Audrey lauschte Stunde um Stunde gebannt den Stimmen der Sprecher. Natürlich verkündete nie jemand, der Soldat Gilbert Perriéres sei in Sicherheit, Audrey wusste ja nicht einmal, ob er dort gewesen war oder sich ganz woanders den Deutschen entgegenstellte. Doch jeder dieser verschwundenen Männer war ein Sohn, vielleicht ein Bruder oder sogar Vater.

Draußen hatte der Juni Einzug gehalten, und ohne dass Audrey es bemerkt hatte, waren die ersten Rosen aufgeblüht, die Bäume trugen ihr sattes Sommerblattwerk, und es war merklich wärmer geworden. Nach dem Drama von Dunkerque war es, als bliebe die Zeit eine Weile stehen.

Audrey trat seit Tagen das erste Mal aus dem Château. Ihr Filmprojekt war fast in Vergessenheit geraten. Sie redete sich ein, die Deutschen würden nicht weiter vordringen, was wollten sie denn noch? Sie hatten so viele Länder eingenommen. Audrey beobachtete Romeo, wie dieser hinter Julia über den Hof stolzierte – für einen Augenblick schien die Welt in Ordnung zu sein.

Am nächsten Morgen war dieser Eindruck vorbei. Wie ein reißender Fluss durchbrachen die Deutschen die

Nordwestfront nach Frankreich hin. Die Regierung reagierte hektisch, Audrey und Henri konnten den sich überschlagenden Meldungen kaum noch folgen. Charles de Gaulle wurde in das Kriegsministerium berufen.

Audreys Vater klatschte begeistert und rief: »Der wird es richten!« Doch auch in den nächsten Tagen kamen keine positiven Nachrichten.

Wenn Audrey aus dem Fenster blickte, sah sie den friedlichen Frühsommer, doch der tosende Sturm kam immer näher.

Sie ertrug es nicht länger im Château, denn eines konnte man zwischen den Sätzen der Rundfunksprecher heraushören: Frankreich fiel Stück für Stück an die Deutschen. Ihr Vater saß nur noch resigniert hinter seinem Schreibtisch, Henri war blass geworden und seine Finger so fahrig-nervös, dass sie immerzu etwas kneten mussten.

Als könne sie damit den Ablauf der Dinge ändern, schnappte sich Audrey ihre Kamera und lief in den Wald, sie lief und lief. Als ihr der Atem ausging, zwang sie sich bis an den nahen Waldrand. Den Rand von Brocéliande, ihrer Heimat. Dornen von Brombeerranken zerrten an ihrer Bluse, als wollten die Pflanzen verhindern, dass sie den Wald verließ. Audrey schüttelte sie ab. Schwer atmend ließ sie sich in das Gras fallen, über ihr schoben sich friedliche kleine Wolken über den blauen Himmel. Es roch nach Gras, Moos und altem Holz.

Sie wusste nicht, wie lange sie dort gelegen hatte, den Blick nach oben gerichtet, als ein dumpfes Brummen an ihre Ohren drang. Sie richtete sich auf. Es dauerte einen Atemzug lang, bis ihre Augen in der Ferne die Flugzeuge erfassten. Wie ein unaufhaltsamer Pfeil schoben sich die

Flieger zwischen die Wolken. In Audreys Nacken stellten sich feine Härchen auf. Wie in Trance packte sie ihre Kamera aus. Die Flugzeuge waren eigentlich viel zu weit weg, nichts als kleine Punkte am Horizont. Durch die Kamera hindurch nahm sie eine weitere Bewegung wahr. Sie drehte sich etwas. Auf der Straße von Nordosten kommend, schob sich eine lange Schlange Militärfahrzeuge in Richtung Südwesten genau auf sie zu. Audrey filmte weiter, während ihr das Herz bis zum Hals klopfte. Die Kolonne war weit entfernt, doch durch die Kamera wirkte es, als stünde sie direkt vor ihr. Als ihr Auge die erste Fahne mit Hakenkreuz erfasste, wurde ihr speiübel. Sie ließ die Kamera sinken. Sie musste nach Hause. Sie musste ihre Eltern warnen, Henri, die Arbeiter … Sie mussten … Doch es gab keinen Ausweg.

Sie saßen in der Falle.

Kapitel 9

Château Maélis, Frühjahr 2016

Sabine starrte auf die rote Fahne mit dem weißen Kreis und dem darin prangenden Hakenkreuz. Das letzte Bild des Films. Wie oft hatte sie diese Fahnen schon gesehen, im Fernsehen, in Büchern. Doch dieses Mal war es anders, sie hatte die Fahne mit Audreys Augen gesehen und förmlich die Angst gespürt, welche die junge Frau gepackt hatte.

Das Bild verschwand von der Leinwand, ein kurzes Surren ertönte, und dann kreiste mit einem flappenden Geräusch das Ende des Filmstreifens auf der Spule. Das Geräusch passte zu der Leere um sie herum, die Sabine mit einem Mal bewusst wurde. Der Film hatte sie eingesogen in eine andere Zeit, in der hier noch Leben geherrscht hatte. Die Feier, die Gäste, die wunderschönen Vögel, der Park. Die Aufnahmen von dem jungen Mann und dem hübschen Mädchen auf der Brücke. Eindeutig ein inszeniertes Bild, dennoch so voller Kraft und umgeben von der magischen Energie des Waldes. Dann die Punkte am Himmel – Flugzeuge – und der Einmarsch der deutschen Truppen. Eben noch eine unbeschwerte junge Frau, dann plötzlich hatte sich für Audrey alles geändert.

Sebastien räusperte sich leise. Draußen war es inzwischen dunkel geworden, nur die Lampe des Projektors erhellte den Raum.

»Das war … eindrucksvoll. Und so … echt.« Er starrte immer noch auf die weiße Leinwand.

»Das war nicht nur echt, das muss ein Albtraum gewesen sein.« Sabine nahm die Flasche Rotwein, schenkte sich ein Glas ein und leerte es mit einem Zug. Wie kam sie nur wieder in das Hier und Jetzt? Sie fühlte sich seltsam gefangen.

»Ob sie wohl geflohen sind?«, fragte sie leise in Sebastiens Richtung.

»Nein.« Er schüttelte nachdrücklich den Kopf. »Da gab es nichts zu fliehen. Manche haben sich frühzeitig nach England oder Amerika abgesetzt, wie aus Deutschland wohl auch, aber im Grunde konnte man nichts machen. Man stand da, wusste, dass die Deutschen kommen, aber wo sollte man denn hin?« Er bog den Rücken durch, dann stand er auf. »Am 22. Juni 1940 wurde ein Waffenstillstand unterzeichnet. Der Norden Frankreichs, also auch diese Gegend hier, wurde von einem deutschen Besatzungsregime übernommen. Der Süden blieb begrenzt selbstständig.«

»Warum nur der Norden?« Sabine hatte sich bisher wenig mit der französischen Kriegsgeschichte befasst. Sie streckte die schmerzenden Glieder, das lange Sitzen auf dem harten Marmorfußboden zollte seinen Tribut. Etwas ungelenk kam sie auf die Knie und stand dann auf.

Sebastien war zu einer der Terrassentüren getreten und sah nachdenklich ins Dunkle. Ihn hatten die Bilder anscheinend auch sehr mitgenommen.

»Na, denk mal nach … die ganze Atlantikküste, der Kanal. Hitler hat sich doch wie ein Maulwurf über viele tausend Kilometer entlang dieses Streifens eingegraben. Der Atlantikwall – er wollte sich vor den Briten und wohl auch vor den Amerikanern schützen. Warst du schon mal an der Küste hier? Bunker um Bunker, Tausende Kubikmeter Beton stecken da noch in der Erde.«

Sabine fröstelte. Vom Atlantikwall hatte sie natürlich schon gehört. Das Ausmaß dessen war ihr allerdings nie richtig bewusst gewesen.

Sebastien ging zu dem Filmprojektor und schaltete ihn ab. Auf einen Schlag war es stockfinster.

»Warte, ich hab die Taschenlampe.« Sabine kramte ihren Schlüsselbund mit der Taschenlampe hervor.

»Schauen wir uns die anderen Filme auch noch an?« Er zog die Filmspule von der Halterung und legte sie sorgsam zurück in die Dose.

Sabine zögerte. Es war bereits spät und … wenn sie ehrlich war, gruselte es sie vor dem Inhalt der weiteren Filme. Immerhin schien es ein tragisches Ende genommen zu haben.

»Denkst du, die Klamotten da unten …« Sie deutete in Richtung Keller. »Waren das Kostüme von Schauspielern … also so wie für die Szene auf der Brücke? Oder waren die …?«

Er zuckte die Achseln. »Keine Ahnung. Das werden wir wohl nur erfahren, wenn wir die Filme weitergucken.«

»Ich glaube, das machen wir dann lieber morgen.« Sabine schlang die Arme um ihren Körper. Dabei glitt der Schein der Taschenlampe über die großen Glastüren zur Terrasse. Aus den Augenwinkeln bemerkte sie eine Bewegung. Ruckartig drehte sie sich um und richtete den Lichtstrahl auf eine der Türen.

»Was ist?« Sebastien folgte dem Lichtstrahl mit dem Blick.

»Hm … nichts. Ich dachte … War wohl nur ein Schatten.« Hatte sich da etwas bewegt? Ihre Muskeln spannten sich unwillkürlich an.

Sebastien hob die Hände. »Woohoo … vielleicht eine der Weißen Damen vom See – sollte ich dir nicht auch noch die Gruselgeschichten erzählen?«

Sie richtete die Taschenlampe direkt auf sein Gesicht. Er grinste breit.

»Das ist nicht witzig!«

Immer noch schmunzelnd packte er den Projektor zusammen.

»Lass uns rübergehen in das kleine Haus, da ist wenigstens Licht. Ich gebe noch einen aus, und dann … Soll ich dich nach Hause fahren?«

Ihr war gar nicht wohl bei dem Gedanken, allein im Haus zu sein. Sie hoffte, er würde noch bleiben, bis sich ihr mulmiges Gefühl etwas gelegt hatte.

»Gerne.«

Sabine rollte die Decke zusammen und klemmte sich die leere Weinflasche unter den Arm. Fahren durfte sie wohl eigentlich nicht mehr, aber wer sollte sie im Wald schon anhalten? Außerdem hatte sie der Schreck über die vermeintliche Bewegung an der Terrassentür hellwach und fast nüchtern gemacht.

Gemeinsam mit Sebastien tappte sie in die dunkle Eingangshalle. Mit einem schnellen Blick prüfte sie, ob der versteckte Raum unter der Treppe auch verschlossen war.

Nichts ließ beim Anblick der Wandverkleidung auf den geheimen Eingang schließen.

Plötzlich hielt Sebastien inne. »Riechst du das?« Im Bruchteil einer Sekunde rannte er los, durch die Eingangstür nach vorne auf den Hof.

»Merde! Sabine!«

An der Tür angekommen, sah Sabine die Flammen, die aus den Schuttcontainern emporloderten.

»Wasser? Wo gibt's hier Wasser?«

»Da … Da hinten am Nebenhaus! Da ist ein Schlauch.« Sabine stand immer noch völlig verdattert da.

Sebastien rannte über den Hof, drehte das Wasser auf und zog den Schlauch rüber zum Feuer. Eine große Rauchwolke stieg empor, die Flammen versiegten jedoch schnell.

»Wie kann der Kram hier denn Feuer fangen?« Sebastien ließ das Wasser großzügig über den Abrissmüll fließen.

Sabine löste sich aus ihrer Starre. »Vielleicht … ich weiß nicht … kann sich so was selbst entzünden?« Immer noch ungläubig trat sie an Sebastiens Seite.

»Das Holz war über zweihundert Jahre in dem Haus verbaut … und jetzt, im Container, soll es sich plötzlich selbst entzünden?« Er schüttelte den Kopf.

»Du denkst, da hat möglicherweise jemand nachgeholfen?«

»Von alleine brennt das Zeug auf jeden Fall nicht einfach so ab.« Seine Stimme klang ernst und besorgt.

»Vielleicht habe ich vorhin ja tatsächlich jemanden gesehen … da an der Tür.« Sabine spürte, wie sie am ganzen Körper eine Gänsehaut bekam.

»Wenn uns jemand beobachtet hat, war er wohl nicht erfreut, dass wir unser kleines Privatkino abgehalten haben.«

Etwas in seiner Stimme ließ Sabine aufhorchen. »Weißt du irgendwas, das ich vielleicht auch wissen sollte?«

Er drehte die Düse des Schlauches zu. Das Feuer war erloschen, und es stieg kein Rauch mehr auf. »Das war's, nichts passiert.«

»Sebastien?«

Wortlos ging er zum Wasseranschluss und drehte diesen ab. Dort blieb er einen Augenblick stehen, den Rücken zu ihr gewandt. Sabine sah im fahlen Mondlicht, wie er den Kopf senkte und dann die Hände in die Hüften stemmte. Sie trat zu ihm, und er drehte sich zu ihr um.

»Das vorhin mit den Weißen Damen, nun ja … Vielleicht sollten wir reingehen.« Er deutete auf das Steinhaus.

Sabine knipste alle verfügbaren Lampen an. Gleich am Montag würde sie den Elektriker bestellen und den ganzen Hof beleuchten lassen. Die Vorstellung, dass hier im Dunkeln Fremde herumschlichen und Feuer legten, bereitete ihr ziemlich großes Unbehagen. Sollte sie vielleicht die Polizei informieren? Oder hatte sich in dem Container doch irgendetwas selbst entzündet? Nein … Sebastien hatte recht, das war unwahrscheinlich. Die Gedanken rasten durch ihren Kopf. Was sollte sie jetzt tun?

»Alles in Ordnung? Hast du Angst?« Sebastien trat neben sie und legte ihr eine Hand auf die Schulter. Die Wärme beruhigte sie ein wenig.

Sie räusperte sich verlegen. »Also, wohl ist mir gerade wirklich nicht.«

»Soll ich hierbleiben heute Nacht? Ich meine … du hast ein Sofa… Mach ich gerne. Kein Problem.«

»Das wäre lieb«, gab Sabine kleinlaut zu.

»Dann trinken wir jetzt aber einen auf den Schreck, okay?«

Sabine holte aus der Küche eine Flasche Schnaps und zwei Gläser. Der Klare war eigentlich für die Handwerker gedacht gewesen. Eines war überall auf der Welt gleich: Wollte man sich als Bauleiter mit den Arbeitern gut stellen, war es nicht verkehrt, ab und an als kleine Anerkennung eine Runde auszugeben. Doch heute war es Sabine selbst, die den Schnaps mit zittriger Hand einschenkte und dankbar die Kehle hinunterstürzte. Der Schnaps brannte im Hals und verbreitete sogleich ein warmes Gefühl im Bauch.

Sein volles Glas noch in der Hand, sah Sebastien leicht belustigt zu, wie Sabine eilig trank.

»Puh … das war jetzt nötig.« Sie schüttelte sich. »Setzen wir uns?«

»Zum Wohl.« Auch Sebastien leerte sein Glas, stellte es auf den Tisch und nahm dann gegenüber von Sabine Platz.

»So – und nun bitte die Geschichten, die ich bisher noch nicht kannte.« Sie sah ihn auffordernd an.

Er hob entwaffnend die Hände. »Aber beschwere dich nicht, wenn ich dich damit wochenlang um den Schlaf bringe.«

»Na, im Zweifelsfall musst du halt wochenlang auf meinem Sofa schlafen.« Sie kicherte, der Schnaps war ihr bereits zu Kopf gestiegen und ließ die ganze Situation schon nicht mehr allzu bedrohlich wirken.

»Also …«, er legte die Unterarme auf den Tisch und faltete die Hände ineinander. »Es gibt durchaus einige Geschichten um dieses Château. Wie es überhaupt reichlich Legenden um die ganze Gegend und den Wald gibt. Sehr viel Gewicht würde ich da also nicht drauf legen. Allerdings ist es so, dass die Geschichten um dieses Anwesen mehr kursiert sind als andere, und das vor gar nicht so langer Zeit.«

»Erzähl sie mir, bitte.« Vorsichtshalber goss sich Sabine noch ein Glas Schnaps ein und füllte auch Sebastiens wieder.

»Gleich nach Audrey Perriéres' Tod stand das Château zum Verkauf. Man sprach davon, dass ihre Tochter – Nicolas' Mutter –, die damals ja schon einige Jahre fort war, den Verkauf abhandeln wollte. Audrey hätte das Château wohl nie verkauft, immerhin hat sie hier bis zu ihrem letzten Atemzug gelebt. Manch andere alte Dame wäre wohl eher in die behütete Sicherheit eines Wohnstiftes gegangen in dem Alter, doch nicht Audrey Perriéres. Nun – es gab auch Interessenten, doch … und da kommen wir in den Bereich des Rätselhaften. Es geschahen merkwürdige Dinge hier. Bei einer Besichtigung lagen plötzlich lauter Bäume quer über der Zufahrt, bei der nächsten fand man den Kopf eines Hirsches vor der Eingangstür.«

»Igitt – da wäre ich auch geflohen als potenzieller Käufer.«

»Ja … und als gruselige Krönung färbte sich bei einem weiteren Versuch, den Interessenten das Anwesen zu zeigen, der ganze See plötzlich blutrot.«

»Ach was … Aber wie ist das denn möglich?«

Sebastien lachte. »Eine große Menge Lebensmittelfarbe … man fand später drei leere Eimer am See. Es machte auf jeden Fall die Runde, dass es hier nicht mit rechten Dingen zuging, der engagierte Makler aus Rennes suchte das Weite, und der Verkauf wurde wohl abgeblasen. Schätze, so ist Nicolas dann auch zum Château gekommen, seine Mutter hat es ihm wohl freimütig vermacht, als sie bemerkte, dass man damit sowieso nichts anfangen kann.«

»Na toll – das wären Informationen, die ich gerne vorher gehabt hätte.« Sabine verschränkte die Arme vor der Brust. Ob Reineck oder Wilthman davon gewusst hatten? Wut stieg in ihr auf. Auch Nicolas Geradin hätte ihr davon berichten können. Er musste auf jeden Fall davon wissen. Und es erklärte wohl auch, warum sich keine Handwerker aus der Umgebung hatten finden lassen.

»Um den Kreis zu schließen: Seit Langem existiert die Geschichte um die Weißen Damen, die das Château beschützen sollen. Einst – das muss ich aus der Sicht des Historikers anmerken – sicherlich geboren aus den ganzen Sagen über Feen und Nymphen, die es in der Gegend ja zuhauf gibt. Doch genau zu der Zeit, als die mysteriösen Geschehnisse hier überhandnahmen, berichteten einige Dörfler aus Paimpont, sie hätten eine oder die Weißen Damen in der Nähe des Châteaus gesichtet.«

»Es werden wohl kaum irgendwelche Feen gewesen sein, die hier Eimer mit Farbe angeschleppt haben. Das hört sich mehr so an, als wolle jemand Fremde vom Grund und Boden des Châteaus fernhalten.« Sabine sah nachdenklich die Flasche Schnaps an. Dann griff sie nochmals danach.

»Mehr weiß ich dazu leider auch nicht.« Sebastien zuckte mit den Schultern und schob sein Glas zu Sabine rüber. »Als kein Interessent mehr kam, hörte der Spuk auf.«

»Bis heute.« Sabine prostete ihm zu. Gleich wäre sie betrunken. Angesichts ihrer Lage fand sie das aber nicht tragisch. »Jetzt bin ich diejenige, die hier Fremde anschleppt.« Sie schob das leere Glas zum Ende des Tisches, es reichte.

»Vielleicht war es auch nur ein Zufall.« Sebastien versuchte seiner Stimme einen überzeugenden Ton zu geben, was ihm aber nicht recht gelang.

»Vielleicht … wir werden sehen. Ich glaube, ich sollte jetzt ins Bett.« Sabine fühlte sich durch den Alkohol müde und schwer, und wenn sie nicht gleich schlafen ginge, würden die Geister wohl die ganze Nacht neben ihrem Bett stehen.

Etwas torkelig verschwand sie im Bad und zog sich um. Als sie wieder in den Wohnraum kam, hatte Sebastien fast alle Lampen gelöscht und sich bereits auf dem Sofa ausgestreckt.

»Geht das so?« Sie musste den letzten Rest an Konzentration aufbringen, um nicht zu lallen.

»Ja – alles o.k. Ich hab schon schlimmer gelegen«, erklang es vom Sofa her.

»Dann gute Nacht.«

»Gute Nacht.«

Sabine schlüpfte in die schützende Enge des Alkovenbettes und zog sich die Decke bis unter die Nase. Einen Augenblick lauschte sie noch, doch außer Sebastiens gleichmäßigem Atem war nichts zu hören. Es beruhigte sie, ihn in ihrer Nähe zu wissen. Lange hatte sie während einer Nacht nicht mehr die Geräusche einer anderen Person gehört.

Der Geruch von frischem Kaffee holte sie am nächsten Morgen aus der traumlosen Tiefe ihres Schlafes. Sabine brauchte einen Augenblick, bis sie sich rühren konnte. Zaghaft und in Erwartung eines heftigen Katers drehte sie sich auf die Seite. Doch der Kopfschmerz blieb aus. Im Holzofen knisterte ein Feuer, und sie sah in der Küche Sebastien hin und her huschen. Er trug nur seine pluderige Leinenhose, sein Oberkörper war frei, der Zopf baumelte zwischen den Schulterblättern. Sabine registrierte noch etwas benebelt vom Alkohol, dass er gut gebaut war. Das fiel unter seiner schlabbrigen Kleidung gar nicht so auf. Sie musste lächeln – oh Gott, war sie immer noch nicht wieder nüchtern, oder machte sich ihre jahrelange Männerabstinenz gerade bemerkbar?

Er kam mit einem Tablett aus der Küche und stellte dies auf den Tisch. Von beiden Tassen stieg lockender Dampf auf.

»Guten Morgen! Na, auch endlich wach?« Er grinste über das ganze Gesicht, und jetzt, wo er so nahe bei ihr stand … Ja – er war gut gebaut. Sabine kniff die Augen zusammen. »Hmm. Moment noch, ich stehe sofort auf.« Hoffentlich wurde ihr nicht übel oder so was.

Doch das Aufstehen ging überraschend gut. Sie schwang die Beine über die Bettkante, kein Schwindel. Sie stellte sich auf ihre Füße, keine Übelkeit. Langsam tappte sie zum Tisch und setzte sich.

Sebastien beugte sich zum Ofen hinab und schob noch einen Holzscheit nach. Sabine beobachtete ihn aus den Augenwinkeln. Er war wirklich muskulös und sportlich. Vielleicht hatte er ja noch andere Interessen, als mit dem Wanderstock umherzulaufen. Als er sich wieder aufrichtete, blickte sie schnell auf den Tisch zu den gefüllten Kaffeetassen.

»Ich werde nachher noch einmal nachsehen, was da wohl gebrannt hat letzte Nacht.« Er deutete aus dem Fenster.

Draußen stand friedlich der Morgennebel zwischen den Bäumen, und das Sonnenlicht schien gedämpft auf den See. Der gestrige Abend kam Sabine weit entfernt vor. Doch beim Gedanken an die Hitlerfahne wurde ihr eiskalt. Sie umschloss die heiße Tasse fest mit beiden Händen. »Danke für den Kaffee.«

»Den können wir wohl beide gut gebrauchen. Kommst du nachher mit raus? Wir … wir könnten noch einen Spaziergang machen.«

»Musst du nicht arbeiten heute?« Es war Sonntag, doch Touristen gab am Wochenende bestimmt.

Er schüttelte den Kopf. »Nein – erst morgen wieder. Übrigens hast du das Haus hübsch eingerichtet.«

»Danke. Ja, wenn ich hier fertig bin, will wohl Nicolas dieses Häuschen als Feriendomizil nutzen.«

»Nicolas?« Sebastien lachte laut auf. »Na, ich glaube nicht, der hat sich doch die ganzen Jahre hier nicht blicken lassen.«

Sabine zuckte mit den Schultern. »So hat er es aber gesagt. Und … das Château war in den letzten Jahren auch wohl eher weniger geeignet, um darin Urlaub zu machen.«

Sebastien verzog das Gesicht zu einer abfälligen Miene.

»Hast du etwas gegen ihn?«, fragte Sabine.

Er richtete sich auf und stützte die Hände auf die Tischkante. »Nein … na ja … weißt du … ich hab ihn jetzt fast achtundzwanzig Jahre nicht mehr gesehen. Ich weiß nur das, was man so in der Zeitung von ihm liest.«

»Was liest man denn so über ihn?« Sabine hatte sich über Nicolas Geradins Geschäfte immer noch nicht schlaugemacht.

»Na, der hat doch seine Firma. Die kaufen andere, meist marode Firmen auf, und entweder sanieren sie die oder machen sie platt. Dementsprechend liebt oder hasst ihn die Presse.«

»Aha … und du hast ihn so lange nicht gesehen?«

»Seine Eltern lebten ja nicht hier, seine Mutter hatte damals diesen Geradin geheiratet und ist mit ihm nach Paris gegangen. Nicolas kam dann später in den Ferien hierher, da lernte ich ihn auch kennen. Für mich war das immer eine schöne Zeit, hier im Dorf gab es halt nicht viele Jungen in meinem Alter. Als ich elf oder zwölf war …« Er schwieg einen Augenblick nachdenklich. »… war Nicolas den letzten Sommer hier. Aber das habe ich gestern schon erzählt. Jedenfalls habe ich seither nichts mehr von ihm gehört.«

»Das ist lange her.«

»Ja.«

»Also warst du böse auf ihn, weil er sich einfach nicht mehr gemeldet hat?«

Sebastien zuckte mit den Schultern. »Ich denke ja, schließlich war ich noch ein Kind, und ich fand das … unfair und doof.«

»Wahrscheinlich konnte er nicht mal etwas dafür … wenn seine Eltern es vielleicht nicht wollten. Oder er musste in ein Internat oder so?«

»Vielleicht …« Sebastien machte einen etwas trotzigen Eindruck.

Sabine musste lachen. »Vielleicht kannst du ihn beizeiten ja mal fragen, was damals passiert ist. Sicher gibt es eine ganz plausible Erklärung. Er hat dich sicherlich nicht einfach so sitzenlassen.« Insgeheim konnte sie Sebastien jedoch verstehen. Neben ihrer eigenen Schwester hatte sie sich als Kind auch oft allein gefühlt, und in ihrem Ort hatte es nicht viele andere Mädchen in ihrem Alter gegeben. Die Einsamkeit war ihr keine Unbekannte gewesen. Sie nahm einen großen Schluck Kaffee und sah nachdenklich nach draußen, wo sich der Nebel langsam verzog.

Kapitel 10

»Also, da ist nichts mehr zu erkennen.« Sebastien kletterte in den halb verkohlten Holzresten herum, die im Container lagen, und sprang dann mit einem behänden Satz wieder auf den Hof.

»Vielleicht hat da mittags einer der Bauarbeiter eine Zigarette reingeworfen, und es hat geglimmt, bis irgendwas in Flammen aufging … Oder sollten wir die Polizei rufen?« Sabine wusste sich einfach keinen Reim darauf zu machen. Den Gedanken, dass hier jemand herumschlich und Feuer legte, wollte sie einfach nicht wahrhaben.

»Kann sein, das wäre durchaus eine Erklärung. Ich denke nicht, dass die Polizei da mehr herausfinden wird als wir jetzt. Wahrscheinlich war es wirklich nur … ein dummer Zufall.« Sebastien wirkte jedoch wenig überzeugt. »Wie auch immer, komm – wir gehen erst mal spazieren, das macht den Kopf frei.« Aufmunternd schnappte er sich seinen Wanderstock.

Die Luft war wirklich herrlich, klar und kühl und vor allem rein. Sabine spürte schon nach den ersten Minuten, wie ihr Körper sich förmlich mit Energie füllte. Sebastien legte einen strammen Schritt vor.

»Wohin gehen wir?«

»Ich dachte, ich zeige dir mal diese alte Brücke aus dem Film.« Er drehte den Kopf leicht zu ihr hin und grinste.

»Vor achtundzwanzig Jahren hat sie zumindest noch gestanden.«

Es führte kein Pfad mehr durch das Unterholz, aber Sebastien schien dennoch zu wissen, wo er entlangmusste. Sabine war froh, ihre festen Baustellenschuhe angezogen zu haben, es ging über umgefallene Bäume, durchs Gebüsch und dann wieder über beschauliche, aber feuchte Lichtungen.

»Pssst! Schau da!« Er hielt abrupt an und deutete in die Ferne.

Ein paar Rehe standen zwischen den Bäumen und knabberten am Grün. Ein Knacken drang irgendwo aus dem Wald, sie warfen die Köpfe empor und stoben davon. Sebastien ging weiter, und Sabine folgte ihm. Inzwischen stand die Sonne hoch am Himmel, und auch die letzten Nebelfetzen hatten sich verzogen.

»Wie findest du dich hier nur zurecht?« Sabine schnaufte inzwischen ganz schön. Es war ihr etwas peinlich, hatte sie bis vorhin ihre Kondition doch für ganz passabel gehalten.

»Das ist gar nicht so schwer. Früher gab es hier viele Schneisen, Bäume wurden geschlagen und wieder aufgeforstet, man muss nur gucken, wo die jüngeren stehen, und schon hat man eine Linie.«

Sabine betrachtete die unzähligen Baumreihen. Wirklich unterscheiden konnte sie das Alter der Bäume aber nicht.

»Dann der Stand der Sonne, der Moosbewuchs an den Stämmen … und ich bin hier aufgewachsen. Ich glaube, es gibt keinen Teil des Waldes, in dem ich noch nicht war.«

»Hast du eigentlich auch mal woanders gelebt?« Sabine war inzwischen doch neugierig. Sebastien schien ein Mann mit vielen Facetten zu sein.

Seine Miene wurde etwas verschlossener. Es dauerte einen Moment, bis er antwortete. »Ja, ich habe in der Stadt studiert und dort auch lange gelebt. Bis … nun ja, ich dachte, es funktioniert, aber irgendwann wurde mir bewusst, dass ich nicht zwischen Straßen und Häuserreihen und hinter Schreibtische gehöre. Ich habe damals für die Universität gearbeitet, vielleicht hätte ich sogar einen Lehrstuhl bekommen.«

»Und dann hast du diese Aussicht gegen den Job als Touristenguide eingetauscht?« Vielleicht schwang in Sabines Stimme etwas zu viel Vorwurf mit. Sie konnte sich allerdings kaum vorstellen, solch einen Schritt zurück zu machen, wenn man die Aussicht auf einen Lehrstuhl hatte.

»Da spricht die ehrgeizige Architektin, hm?« Sein Lächeln geriet etwas schief. »Ich hatte damals eigentlich keine Wahl – in Paimpont gibt es für Studierte wenig Möglichkeiten, ich war froh, mit in das Haus meiner Großmutter ziehen zu können, und ich musste Geld verdienen … ich hatte Verpflichtungen.«

Auch auf die Gefahr hin, jetzt zu neugierig zu wirken, musste Sabine einfach nachhaken. »Verpflichtungen?«

Er blieb stehen und sah sie an. »Ja … ich habe eine Tochter, Elisa, sie ist inzwischen dreizehn. Natürlich zahle ich Unterhalt für sie.«

»Oh.« Sabine spürte, wie ihr eine leichte Röte ins Gesicht stieg.

»Schon gut. Das war halt ein Abschnitt in meinem Leben, der mich noch immer aufwühlt. Weißt du – Elisa ist wirklich ein tolles Mädchen und das Beste, was ich je zustandegebracht habe.« Er lachte. »Aber die Ehe mit ihrer Mutter … das haben wir gehörig verbockt. Dennoch versuche ich ihr ein guter Vater zu sein … auch wenn das schwierig ist so auf die Entfernung. Aber sie kommt mich regelmäßig besuchen.« Ein liebevolles Lächeln huschte über sein Gesicht. »Und du? Hast du in … Berlin, oder? Hast du da jemanden, der auf dich wartet?« Er ging langsam weiter.

»Nein, nicht wirklich … außer meinem Chef, der bestmögliche Ergebnisse erwartet, und einer Nachbarin, die froh ist, wenn sie meine Zimmerpflanzen nicht mehr gießen muss.«

»Also bist du mit deiner Arbeit verheiratet.«

Sabine zuckte nur mit den Schultern.

Einen Augenblick schwiegen sie beide. Sabine dachte an ihre Zeit in Dortmund. Da hatte eine bittere Enttäuschung dazu geführt, dass sie Hals über Kopf alles aufgegeben hatte. Rein praktisch war es eine gute Entscheidung gewesen, denn in Berlin hatte sie beruflich durchstarten können. Doch emotional war es eine Katastrophe gewesen. Sie hatte sich noch nie in ihrem Leben so verraten gefühlt. Sechs Jahre lang hatte sie mit Christian eine augenscheinlich perfekte Beziehung geführt. Wovon hatten sie beide nicht alles geträumt, einem gemeinsamen Architekturbüro, einem eigenen Haus … Wie er über all das hatte sinnieren können, wo er sie doch hinterrücks über lange Zeit betrogen hatte? Auch heute noch stieg ihr ein flammender Ball voller Wut den Hals hinauf bei dem Gedanken daran.

»Das ist doch nichts Ernstes gewesen«, hatte er sie beschworen, als sie schon ihre Koffer gepackt hatte. Nein – da war sie wenig nachsichtig gewesen. Wie konnte jemand einem einerseits ewige Liebe schwören und andererseits gleichzeitig in fremden Betten unterwegs sein? Mieser Armleuchter.

»Du guckst nicht gerade glücklich.« Sebastien stupste sie mit seinem Wanderstock an.

»Bei mir ist auch einiges schiefgelaufen.«

»Mit Männern?«

»Ja – mit *einem* Mann. Aber das ist Vergangenheit«, beschied sie. »Wie weit ist es noch?«

»Da hinten – da ist die Brücke.« Er wies auf einen Punkt ein Stück vor ihnen.

Es dauerte einen Augenblick, bis Sabine die Reste der Brücke ausmachen konnte. Sie kamen auf eine Lichtung, weiße Blüteninseln breiteten sich wie tuffige Kissen auf dem Boden aus. Eine Furche ließ erahnen, dass es hier wohl einst einen Bach gegeben hatte. Die Brücke war aus Steinen gebaut, ein langer, schmaler Bogen. Vom Holzgeländer, welches in dem Film noch zu sehen gewesen war, existierten nur noch morsche Stumpen.

»Hier war im Mittelalter der Boden sehr moorig, man baute überall im Wald Pfade und Brücken, um schneller voranzukommen.« Sebastien war wieder ganz in seinem Element. »Brocéliande war vor Jahrhunderten noch wesentlich größer. Das Waldgebiet zog sich damals bis weit in den Westen. Die Wege wurden dann noch lange Zeit genutzt, dieser hier führte zu einem fischreichen See, rund eine Stunde entfernt. Doch dann wurden Straßen gebaut, und die alten Wege gerieten in Vergessenheit.«

»Eine Brücke ohne Weg.« Sabine stieg vorsichtig über

einige Steine. Hier hatten der junge Mann und das Mädchen gestanden. Der Ort hatte etwas Magisches.

»Ich glaube, ich weiß auch, welche Szene in dem Film nachgestellt werden sollte. Kannst du dich an die Quelle erinnern, die zuerst auf den Aufnahmen zu sehen war? Übrigens denke ich, dass der Film nicht geschnitten wurde, dazu kam es wohl nicht mehr. Diese Quelle wäre sicherlich die erste Szene gewesen. Dort soll nämlich der Zauberer Merlin das erste Mal die Fee Viviane gesehen haben. Auf einer Brücke hingegen schwor er ihr die ewige Liebe, das haben wir gesehen.«

»Aber eher eine moderne Variante, oder? Wie ein alter Zauberer sah der junge Mann ja nicht gerade aus.« Sabine stieß mit einem Fuß gegen einen der Holzstümpfe des ehemaligen Geländers. Morsche Stücke bröselten zu Boden.

Sebastien breitete die Arme aus. »Na, das macht doch fast jeder Kinofilm heute. Ewige Liebe, der gute Ritter, die Jungfrau, der böse Gegenspieler. Das sind Themen, die immer wiederkehren.«

»Wie im wahren Leben.« Sabine vergrub die Hände in den Hosentaschen. »Nur, dass das Ende in der Realität meist nicht so romantisch ist wie im Kino.«

Sebastien betrachtete sie forschend von der Seite her. »Was ist passiert?«, fragte er dann.

»Sagen wir mal so: Mein Ritter ist mit einer anderen Prinzessin abgezogen. Kein Happy End.«

»Oh, okay.«

»Aber wie ging es aus mit Merlin und Viviane?«

Sebastien stützte sich auf den Wanderstock. »Auch wie im wahren Leben. Die geliebte Frau wurde eifersüchtig, bekam eine Psychose und sperrte letztendlich den Mann ein, sodass nie eine andere Frau an ihn herankommen würde.«

Sabine musste lachen. »Na prima – da fallen mir auch ein paar Filme dazu ein … Wie hieß noch dieser Gruselschocker, wo die Frau den Mann einsperrt und ihm sogar die Beine bricht, damit er nicht fortlaufen kann?«

»Weiß ich grad nicht, aber den hab ich auch gesehen … Na ja, ganz so brutal war Viviane nicht. Sie hat seine Liebe ausgenutzt, um ihm seine Zauberkünste zu entlocken, und eines Tages bannte sie ihn dann in einen unsichtbaren Palast. Angeblich haust er da noch immer. Nur wo dieser Palast versteckt ist, darüber streiten sich die Geister. Manche Leute behaupten, sie hätten Viviane am Grund dieses oder jenes Sees für Merlin singen hören. Viele Dorfbewohner kennen Geschichten, die sich um seltsame Erscheinungen im Wald und am See in Paimpont drehen. Andere, insbesondere Touristen, haben irgendwann angefangen, ihre Wünsche und Bitten an den Zauberer aufzuschreiben und in das Wasser beim Schloss Comper zu werfen.«

»Gott – wie sind nur all die Geschichten in diesen Wald gekommen?« Sabine stieg von der Brücke hinab zu Sebastien.

»Als Historiker muss ich dazu sagen, dass im Mittelalter die Menschen ja bei Weitem nicht so aufgeklärt waren wie heute. Ein Unwetter, Krieg, Überfälle – all das war unverständlich für sie, gerade wenn sie in den Wäldern lebten. Es gab keine Zeitungen oder Ähnliches, nur das fahrende Volk brachte Neuigkeiten in die kleinen Siedlungen. Tja, und die lebten davon und schmückten natürlich aus, was sie aufgeschnappt hatten. Wenn man die ganze Artussage auf das Wesentliche reduziert, kommt man letztendlich auf nicht mehr, als dass sie die höfischen Lebensweisen und die politischen Unruhen der Zeit widerspiegelt. Etwas, das den einfachen Leuten damals mythisch und unglaubhaft vorkam, war wohl einfacher zu akzeptieren, wenn in der Erklärung hier ein Zauberer und dort eine Fee auftauchte. Heute erzählt man Kindern ja auch noch Märchen – sie bereiten einen schonend auf das Leben vor.« Er lachte.

Sabine hob die Hände. »Jaja, und dann wartet man als Jungfrau sein Leben lang, dass der Ritter auf dem weißen Pferd vorbeikommt.«

»Und? Passiert das nicht doch ab und an? Märchen sagen uns letzten Endes auch, dass man die Hoffnung nicht aufgeben soll.« Sebastien zwinkerte ihr zu. »Komm, lass uns zurückgehen.«

Dicke Wolken schoben sich vor die Sonne, als sie wieder am Château ankamen. Es war bereits nach Mittag.

Sebastien blieb auffordernd auf halber Strecke zwischen Haupthaus und Nebengebäude stehen. »Und? Was denkst du? Sollten wir uns den zweiten Film heute ansehen?«

Sabine hatte den Gedanken daran den ganzen Tag verdrängt. Natürlich war sie neugierig, doch die seltsame Vermischung aus Realität und Fiktion weckte in ihr eine dumpfe Angst.

Er legte den Kopf schief und lächelte zaghaft. »Wenn du noch Wein und Brot hast, würde ich vielleicht sogar bis morgen bleiben.«

»War das Sofa so bequem?«

»Na ja, bequem … Aber ich muss gestehen, es ist ganz nett, mal ein Wochenende in Gesellschaft zu verbringen.«

In Sabines Innerem mahnte eine leise Stimme zur Vorsicht. Er dachte doch nicht etwa, dass…? Schnell schüttelte sie den Gedanken ab. Wie ein Draufgänger kam er ihr nun wirklich nicht vor. Und er hatte ja nicht ganz unrecht, sie genoss seine Gesellschaft ebenso.

»Ist es denn schon dunkel genug?«

Er blickte prüfend gen Himmel. »Wird es wohl bald sein, da zieht Regen auf.«

»Na gut, ich hole die Decke und den Proviant, und du kannst im Château ja schon mal das Kino vorbereiten.«

Er grinste und wandte sich zum Haupthaus.

Sabine beeilte sich nicht. Heute wäre ihr ein echter Film, irgendetwas Lustiges, das sie von der düsteren Vergangenheit ablenkte, lieber gewesen. Sie wollte keine Memme sein, doch die romantische Stimmung des Châteaus hatte dunkle Schatten bekommen. Hinzu kam die Angst, dass es doch keine Zigarettenkippe gewesen war, die das Malheur vom gestrigen Abend ausgelöst hatte. Sie seufzte leise und begab sich in die Küche des Steinhauses.

Wohl wissend, dass der Nachmittag und gar der Abend auf dem harten Marmorfußboden des Saales nicht sehr bequem werden würden, brachte Sabine noch zwei Kissen mit in das Château. Zudem hatte sie sich einen dicken Pullover angezogen. Sebastien hatte recht behalten, und sie schaffte es gerade noch vor den ersten Tropfen ins Schloss. Während sie die Decke auf dem Boden ausbreitete und die Kissen darauflegte, wurde aus den wenigen Tropfen ein regelrechter Sturzbach. Das Wasser schlug gegen die Scheiben, und auf der Terrasse bildeten sich große Pfützen. Bestimmt drang der Regen durch die leeren Fensteröffnungen. Dies war bei dem derzeitigen Stand der Baustelle nicht ungewöhnlich und würde nicht weiter schaden, doch Sabine überkam dennoch ein schlechtes Gewissen, dass das alte Gemäuer diesem Wetter ausgesetzt war.

»Hoffentlich ist das Wetter morgen wieder besser, die Plane auf dem Dach wird sonst nicht lange halten.« Sabine beobachtete, wie die Tropfen im Wettrennen die Scheiben hinabflossen.

Sebastien tüftelte derweil an dem Projektor herum. »Hoffen wir es mal. Eigentlich ist das Wetter hier um diese Jahreszeit um einiges besser. Außerdem habe ich morgen zwei Führungen. Ich bin zwar gerne draußen … aber Dauerregen macht auch mir keinen Spaß und den Touristen schon gar nicht.«

Wie selbstverständlich und vertraut sie schon miteinander redeten. Sabine musste schmunzeln.

Sebastien öffnete die zweite Filmdose. »Oh, hier ist, glaube ich, etwas mehr Filmmaterial drauf.« Er deutete auf die gut gefüllte Filmspule und steckte dann die Rolle auf den Arm des Projektors. »›Der dunkle Sommer‹. Ich ahne ja schon was … aber lassen wir uns mal überraschen. Madame, ich bitte Platz zu nehmen.«

Während Sabine sich auf ihr Kissen setzte und zwei Gläser Wein einschenkte, richtete er den Lichtkegel auf der Leinwand aus, fädelte den Filmstreifen ein und drehte diesen vorsichtig in die zweite Spule. »Kann losgehen.«

Sebastien setzte sich im Schneidersitz neben Sabine, nahm sich eins der Gläser und prostete ihr zu.

Auf der Leinwand erschien ein flackerndes Viereck. Das gleichmäßige Surren des Projektors nahm Sabine sofort gefangen, wie ein Sog zog es sie mit den ersten unscharfen Bildern fort aus dem Saal, in die Zeit von Audrey.

Der Hof vor dem Château kam nun langsam ins Bild. Sabine brauchte einen Augenblick, um sich zu orientieren.

»Ich glaube, das ist von einem Standpunkt irgendwo seitlich der Scheunen aufgenommen?«, flüsterte sie verwundert.

»Ja, sieht so aus. Schau, jetzt passiert etwas!« Sebastien deutete mit dem Glas in der Hand auf die Leinwand.

Von rechts schoben sich mehrere Fahrzeuge in das Bild. Sabines Mund wurde trocken, und in ihrem Magen regte sich ein flaues Gefühl. Es waren Militärfahrzeuge. Die Kamera wackelte leicht, und derjenige, der filmte, schien sich noch ein paar Meter weiter hinter die Seitenwand der Scheune zu ducken. Aus den Fahrzeugen sprangen Soldaten in Uniformen, die Gewehre im Anschlag. Perfekt gedrillt stellten sie sich um die Fahrzeuge auf, als gelte es, diese abzuschirmen. Danach stieg aus dem vordersten ein einzelner Mann, hochgewachsen, nicht in Uniform, sondern mit einem langen dunklen Mantel und schweren schwarzen Stiefeln. Er sah sich um. Die Kamera wackelte nochmals, das Bild brach kurz ab, Gras, ein paar Schuhe. Audreys Schuhe?

Sabine spürte, wie ihr eine bleierne Kälte den Rücken emporstieg, als wäre der Konvoi gerade auf sie selbst zugefahren.

Kapitel 11

Château Maélis, Juli 1940

Audrey hörte auf, an der Kamera zu drehen. Rückwärts schob sie sich an der Wand der Scheune entlang, drehte sich an deren Ende um und folgte dem schmalen Fußweg an der Rückseite. Sie huschte durch das Gebüsch seitlich des Haupthauses und gelangte über den Seiteneingang der Küche zurück in das Château. Eigentlich hatte sie etwas anderes filmen wollen draußen, doch das Geräusch nahender Fahrzeuge hatte die Hoffnung, dass nach der Kapitulation Frankreichs vor nicht einmal zwei Wochen ihr Leben hier einfach so weitergehen würde, auf einen Schlag zunichtegemacht.

Die Küche war menschenleer. Oben aus dem Haus erklangen jedoch laute Stimmen. Audrey hastete durch den Kellergang und stieg die wenigen Stufen empor, die in die Eingangshalle führten. Dort stand rücklings zu ihr der ganze Hausstaat versammelt, ebenso wie ihre Eltern und Henri. Was ging hier vor? Sie schob sich zwischen den Hausmädchen hindurch bis zu ihren Eltern. Ihre Mutter packte sie forsch am Arm und zog sie dicht an sich heran.

»Wo warst du?«, zischte sie leise.

Audrey bemerkte, wie ihr Vater mit blassem, nervösem

Gesicht auf die Soldaten schaute, die sich ihnen gegenüber aufgebaut hatten. Mit betont gemächlichem Schritt, sich ganz genau umschauend, trat soeben der große Mann mit dem langen Mantel und den schweren Stiefeln durch die Eingangstür. Seine Schritte hallten bis in den letzten Winkel des Châteaus.

»Sind alle da? Fehlt noch jemand?«, brüllte einer der Soldaten mit starkem deutschem Akzent.

»Es sind alle anwesend«, antwortete Henri mit fester Stimme auf Französisch.

Der Soldat drehte sich zu dem Mann im Mantel hin, riss den rechten Arm zum Gruß empor und schlug die Hacken krachend zusammen. »Heil Hitler! Generaloberst Freiherr von Lickenwitz. Melde: Alle Bewohner angetreten.«

Der Mann mit dem Mantel blieb kurz stehen, die Hände hinter dem Rücken verschränkt. Sein Gesicht war schmal, und seine Nase ragte wie der Schnabel eines Adlers daraus hervor. Seine kleinen braunen Augen blickten starr unter den buschigen Brauen. Er schritt langsam einmal nach links, wo die Hausangestellten standen, und dann nach rechts bis zur Familie Perriéres. Ihre Mutter klammerte sich inzwischen so fest an ihre Tochter, dass Audrey der Arm schmerzte.

»Mesdames, Messieurs, hiermit teile ich Ihnen mit, dass wir dieses Haus beschlagnahmen.« Sein Französisch war sauber, klang jedoch nasal. Seine Stimme war auch deutlich höher, als man von einem Mann mit seiner Statur erwartete. »Das Hauspersonal wird übernommen, die Familie würden wir bitten, binnen der nächsten Stunde das Haus zu räumen. Sie dürfen auf dem Gelände bleiben, es wird sich sicherlich eine Unterkunft für Sie finden. Bitte nehmen Sie nur Kleidung und das Nötigste mit, alles andere verbleibt im Haus.« Er erhob kurz die Hand, dies sollte wohl als Aufforderung dienen.

Bernard Perriéres schnaubte leise. »Sie können hier doch nicht einfach so hereinspazieren und …«

Der Deutsche machte einen schnellen Schritt auf Bernard Perriéres zu und baute sich so dicht vor ihm auf, als wolle er ihn mit der Nasenspitze aufspießen. »Wenn Sie meiner Aufforderung nicht sofort Folge leisten, lasse ich Sie wegen Widerstands erschießen.«

Audreys Mutter gab einen erstickten Laut von sich und geriet ins Schwanken.

»Maman!« Hastig legte Audrey ihr einen Arm um die Schultern und stützte sie.

Der Mann mit dem Mantel trat zurück und brüllte: »Sofort! Ich warte!« Dann machte er auf dem Absatz kehrt und trat aus der Haustür.

Wie ein erschrockener Fliegenschwarm schwirrten die Hausangestellten davon. Henri schob Bernard Perriéres samt den beiden Frauen in ein Nebenzimmer.

»Das … das können die doch … nicht … wie … wo sollen wir …« Luise Perriéres stand völlig verwirrt da und starrte ihren Mann an.

Bernard Perriéres fasste sich in einer ratlosen Geste an die Stirn. »Doch, ich befürchte, die können das.«

Henri trat neben Audrey und legte ihr die Hand auf die Schulter. »Ich befürchte auch, dass sie das können. Wir müssen tun, was der Mann sagt.«

»Wo sollen wir denn hin?«, warf Audrey ein. »Das ist doch Irrsinn.«

»Alle mit rüber zu mir. Packt ein, was ihr tragen könnt, sagt den Mädchen, sie sollen helfen, und Audrey … geh raus und gib zwei von den Arbeitern Bescheid, sie sollen in die Küche kommen.«

»In die *Küche*?«

Henri sah sich um, als hätte er Angst, dass sie jemand belauschte. »Ja, in die Küche. Sie sollen aus den Vorratskammern noch etwas zu mir rüberschaffen. Der nette Herr da draußen wird uns sicher nicht zum Essen einladen, und vor allem sollen sie aus dem Keller noch zwei der alten Betten holen, und zwar hinten raus, nicht über den Hof! Alles hinter die Scheune, wir sehen dann später zu, dass wir es holen. Los … beeil dich!«

Audrey tat, wie ihr geheißen. Henris praktische Art, mit der Situation umzugehen, verwunderte sie, aber beruhigte sie zugleich. Ihre Eltern hätten in ihrem fahrigen Entsetzen wohl keinen klaren Gedanken fassen können.

In einem großen Bogen umrundete sie die ungebetenen Gäste, die rauchend und lachend an ihren Fahrzeugen standen. Zwei Arbeiter waren schnell gefunden, Audrey schickte sie von den Scheunen zur Küche. »Lasst euch nicht vorne auf dem Hof blicken, bringt alles hinter das Gebüsch und dann hinter die Scheune, hört ihr!« Danach eilte sie nach oben in das Château, wo ihre Mutter mit zittrigen Händen in ihrer Kleidung herumsuchte. Sie wirkte völlig durcheinander und verwirrt. Eines der Hausmädchen stand mit betroffener Miene daneben und wartete auf Anweisungen.

»Was nehme ich nur mit? Wie lange bleiben die … zwei Tage … drei Tage? Sie werfen uns aus unserem Haus … dürfen die das wirklich? Einfach so … aus unserem Haus!«

»Mutter! Lass Jela das machen.« Audrey zog ihre Mutter zur Seite und gab dem Mädchen ein Zeichen. »So viel wie reingeht, alles!«

Jela machte sich sogleich daran, den Schrankinhalt in den Koffer zu räumen. Audrey sah aus den Augenwinkeln, während sie ihre Mutter tröstete, dass Jela gottlob ganz pragmatisch vorging. Unterwäsche, Unterröcke, Nachtkleidung, warme Socken. Kleider packte sie nur vier Stück ein. In Windeseile war der Koffer voll. »Mach bitte noch eine Tasche mit Badutensilien und Toilettenartikeln voll, und zwischen den Frauenkram steckst du so viel Schmuck, wie es geht, hörst du? Ich gehe jetzt meine Sachen packen. Mutter – du wartest hier bei Jela, bis ich zurückkomme.«

Audrey hatte das ungute Gefühl, dass sie so viel in Sicherheit bringen musste, wie nur ging. Würden die Deutschen erst mal Einzug ins Haus halten, wäre wohl nichts mehr sicher. In ihrem Zimmer legte sie ganz unten in den Koffer sämtliches Kamerazubehör, die Kamera selbst sowie alle Filme, die sie hatte. Darüber breitete sie ihre Unterwäsche und vorsichtshalber auch ihre Monatshöschen aus. Sie war sich ziemlich sicher, dass sich da keine Soldatenfinger durchwühlen würden. Bei der Kleidung war sie wenig wählerisch und nahm eher alles Bequeme und Praktische mit. Der Koffer war zum Bersten gefüllt, als sie fertig war. Doch ihr fielen noch so viele Dinge ein, die sie mitnehmen wollte, und ein paar Tränen bahnten sich einen Weg über ihre Wangen. Wie konnte man sie nur von jetzt auf gleich aus dem Haus vertreiben? Doch dann machte der Schmerz der Wut Platz, und sie straffte sich. Sicherlich würden die Deutschen nicht lange bleiben, was wollten die schon hier, mitten im Wald. In dieser Gegend gab es doch nicht viel zu holen, und ansonsten war dieser Ort auch nicht besonders reizvoll. Wahrscheinlich machten sie das gerade überall, um ihre unerschöpfliche Macht zu demonstrieren. Irgendeine Taktik, um die Unterlegenen zu demoralisieren. Verärgert stapfte Audrey zu ihrer Mutter, den schweren Koffer halb tragend, halb hinter sich herziehend.

»Jela? Seid ihr fertig?«

Das Hausmädchen kam ebenso schwer bepackt aus den Räumen ihrer Mutter. An der Treppe stießen sie auf Henri und Bernard Perriéres. Schweigend packten die Männer mit an. Ihr Vater trug nur einen kleineren Koffer und schien vollkommen aufgelöst zu sein. Sein Blick huschte wirr hin und her. »Luise, hast du alles eingepackt? Wir können bestimmt … ich denke morgen … warum wollen die dieses Haus? Das ist … mein Haus!«

»Ich hole gleich noch ein paar von seinen Sachen. Er steht völlig neben sich. Er wollte schon zum Gewehr greifen und die Deutschen davonjagen. Gott sei Dank konnte ich ihn beruhigen«, raunte Henri Audrey zu, als sie die Treppe hinabstiegen.

Audrey fühlte sich an den Tag zurückversetzt, an dem man Gilbert einberufen hatte. Ihre Eltern hatten bis zu jenem Augenblick ihren Kindern gegenüber kein einziges Mal Schwäche oder gar Hilflosigkeit gezeigt. Doch der abfahrende Transporter und der letzte Blick von Gilbert hatten ihr Leben aus den Fugen geraten lassen. Dass man ihnen jetzt einfach ihr Haus fortnahm, war ein weiterer Schlag.

Draußen vor der Tür warteten die Deutschen.

»Geht schnell über den Hof«, wies Henri sie an und warf dem Mann im Mantel einen bösen Blick zu.

Dieser quittierte den Abzug der Familie mit einem zufriedenen Nicken. »Danke für Ihre Kooperation.«

Audreys Vater schnappte nach Luft, doch Henri kam ihm zuvor und schob ihn weiter, bevor er etwas sagen konnte.

Sie bugsierten all ihre Sachen in Henris Wohnung, die in dem Steinhaus neben den Scheunen lag. Audrey war schon viele Male hier gewesen. Für einen Junggesellen waren die Räume gerade groß genug, doch wie sie hier zu viert leben sollten, war ihr ein Rätsel.

»Das wird schon irgendwie gehen, Audrey.« Henri las ihre Gedanken, während er ihren Koffer abstellte. Deine Eltern können in meinem Bett schlafen, und wir … Wenn wir den Tisch in die Küche stellen, passen hier noch zwei von den Betten aus dem Keller hinein. Sobald es draußen ruhiger geworden ist, hole ich sie hinter den Scheunen hervor. Ivo wird mir helfen. Francine und die Köchin bringen heute über den Tag noch einige Vorräte in den alten Erdkeller, du weißt doch … da wo wir uns als Kinder gerne drin versteckt haben. Er liegt am Waldrand, ich denke nicht, dass die Deutschen den so schnell finden werden.«

»Meinst du denn, wir müssen das hier länger aushalten?«, fragte Audrey flüsternd zurück. Ihre Mutter machte immer noch einen so aufgelösten Eindruck, dass sie sie nicht weiter aufregen wollte.

»Ich befürchte, ja … länger, als uns lieb sein wird.«

»Woher weißt du das?«

»Schau doch mal, was die alles für Zeug mitbringen.«

Er deutete auf den Hof, wo die ersten Kisten aus den Transportern geladen wurden. Audrey warf einen Blick hinaus – und schauderte.

Im Laufe des Tages schafften sie es, sich irgendwie einzurichten. Audreys Eltern taten sich allerdings sehr schwer. Nie hatten sie beengt leben müssen, sie hatten bis zu diesem Tag nicht mal als Ehepaar in denselben Räumlichkeiten gelebt.

»Luise … das ist wie damals in der Schweiz an dem See in dem Hotel, weißt du noch?« Bernard Perriéres bemühte sich, trotz seines eigenen Entsetzens seine Frau etwas aufzumuntern. Luise Perriéres saß zusammengesunken auf der Bettkante und schluchzte leise vor sich hin. »Können wir nicht zu Eric und Isabelle nach Rennes?«

Bernard straffte sich. »Nein! Ich lasse mich doch nicht so einfach von meinem Grund vertreiben. Außerdem werden die sicherlich bald weiterziehen.« Dann wandte er sich an Henri. »Du solltest aber wohl besser zu deiner Familie gehen, mein Junge.«

Henri sah ihn verblüfft an. »Kommt gar nicht infrage, ich bin sicher, ich werde hier mehr gebraucht. Man wird in Rennes wohl kaum jedes Haus besetzt haben.«

Henri warf Audrey einen entschlossenen Blick zu. Sie wusste, dass er sich ihnen mehr verbunden fühlte als der eigenen Familie. Und dann war da noch Gilbert. Henri hatte seinem besten Freund versprochen, auf sie alle aufzupassen.

»Ich bleibe hier!«

Audrey blickte sich um. Ein Wohnraum und eine Küche mit Holzofen, das recht große Bett und ein Bad mit

Waschtisch und Zuber. Der Abort befand sich in einem Holzverschlag seitlich der Scheune. Dies war natürlich wesentlich weniger Platz, als sie gewohnt waren, aber … für einige Tage würde es wohl gehen. Eine andere Wahl hatten sie ja nicht.

Audrey beobachtete vom Fenster des Steinhauses, wie Generaloberst Freiherr von Lickenwitz das Château in Beschlag nahm. Er klopfte seinen Soldaten anerkennend auf die Schultern, dann trat er durch die Eingangstür. Nach und nach sah Audrey ihn durch die Räume gehen, dabei blieb er vor jedem Fenster stehen, blickte nach draußen und lief dann weiter. Als er im Obergeschoss an ihrem Fenster auftauchte, krampfte sich ihr Magen zusammen, und sie musste sich einen Augenblick abwenden. Von den Wagen wurden einige Koffer abgeladen und in das Château geschafft. Der Begleitstab des Generalobersten schien sich seitlich im linken Flügel einzunisten. Dort befanden sich nur zwei Gästezimmer sowie das Herrenzimmer und der Damensalon, Räume, welche die Familie meist zu Feierlichkeiten nutzte, wenn das Wetter einen Aufenthalt auf der Terrasse nicht zuließ. Audrey sah, wie die Soldaten die Fenster öffneten, in den Räumen ihre Lager aufschlugen und dann rauchend über den Fenstersims gebeugt die Hausmädchen foppten, die sich in den Küchenräumen darunter aufhielten. Verschreckt schlossen sie die Kellerfenster und zogen sich zurück.

Henri und ihr Vater waren hinaus zu den Holzarbeitern in der Scheune gegangen. Es galt, die Männer zu beruhigen. Da der Deutsche nichts über die Wirtschaft des Châteaus hatte verlauten lassen, gingen die Männer davon aus, diese würde zunächst weiterhin ihnen obliegen. Henri hatte geistesgegenwärtig die aktuellen Auftragsbücher aus dem Arbeitszimmer mitgenommen und dazu eines der Rundfunkgeräte.

Luise Perriéres saß noch immer zusammengesunken auf der Bettkante, den Kopf gesenkt, zwischen den Fingern ihr weißes seidenes Taschentuch knetend. Audrey wurde bewusst, dass ihre Mutter gerade am meisten verlor. Sie hatte nichts außer dem Haus, in dem sie sich auch die meiste Zeit des Tages aufhielt. Oft hatte Audrey sich gefragt, was sie dort den ganzen Tag trieb, doch ihre Mutter hatte tatsächlich immer etwas zu tun: Die Mädchen und das Küchenpersonal mussten angeleitet werden, damit Sauberkeit und Ordnung herrschten, Menüs wurden besprochen, die Vorräte kontrolliert, Wohltätigkeitsveranstaltungen und Festlichkeiten, bei denen sie als Hausherrin glänzen konnte, akribisch geplant. Ihre Mutter war von ihren eigenen Eltern sorgsam auf das Leben als Ehefrau vorbereitet worden, und nachdem Bernards Mutter verstorben war, hatte sie im Château die Haushaltsführung übernommen.

Die einsame Lage im Wald bot allerdings nicht viel Abwechslung. Luise verabscheute es dennoch, wenn sich in ihrem Haus oder ihrem Tagesablauf etwas änderte. Alles, was ihrem Mann oblag – der Wirtschaftsbetrieb und die Arbeiten auf dem Hof –, tangierte sie nicht. Luise lebte in ihrer eigenen kleinen Welt zwischen fein drapierten Vorhängen, Silberbesteck und dem Personal, das ihr unterstand.

Audrey liebte ihre Mutter, war jedoch froh, dass ihr Vater bei Weitem pragmatischer und weltoffener war. Er kam auch aus geschäftlichen Gründen deutlich mehr herum als seine Frau und verkehrte häufig in ganz gewöhnlichen bürgerlichen oder kaufmännischen Kreisen. Die Zeiten, denen Luise nachhing, waren vorbei. Doch sie hielt an dieser Art und Weise zu leben fest und verschmähte jegliche neue technische Errungenschaft, verlangte jedoch vom Rest der Familie nicht, dies auch zu tun. Fotoapparate fand sie scheußlich, Audreys Freude am Filmen war ihr suspekt und erschien ihr unnütz. Dennoch ließ sie ihre Tochter gewähren.

Jetzt hatte man sie aus dieser kleinen Welt herausgerissen. Kein Wunder, dass sie so verloren wirkte. Audrey hätte ihr gerne etwas Tröstendes gesagt, doch ihr fielen keine passenden Worte ein.

Am Nachmittag hörte Audrey das Brummen weiterer Fahrzeuge. Sie hatte gerade die schmalen Betten hergerichtet, die Henri und Ivo in einem unbeobachteten Moment ins Haus geschafft hatten. Die Gestelle passten längs unter das Fenster, so konnte man sich im Raum wenigstens noch etwas bewegen.

Audrey kniete sich auf eins der Betten und schaute hinaus. Ein Lastwagen und ein Begleitfahrzeug trafen soeben vor dem Château ein. Sie fischte nach ihrer Kamera, die sie seitlich des Bettes abgestellt hatte, und fing an, durch das Fenster zu filmen.

»Dass du das nicht mal jetzt lassen kannst, Kind.« Es waren die ersten Worte, die ihre Mutter seit Stunden sprach.

»Wer weiß, ob es uns vielleicht einmal nützlich ist«, entgegnete Audrey. Sie war immer noch fest überzeugt, dass das, was die Deutschen hier taten, nicht rechtens war. Durften sie die Familie einfach so aus ihrem Haus vertreiben? Wenn sie dokumentierte, was geschah, würde es ihnen vielleicht irgendwann helfen, ihr Recht einzufordern. Doch sie musste aufpassen; sicher fanden es die Besatzer nicht lustig, wenn sie die Kamera auf sie richtete.

Aus dem Automobil stieg ein junger Soldat. Der Generaloberst trat aus der Eingangstür und begrüßte ihn überschwänglich mit einer Umarmung und ausgiebigem Schulterklopfen. Die Männer schienen sich gut zu kennen. Der junge Mann war ganz offensichtlich kein normaler Soldat für den Generaloberst.

Nach der Begrüßung schickte der Befehlshabende zwei andere Soldaten zum größeren Lastwagen. Sie öffneten die hintere Tür des Laderaumes. Audrey hatte noch mehr Soldaten erwartet, doch stattdessen stolperte eine junge Frau aus dem Laderaum. Audrey konnte nur einen kurzen Blick auf sie erhaschen, blondes Haar, ein blaues Kleid, ungefähr im gleichen Alter wie sie selbst. Dann führten die Soldaten sie hinter dem Lastwagen her bis zum Haus. Auch der Generaloberst und der junge Mann verschwanden im Château.

Audrey stoppte ihre Aufnahme. Was war mit diesem Mädchen? War sie etwa eine Gefangene? Da! Am Fenster ihres eigenen Zimmers tauchte plötzlich der blonde Haarschopf wieder auf. Audrey drehte nochmals an der Kamera. Die junge Frau sah nach draußen, ihr Gesicht war schmal und blass, bis auf Konturen kaum zu erkennen. Sie wirkte wie ein Geist, und der traurige Ausdruck ihrer Augen sagte Audrey unmissverständlich, dass sie nicht freiwillig hier war. Kurz legte die Frau ihre Handfläche auf die Fensterscheibe, dann verschwand sie im Zimmer. Audrey stellte die Kamera ab. Sie war sich gerade nicht sicher, was sie mehr bewegte, die Soldaten in ihrem Haus, eine Fremde in ihrem Zimmer oder dass diese Fremde nicht aus freien Stücken dort gelandet war.

Kapitel 12

Am Abend hatte Audrey bestürzt feststellen müssen, dass ihre Eltern und sogar sie selbst ohne Hauspersonal vollkommen aufgeschmissen waren. Der arme Henri musste ihnen ein Abendbrot zubereiten, da weder Luise noch Audrey in ihrem Leben bisher einen Herd angefeuert oder gar ein paar Eier gebraten hatten.

»Mutter – du hast doch schon einmal einen Krieg überstanden.« Eigentlich sollten diese Worte ihre Mutter beruhigen, doch Luise sah ihre Tochter nur mit großen Augen an. »Ja – dort drüben … in meinem Haus!« Audrey wurde bewusst, dass es damals wohl anders zugegangen war. Ihre Eltern hatten ihr nicht viel aus der Zeit des Krieges erzählt. Es hatte wohl Not gegeben bei der Versorgung mit Lebensmitteln und auch in wirtschaftlichen Dingen, doch keinen wirklichen Eingriff in das persönliche Leben, zumindest für ihre Familie.

Während Luise jegliche Tätigkeiten, die sonst den Bediensteten oblagen, strikt verweigerte, versuchte Audrey Henri wenigstens zur Hand zu gehen. Was zunächst darin endete, dass ein Ei samt Schale in die Pfanne plumpste.

»Lass mich das lieber machen.« Henri schob Audrey vom Herd fort und fischte mit einer Gabel die Eierschale aus dem Fett.

Audrey lehnte sich frustriert gegen die Tischkante. »Henri – ich bin einundzwanzig und kann nicht mal ein Spiegelei braten.«

Henri musste lachen. »Na ja, bisher hast du das ja auch noch nicht gebraucht.«

»Ich sollte es wohl endlich mal lernen.«

Er antwortete nicht. Audrey wertete dies als Zustimmung. Sie musste an ihren Bruder denken. Sie kam nicht mal hier ohne Personal aus, der arme Gilbert hingegen war gleich an die Front geschickt worden. Was er dort wohl alles ertragen musste. Da gab es sicher auch keine Köchin und kein Hausmädchen, das ihm die Wäsche machte. Ihre eigene Unfähigkeit, was Hausarbeit anging, hatte ihr gerade unmissverständlich klargemacht, in welch behütetem Luftschloss sie doch aufgewachsen war.

Das Abendessen verlief schweigend. Sie zwängten sich zu viert an den Tisch in der Küche, in der es nach Bratfett und Holzfeuer roch. Wenigstens beim Abwasch hinterher stellte sich Audrey nicht ganz so dumm an. Ihre Eltern hatten den Tisch wie gewohnt verlassen; dass das Geschirr und Besteck sich nicht von alleine reinigten, kam ihnen anscheinend gar nicht in den Sinn. Audrey spürte, dass wohl noch einige Probleme auf sie zukommen würden.

Die erste gemeinsame Nacht in Henris Wohnung war für Audrey ein schlafloser Albtraum. Die erzwungene Nähe und die bedrückte Stimmung waren schwer zu ertragen.

Luise jammerte bis zum frühen Morgen über die Enge des Bettes und wahlweise über die Wärme oder die Kälte.

Bernard Perriéres hatte seine Frau irgendwann ungeduldig angeschnauzt, doch Ruhe zu geben, was eigentlich gar nicht seine Art war, und dann die wenigen verbliebenen Stunden der Nacht laut geschnarcht.

Henri war von einer nervösen Unruhe ergriffen, die Besonnenheit des Tages war verflogen. Bei jedem unbekannten Geräusch schreckte er in seinem Bett hoch, kniete sich auf die dünne Matratze, spähte aus dem Fenster und legte sich dann wieder hin.

Drüben im Château hatten die Soldaten lauthals ihre Eroberung gefeiert und erst nach Mitternacht auf den lauten Befehl des Generalobersten stillgeschwiegen.

Am nächsten Morgen flüchteten Audreys Vater und Henri schnell in die Scheunen zu den Holzarbeitern. Dies war zwar nur ein kläglicher Ersatz für ihr eigentliches Arbeitszimmer, doch Audrey verstand sehr gut, was sie aus dem Haus trieb. Luise setzte sich nach einem kargen Frühstück mit Brot und etwas Butter wieder auf die Bettkante und starrte vor sich hin. Audrey fiel nichts ein, womit sie ihre Mutter hätte beschäftigen können. Sie selbst hielt es auch nicht mehr lange in der Enge des Raumes aus.

»Ich gehe mal nach den Vögeln gucken«, beschied sie ihre Mutter, die darauf nur ein schwaches Nicken zustandebrachte, und floh auf den Hof.

Audrey musste ihre Lieblinge suchen gehen. Romeo und Julia schienen die prekäre Lage um das Château zu bemerken, sie hatten sich weit in das Gebüsch zur Linken des Sees zurückgezogen. Audrey hielt den beiden Tieren eine Hand voll Brotkrumen hin. Eigentlich kein geeignetes Futter für sie, doch der Eimer mit dem Getreide für die Vögel stand im Haupthaus im Keller. Vielleicht würde Francine ihn für Audrey holen können.

Plötzlich erklang hinter ihr ein Räuspern, Audrey schreckte hoch. Ein junger Mann stand ein Stück weit von ihr entfernt. Sie brauchte einen Augenblick, um zu realisieren, dass er der Soldat war, der am gestrigen Tag als Letzter eingetroffen war, mit dem Transport des geheimnisvollen Mädchens.

Er hatte eine gewisse Ähnlichkeit mit dem Generaloberst, doch waren seine Züge nicht so hart und seine Nase nicht so hervorstehend. In dem kurzen Moment, in dem Audrey ihn musterte, fielen ihr seine warmen, dunkelblauen Augen auf. Unter seiner Soldatenmütze schaute akkurat geschnittenes blondes Haar hervor, und der Mann machte einen wenig furchteinflößenden Eindruck. Er war vielleicht zwei oder drei Jahre älter als sie und erinnerte sie mit einem kurzen, stechenden Schmerz an ihren großen Bruder.

»Guten Morgen«, sagte er auf Französisch und zog sich höflich die Mütze vom Kopf.

Audrey wusste nicht, wie sie reagieren sollte. Auf keinen Fall wollte sie diesem Mann einen guten Morgen wünschen. Wortlos drehte sie sich von ihm weg.

Sie hörte, wie er ein paar Schritte näher kam.

»Das sind sehr schöne Pfaue.«

Audrey konnte sich nicht mehr beherrschen. »Ja – und sie gehören uns, genau wie das Château uns gehört«, fauchte sie leise.

»Es … es tut mir leid, wenn wir Ihnen hier Unannehmlichkeiten bereiten.« Seine Worte klangen so ehrlich, dass Audrey sich zu ihm umdrehte.

Er drehte verlegen seine Mütze in den Händen und starrte auf den Boden vor sich.

»Wenn es Ihnen so leidtut, dann verschwinden Sie doch wieder mit Ihren Soldaten.«

»Das ist nicht so einfach.«

»Und was soll das hier?« Audreys Stimme wurde ungewollt etwas lauter. »Warum wir? Warum gerade dieses Château?«

»Die Operation bedarf sicherer Standorte, Generaloberst Freiherr von Lickenwitz hat entschieden, hier sein Quartier aufzuschlagen.« Seine eben noch recht warme Stimme ratterte die Worte nun militärisch kalt und akkurat herunter.

Mit Audrey gingen die Pferde durch. Dass sie sich in Gefahr begab, wegen ihres Verhaltens festgenommen zu werden, oder gar Schlimmeres mit ihr passieren könnte, wurde ihr erst bewusst, als die Worte aus ihrem Mund gesprungen waren. »Es ist mir egal, was Ihr Generaloberst hier vorhat, verschwinden sollen Sie – *alle*!« Mit Tränen in den Augen stürzte sie an dem jungen Mann vorbei. Romeo und Julia flüchteten erschrocken zurück in die Büsche. Er hob noch hilflos die Hände, doch Audrey wollte nur fort.

Bei den Scheunen traf sie auf Henri.

»Ist etwas passiert? Audrey?«

Sie winkte ab und verkroch sich in dem Steinhaus. Besser, ihre deprimierte Mutter neben sich haben, als einen unverschämten Deutschen reden hören. Audrey kauerte sich in eine Ecke ihres Bettes und umschlang ihr Kopfkissen mit den Armen. Der Blick auf das Château war fast unerträglich. Das Gewohnte so nah, aber dennoch so fern. Sie sehnte sich nach ihrem Zimmer und einer Tür, die sie schließen konnte.

Bis zum Mittag rührte Audrey sich nicht vom Fleck. Erst als sie sah, wie der junge Mann, der sie zuvor so unverfroren angesprochen hatte, aus dem Château kam und auf das Nebenhaus zusteuerte, zuckte sie zurück und duckte sich.

Ihre Mutter war im Laufe der letzten Stunden im Sitzen eingeschlafen und lehnte mit der Schulter an der Holzwand des Alkovenbettes.

Bevor der Soldat ihre kleine Notbehausung erreichte, kam Henri mit schnellen Schritten von den Scheunen herüber und schnitt ihm den Weg ab. Audrey beobachtete über die Fensterbank hinweg, wie die beiden jungen Männer sich unterhielten.

Dann trat Henri an die Eingangstür, öffnete diese und rief nach Audrey.

Luise schreckte hoch. »Was? Sind sie weg?«

»Nein, Mutter, bleib, wo du bist.« Nur widerwillig verließ Audrey ihren Platz. Henri empfing sie an der Tür.

Er packte sie am Arm und hielt sie kurz fest. »Der Mann scheint es gut mit uns zu meinen, Audrey, wir müssen uns mit denen gut stellen, also beherrsch dich«, flüsterte er ihr zu. »Hör dir an, was er zu sagen hat.«

Als Audrey neben Henri zu dem jungen Soldaten auf den Hof hinaustrat, zog dieser beim Anblick von Audrey wieder seine Mütze vom Kopf.

»Ich habe mit Generaloberst Freiherr von Lickenwitz gesprochen. Wenn Sie noch etwas aus dem Haus brauchen, Kleidung oder Persönliches, lassen Sie es mich wissen, ich besorge es Ihnen dann. Um Lebensmittel müssen Sie sich selbst bemühen, und auch Ihre Angestellten stehen Ihnen bis auf Weiteres nicht mehr zur Verfügung.

Ihr Holzhandel darf eingeschränkt weitergeführt werden, so Sie uns denn jeden Tag einen Rapport über die ausgehenden Lieferungen und deren Empfänger erstatten. Sie werden verstehen, dass der Bedarf unserer Armee als Erstes zu decken ist und Bestellungen unsererseits bevorzugt behandelt werden müssen.«

»Bestehen ansonsten irgendwelche Auflagen für uns?«

Audrey bewunderte Henri für seine offensichtliche Ruhe. Er hatte dem jungen Soldaten ganz konzentriert zugehört.

»Sie dürfen sich frei bewegen, allerdings ist das Haupthaus nicht zu betreten.«

Audrey verschränkte die Arme und gab ein leises Murren von sich. Henri legte ihr beruhigend die Hand auf die Schulter.

»Wie lange gedenken Sie, das Haus zu besetzen?«, fragte Henri ganz unverwandt.

Der junge Soldat zuckte leicht mit den Schultern. »Es tut mir leid, darüber kann ich keine Auskunft geben.«

»Gut, wir werden versuchen uns zu arrangieren.« Henri nickte ihm zu.

Erst sah es so aus, als wolle der junge Mann sich abwenden, doch dann zögerte er und richtete seinen Blick auf Audrey. »Mein Name ist übrigens Rudolf. Rudolf von Lickenwitz.« Er schlug die Hacken zusammen, nickte kurz und kräftig und wandte sich zum Gehen.

Audrey machte ebenfalls auf dem Absatz kehrt und marschierte zurück in das Steinhaus. Erst im Flur hatte Henri sie eingeholt und packte sie erneut am Arm. »Audrey … Audrey! Egal wie – wir müssen uns mit denen arrangieren. Wer weiß, was sonst passiert.«

»Ich verbünde mich doch nicht mit diesen … Dieben!«

»Hast du nicht gehört – er ist der Sohn von diesem Generaloberst. Wenn uns jemand helfen kann, dann er.«

»Ich würde ja eher die Gendarmerie rufen, das kann doch alles nicht wahr sein, was hier gerade abläuft.« Audreys Stimme war lauter geworden, als sie es gewollt hatte.

»Streitet ihr euch?« Es was die Stimme von Luise, die schwach aus dem Wohnraum zu ihnen drang.

»Nein, Maman! Es ist alles in Ordnung!«, rief Audrey und dämpfte Henri gegenüber den Ton. »Henri – du willst mit denen gemeinsame Sache machen?«

»Die Deutschen sind überall, die Männer aus dem Dorf haben berichtet, dass sie dort die Verwaltung übernommen haben. Bis an die Küste sind alle Städte und Dörfer besetzt, wir werden mit den Deutschen auskommen müssen … fürs Erste. Denk doch mal nach. Wenn die länger bleiben, müssen wir trotzdem hier leben und vor allem weiter unseren Lebensunterhalt bestreiten. Das wird schon schwer genug.« Er ließ den Blick kurz in Richtung Luise schnellen. »Wir werden uns alle umstellen müssen, nur so haben wir eine Chance. Ich will dich nicht beunruhigen, aber im Dorf hat man bereits zwei Männer erschossen, als diese aufbegehrten. Das ist kein leeres Gerede – die machen kurzen Prozess. Wir haben Krieg, Audrey.« Er löste den Griff um Audreys Arm. »Und wenn dieser Rudolf von Lickenwitz uns wohlgesinnt ist, sollten wir dies unbedingt für uns nutzen. Also reiß dich zusammen.«

»Bist du jetzt der, der hier die Befehle gibt?«

Er fixierte sie mit seinem Blick. »Ich bin anscheinend der Einzige, der hier momentan klar denken kann! Deine Mutter sitzt auf dem Bett und kann sich vor Schreck nicht rühren, und dein Vater hockt in der Scheune auf einem Stapel Bretter und schweigt sich aus.« Mit diesen Worten wandte Henri sich ab und verschwand über den Hof.

Audrey lehnte sich rücklings gegen die Wand des Flures. Sie schluchzte. So hatte sie Henri noch nie erlebt.

»Kind? Alles in Ordnung?«

»Ja, Maman – ich komme gleich.«

Audrey wischte sich mit der Handfläche über die Wangen. Henri hatte recht, ihre Eltern befanden sich in einer Schockstarre und wenn jemand die Situation unter Kontrolle halten konnte, dann er … und sie. Doch hatte sie die Kraft dazu? Jetzt, wo sie ihre Eltern am meisten brauchte, zogen diese sich zurück. Wäre Gilbert doch nur hier!

Die ersten Tage hatten sie noch gehofft, dass die Deutschen schnell weiterziehen würden.

»Die sind wie Hunde, die müssen jetzt erst mal hier an den Baum pinkeln, um sich stark zu fühlen, dann ziehen sie weiter«, hatte Bernard Perriéres anfangs mit Trotz in der Stimme gesagt. Doch die erste Woche verstrich, ohne dass es nach Abzug aussah. Audreys Vater und Henri hatten sich derweil einige Male gestritten. Sie hatten versucht es die Frauen nicht merken zu lassen. Doch Audrey war die Anspannung, die zwischen den beiden herrschte, nicht entgangen. Eines Abends, als die Arbeiter fort waren, hörte sie aus der Scheune ihre lauten Stimmen. Henri beharrte darauf, dass es das Beste war, Ruhe zu bewahren. Bernard Perriéres war hingegen nicht gewillt, den Fremden sein Hab und Gut einfach so zu überlassen.

Nach Ablauf der ersten Woche konnte Bernard Perriéres den Zustand nicht mehr ertragen. Gestrafft und mit Kampfwillen im Gesicht stand er plötzlich während des Abendessens vom Tisch auf und eilte entschlossen hinaus.

Henri sprang auf und hastete ihm hinterher. Als auch Audrey ihm folgen wollte, herrschte er sie an. »Bleib hier!«

Audrey blieb vor Schreck wie angewurzelt stehen. Noch nie hatte Henri sie so scharf zurechtgewiesen. Die offenkundige Angst, die er selbst bei diesen zwei Worten nicht aus seiner Stimme tilgen konnte, ließ sie schaudern.

Ihre Mutter rief nur schwach: »Bernard? Bernard! Was tust du denn?«, rührte sich aber nicht vom Tisch. Vom Fenster aus sah Audrey zu, wie ihr Vater schnurstracks hinüber zum Château marschierte. Automatisch suchte sie nach der Kamera, auch wenn das Licht schon fast zu schwach war. Die Kamera vor ihr Auge zu halten, dämpfte ihre Angst etwas, auch wenn ihre Hände zitterten und das Bild deutlich verwackelt wäre.

Bevor Henri Bernard Perriéres einholen konnte, stürzte dieser einfach durch die Eingangstür des Châteaus. Laute Rufe drangen zu Audrey herüber, ohne dass sie deren Sinn verstand. Dann war es plötzlich still. Henri und ihr Vater tauchten wieder in der Tür auf, Henri musste Bernard Perriéres stützen. Dahinter sah Audrey zwei Soldaten mit angelegten Gewehren. Sie ließ die Kamera auf das Bett fallen und schlug sich die Hand vor den Mund, um nicht vor Entsetzen aufzuschreien. Die Soldaten jagten sie fort wie unliebsame Tagelöhner, lachten noch laut und verschwanden dann wieder im Haupthaus.

Henri schleppte Bernard Perriéres über den Hof. Audrey hielt es nicht mehr am Fenster. Hatten die Deutschen gar auf ihren Vater geschossen? Sie hatte keinen Schuss gehört, oder doch? Tausend Gedanken rasten durch ihren Kopf, während sie in den Flur stürzte. Henri war bereits an der Tür. Audrey konnte ihren Vater gerade noch auffangen, als er Henri zu entgleiten drohte.

»Was ist passiert? Was haben sie mit ihm gemacht?« Sie sah das Blut, welches von seiner Schläfe rann.

»Geschlagen haben sie ihn.« Henri war kreideweiß und atmete schwer. »Er ist bewusstlos. Hilf mir!«

Gemeinsam schleppten sie den Verletzten die Stufen hoch in den Wohnraum. Luise war inzwischen aus der Küche gekommen und stand hilflos mitten im Raum. »Was … warum? Bernard?« Sie schlug eine Hand vor den Mund, rührte sich aber nicht.

»Mutter! Hol Tücher aus der Küche und etwas Wasser.«

Henri und Audrey wuchteten den Mann auf das Bett. Er rührte sich immer noch nicht.

»Vater?«

Ein leises Stöhnen erklang.

»Mutter? Nun beeil dich!« Audrey sah sich um.

Luise kam mit einem Tuch und einer Schale Wasser aus der Küche, blieb aber in einiger Entfernung zu ihrem verletzten Mann stehen.

Henri half aus und reichte Tuch und Wasser weiter. Audrey schüttelte nur den Kopf. Der tranceartige Zustand ihrer Mutter war schon seit Tagen wenig hilfreich, jetzt aber machte er sie richtig wütend. Sie tauchte das Tuch in das Wasser und wischte ihrem Vater zaghaft das Blut aus dem Gesicht. Seine Augenlider flatterten.

»Wa… was ist passiert?« Er versuchte sich zu rühren.

»Schhh – bleib liegen, Vater.« Audrey drückte ihn sanft

zurück ins Kissen. Er schien sich an das, was gerade passiert war, glücklicherweise nicht erinnern zu können, doch verzog er immer wieder schmerzhaft das Gesicht. Diese Deutschen kannten wirklich keine Gnade! Audrey schnaubte gleichermaßen vor Sorge und Wut.

Am nächsten Tag war Bernard Perriéres wieder auf den Beinen. Bis auf eine große Beule und die Platzwunde schien ihm nichts geschehen zu sein. Doch der seelische Schlag war tiefer gewesen als der gegen seinen Körper. Er sprach ab diesem Tag kaum noch ein Wort, wurde mit jedem Tag etwas blasser und schmaler. Audrey hatte das Gefühl, dass die Schmach ihn aufzufressen begann, und der Hass gegen die Deutschen wuchs in ihr unaufhörlich. Nicht nur, dass sie ihr das Zuhause geraubt hatten, nun nahmen sie ihr auch noch ihre geliebten Eltern, die sich nach der Besetzung des Châteaus völlig verändert hatten. Sie vermisste zudem ihren Bruder schmerzlicher denn je. Wie sollte es nun nur weitergehen?

Audrey versuchte am Tag stark zu sein, doch wenn die Dunkelheit hereinbrach, blätterte ihre Stärke ab wie alte Farbe von einer Wand. Dann zitterten ihre Hände, und während die anderen schliefen, kullerten ihr Tränen über die Wangen. Würden sie dies alles überstehen?

Am Tag nach dem Übergriff traf Henri auf dem Hof Rudolf von Lickenwitz. Audrey beobachtete die beiden jungen Männer aus der Ferne. Wieder hielt sie die Kamera einige Minuten auf das Bild, welches sich ihr auf dem Hof bot.

»Was hat er gewollt?«, fragte Audrey etwas später, als Henri in die Wohnung zurückkehrte.

»Er hat sich nach deinem Vater erkundigt und eindrücklich geraten, wir sollten uns vom Haus fernhalten.«

»Pfff.« Audrey schnaubte.

»Er sagte auch, dass er uns gewarnt hätte. Die Soldaten führen lediglich die Befehle des Generalobersten aus. Er …«, Henri zögerte, »… er sah wirklich so aus, als ob ihm die Sache leidtäte.«

»Leidtäte …«, äffte Audrey Henri nach und verzog das Gesicht. »Sie hätten ihn fast umgebracht!«

Henri zuckte resigniert mit den Schultern. »Ja … Sie hatten uns aber auch befohlen, uns vom Haus fernzuhalten.«

»Stellst du dich etwa auf deren Seite?« Audrey verstand ihren langjährigen Freund nicht mehr. Fand er die Situation etwa nicht ungerecht? Sollten sie diesen Zustand denn einfach so hinnehmen? Henri ließ sich doch sonst nicht so schnell einschüchtern!

Er verschränkte die Arme vor der Brust. »Nein, natürlich nicht! Aber Audrey – und das habe ich schon mehrmals gesagt –, wenn wir tun, was die Deutschen uns sagen, wird uns nichts passieren.«

Zwar tat Audrey von nun an auch, was von ihnen verlangt wurde, denn sie hatte viel zu große Angst vor weiteren Zusammenstößen und wusste ja, dass Henri recht hatte. Aber das änderte nichts an ihrer Stimmung gegenüber den Deutschen, und auch ihre einst so innige Freundschaft zu Henri bekam Risse. Das schmerzte zusätzlich. Einerseits war sie unendlich dankbar, dass er ihren Eltern und ihr zur Seite stand, doch sein Ton hatte sich deutlich verändert. Sicher wollte er nur das Beste für die Familie, doch Audrey merkte, wie sie sich voneinander entfernten, ohne dass sie beide es gewollt hätten.

Die Tage wurden zäh wie altes Baumharz. Audrey hoffte an jedem Morgen, endlich aus diesem Albtraum zu erwachen, doch sobald sie die Augen öffnete und gewahr wurde, dass sie immer noch in der Enge von Henris Unterkunft ausharrte, wurde ihr Körper bleischwer. Draußen hörte sie um diese Zeit meist schon die Wagen, mit denen die Soldaten tagsüber das Château verließen, auch Generaloberst von Lickenwitz mit seinem Sohn. Doch einige Soldaten blieben stets zurück, um das Haus zu bewachen.

In den ersten Tagen hatte sie noch auf einen geeigneten Moment gewartet, um ungesehen in das Château zu gelangen. Vergeblich. Danach war sie an einem Tag zur Mittagsstunde, zu der sich die Soldaten gewöhnlich in der Küche ein Mahl servieren ließen, von außen um das Haus geschlichen. Ihre Kamera trug sie bei sich, die Filmaufnahmen währten aber immer nur kurz, zu sehr schränkte das Gerät ihre Sicht ein, und die Angst, entdeckt zu werden, war groß. Nicht auszudenken, was die Deutschen mit ihr machen würden, wenn sie sie erwischten! Doch sie verdrängte die düsteren Gedanken jedes Mal, denn ihre Neugierde siegte für gewöhnlich, und so erhaschte sie so manchen Blick durch die Fenster ins Innere des Châteaus.

Die geliebten Räume wirkten, als hätte eine nagende Krankheit von ihnen Besitz ergriffen. In den unteren Zimmern standen die Möbel noch wie eh und je, doch hingen an den Wänden die Fahnen der Besatzer, und hier und da lagen Gegenstände herum, die Audrey eindeutig nicht ihrer Familie zuordnen konnte. Der Anblick war quälend.

Nach dem morgendlichen Aufbruch der Soldaten begleitete sie den ganzen Tag über die Hoffnung, sie würden am Abend nicht wiederkehren. Doch sie kamen wieder, und an manchen Tagen sogar mit mehr Männern, als morgens abgefahren waren. Der Generaloberst schien Hof zu halten im Château. Manche Nacht war das Haus hell erleuchtet, und es drang sogar Musik heraus. Audrey filmte dies nur ein einziges Mal.

Je wärmer die Luft in diesem Sommer wurde, desto mehr trieb es auch die Soldaten am Abend auf den Hof. Sie tranken und lachten. Währenddessen saßen die Perriéres und Henri in der erzwungenen Enge des Nebengebäudes. Audrey fühlte sich wie ein eingesperrtes Tier.

Kapitel 13

Nur langsam bekamen die Tage wieder einen geregelten Ablauf. Audrey schaffte es mit viel gutem Zureden, dass ihre Mutter leichte häusliche Tätigkeiten verrichtete. Luise zierte sich und protestierte, doch Audrey konnte irgendwann nicht mehr an sich halten.

»Mutter! Wir haben nun mal kein Personal hier, und wenn du etwas zu essen haben möchtest oder saubere Wäsche, müssen wir uns selbst darum kümmern.«

Luise sah ihre Tochter an, als hätte diese sie gerade zum Schafott gebeten. »Aber …«

Audrey tat es sofort leid, sie so angefahren zu haben, und eigentlich hatte sie noch nie in ihrem Leben ein scharfes Wort gegen ihre Eltern gerichtet. Doch die Umstände, unter denen sie nun zusammenleben mussten, und die anhaltende Starre ihrer Eltern zerrten an ihren Nerven.

Luise begann nach dieser Auseinandersetzung zumindest in der Küche mit anzupacken, und auch das Waschbrett im Zuber lernte sie zu nutzen. Ihre ersten Versuche fielen kläglich aus, doch Audrey sprach ihr gut zu.

Als weiteres Problem erwies sich die Beschaffung von Lebensmitteln. Die letzten noch heimlich eingelagerten Vorräte aus dem versteckten Keller am Waldrand schwanden zusehends, und von den Arbeitern hörten sie, dass es auch im Dorf immer schwieriger wurde, Lebensmittel zu beschaffen.

»Wir müssen einkaufen«, entschied Henri und schien davon auszugehen, dass Audrey sich darum kümmern würde.

Audrey wurde bewusst, wie wenig sie über Haushaltsführung wusste. Was brauchte man wohl am dringendsten? Mehl? Zucker? Eier … denn die der hofeigenen Hühner gingen alle an das Château, wie auch das Gemüse aus dem Küchengarten. Audrey schrieb eine Liste, verwarf diese wieder, schrieb sie neu. Vor wenigen Wochen hatte sie sich noch als moderne junge Frau gefühlt, plötzlich kam sie sich eher wie eine Magd aus dem Mittelalter vor. Als sie endlich einen Plan hatte, was sie alles besorgen musste, damit sie für die nächsten Wochen genügend zu essen hätten, bat sie ihren Vater um Geld für die Einkäufe.

»Geh zu Henri, der kümmert sich um die Finanzen.«

Audrey tat, wie ihr geheißen, doch Henri zog nur die Augenbrauen hoch. »Ich muss mal rechnen, Audrey. Wie viel Geld brauchst du denn? Wir haben kaum noch Einkünfte aus dem örtlichen Handel. Die Deutschen lassen alle Balken und Bretter fortschaffen.«

»Aber wir brauchen Essen, Henri. Ich habe keine Ahnung, was das kosten wird«, musste Audrey zugeben. Sie war zwar als Kind des Öfteren mit der Köchin im Dorf gewesen, doch eigentlich nur wegen der begehrten Zuckerstangen vom Krämer. Wie man richtig haushaltete, wusste sie nicht.

»Nun, einen genaueren Betrag zu wissen wäre schon gut.« Henri kratzte sich nachdenklich am Kopf. »Weißt du, wir haben zwar volle Auftragsbücher, aber alles, was an die Deutschen geht, steht noch als offener Posten da.«

»Wie? Die bezahlen nicht mal?« Audrey war entsetzt.

»Ja doch, angeblich sollen die Rechnungen beglichen werden, nur eben bis jetzt nicht.«

»Du verschenkst also unser Holz?« Dass offene Rechnungen keine gute Grundlage für eine gewinnbringende Wirtschaft waren, war auch Audrey klar.

Henri lachte bitter auf. »Was soll ich denn machen? Soll ich dem Herrn Generalobersten sagen, dass wir erst die offenen Posten anmahnen und so lange nicht liefern? Audrey … dann kann ich auch rübergehen und einem der Soldaten auf die Nase hauen. Ich denke, das Resultat – das dir sehr wohl bewusst sein sollte – würde das Gleiche sein.« Er zuckte hilflos mit den Achseln. »Wir müssen das irgendwie ertragen und mit dem haushalten, was wir haben.«

Audrey seufzte. Vermutlich hatte Henri recht. Doch die Situation spitzte sich immer mehr zu, sodass sie sich ernsthaft fragte, wie sie die nächste Zeit überstehen sollten – denn die Deutschen schienen sich gerade erst richtig einzurichten.

Audrey bekam von Henri etwas Geld, ob dies jedoch ausreichen würde, die Einkäufe auf ihrer Liste zu tätigen, wusste sie nicht. Das nächste Problem war der Weg bis zum Dorf. Das Automobil des Vaters, das schon vor dem Krieg eher selten zum Einsatz gekommen war, konnte sie nicht fahren. Sie wollte weder ihren Vater noch Henri bitten, wegen des Einkaufs den Posten in den Scheunen aufzugeben. Die Köchin, so wusste sie, lief immer zu Fuß nach Paimpont. Die Holztransporter fuhren alle zwei Tage, allerdings in die andere Richtung. Der Generaloberst ließ das Holz zur Küste liefern, was immer die Deutschen dort daraus bauten. Audrey musste sich wohl oder übel mit Henris Fahrrad auf den Weg machen. Ein Pferd wäre ihr fast lieber gewesen, doch bis auf zwei schwere Arbeitspferde, die im Wald bei den Schlagschneisen eingesetzt wurden, gab es auf dem Château schon seit einigen Jahren keine Pferde mehr.

Als der letzte Löffel Zucker eines Morgens verbraucht war, blieb ihr nichts anderes übrig, sie musste sich auf den Weg machen. Es war das erste Mal, dass sie morgens vor den Deutschen auf dem Hof war. Noch stand der Nebel zwischen Wald und See. Audrey hielt einen Moment inne, bevor sie das Rad aus der Scheune holte und den Einkaufskorb auf den Gepäckträger klemmte. Alles war noch still und friedlich, doch die Idylle nur eine Illusion. Es würde keine Stunde dauern, und die schweren schwarzen Stiefel der Soldaten würden auf dem Hof ertönen, Motoren schwarzen Rauch ausstoßen, und alles würde unmissverständlich darauf hindeuten, dass das Château immer noch in der Hand der Besatzer lag.

Die Fahrt mit dem Rad durch den Wald war mühselig. Die Militärfahrzeuge des Generalobersten hatten tiefe Furchen in den weichen Boden gegraben. Die Zufahrt zum Château war nicht mehr so gepflegt wie einst. Ihr Vater hatte die Arbeitspferde einmal im Monat die Fahrspur mit einer Egge glattziehen lassen, dies hatten die Deutschen bisher versäumt. Als Audrey auf dem ersten befestigten Weg ankam, kurz hinter dem Eisentor, das die Einfahrt zum Château markierte, schmerzten ihre Beine, und sie schwitzte wie nach einem Dauerlauf. Schwer atmend stieg sie vom Fahrrad und schob es am Straßenrand in Richtung Paimpont. Die Sonne war inzwischen am Himmel emporgestiegen, und es wurde schwülwarm.

Kurz bevor Audrey die ersten Häuser des Dorfes erreichte, hörte sie hinter sich Motorengeräusche näher kommen. Sie blieb stehen, um die Fahrzeuge passieren zu lassen. Es waren die Wagen, die morgens vom Château aufbrachen. Im ersten saßen nur Soldaten. Stoisch die Blicke nach vorne gerichtet, fuhren sie an Audrey vorbei. Im zweiten Wagen saß auf dem Beifahrersitz der Generaloberst Freiherr von Lickenwitz. Dieses Gesicht würde Audrey wohl nie wieder aus ihrem Kopf bekommen. Hinter ihm, auf der Rückbank, erkannte sie seinen Sohn Rudolf. Als er Audrey erblickte, hob er sogar kurz die Hand zum Gruß. Audreys Aufmerksamkeit wurde jedoch magisch von der Person angezogen, die neben Rudolf zu erkennen war. Es war die blonde junge Frau mit dem blassen Gesicht, die ihr Zimmer bewohnte. Audrey hatte sie fast vergessen über die Sorgen der letzten Tage und Wochen. Ihre Augen richteten sich kurz auf Audrey, und ihr Blick wirkte wie ein Hilfeschrei, sodass Audreys Herz unwillkürlich einen Stich bekam. Schon waren die Wagen an ihr vorbeigebraust, und sie sah nur noch die schwarzen Wolken der Abgase in der Ferne verschwinden. Der Blick der jungen Frau blieb jedoch an ihr haften. Warum schleppten die Deutschen sie nur mit? Wer war sie? Woher kam sie? Und vor allem – was machten sie mit ihr? Audrey setzte nachdenklich ihren Weg fort.

In Paimpont hatte sich das Bild gewandelt. Auffallend viele Militärfahrzeuge standen an den Straßenrändern. Es schienen sich mehr Deutsche hier eingenistet zu haben, als

Audrey geahnt hatte. Sie beeilte sich, zum Laden des Krämers zu kommen. Eine Warteschlange zog sich bis vor den Laden. Auf einer Seite standen Frauen und Mädchen artig in einer Schlange, auf der anderen marschierten ankommende deutsche Soldaten einfach an ihnen vorbei und ließen sich bevorzugt bedienen. Audrey reihte sich bei den Wartenden ein. Sie lauschte den leisen Gesprächen der anderen Frauen. Es ging zumeist um das Verhalten der Besatzer. Hier berichtete eine Frau von einem Übergriff auf ihren Mann, dort eine andere Frau vom Diebstahl ihrer Hühner, eine weitere klagte, man hätte ihr sogar die Kuh aus dem Stall geholt und beschlagnahmt. Audrey wurde zum ersten Mal bewusst, dass sie nicht die Einzigen waren, die unter der deutschen Übermacht litten.

Eine der Frauen schien Audrey zu erkennen. »Na, Mädchen, und bei euch im Wald? Benimmt der Generaloberst sich wenigstens bei euch auf dem Château?« Dabei zog sie die Nase hoch, als wolle sie andeuten, dass es Audrey und ihrer Familie gewiss besser erginge als den Dörflern.

»Wir dürfen nicht mehr in das Haus«, gab Audrey leise zu und zog den Einkaufskorb etwas dichter vor ihre Brust.

»Ach, dann ergeht es uns nun wohl allen gleich.«

Die nächsten zwei Soldaten marschierten schnurstracks an den Wartenden vorbei, und sogleich verstummten alle Stimmen in der Reihe.

Im Laden fiel Audrey die Veränderung sofort auf, obwohl sie nicht mal sagen konnte, wann sie das letzte Mal hier gewesen war. Dort, wo einst die Gläser mit dem Zuckerzeug gestanden hatten, stapelten sich nun Zigaretten und Schnapsflaschen, und die Regale waren insgesamt viel leerer, als Audrey sie in Erinnerung hatte. Die

Waren schienen außerdem alles andere als frisch, aber in Zeiten wie diesen durfte man offenbar nicht mehr wählerisch sein.

Audrey schaffte es, von dem Geld den Korb zu füllen. Mehl, Zucker, ein Dutzend Eier, etwas Schinken, Hefe, um Brot zu backen, dazu Kaffee und Gemüse. Mit dem Inhalt des Korbes würden sie sich vielleicht ein oder zwei Wochen versorgen können. Audrey seufzte leise, als sie den Korb auf dem Gepäckträger befestigte und sich auf den Rückweg machte.

Erschöpft und schweißnass ob der ungewohnten Bewegung kam sie um die Mittagszeit wieder am Château an. Es war nicht ungewöhnlich, dass es im Lauf des Juli so heiß wurde, doch Audrey, die sonst den Sommer geliebt hatte, konnte sich in diesen Tagen nicht mit dem Wetter anfreunden. Sie fluchte leise, als sie den schweren Korb vom Rad wuchtete und dieses wieder in die Scheune verfrachtete. Was hatte sie doch für Pläne gehabt für die schönsten Monate des Jahres! Das Morgenlicht auf den Waldlichtungen, der sanft aufsteigende Dunstschleier des Abends, die blutroten Sonnenuntergänge … nichts davon reizte sie jetzt noch, geschweige denn hatte sie Lust, mit ihrer Kamera loszuziehen.

»Gibt es etwas Neues im Dorf?« Henri trat hinter einem frischen Holzstapel hervor.

»Wenn es dich interessiert, dass die Deutschen gerne rauchen und saufen, ja. Und sie degradieren die Bewohner von Paimpont zu Menschen zweiter Klasse, zumindest wenn es ums Einkaufen geht.«

»Audrey!« Er sah sich entsetzt um, als hätte er Angst, jemand könnte sie hören.

»Ist doch keiner da, und die Wachsoldaten hocken bei der Mittagshitze sicher nicht vorm Haus.« Audrey war genervt; ihre Muskeln brannten wie Feuer vom strammen Treten in die Pedale. Insgeheim ärgerte sie sich über sich selbst. Vor wenigen Wochen noch war sie ohne Weiteres quer durch den Wald gelaufen, jetzt fühlte sie sich bei Weitem nicht mehr so kräftig. Sie zog den Korb mit den Einkäufen in den Schatten des Scheunengiebels und lehnte sich an einen Stapel Bretter, der dort stand. Sie hatte Durst. Als hätte Henri ihre Gedanken gelesen, hielt er ihr einen Krug mit Wasser hin.

»Danke.« Audrey schenkte ihm ein beschwichtigendes Lächeln. Das kühle Nass beruhigte sie ein wenig.

»Henri, wusstest du, dass sie dieses Mädchen heute mitgenommen haben? Tun sie das jeden Morgen?«

Henri, der sich neben sie auf den Bretterstapel gesetzt hatte, wurde plötzlich stocksteif, als hätte Audrey ihn bei irgendetwas erwischt. Verwundert musterte sie ihren Freund.

»Ja, ich habe das beobachtet.« Seine Stimme war ohne Klang.

»Was ist los, Henri?« Verheimlichte er ihr etwas? Sie waren doch sonst so aufrichtig zueinander! Der Krieg begann wohl langsam, sie alle zu verändern.

»Nichts.« Er räusperte sich.

»Ich hab sie auf jeden Fall heute Morgen gesehen, sie saß neben diesem Rudolf in einem der Wagen.«

»Hm«, brummte Henri und drehte sein Gesicht etwas von Audrey weg.

»Was sie wohl mit ihr machen? Sie gehört, glaube ich, nicht … zu denen.«

»Nein, das tut sie sicher nicht.« Diese Worte sprangen umso deutlicher und energischer aus seinem Mund.

Plötzlich traf es Audrey wie der Blitz. »Henri? Hast du dich etwa in dieses Mädchen verguckt?« Sie sah ihn aufmerksam an, und obwohl er sich ihr immer noch nicht zugewandt hatte, sah sie an seinem Hals eine leichte Röte aufsteigen.

Er senkte den Kopf und nestelte mit den Händen an einem Holzspan herum.

»Henri, Henri. Das also auch noch … Wenn du da mal nicht die Augen auf das falsche Mädchen geworfen hast. Vergiss sie lieber …«

»Vergessen?« Er fuhr plötzlich mit dem Kopf herum und wirkte nun erhitzter, als Audrey es eben noch gewesen war. »Hast du nicht mitbekommen, wie sie mit ihr umgehen? Einsperren tun sie sie wie … wie … Ich meine, schau sie dir doch an! Was soll so ein zartes Ding denn wohl ausrichten können?« Erschrocken über sich selbst dämpfte er die Stimme. »Abend für Abend sehe ich sie da oben an deinem Fenster sitzen … Neulich habe ich ihr zugenickt, ich wollte höflich sein, da ist sie zurückgezuckt wie ein scheues Reh.« Er deutete mit dem Finger Richtung Château. »Glaub mir, Audrey, das, was sie mit uns machen, ist schon schlimm.« Er winkte ab. »Aber das, was sie diesem Mädchen antun … ich weiß nicht. Da geht doch was nicht mit rechten Dingen zu.« Er schüttelte den Kopf.

Audrey war überrascht, solche Ausbrüche kannte sie von Henri wirklich nicht, zumal er sich in den letzten Wochen mehr als besonnen gezeigt hatte. Dass unterschwellig etwas in ihm brodelte, hatte sie ja nicht ahnen können. Nachdenklich blickte sie hinüber zum Haupthaus.

War diese junge Frau vielleicht ebenso in den Mühlen des Krieges gefangen wie sie? Audrey stieß sich vom Holz ab und bückte sich nach den Einkäufen. »Ich werde die mal ins Haus bringen.« Und insgeheim beschloss sie, das Treiben im Schloss und vor allem die junge Frau genauer zu beobachten.

»Ja, und ich muss zurück in die Scheune.«

Am Abend, als Audrey die Wagen zurück auf den Hof fahren hörte, hockte sie sich hinter das Fenster, begann mit der Kamera zu filmen und beobachtete, wie die Soldaten, der Generaloberst, Rudolf und auch das geheimnisvolle Mädchen in das Château zurückkehrten. Wenig später flammte eine kleine Öllampe in ihrem ehemaligen Zimmer auf, und der blonde Haarschopf erschien am Fenster. Das Mädchen schaute hinaus; ihre Augen starrten ziellos in die Ferne, und ihr Gesichtsausdruck lag irgendwo zwischen Traurigkeit und Resignation. Vielleicht, dachte Audrey im Stillen, hatte sie selbst ja mit diesem Mädchen mehr gemeinsam, als ihr lieb war.

Die Hitze stieg noch weiter an. In Henris Wohnung stand die Luft dick wie Pudding, und des Nachts war es so schwül, dass nicht einmal mehr die Grillen zirpten. Audrey fühlte sich, als könnte sie sich keinen Meter mehr bewegen. Der Geruch nach dem Herdfeuer, nach Gemüsesuppe und Schweiß sowie die erzwungene Nähe der vier Erwachsenen auf so engem Raum brachten sie fast um den Verstand.

Früher wäre sie bei so einem Wetter, ohne zu zögern, in das kühle Nass des Sees gesprungen. Heute traute sie sich kaum, sich an der Schwengelpumpe seitlich der Scheune die Haare mit Wasser zu benetzen. Sie wusste, es gab nur einen Ort, der etwas kühlere Luft bereithielt – der Wald.

Drei Tage lang widerstand sie noch dem Drang, dorthin zu laufen. Sie wusste selbst nicht, wieso sie diesen einst so geliebten Ort mied, vielleicht, weil die ihr bekannte Welt aufgehört hatte zu existieren, als sie das letzte Mal durch ihn hindurchgelaufen war? Am vierten Abend hielt sie es schließlich nicht mehr aus, ihr Herz klopfte, und die schwüle Luft bereitete ihr Kopfschmerzen. Der Geruch nach Suppe beim Abendessen ließ sie würgen, sie musste raus. Ruckartig stand sie vom Tisch auf.

»Wo willst du hin?« In Henris Worten schwang Sorge mit.

»Ich brauche nur etwas frische Luft.« Audrey winkte beruhigend ab und eilte aus dem Haus. Draußen auf dem Hof stand die Luft ebenso, und sie beschloss, doch zum See zu gehen, wo es kühler und frischer sein würde, unter den Bäumen, wo selbst tagsüber die Sonne kaum durchkam.

Früher hätte der Weg sie über die Terrasse und dann links am Ufer entlanggeführt. Doch inzwischen traute sie sich dort nicht mehr entlang. Wer wusste schon, wer um diese Uhrzeit hinter dem Haus zugegen war? Der Generaloberst und seine Männer hielten sich sicherlich nicht in den aufgeheizten Räumen des Haupthauses auf. Audrey lief also ein ganzes Stück die Zufahrt zum Hof entlang. Im Gebüsch sah sie Romeo und Julia; die Vögel lagen so flach es ging auf dem kühlen Erdboden und hechelten mit offenen Schnäbeln. Besorgt bemerkte sie, dass das Gefieder matt und struppig wirkte. Lag dies an der Hitze oder gar an der Unruhe auf dem Hof? Wirklich gutes Futter konnte Audrey den Tieren auch nicht mehr bieten. Die Gerstenkörner, die sie früher gefüttert hatte, waren inzwischen in den Vorratsschrank der Familie gewandert. Im alten Pferdestall hatte sie noch etwas Getreide gefunden, das weder zum Mahlen noch zum Kochen taugte; dies verfütterte sie nun sparsam an die Pfaue, in der Hoffnung, dass die Tiere in der Lage waren, sich darüber hinaus im Park selbst zu versorgen.

Je weiter sie sich vom Hof des Châteaus entfernte, desto mehr nahm die Schwüle ab. Audrey merkte, wie sie wieder Luft bekam und die beklemmende Enge um ihren Körper sich etwas löste. Sie bog von der lang gezogenen Einfahrt kurz vor dem alten schmiedeeisernen Tor links zum Ufer ab. Der Boden war hier moosig und trotz des trockenen Wetters noch feucht. Gegenüber dem Château hielt Audrey inne. Von Weitem konnte sie erkennen, dass sich in der Tat Menschen auf der Terrasse befanden. Sie wollte gar nicht wissen, wer dort jetzt gerade saß und was die Deutschen da taten. Oft genug hatte sie von hier aus an lauen Sommerabenden ihre Eltern dort sitzen gesehen, während sie mit Gilbert und Henri durch das Unterholz am See gestreift war. Gilbert – der Gedanke an ihn machte sie unendlich traurig. Dreieinhalb Monate war es nun schon her, dass sie den letzten Brief von ihm bekommen hatten. Was er wohl sagen würde, wenn er jetzt nach Hause käme? Auch wenn es sicher das Schönste wäre, was in all dieser schweren Zeit passieren könnte, so wäre eine fünfte Person in Henris Unterkunft fast undenkbar.

Audrey seufzte und ließ den Blick über das Haus schweifen. Still und friedlich lag es im letzten rötlichen

Licht der Abendsonne. Die Fenster spiegelten den schimmernden Himmel, während die Fassade goldgelb strahlte, als wenn sie aus sich selbst heraus leuchten würde. Wie sehr sie dieses Haus doch liebte. Doch all die dort verbrachten schönen Stunden schienen plötzlich so fern. Sie wandte sich ab und wanderte noch ein Stück tiefer in den Wald hinein. Hier war die Luft plötzlich so kühl, als wenn man in kaltes Wasser eintauchte. Audrey fuhr ein Schauer über die Haut. Sie atmete ein paar Mal tief ein und aus, damit die Frische auch von ihrer Lunge Besitz ergreifen konnte, dann setzte sie sich auf den weichen Moosteppich, umschlang die Knie und sah auf die glatte Oberfläche des Sees. Ihr Kopf war angenehm leer, und ihre stetig kreisenden Gedanken gaben einen Augenblick Ruhe.

Als sich nur noch ein schmaler Streifen der untergehenden Sonne auf dem See spiegelte, erklang plötzlich ein Knacken aus dem Unterholz hinter Audrey. Sie schreckte hoch und war im Nu auf den Beinen. Aus dem Dunkel zwischen den Bäumen trat eine Gestalt an sie heran.

»Oh bitte, nicht erschrecken.« Es war die leise Stimme von Rudolf von Lickenwitz.

In Audrey ballte sich sofort bittere Wut zusammen. Konnte man nicht einmal hier, an einem der entlegensten Orte des Grundstücks, ohne diese … diese …

»Was machen Sie denn hier?«, fauchte Audrey und wollte sich umdrehen, um zu gehen.

»Warten Sie … bitte, gehen Sie nicht, ich wollte nicht … tut mir leid, wenn ich Sie erschreckt habe.« Er hob hilflos die Hände.

Audrey fiel plötzlich auf, dass der junge Mann heute

anders aussah. Er trug keine Uniform, sondern private Kleidung. Eine dünne, helle Leinenhose und ein kurzärmliges Hemd. Die Wut in ihrem Bauch bekam einen leichten Dämpfer.

»Was schleichen Sie hier im Wald herum, Herr von Lickenwitz?«

»Das könnte ich Sie auch fragen, Mademoiselle.«

Audrey zuckte mit den Schultern. »Die Hitze war heute unerträglich, ich musste einfach fort vom Hof.« Sie wunderte sich selbst über diese Antwort. Sie sollte lieber gehen! Doch sie blieb, wo sie war.

Rudolf von Lickenwitz kam etwas näher. »Das hat mich auch aus dem Haus getrieben. Bitte – bleiben Sie doch noch etwas.« Seine Stimme hatte fast etwas Flehendes.

Ohne ein Wort setzte Audrey sich einfach wieder an die Stelle, von der sie soeben aufgesprungen war. Der junge Mann nahm schweigend neben ihr Platz. Eine ganze Weile schauten sie nur auf das Wasser, hier und dort kräuselten sich kleine Wellen, es waren wohl Fische, die zu dieser späten Stunde an die Oberfläche kamen.

»War es nicht auch so ein See, worin die Fee den Ritter gefangen hielt?« Rudolf von Lickenwitz' Stimme klang warm, als er das Schweigen brach.

»Es war die Fee Viviane, und es war kein Ritter, sondern der Zauberer Merlin«, antwortete Audrey.

»Entschuldigen Sie. Es ist lange her, dass ich das Buch gelesen habe.«

»Sie haben die Artussage gelesen?«

»Ja. Warum? Wundert Sie das?« Er lachte.

»Na ja, ich dachte … ich weiß ja nicht …«

Er drehte den Kopf zu ihr. Seine blauen Augen blitzten

in der Dunkelheit auf. »Auch wenn Sie es nicht glauben, Mademoiselle, ja, ich habe es gelesen. Ich hatte vor … vor alldem hier … nämlich auch ein ganz normales Leben. Ich habe Literatur studiert, wenngleich das nicht gerade im Sinne meines Vaters war, ich mochte lange Wanderungen in der Natur, ich hatte Freunde, und … ich hatte weiß Gott andere Ziele.« Er wandte den Blick wieder auf den See und schien in sich zusammenzusacken. Seine französische Aussprache wurde etwas undeutlich, und seine Stimme zitterte leicht. »Dann veränderte sich in Deutschland alles. Hitler kam an die Macht, und das ganze Land stand plötzlich in braunen Hemden da. Ich muss gestehen, ich habe mich nie politisch engagiert, wie gesagt, hatte ich andere Ziele. Und plötzlich rauscht eine Welle Soldaten und Panzer nach Polen, und man selbst wacht morgens in Uniform und mit einem Sturmgewehr in der Hand auf. Das ist noch nicht einmal ein Jahr her, und jetzt sitze ich hier in einem fremden Land und muss …« Er schlug die Hände vor das Gesicht und schwieg.

Der junge Mann brauchte einen Augenblick, bis er sich wieder fing, und rieb sich dann mit den Händen über das Gesicht. »Entschuldigung, Mademoiselle, ich wollte Sie nicht auch noch mit meiner Befindlichkeit belästigen.«

»Audrey … mein Name ist Audrey.« Ihr gelang es in der Tat, ihn versöhnlich anzulächeln. Denn die Tatsache, dass er nicht freiwillig hier war, sondern selbst seine Vorbehalte gegenüber dem Krieg zu haben schien, beruhigte sie ein wenig und nahm ihrer Wut die Spitze.

»Und ich bin Rudolf.« Er nickte, und in seinem Gesicht zeigte sich Erleichterung. »Ich habe übrigens auch eine Nachricht für Sie, die Sie vielleicht … nun ja, es wird das Leben vielleicht für eine kurze Zeit wieder einfacher machen.«

Audrey horchte auf. Der Unterton des jungen Mannes ließ darauf schließen, dass auch er mit seinem Vater nicht ganz glücklich war.

»Mein Vater wird übermorgen für ungefähr drei Wochen nach Berlin reisen. Nur ich und ein paar Soldaten werden so lange hier sein.« Er erhob sich von dem moosigen Untergrund. »Danke … es war nett, dass Sie … Ich habe niemanden zum Reden hier. Mein Vater … er war in meinem ganzen Leben noch nie so stolz auf mich wie in den letzten Monaten, seit ich diese verdammte Uniform trage. Aber glauben Sie mir, Audrey – ich bin nicht wie er …« Seine Stimme drohte zu ersticken. »… ich bin nicht wie er. Ich wünsche Ihnen eine gute Nacht, Audrey.« Er hob die rechte Hand zu einem kurzen Gruß und verschwand dann zwischen den dunklen Schatten der Bäume.

Audrey schluckte und blieb regungslos allein an diesem jetzt wieder stillen Ort zurück. Ganz neue Gedanken formten sich aus den Worten von Rudolf. Ihr war bisher noch gar nicht in den Sinn gekommen, dass einige aus den Reihen der Deutschen ebenso unverschuldet in diese ganze Kriegsmaschinerie geraten waren wie sie und ihre Familie. Hatte sie Rudolf vielleicht zu Unrecht verurteilt? Er machte einen netten und aufrichtigen Eindruck. Mehr noch, ihm schien die Tatsache, ihnen das Haus gestohlen zu haben, wirklich unangenehm zu sein.

Kapitel 14

Zwei Tage später ließ der Generaloberst in der Tat sein Gepäck in einen der Wagen laden.

Audrey beobachtete ihn von ihrem Platz am Fenster. Sie hatte immer wieder an Rudolf und seine Worte denken müssen. Ihr Groll gegenüber diesem Deutschen hatte sich zumindest etwas gelegt. Nein – sie waren sicherlich nicht alle gleich.

Aus dem Bad hörte sie das leise Fluchen ihrer Mutter, die mit ihren Unterröcken und dem alten Waschbrett kämpfte. Audrey hatte ihr mehrmals empfohlen, bei den Temperaturen, die draußen herrschten, doch auf diese überflüssige Unterkleidung zu verzichten, doch Luise zeigte sich uneinsichtig.

»Ich kann doch nicht herumlaufen wie eine Magd. Es reicht schon, wenn dein Vater von seinen Arbeitern bald nicht mehr zu unterscheiden ist«, hatte Luise darauf entgegnet.

»Mutter, die Dinger trägt man seit zwanzig Jahren nicht mehr.« Audrey hatte nur mit dem Kopf geschüttelt. Was ihren Vater anging, musste sie ihrer Mutter allerdings recht geben. Bernard ging nur noch mit hochgekrempelten Hemdsärmeln aus dem Haus. Sicherlich praktisch bei der Hitze, aber Audrey hatte ihren Vater in all den Jahren nie ohne Weste oder Jackett erlebt. Tagsüber in der

Scheune, wo stapelweise dicke Schalbretter für die Deutschen gesägt und gehobelt wurden, konnte man ihn auf den ersten Blick tatsächlich nicht von den anderen Holzarbeitern unterscheiden.

Draußen war das Gepäck des Generalobersten verstaut.

Audrey nestelte ihre Kamera hervor.

Mit einem lauten Ruf ließ er all seine Soldaten und auch seinen Sohn vor dem Château antreten. Im langsamen, aber strammen Schritt marschierte er einmal vor der Reihe auf und ab, die Hände hinter dem Rücken verschränkt. Auch er ließ trotz des warmen Wetters nicht von seiner gewohnten Kleidung ab und trug, wie an jedem Tag bisher, den langen Mantel. Sein Gesicht verriet, dass er seinen Leuten soeben eine ernsthafte Ansprache hielt. Die Soldaten starrten bitterernst geradeaus und standen stramm. Einzig Rudolf wirkte etwas lässiger am Ende der Reihe.

Während Audrey die Kamera auf die Männer hielt, bemerkte sie, wie Rudolfs Blick an seinem Vater vorbei genau auf sie traf. Sie zuckte kurz zurück. Konnte er sie sehen? Gar die Kamera? Sie musste in Zukunft unbedingt vorsichtiger sein!

Der Generaloberst ließ wegtreten und winkte seinen Sohn zu sich heran. Er klopfte Rudolf auf die Schulter und schien noch ein paar persönliche Worte an ihn zu richten. Dann marschierte er zum Wagen und gab das Kommando zum Aufbruch.

Als die Wagen vom Hof fuhren, sah Audrey einerseits, wie Rudolf sich straffte und plötzlich erleichtert aussah, zum anderen, wie oben am Fenster ihres alten Zimmers die junge Frau das Geschehen unten auf dem Hof beobachtete. Für sie schien sich der Tagesablauf nun auch zu ändern.

Audrey legte die Kamera weg und beobachtete den jungen Deutschen ohne störende Linse. Sein blondes Haar glänzte in der Sonne, es war wie immer akkurat gekämmt. Audrey fragte sich, wie es wohl aussah, wenn er durch den Wind lief. Gab es wohl hinter der steifen Maske noch einen anderen Rudolf? Die blauen Augen, die manchmal verräterisch aufblitzten, wie sie es am See bemerkt hatte, und auch die kleinen Lachfältchen um die Mundwinkel ließen erahnen, dass er noch eine andere Seite hatte, vielleicht sogar eine amüsante … Audrey straffte sich. Wieso dachte sie so viel über jemanden wie ihn nach?

Keine Stunde später war die veränderte Stimmung auf dem Hof deutlich zu spüren. Audrey sah, wie das Hausmädchen Jela das erste Mal seit Wochen überall im Château die Fenster aufriss. Seit dem Tag ihres Auszugs aus dem Haupthaus hatte Audrey die Bediensteten kaum gesehen. Jela wohnte ebenso wie die Köchin und Francine unterm Dach. Früher hatten die drei Frauen bei schönem Wetter in ihren Pausen draußen vor dem Eingang der Küche gesessen; oft hatten sie dort auch Arbeiten verrichtet, wie das Kartoffelschälen. Seit die Deutschen im Château hausten, hatte Audrey die drei nur ab und an hinter den Fenstern vorbeihuschen sehen. Ob der Generaloberst ihnen das Verlassen des Hauses untersagt hatte? Audrey konnte sich gut vorstellen, dass sie gehörig Angst vor den Deutschen hatten.

Sie verließ ihren Platz am Fenster und trat auf den Hof. Aus den Scheunen erklangen die Sägen, sie konnte sehen, wie Henri mit den Arbeitern sprach und Bretter gestapelt wurden. Romeo und Julia hatten sich dem Hof genähert und pickten nun wieder nahe den Rosenbüschen. Diese sahen allerdings ungepflegt und geradezu verkümmert aus. Luise war sonst stundenlang im Garten zugange gewesen und hatte die Pflanzen geschnitten. In diesem Jahr waren sie das Einzige, was sich auf diesem Grundstück frei entfalten durfte.

Plötzlich fühlte es sich wie ein ganz normaler Sommertag an, und Audrey musste dem starken Drang widerstehen, hinüber zum Château zu gehen. Es wäre so einfach … zwanzig Schritte, drei Stufen, und sie stünde in der Eingangshalle.

Stattdessen kam Rudolf aus dem Haus. Munter, als wäre er hier ein Sommergast, winkte er Audrey zu. Sie schwankte noch, ob sie sich wütend abwenden und gehen oder aber bleiben und auf ihn warten sollte, aus Neugier und dem leisen Mitleid, welches er in ihr vor zwei Tagen geweckt hatte.

Sie blieb stehen.

»Hallo, Audrey, wie geht es Ihnen?« Mit wenigen Schritten war er bei ihr. Und da war es wieder, dieses kurze Aufleuchten seiner Augen.

»Danke, es geht so.« Ob er sie auch so offen begrüßt hätte am heutigen Tag, wenn sein Vater nicht fortgefahren wäre?, fragte sich Audrey im Stillen.

»Ich … also ich wollte Ihnen nicht hinterherspionieren oder so … Ich habe nur gesehen, dass Sie ab und zu filmen?«

Audrey hob sofort abwehrend die Hände. Er hatte sie erwischt, sicherlich gab es nun Ärger. »Ich filme immer nur den Hof oder die Tiere … den Wald … nicht die Soldaten oder Sie.«

»Keine Angst, mich stört das nicht. Meinen Vater sollten Sie in der Tat allerdings lieber nicht filmen, das könnte Sie in große Schwierigkeiten bringen.« Er verzog leicht das Gesicht. »Wollen wir ein Stück spazieren gehen?« Er deutete auf den Wald.

»Haben Sie heute nichts Wichtigeres zu tun?«, hakte Audrey spitz nach.

Er zuckte mit den Achseln. »Bis mein Vater wieder hier ist, nein. Ich soll nur aufpassen, dass die Soldaten keinen Unsinn treiben und dass die … dass Sie nicht auf dumme Gedanken kommen.«

Aus seinem Mund hörte sich das alles ganz harmlos an.

»Nehmen Sie doch Ihre Kamera mit, Audrey – es ist so ein herrlicher Tag. Und ich würde mir gerne ein bisschen die Gegend ansehen.«

Audrey zögerte. Sie hatte schon einige Tage das Verlangen verspürt, sich wieder um ihr Filmprojekt zu kümmern, auch wenn es ihr momentan sinnlos vorkam. Doch irgendwie würde das Leben ja weitergehen, ob mit oder ohne die Deutschen. Sie seufzte und zuckte mit den Achseln.

»Wenn Sie meinen.«

Im Wald war es angenehm kühl. Vögel zwitscherten, und Audrey fühlte sich seltsam befreit, als wäre es ein ganz gewöhnlicher Sommertag, wäre da nicht das Wissen um den dunklen Schleier des Krieges irgendwo jenseits des Waldes. Sie ging schnurstracks ihren Weg. Sie wusste, wo sie hinwollte. Zu einem Ort, den sie im vergangenen Frühjahr für ihre Filmaufnahmen eingeplant hatte.

Rudolf begleitete sie schweigend. Seine Blicke wanderten hinauf zu den Baumkronen, dann wieder auf den Boden. Hier und da hielt er an und bückte sich, um sich eine Pflanze genauer anzusehen. Er erweckte eher den Anschein eines Sommergasts und nicht den eines Soldaten.

»Dieser Wald ist wirklich etwas Besonderes.« Seine Stimme klang andächtig. Er wirkte, als hätte auch er eine große Last zurückgelassen. Je weiter sie sich vom Château entfernten, desto entspannter wurde er.

»Audrey, bitte erlauben Sie mir die Frage. Ich habe im Haus Fotografien eines jungen Mannes gesehen. Ist er … ist er Ihr …?«

Audreys gelöste Stimmung wandelte sich in Traurigkeit. »Das ist Gilbert, mein Bruder. Er ist an der Front.«

»Oh … ich verstehe.«

»Wir haben schon länger nichts mehr von ihm gehört. Ich hoffe, es geht ihm gut.«

»Das wünsche ich ihm auch. Es sind verdammt harte Zeiten … für uns alle. Mein Vater gedachte auch zunächst, mich an die Front zu schicken. Er war so euphorisch, als der Krieg ausbrach. Aber dann … Gott sei Dank hat er es sich anders überlegt und mich in seinen Stab beordert.« Er atmete tief durch, dann senkte er den Blick, während er fragte: »Und der junge Mann, der bei Ihrer Familie lebt …?«

»Das ist Henri – mein Cousin.«

»Cousin, aha.« Rudolf wirkte geradezu erleichtert. Hatte er gedacht, einer der jungen Männer wäre Audreys Verlobter? Sie musste schmunzeln.

»Haben Sie noch Familie in Deutschland, Rudolf?«

»Nein, meine Mutter starb vor einigen Jahren.«

»Das tut mir leid.«

Rudolf nickte knapp. »Lassen Sie uns lieber von anderen Dingen sprechen.« Er schenkte ihr ein zaghaftes Lächeln. »Was hätten Sie diesen Sommer gemacht, wenn der Krieg nicht dazwischengekommen wäre?«

Audrey musste einen Augenblick nachsinnen, so fern kamen ihr ihre Pläne schon vor. »Meine Eltern wollten, dass ich in Rennes studiere. Ich aber wollte nach Paris gehen, dort gibt es eine Schule für Filmkunst.« Sie erzählte ihm von ihrem Vorhaben. Und auch wenn eine leise Stimme in ihr sie warnte, sich ihm zu öffnen, tat es gut, sich einfach einmal wieder ganz normal zu unterhalten und sich auf Dinge zu konzentrieren, die sie fast gänzlich verdrängt hatte.

»Paris soll sehr schön sein«, warf Rudolf ein.

»Was hatten Sie denn für einen Plan, wenn … wenn nicht der Krieg gekommen wäre?«

Er lachte auf. »Oh – ich würde heute wohl in Dresden in der großen Bibliothek sitzen und nach alten Schriften suchen. Ich habe nach Erstübersetzungen und Handschriften geforscht. Hört sich vielleicht etwas langweilig an, aber es ist ein spannender Bereich. Wussten Sie, dass viele Bücher – sogar die Bibel – im Laufe der Zeit so oft abgeschrieben wurden, dass sich der Inhalt stellenweise massiv veränderte? Einer meiner Studienbereiche bezog sich auf das Auffinden dieser Passagen.«

»Lesen ist für mich eher etwas für kalte Winterabende«, gab sie lachend zu, »und wohl auch eher modernere Literatur.«

»Wo gehen wir eigentlich hin?« Er sah sich kurz um, als hätte er Angst, im Wald verloren zu gehen.

»Wenn Sie die Artussage gelesen haben, müssten Sie den Ort sogar kennen.« Audrey schmunzelte. »Warten Sie es ab.«

Sie plauderten wie zwei ganz gewöhnliche junge Menschen, die zaghaft endeckten, dass sie die gleichen Interessen hatten. Audrey ertappte sich dabei, wie sie immer argloser mit ihm sprach. Einerseits erschrak sie darüber. Durfte sie das? Er war Deutscher. Aber war er gleichzeitig ein Feind? Nein, beschloss sie im Stillen. Sie entdeckte so viel von sich und auch von Henri und Gilbert in ihm. Er schien ihr seltsam vertraut, und das freute und beunruhigte sie gleichermaßen.

»Wird das eine Prüfung?«

»Ja – vielleicht.«

Kurz bevor sie am Ziel ankamen, zückte Audrey das erste Mal ihre Kamera. Der Waldboden war nun mehr und mehr von Felsen durchsetzt. Zwischen den Bäumen suchte ein kleiner Bach seinen Weg; die Steine an seinem Ufer waren rötlich gefärbt.

Rudolf hielt inne und schien zu grübeln. Plötzlich riss er den Arm hoch. »Oh – ich weiß es! Ich kann mich erinnern, davon in der Sage gelesen zu haben. Das Tal ohne Wiederkehr! Aber soll ich da wirklich mitkommen? Hieß es nicht, dass die Fee alle Männer dorthin lockte, um die Reinheit ihrer Herzen zu prüfen?«

Audrey schwenkte die Kamera auf Rudolf und lachte. »Ja, natürlich – denn nur die Ritter, die reinen Herzens sind, werden wiederkehren.«

»Ich weiß ja nicht.« Er gab sich zögerlich, zwinkerte ihr dabei aber zu.

»Nach Ihnen, Monsieur.« Audrey deutete mit der freien linken Hand auf den Bachlauf.

»Muss man wirklich dort entlang?« Er schaute kurz auf das flache Wasser.

»Ja, es gibt nur diesen einen Weg.« Er stampfte voran. »Audrey, das ist jetzt aber eine schwere Prüfung.«

»Ich muss doch wissen, woran ich bin.« Sie folgte ihm vorsichtig über die Steine des kleinen Wasserlaufs.

»Le Val Sans Retour – das Tal ohne Wiederkehr.« Er sprach während des Laufens. »Ich erinnere mich genau, denn ich fand diese Sage immer ziemlich gruselig. Der Gedanke …« Er zögerte kurz und hielt an.

»Gehen Sie weiter, Rudolf.« Audrey lachte.

»Der Gedanke, von diesem Tal, den Feen oder dem See – wie auch immer – verschlungen zu werden, beängstigt einen doch.«

»Sind Sie also nicht reinen Herzens?« Audrey schaute kurz an der Kamera vorbei.

»Ich hoffe doch schon!«

Nach einem kurzen, steilen Anstieg waren sie am oberen Rand des Tales angekommen. Der See in der Felsenschlucht lag still im Halbschatten und wirkte, als sei er seit Jahrhunderten von der Welt abgeschieden. Auf seiner Oberfläche spiegelten sich der Himmel und die Bäume, verschwommen und in diffusen Farben, als sei unter der Wasseroberfläche irgendetwas verborgen.

Audrey konzentrierte sich auf das Licht in der Schlucht, es gab nur wenige Stellen an den steilen Ufern, wo sie ihre Szene würde drehen können. Wobei sie bezweifelte, dass sie Henri und Francine in absehbarer Zeit hierher würde lotsen können.

Plötzlich ruderte Rudolf neben ihr mit den Armen und gab einen gequälten Laut von sich. Audrey war so in ihren Gedanken versunken, dass sie erschrak und das Bild der Kamera fürchterlich verwackelte.

»Rudolf!« Entsetzt sah sie ihn an. »Was soll das?«

Er grinste spitzbübisch. »Ich dachte, die Feen holen mich!«

Beim Weg aus dem Tal feixten sie wie Kinder. Vergessen waren all die dunklen Wolken des Alltags. Kurz bevor sie wieder auf ebenem Waldboden angelangten, geriet Audrey auf einem Stein ins Rutschen. Mit einem Satz war Rudolf neben ihr und fing sie auf, bevor sie stürzte.

Einen kurzen Augenblick spürte sie seinen festen Griff und seinen warmen Körper. Er war kräftiger, als er wirkte. Mit einem leichten Schwung half er ihr, auf den Füßen zu bleiben, ließ sie aber dennoch nicht sofort los. Sie spürte seinen Atem auf ihrer Wange. Das Gefühl seiner unmittelbaren Nähe war neu für sie. Natürlich hatte sie sich zu Schulzeiten zu der ein oder anderen Schwärmerei hinreißen lassen, auch wenn ihr das Getue der anderen Mädchen, das Gekicher und Geziere etwas albern vorgekommen waren. Jetzt spürte sie, wie ihr Herz schneller schlug und sie kurz davor war zu kichern, weil ihr ganzer Körper plötzlich kribbelte.

»Vorsichtig«, raunte er ihr zu.

»Danke.« Sie merkte, dass sie wieder sicher stand, und versuchte sich zusammenzureißen.

Als sie weitergingen, war der Abstand zwischen ihnen deutlich geringer als noch bei ihrem Aufbruch. Doch je näher sie zum Château kamen, desto betrübter wurde

Audrey. Es war ein leichter, beschwingter Sommertag im Wald gewesen. Warum hatte sie Rudolf nicht zu einer anderen Zeit treffen können … besser vielleicht sogar in einem anderen Leben … an einem anderen Ort. Vielleicht wäre er der Richtige für sie gewesen. Doch mit jedem Schritt, den sie sich der Realität näherten, wurde aus dem Ritter mit dem reinen Herzen doch wieder nur der deutsche Besatzer. Was nur war eben im Wald geschehen, dass Audrey plötzlich einen Stich im Herzen spürte?

»Alles in Ordnung?« Er warf ihr einen besorgten Blick zu.

»Ich … ach, es ist alles nicht so einfach momentan.«

»Ja, leider.« Auch in seiner Stimme schwang Trübsal mit. »Es war wirklich ein schöner Tag heute.«

»Ja.« Ihr brannte noch eine Frage unter den Nägeln. »Rudolf, wenn ich etwas fragen darf: Was ist eigentlich mit der jungen Frau, die mit im Château lebt?«

Sein eben noch entspanntes Gesicht versteinerte. Und Audrey ohrfeigte sich innerlich, ihn damit jetzt so überrumpelt zu haben. Sie wusste selbst nicht, warum sie unbedingt davon hatte anfangen müssen. Vielleicht, weil sie sich ebenso gefangen fühlte wie die junge Frau.

»Ich darf nicht darüber reden«, sagte Rudolf knapp.

»Sie … sie tut mir etwas leid. Darf sie nicht raus?«

»Sie fährt jeden Tag mit uns in die Kommandozentrale.« Er sprach nun wieder mit der Stimme des Soldaten von Lickenwitz.

»Und was macht sie da?«

»Audrey – bitte.« Er hob hilflos die Arme. »Ich darf wirklich nicht darüber reden.«

Audrey schwieg eine ganze Weile angesichts seiner abweisenden Reaktion. Es dauerte ebenso eine ganze Zeit, bis seine steife Haltung wieder verschwand.

Die Sonne begann den Spätnachmittag in eine rötlich goldene Decke zu hüllen, als sie gemeinsam die Zufahrt zum Château entlanggingen. Beim Anblick des Gebäudes musste Audrey wiederum an das geheimnisvolle Mädchen in ihrem Zimmer denken. Sie würde Rudolf nochmals nach ihr fragen. Nicht heute – dafür war der Tag zu nett gewesen. Aber vielleicht würde er ihr ja doch noch etwas mehr über die junge Frau verraten und warum sie dort oben alleine saß, ohne das Haus je zu verlassen.

Eine Bewegung auf dem See lenkte sie von ihren Gedanken ab. »Oh, sehen Sie nur.« Audrey hielt Rudolf ganz unwillkürlich am Arm fest. Zwei Schwäne mit gebogenen Hälsen schienen über die Wasseroberfläche zu schweben. »Ich hatte sie schon vermisst und dachte, sie kommen dieses Jahr nicht.« Audrey zog ihre Kamera nochmals hervor. Neben den Pfauen waren die Schwäne für sie immer eine große Freude gewesen. Die Tiere lebten eigentlich auf dem großen See in Paimpont bei der Abtei, doch ab und an besuchten sie diesen kleinen, stilleren Ort, um hier einige Tage ihre Kreise auf dem Wasser zu ziehen.

Sie lief langsam, mit der Kamera vor dem Auge, auf den See zu.

Jetzt noch die Pfaue dazu. Audrey drehte sich etwas, um zu sehen, ob sie die beiden Vögel zwischen den Rosenstöcken entdecken konnte. Dabei kam der Vorplatz des Châteaus mit ins Bild. Rechts das Haupthaus und links das kleine Steinhaus, daneben die Scheunen. Keine Pfaue. Stattdessen erkannte sie zwischen Scheunen und Nebengebäude drei Gestalten. Die Perspektive durch die Kamera begrenzte ihre Wahrnehmung und lenkte den Fokus auf das Geschehen. Henri, der ihren Eltern etwas hinhielt. Ihr Vater, der ein Blatt Papier entfaltete und las. Auffallend dunkles Papier. Audrey wusste sofort, was für ein Papier es war. Feldpost! Fast vier Monate lang hatte sie darauf gewartet … Dann sah sie ihre Mutter, die in diesem Augenblick die Hände vors Gesicht schlug und wankte. Audrey ließ die Kamera sinken und rannte los.

Kapitel 15

Château Maélis, Sommer 2016

Sabine erschrak, als das Bild des Films plötzlich abbrach. »Was war dort? Konntest du erkennen, was passiert ist?« Sie hatte der Szene nicht ganz folgen können.

»Audrey hat ihre Eltern aus der Ferne gefilmt. Warte mal.« Sebastien erhob sich, trat zu dem Projektor und drehte den Film um einige Sequenzen zurück. Dann ließ er ihn noch mal anlaufen.

»Da – da stehen ihre Eltern und dieser junge Mann.« Sabine zeigte auf die Leinwand. »Sie scheinen etwas zu lesen, und jetzt … schau, wie die Mutter reagiert …«

Sabine spürte, wie sie bei dem Anblick der verloren wirkenden Frau selbst kurz zu schwanken schien. »Es sieht nicht so aus, als hätten sie eine gute Nachricht erhalten an diesem Tag.«

Sebastien stoppte den Film. Draußen war es schon wieder dunkel geworden, und ein auffrischender Wind heulte um das Château.

Sabine stand auf und streckte sich.

Sebastien verstaute die Filmrolle wieder in ihrer Dose. »Wir müssen den Projektor und die Leinwand wohl besser abbauen, oder? Morgen kommen die Bauarbeiter wieder.«

»Ja.« Sabine seufzte.

Er hielt inne. »Also, ich weiß es nicht genau, aber ich meine mich zu erinnern, dass meine Großmutter einmal erzählt hat, Audrey hätte einen Bruder gehabt. Er fiel wohl kurz vor dem Waffenstillstandsabkommen, also irgendwann im Mai oder Juni 1940.«

»Meinst du, das haben wir gerade gesehen? Wie sie die Nachricht bekamen, dass er gefallen ist? Gott, wie schrecklich.« Sabine legte sich betroffen die Hand auf den Mund.

»Möglich wäre es.« Sebastien hielt nachdenklich inne.

»Lebt deine Großmutter eigentlich noch?«, fragte Sabine vorsichtig. Sie wollte nicht taktlos sein, aber immerhin schien diese Frau einiges über die Familie Perriéres und das Château gewusst zu haben.

Sebastien lächelte. »Ja, aber sie ist seit drei Jahren im Seniorenheim. Sie meinte, mit mir unter einem Dach wäre es nicht auszuhalten.. Ich bin damals bei ihr eingezogen, als meine Exfrau …« Er winkte ab. »Lange Geschichte, ich war pleite und wusste nicht, wohin.«

»Weiß sie vielleicht noch mehr über die Familie? Oder fällt dir sonst jemand ein, der vielleicht noch etwas zu der Geschichte des Hauses beisteuern könnte? Deine Eltern?«

Er lachte. »Meine Eltern? Ich denke nicht. Mein Vater stammt nicht von hier, und meine Mutter war froh, als sie das Dorf hinter sich lassen konnte. In den Achtzigern sind wir fortgezogen. Ich war ja froh, dass sie mich wenigstens in den Ferien zu meiner Oma gelassen haben. Ich werde meine Großmutter danach fragen, wir waren ja früher öfter hier. Ich weiß aber nicht genau, wie sie zu Nicolas' Großmutter stand oder besser gesagt, ob sie sich gut kannten. Als Kind hat mich das nicht wirklich gekümmert. Und ansonsten wissen sicherlich noch einige Leute davon, es gibt ja noch die Älteren im Dorf. Allerdings glaube ich nicht, dass sich jemand findet, der große Lust hat, über die Vorkommnisse im Château zu plaudern. Im Gegenteil, das Haus steht eindeutig auf der Liste der Dinge, über die man in Paimpont nicht gerne spricht. Das gilt übrigens auch für meine Großmutter, fürchte ich.«

»Das ist alles schon sehr merkwürdig.« Sabine wanderte zu einer der Terrassentüren und sah auf den dunklen See hinaus. »Ich frage mich, ob all diese Gruselgeschichten ein Fünkchen Wahrheit beinhalten … und dann diese Besetzung durch die Deutschen.« Es war seltsam, es auszusprechen, immerhin war sie auch Deutsche. Aber mit dem, was damals geschehen war, identifizierte sie sich nun wirklich nicht. »Die haben einfach die Familie aus ihren eigenen vier Wänden verbannt.« Sie drehte sich um und deutete zum Kamin hin. »Da hing die Fahne. Audrey hat sie durch das Fenster gefilmt. Die hatte bestimmt der Typ im Mantel da aufgehängt. Der war auf jeden Fall kein netter Zeitgenosse.«

»Nein, das war er sicherlich nicht. Ich glaube, ich habe sogar schon mal irgendwo was über den gelesen. Von Lickenwitz … Er hat die örtliche Präfektur, also die Gebietsverwaltung, wohl damals ganz unter seine Fittiche genommen. Und er war maßgeblich am Bau der Befestigungsanlagen an der Küste beteiligt, dem Atlantikwall. Dort haben sie Millionen Kubikmeter Beton in die Dünen gegossen, was übrigens auch den enormen Holzverbrauch und das Interesse hier am Château erklären könnte. Aber auch darüber spricht man heute hier nicht mehr.

Das Joch, die Deutschen fast fünf Jahre ertragen zu müssen, lastete schwer auf der Kriegsgeneration.«

»Verständlich.«

Auf der Decke auf dem Fußboden brummte Sabines Handy. Sebastien und sie zuckten gleichsam erschrocken zusammen.

»Willkommen zurück in der Moderne«, murmelte Sabine und griff nach dem Handy. »Nicolas Geradin« stand in dicken grünen Buchstaben auf dem Display.

»Beck«, meldete sie sich.

»Geradin. Guten Abend. Wie geht es Ihnen?«

Sabine schauderte, wobei sie nicht wusste, ob es an seiner Stimme lag oder an dem Umstand, dass sie sofort ein schlechtes Gewissen bekam, da sie hier gerade ein privates Kino mit Filmen seiner Familie abhielt, ohne dass er davon wusste.

»Oh … äh … gut so weit.« Sie bedeutete Sebastien, leise zu sein.

»Das freut mich. Ich wollte Sie nur wissen lassen, dass ich nächste Woche vorbeikommen werde. Mir sind da noch ein paar Ideen gekommen, die ich gerne mit Ihnen besprechen würde.«

»Ja, natürlich.«

»Gut – ich denke, ich werde übermorgen da sein. Bis dann.« – »Bis dann.« Sie legte auf.

»Wer war das?« Sebastien fuhr fort, den Projektor abzubauen.

»Nicolas. Er kommt am Dienstag.«

»Baustellenkontrolle, hm?« Sebastien grinste.

Sabine fand das weniger witzig. Zumal es meist nichts

Gutes bedeutete, wenn dem Bauherrn plötzlich doch noch eigene Ideen kamen.

»Abwarten«, sagte sie mehr zu sich selbst als zu Sebastien und räumte die Decke und die Kissen vom Boden. Dabei knurrte ihr Magen. Sie hatten zwar während des Nachmittags ein bisschen Brot und Käse genascht, aber ein wirkliches Essen konnte man das nicht nennen. Zudem überkam sie der Drang, für eine kurze Zeit diesen Mauern zu entfliehen. Diese Vermischung von der Gegenwart, der Vergangenheit, den Geschichten und dem Realen machte sie ganz wirr im Kopf. »Wollen wir im Ort noch etwas essen?«

Sebastien sah sie über die Schulter hinweg an. »Gerne.«

Sie räumten die provisorische Leinwand aus dem Saal und brachten die Filme und den Projektor zu Sabine hinüber in das kleine Steinhaus. Dann fuhren sie nach Paimpont.

Sebastien lotste sie zu einem Bistro; es war keine der Anlaufstellen für Touristen, sondern ein Ort, wo sich ruhesuchende Einheimische trafen.

Die Stimmung zwischen ihnen war nachdenklich. Sabine grübelte über das Château nach. Ob die alten Geschichten die Zukunft als Hotel beeinflussen würden? Auf jeden Fall wäre es gut, wenn sie herausfinden würde, was noch alles an diesem Ort geschehen war.

»Sebastien, würdest du vielleicht über diesen von Lickenwitz nachforschen? Es wäre wirklich interessant zu wissen, was aus ihm geworden ist.« Sabine war froh, dass sie bei ihren Recherchen über das Château nicht ganz auf sich gestellt war. Allein hätte sie sich wahrscheinlich niemals in den Keller getraut.

»Ja, kann ich machen, vielleicht haben wir sogar im Archiv des Tourismusbüros etwas darüber.«

»Das wäre sehr nett. Aber nur, wenn es dir nichts ausmacht. Ich meine, du hast sicherlich auch noch andere Dinge zu tun.«

Er zuckte mit den Schultern. »Ich finde es ganz spannend, und wer weiß? Vielleicht kommen ja ein paar neue Geschichten über Paimpont ans Licht. So ganz uneigennützig helfe ich dir also nicht.« Er grinste verschmitzt.

Sabine lachte auf. »Du willst doch nicht etwa irgendwelche Führungen in der Nähe des Châteaus abhalten und dabei über die Nazi-Geschichte referieren, oder?«

»Nein«, er hob abwehrend die Hände. »Aber dennoch – ich denke, diese Geschichte muss irgendwann zu Ende erzählt werden, immerhin kursiert sie jetzt seit dem Ende des Krieges.«

»Und du meinst, das ist unsere Aufgabe?« Sabine stippte nachdenklich ihr letztes Stück Brot in die Suppe vor ihr auf dem Tisch.

»Wir haben damit angefangen. Übrigens – soll ich heute wieder bei dir auf dem Sofa schlafen? Oder traust du dich inzwischen allein?« Er grinste sie wieder an.

»Ich denke, ich komme alleine klar. Wenn du möchtest, kann ich dich gleich zu Hause absetzen.« Sabine bezweifelte zwar, dass sie ganz allein auch nur ein einziges Auge zumachen würde, doch sie wollte Sebastiens Hilfsbereitschaft nicht überstrapazieren und vor allem vermeiden, dass er am Ende noch etwas erwartete. Oder? Schnell verdrängte Sabine diesen Gedanken.

»Wie du willst.«

Genau da lag das Problem: Sabine war sich nicht sicher,

was sie wollte. Daher wäre eine Nacht ohne ihn sicher nicht schlecht, um ihre Gefühle zu sortieren.

Wenig später lieferte sie Sebastien an seinem Haus ab. Nach dem Aussteigen beugte er sich noch mal in das Auto.

»Danke für das spannende Wochenende. Wenn etwas ist«, er zückte eine Karte aus der Hosentasche, »ruf mich an!«

»Danke. Für alles! Ohne dich wäre ich niemals an diese Filmspulen gekommen.«

»Gern geschehen! Sehen wir uns die Tage? Noch mal Kino? Ein paar Filme sind ja noch übrig.«

»Bestimmt. Ich muss nur erst mal hören, was Nicolas so zu sagen hat.«

»Melde dich einfach – okay?«

»Ja, auf Wiedersehen, Sebastien.«

»Sabine.« Er nickte und schloss die Tür. Als sie davonfuhr, sah sie ihn im Rückspiegel im Schein der Straßenlaterne kurz winken. Sie musste lächeln. Er war wirklich nett.

Je näher sie dem Château kam, desto mulmiger wurde ihr Gefühl. Sie parkte ihren Wagen ganz dicht vor dem Eingang des Steinhauses und verschloss die Haustür nach dem Betreten gleich mit mehreren Schlüsseldrehungen. Der Wind hatte nochmals aufgefrischt, und das Rauschen der Blätter an den Bäumen drang bis in die Räume. Sabine fröstelte. Eilig entzündete sie ein Feuer in dem Holzofen und holte sich dann die letzte Flasche Wein und ein Glas aus der Küche. Alkohol war sicherlich keine Lösung, aber er würde ihr helfen, in dieser Nacht Schlaf zu finden. Mit dem Glas in der Hand spähte sie aus dem Fenster.

Der Hof lag ruhig im Mondlicht. Keine Geister zu Besuch heute. Sabine musste kichern. Drehte sie schon ein bisschen durch? Mit einem großen Schluck leerte sie das Glas und begab sich dann ins Bett. Gruselgeschichten hin oder her, morgen war Montag, und da musste sie fit sein.

Obwohl Sabines Gedanken zwischenzeitlich Achterbahn fuhren, hatte sie irgendwie sogar in den Schlaf gefunden, der am nächsten Morgen durch das Brummen von Motorengeräuschen ein jähes Ende fand. Verwundert über die ruhige Nacht streckte Sabine sich und sprang dann aus dem Bett. Ein Blick aus dem Fenster sagte ihr, dass Jac und seine Männer überpünktlich erschienen waren und sogar der Kran schon in der Einfahrt stand. Es würde ein betriebsamer Tag werden, und sogar das Wetter schien deutlich besser. Der Wind hatte abgeflaut, und die Sonne schaute schon über die Baumkronen.

Als Sabine sich gerade der Kaffeemaschine widmete, schreckte sie ein lauter Ruf auf.

»Madame Beck! Madame Beck?«

Sabine eilte zum Fenster. Einer der Bauarbeiter stand auf dem Hof und winkte hektisch.

»Verdammt!« Sabine stieg hastig in ihre Hose, wobei sie fast stolperte, und eilte nach draußen.

»Was ist los?«

»Madame – der Keller! Sie sollten sich das unbedingt ansehen.«

Sabine eilte in das Château und in der Eingangshalle links zum Kellerabgang. Vor der ersten Stufe bremste sie abrupt. Schon von hier oben sah sie das Malheur. Der Keller stand fast knietief unter Wasser!

»Jac? *Jac*?«

»Ich bin hier«, drang es irgendwo von unten herauf. »Komme gleich – der Haupthahn …«

Sabine wollte nicht warten und stapfte kurzerhand in das kalte Wasser. »Verdammte Sch… was ist das denn?« Fluchend kämpfte sie sich zu Jac vor und fand ihn in einem Nebenraum der Küche. Mit einer großen Zange versuchte er ein Rohr zu schließen, aus dem immer noch ein feiner Strahl rann.

»Ist sofort zu«, ächzte er. Kurz darauf versiegte das Wasser. »So, das ist wieder dicht.«

»Himmel, wie konnte das denn passieren?« Sabine sah sich um. In dem Keller gab es nichts mehr, was hätte Schaden nehmen können, doch war die Menge an Wasser durchaus bedenklich für das gesamte Gebäude.

»Ich habe einen meiner Männer losgeschickt, Pumpen zu besorgen. Hier – der alte Hahn ist abgerissen.« Jac deutete auf eine Stelle an der Leitung. »Ich habe eine Schelle drübergesetzt.« Er drehte sich zu Sabine um. »Haben Sie am Wochenende nichts gemerkt? Das Wasser ist sicher über mehrere Stunden aus dem kaputten Hahn geströmt.«

»Nein, ich …« Sabine strich sich verzweifelt über den Kopf.

Samstagabend hatte der Container gebrannt. Gestern hatte der Wind den ganzen Tag gerauscht. Wie hätte sie das bemerken sollen? Auf den Gedanken, in den Keller zu gucken, war sie gar nicht gekommen. Sie hätte es höchstens dann gemerkt, wenn gestern das Wasser durch die Eingangshalle bis in den Saal gesprudelt wäre. Sie fluchte nochmals. Und morgen kam Nicolas! Sie hoffte nur, dass Jacs Pumpen bis dahin das Wasser aus dem Keller geschafft hatten. Die Woche fing ja prima an.

Nachdem die Männer die herbeigeschafften Pumpen angeschlossen hatten, ergoss sich die schwarzbraune Brühe bald über den Hof.

Sabine zog sich schnell um, ihre Hose war bis zu den Knien nass geworden, und aus ihren Schuhen schwappte das Wasser. Besorgt beobachtete sie das abfließende Wasser. Hoffentlich war nicht zu viel davon in die Mauern und Fundamente gedrungen. Das Trocknen des Gemäuers würde Zeit und Geld verschwenden.

Zwischen den sich bildenden Pfützen baute Jac mit zwei Arbeitern inzwischen den Kran auf. Plötzlich fiel ihr der versteckte Kellerraum unter der Treppe ein. Ob das Wasser auch bis dorthin gelangt war? Ungeduldig wartete sie, bis die Männer sich auf den Dachboden begeben hatten, um in einem unbeobachteten Moment nachsehen zu können. Sie huschte zur Treppe, suchte das verborgene Schloss und öffnete die geheime Tür. Mit ihrer kleinen Taschenlampe leuchtete sie die Treppe hinab. Dort schien alles trocken zu sein. Nochmals versicherte sie sich, dass keiner der Arbeiter sie sah, dann hastete sie die paar Stufen nach unten und atmete auf. Alles in Ordnung. Der große Koffer, in dem sie die Filme und die blutbefleckte Kleidung gefunden hatten, stand noch genauso da, wie Sebastien und sie ihn hinterlassen hatten. Kurz überlegte sie. Sollte sie diesen Raum beizeiten leerräumen oder die Sachen erst mal da belassen, wo sie waren? Vielleicht würde dieser Bereich im Laufe der Sanierung benötigt werden.

Da er unter der Treppe lag, war er prädestiniert dafür, später Sicherungskästen und sonstige für die Hausversorgung wichtige Installationen zu beherbergen. Sie konnte ja wohl nicht einfach so tun, als gäbe es diesen Raum nicht, und ihn einfach verschlossen halten. Oder sollte sie das besser tun? Denn irgendwie schien es hier nicht mit rechten Dingen zuzugehen! Erst der Brand und jetzt die Überschwemmung. Was würde wohl als Nächstes geschehen? Sabine beschlich ein ungutes Gefühl.

Sicher gab es einen triftigen Grund, warum all die Zeichen der Nazi-Vergangenheit seit über sechzig Jahren dem Schicksal des Vergessens übergeben worden waren. Sollte sie Nicolas morgen danach fragen? Immerhin gehörten die Sachen seiner Familie. Die Rätsel, die der kleine Raum heraufbeschwor, hinterließen einen unangenehmen Beigeschmack. Was machte man mit Dingen, die man nicht hatte finden wollen und die vielleicht gar nicht hatten gefunden werden wollen? Sabine seufzte. Probleme, die sie zu all der Arbeit nicht noch zusätzlich brauchte.

Ihr Blick fiel auf einen der abgedeckten Aktenstapel. An die Papiere hatte sie das ganze Wochenende nicht gedacht. Ob sie im Zusammenhang mit den Filmen standen? Sie zog vorsichtig eine der vergilbten Mappen aus dem Stapel und nahm sie mit nach oben.

»Madame Beck?« Jac kam gerade die Treppe hinab, als sie die Tür sicher verschlossen hatte.

»Ja?« Hastig machte sie ein paar Schritte zur Seite, sodass er nicht erahnen konnte, wo sie gerade gewesen war.

»Wir beginnen jetzt, das Dach abzudecken. Das geht alles von innen, da brauchen wir draußen kein Gerüst aufbauen.«

»Gut.« Sabine klemmte sich die mitgenommene Aktenmappe unter den Arm.

Jac deutete nach unten. »Das Wasser aus dem Keller wird wohl morgen raus sein.«

»Danke, Jac, dass Sie so schnell reagiert haben heute Morgen.« Im Gegensatz zu ihr stand er immer noch mit nassen Hosenbeinen da.

Er zuckte mit den Achseln. »Kein Problem, ich will ja auch nicht, dass meine Baustelle absäuft. Aber hatten Sie nicht neulich erst einen Installateur da?«

»Ja, er hat die Wasserleitung zum Nebenhaus wieder gängig gemacht.«

»Hm«, machte Jac.

»Denken Sie … denken Sie, er hat etwas falsch gemacht hier im Keller?«

»Na ja, viel falsch machen kann man da eigentlich nicht. Der Hahn ist aber wohl kaum von alleine vom Rohr gefallen. Doch wenn es schon eine Weile her ist, kann er es nicht gewesen sein. Das Wasser hätten wir ja wohl bemerkt. Es muss am Wochenende passiert sein.«

Sabines ungutes Gefühl schien sich zu bestätigen. Hatte sich tatsächlich jemand im Keller zu schaffen gemacht? Aber wieso?

»Übrigens: Was ist denn in dem einen Container passiert? Hat es gebrannt?« Er stemmte die Hände in die Hüften.

Sabine sah ihm an, dass auch ihm das ein bisschen zu viele »zufällige« Pannen waren.

»Ich … ja … das war dumm von mir … ich hab die heiße Asche aus dem Holzofen da reingeschüttet, da war wohl noch Glut dabei gewesen«, log Sabine.

»Hm«, machte Jac wieder und legte den Kopf dabei schief. »Asche … die sollten Sie getrennt in einen Zinkeimer kippen und immer erst ein bisschen stehen lassen, bis Sie sie wegwerfen.«

»Keine Sorge, das war mir eine Lehre.« Es ärgerte Sabine, dass sie jetzt dumm dastand, doch Jac gegenüber einzugestehen, dass hier jemand gezündelt und vielleicht sogar den Schaden im Keller verursacht hatte, wollte sie auf keinen Fall.

»So. Ich muss nach dem Kran sehen.« Er winkte ab und verließ das Haus.

Sabine blieb allein in der Eingangshalle stehen. Das reichte. Sie ließ sich hier doch nicht veräppeln! Kurz entschlossen legte sie die alte Aktenmappe auf den Brunnenrand, zückte ihr Handy und wählte die Nummer des Elektrikers.

»Oui, bonjour – Beck hier vom Château Maélis. Ich brauche Sie noch einmal. Ja? Es müssten mindestens fünf Außenstrahler mit Bewegungsmelder angebracht werden. Ja … Es ist abends noch ein wenig dunkel auf der Baustelle. Morgen schon? Prima, ich danke Ihnen!« Zufrieden steckte sie ihr Telefon wieder ein.

»Madame Beck?« Wieder war es Jac, der von draußen nach ihr rief.

»Komme!« Sie eilte hinaus. Die Akte vergaß sie auf dem Rand des Brunnens.

Kapitel 16

Am nächsten Morgen sprang ihr nach dem Aufwachen nur ein einziger Gedanke in den Kopf. Die Akte!

Sie hatte sie gestern in der Eingangshalle am Brunnen liegen gelassen. Jac hatte nach ihr gerufen, und den restlichen Tag war sie zwischen Hof und Dachboden hin- und hergelaufen, um den Abbau der Balken zu koordinieren. Darüber hatte sie alles andere vergessen.

Barfuß und noch im Schlafshirt hastete sie über den Hof und suchte sich zwischen den großen Pfützen vom Wasser aus dem Keller einen Weg zum Château. Der Fliesenboden der Eingangshalle war eisig kalt. Ihr Blick heftete sich auf den Brunnenrand. Die Akte war nicht mehr da. Verdammt! Hatte vielleicht Jac oder einer der Arbeiter sie gefunden und irgendwo in Sicherheit gebracht? Frierend schaute Sabine sich um, doch nirgends war das vergilbte Papier zu finden. Wütend auf sich selbst, derart unachtsam gewesen zu sein, kehrte sie in das Steinhaus zurück, zog sich an und kochte sich erst mal einen starken Kaffee.

Ihr Handy klingelte. Verwundert sah sie auf dem Display die Nummer ihres Chefs.

»Beck – Herr Wilthman?«

»Guten Morgen, Sabine.« Die Stimme ihres Chefs klang vertraulich, ganz so, als hätte er ein privates Anliegen. »Wie geht es Ihnen?«

»Oh gut, danke der Nachfrage.«

»Kommen Sie mit dem Projekt voran? Wie gefällt Ihnen das Haus?«

Sabine haderte. Nein – sie würde ihrem Chef nichts von den kleinen Malheuren erzählen. Vielleicht später, aber momentan war sie noch fest entschlossen, alles hier in den Griff zu bekommen. »Ein sehr schönes Haus, Herr Wilthman, und ein spannendes Projekt. Allerdings steckt hier viel Arbeit drin.«

»Ja, das war zu befürchten. Melden Sie sich, wenn Sie Hilfe brauchen. Dann schicke ich Ihnen doch noch Reineck.«

Sabine hätte fast aufgelacht. Reineck – bloß nicht! »Danke, Herr Wilthman, aber ich komme hier klar.«

»Gut – dann lassen Sie mich beizeiten wissen, wie Sie vorankommen.«

»Ja, ich werde mich melden.«

Nachdem sie das Gespräch beendet hatte, nippte sie nachdenklich an ihrem Kaffee. Gewöhnlich fragte Wilthman nicht persönlich nach, wie es um einen Auftrag stand. Er ging davon aus, dass, solange er nichts hörte, alles in Ordnung war. Was wohl hinter seinem Anruf steckte?

Als Jac und seine Leute eintrafen, fragte sie als Erstes, ob jemand tags zuvor aus der Eingangshalle Unterlagen an sich genommen hatte. Alle schüttelten den Kopf. Es war wie verhext, das Dokument blieb verschwunden. Hatte das Château gar in der Nacht wieder einen heimlichen Besucher gehabt? Sabine durchfuhr ein kalter Schauer.

»Merde!«, erklang Jacs laute Stimme wenig später. »Madame Beck, schauen Sie mal.« Er winkte sie zum Kran.

»Da ist die Hydraulikleitung durchtrennt.« Jac deutete auf einen schwarzen Schlauch, der lose in dem ganzen Wirrwarr von Leitungen und Kabeln im Maschinenkasten baumelte. »Das müssen wir erst reparieren.«

Sabines ungutes Gefühl verstärkte sich zunehmend. Gestern das Wasser, heute der Kran, dazu die fehlende Akte … sie war nur froh, dass der Elektriker zugesagt hatte, heute die Strahler für den Hof zu installieren.

Nicolas Geradin ließ auch nicht auf sich warten. Sabine hatte gerade noch Zeit gehabt, mit Jac die Arbeiten für seine Männer zu besprechen, da sie auf dem Dach ohne funktionierenden Kran erst mal nicht weitermachen konnten, und den Elektriker anzuweisen, als sie seinen Wagen die Einfahrt entlangfahren sah.

»Was ist denn hier passiert?« Nicolas Geradin stieg aus seinem Geländewagen und starrte auf die riesengroße Pfütze, die immer noch auf dem Hof stand.

»Monsieur Geradin, es freut mich, Sie zu sehen.« Sabine versuchte trotz des ganzen Wassers ruhig zu bleiben, und stapfte auf ihn zu. Insgeheim war sie froh, dass er nicht tags zuvor gekommen war, denn immerhin sah das Grundstück heute schon besser aus, und vor allem war der Keller schon fast wieder leer, wenn auch bei Weitem noch nicht trocken.

Nicolas stemmte die Hände in die Hüften. »Gibt es da etwas, das ich wissen sollte?«

»Nein, alles halb so schlimm. Ein altes Wasserrohr hat lediglich den Geist aufgegeben.«

Er sah sie prüfend an. Das Grün in seinen Augen schien

noch eine Nuance dunkler zu werden. Sabine verspürte eine klitzekleine Schwäche in ihren Knien. Er sah verdammt gut aus mit seinem akkuraten Dreitagebart. Heute trug er ein weißes Hemd zu einer legeren Jeans, das Jackett hatte er lässig über die Schulter geworfen.

Verlegen räusperte sie sich. »Wirklich – kein Problem. Wir haben den Keller schon fast wieder … leergepumpt.«

Sein Blick wanderte nun über das Haus und blieb an dem Mann auf der Leiter hängen, der soeben den ersten Strahler an die Hausecke schraubte. »Arbeitet der Elektriker denn schon am Haus?«

»Ja … Nein … Der Hof braucht eine Beleuchtung, damit abends …«

Nicolas unterbrach sie. »Was ist denn da los?« Er deutete auf den Kran, in dessen Maschinenkasten kopfüber Jac und noch ein weiterer Mann steckten und hörbar fluchten.

»Oh, der Kran … Da ist eine Leitung kaputt. Sie reparieren ihn gerade, ab heute Mittag ist er wohl wieder einsatzbereit.«

»Hm. Und wie kommen Sie sonst so voran?«

Sabine sah seinem Gesichtsausdruck an, dass ihm das Durcheinander auf der Baustelle wohl doch etwas seltsam vorkam.

Sie versuchte die Situation zu retten, immerhin konnte sie auch einen positiven Bericht abgeben. »Sehr gut, es ist alles entkernt, die Durchbrüche sind gemacht, auf dem Dachboden tauschen wir gerade die letzten Balken aus.« Sie deutete auf den Kran, dessen Arm bis zum Dach hinaufreichte. »Danach können wir mit der Isolierung anfangen, in den unteren Etagen die Leitungen verlegen und die neuen Mauern ziehen …«

»Genau darüber wollte ich gern mit Ihnen sprechen. Könnte man aus den oberen Zimmern vielleicht Studios mit Wohn- und Schlafzimmer machen? Also eher in Richtung Appartement?«, fragte er und blickte nach oben. »Wissen Sie, Madame Beck, ich strebe ja später Gäste an, die ein gehobenes Ambiente gewöhnt sind, da wären die Räume in der bisherigen Planung vielleicht doch etwas zu klein.«

Sabine ging gleich auf seinen Vorschlag ein. »Wir haben in der ersten Etage sechzehn Räume – dann würden also acht Studios entstehen. Was ist mit der unteren Etage, soll dort die Zimmeraufteilung so bleiben?«

»Ja.«

Damit hätte das Objekt gerade mal zwanzig Zimmer unterschiedlicher Kategorie. Sabine fragte sich im Stillen, wie hoch er wohl die Preise für die Unterkünfte ansetzte, denn bei so wenig Zimmern stellte sie es sich schwer vor, das Château wirtschaftlich zu führen.

»Lassen Sie uns bitte einmal durch das Haus gehen, Madame Beck … ein paar Kleinigkeiten hätte ich da noch.«

Aus den Kleinigkeiten war zwei Stunden später eine lange Liste geworden. Sabine hatte sich alles notiert. Gottlob bezogen sich die meisten seiner Wünsche auf die spätere Ausstattung und nicht auf den eigentlichen Umbau. Italienische Fliesen in den Bädern, Keramik aus dem Süden Frankreichs, Wandfarben eines deutschen Herstellers und Teppiche aus einer Manufaktur in Spanien.

Irgendwann hielt Sabine inne und räusperte sich. »Monsieur Geradin, Ihnen ist bewusst, dass ich Architektin bin und keine Raumausstatterin?«

Er verzog kurz den Mund. »Ja, doch … aber Sie sollten ja auch wissen, wie es später hier aussehen soll.«

Sie versuchte sogleich, die Situation zu entschärfen. Vielleicht war ihr Ton etwas zu genervt ausgefallen. »In so alten Häusern wird man irgendwie nie richtig fertig. Ich hoffe, das ist Ihnen bewusst«, sagte sie mit einem Lächeln, das er sogleich erwiderte.

War er bei ihrem ersten Aufeinandertreffen noch wortkarg und, was die Hotelplanung anging, eher zurückhaltend gewesen, zog er heute alle Register. Er schien sich mit dem Projekt inzwischen eingehender befasst zu haben. Sabine fand, dass es ein wenig spät kam, doch behinderten die meisten Änderungsvorschläge die Sanierung nicht wirklich.

Als Jac und seine Arbeiter ihre Gerätschaften niederlegten, um Mittagspause zu machen, war auch Nicolas Geradin fertig mit seinen Ausführungen. Sabine atmete erleichtert auf. Die letzten Stunden hatten ihr sehr wohl einen Einblick gegeben, wie Nicolas als Geschäftsmann war. Er machte klare Ansagen, und sein Ton machte deutlich, dass es daran nichts zu rütteln gab. Wobei er charmant geblieben war. Doch im Stillen hatte sie mehrmals Parallelen zu Reineck gesehen, was die Selbstsicherheit und das befehlsgewohnte Auftreten anging. Ob Nicolas wohl auch ein zu perfekter Typ war – einer, der ohne Rücksicht auf Verluste durchs Leben marschierte? Sie seufzte leise.

»Langweile ich Sie, Madame Beck?«

Ihr Seufzer war wohl einen Tick zu laut ausgefallen. Sie straffte sich und schenkte ihm wiederum ein Lächeln. »Nein, nein! Wollen wir vielleicht rübergehen, und ich gebe die Änderungen schnell in den PC ein?

Dann können Sie sich das Ganze in der virtuellen Version ansehen.«

Vor dem Steinhaus zögerte er kurz, als hätte er Angst, hineinzugehen und mit der Vergangenheit konfrontiert zu werden. Ein kleiner Hauch von Menschlichkeit, der Sabine sofort sympathisch war.

»Ich habe alle Sachen in die Scheune geräumt, es sieht jetzt etwas anders darin aus … Sie hatten ja gesagt, ich solle es neu einrichten«, versuchte sie ihn auf das vorzubereiten, was ihn erwartete.

Nicolas räusperte sich und ging dann an ihr vorbei hinein in den Flur und die Stufen zum Wohnraum empor. Sie wartete einen taktvollen Augenblick, bis sie ihm folgte.

Er stand mitten im Raum, die Arme in die Seiten gestemmt und sah sich um. »Das ist … nett.« Nicolas drehte sich zu ihr und schenkte ihr ein kurzes, ehrliches Lächeln. »Wissen Sie, Madame Beck, es mag sich komisch anhören, aber … die Erinnerungen an meine Großmutter waren doch schwerer zu ertragen, als ich gedacht hatte. Aber jetzt kann man sich hier ja wirklich wohlfühlen.«

»Das freut mich zu hören.« Und es freute sie wirklich – denn in diesen Räumen waren sie fernab von italienischen Fliesen und luxuriösen spanischen Teppichen. Sabine hatte die Einrichtung eher im schlichten Möbelhausschick gehalten, wohl wissend, dass er hier vermutlich noch ganz andere Pläne haben würde.

»Es ist wirklich gemütlich.« Er setzte sich an den Tisch mit Blick auf den See.

Sabine nahm gegenüber Platz und schnappte sich ihren Laptop. »Einen Augenblick bitte.«

Er schwieg eine Weile, dann verschränkte er die Arme

vor der Brust und fixierte Sabine mit seinem Blick. »Sie halten mich für einen herzlosen, luxusbesessenen, geldgeilen Typen, oder?«

Sabine sah ihn verblüfft an und musste lachen. Das kam so direkt von ihm und … leider war es nicht völlig falsch. »Nein«, sagte sie rasch, »ich … also ich …«

»Kommen Sie, geben Sie es zu.« Er musste selbst schmunzeln, auch wenn seine Miene etwas gequält wirkte. Er legte die Arme auf den Tisch, faltete die Hände und blickte nachdenklich an Sabine vorbei auf den See. Dann sprach er leise weiter. »Es ist so, die meisten Menschen haben diesen Eindruck von mir, und ich selbst spiele diese Rolle ja auch schon seit fast zwanzig Jahren. Aber wenn ich hier bin, dann weckt das immer alte Erinnerungen. Vielleicht habe ich genau deshalb das Château gemieden. Hier, in diesen Räumen, hatte ich eine schöne Zeit. Keine Mutter, die sich ihren perfekten Sohn formen wollte, kein Vater, der es für wichtiger hielt, mich in die Geschäfte einzuweisen, als mich erst mal erwachsen werden zu lassen. Hier gab es nur meine Großmutter … und die sprach mit ihren Rosen. Sie verstehen, was ich meine?«

Sabine wunderte sich über seine Redseligkeit, auch wenn sie angenehm überrascht war und ihn sehr wohl verstand.

Er senkte den Kopf. »Nur – wenn ich noch lange so weitermache, verliere ich mich, glaube ich, selbst. Aus der Angst hierherzukommen, ist in den letzten Wochen eher eine Sehnsucht geworden. Ich glaube … hier kann ich *ich* sein.«

Nein, er war nicht wie Reineck. Im Gegenteil. Sabine musste schlucken. Solch eine Aufrichtigkeit hätte sie noch vor einer halben Stunde nicht von ihm erwartet. Und auch, wenn es ungewohnt war, einen vordergründig so harten Menschen plötzlich von dieser Seite her kennenzulernen, berührte es sie sehr, dass er so zu ihr sprach. Und es weckte den Ehrgeiz in ihr, es ihm recht zu machen, egal, was er hier aufbauen wollte.

»Dann lassen Sie uns das Beste aus diesem Objekt machen«, sagte sie in das unangenehme Schweigen hinein und schob ihm den Laptop hin. Auf dem Bildschirm prangte der Gesamtgrundriss des Hauses.

»Das sieht … gerader aus als das letzte Mal.« Er grinste schelmisch.

»Ja … auch ich bin nicht immer perfekt.« Sabine spürte, wie sie rot wurde. Fast wäre ihr der Hinweis auf den versteckten Raum herausgerutscht. Doch der Gedanke an die blutige Kleidung, die Naziuniform mit dem Loch hinderte sie daran, es auszusprechen. Wenn das alles mit seiner Großmutter zu tun hatte – oder gar seiner Großmutter gehört hatte –, dann war jetzt nicht der richtige Augenblick, ihm davon zu erzählen. Er schien an Audrey und überhaupt an das Château gute, kindliche Erinnerungen zu haben, und die wollte sie nicht zerstören, nicht jetzt. Sie spürte ja selbst, wie sehr sie das Wissen um die dunkle Vergangenheit dieses Ortes heruntergezogen hatte. Ganz abgesehen von den seltsamen Vorgängen hier … Und wenn ihn hier jemand nicht haben und verjagen wollte? Alles deutete darauf hin, doch sie konnte sich auf die merkwürdigen Ereignisse in den letzten Tagen noch immer keinen Reim machen. Seine ehrlichen Worte eben hatten allerdings einen leisen Beschützerinstinkt in ihr geweckt, als ginge es darum, den kleinen Nicolas vor den düsteren Schatten des Châteaus zu bewahren. Sie musste unbedingt noch einmal mit Sebastien sprechen!

Ihr brannte zudem die Frage unter den Nägeln, warum Nicolas – oder Reineck, oder gar Herr Wilthman – ihr nicht von den Komplikationen bei dem Versuch, das Château zu verkaufen, erzählt hatten. Hätte sie davon gewusst, wäre sie vielleicht achtsamer gewesen in den ersten Tagen. Doch wäre sie überhaupt hierhergekommen? Sie bezweifelte es.

»Sabine, darf ich Sie heute noch zum Essen einladen?« Seine Worte rissen sie aus ihren Gedanken.

»Ich … ja … warum nicht?« Sabine brauchte einige Sekunden, um sich aus ihren Grübeleien zu winden.

»Fein.« Er schien sich ehrlich zu freuen. »Waren Sie eigentlich schon an der Küste? Es ist über eine Stunde Fahrt, aber ich kenne ein ganz tolles Restaurant in Saint-Malo. Also, wenn es Ihnen nichts ausmacht …«

Sabine musste lachen. Zwei Dates in zwei Tagen? Und dann auch noch eines mit Nicolas? Aber warum eigentlich nicht?! Immerhin kam endlich wieder etwas Schwung in ihr Leben! »Sehr gern! Wenn Sie denn die Zeit haben, mit mir durch die Gegend zu fahren.«

Nicolas Geradin zuckte mit den Schultern. »Ich sollte vielleicht ein bisschen was in meinem Leben ändern. Heute scheint ein wundervoller Tag dafür zu sein.« Er zog sein Handy aus der Tasche und schaltete es aus. »Ich fange einfach genau jetzt und hier damit an.« Er warf einen Blick auf die Uhr. »Es ist noch früh, aber meinen Sie, dass Sie vielleicht schon wegkönnen …?« Er deutete hinüber zum Haupthaus.

»Ich denke schon. Wenn der Bauherr nichts dagegenhat?« Sabine grinste

Nicolas setzte einen geschäftstüchtigen Gesichtsausdruck auf. »Die Architektin hat in den letzten Tagen gute Arbeit geleistet, und ich glaube, der junge Mann vom Bauunternehmen hat alles ganz prima im Griff.«

»Na dann …« Sabine warf einen Blick an sich herab. »Die Architektin sollte sich aber vielleicht etwas anderes anziehen.«

Nicolas verließ taktvoll das kleine Haus, damit Sabine sich umziehen konnte. Während sie aus ihren dreckigen Jeans schlüpfte, spürte sie in ihrem Magen ein leichtes Flattern. War dies ein Geschäftsessen oder tatsächlich etwas in Richtung Date? Sie hielt kurz inne und spähte aus dem Fenster. Nicolas Geradin stand an seinen Wagen gelehnt, den Blick auf den See gerichtet. Er wirkte deutlich entspannter als noch am Morgen bei seiner Ankunft. Sabine war nicht entgangen, wie Stunde um Stunde seine Gesichtszüge weicher geworden waren und die hektische Gereiztheit aus seinem Blick gewichen war. Doch war der Grat zwischen unnahbarem Geschäftsmann und legerem Kumpeltyp bei ihm wohl ein recht schmaler.

Sabine mahnte sich innerlich zur Vorsicht, während sie in eine frische Bluse schlüpfte. Er gefiel ihr, das musste sie sich eingestehen. Allerdings dachte sie auch an Sebastien. Er war so ganz anders als Nicolas. Nicolas erschien ihr eher wie ein geheimnisvolles Paket, von dem man Schicht um Schicht das Papier abwickeln musste, um zu wissen, was sich im Innern verbarg. Sebastien hingegen war viel offenherziger und natürlicher, wenn auch mit einem Hang zur Schauspielerei.

Kurz sprach sie noch mit Jac. Der Kran lief wieder, und die Pumpen im Keller hatten ihren Dienst getan. Viel hätte Sabine an diesem Nachmittag am Château sowieso nicht ausrichten können. Mit dem zaghaften Gefühl, dass diese Baustelle sich vielleicht doch noch zähmen ließ, stieg sie in Nicolas' Wagen.

Sie fuhren Richtung Norden. Erst durch den Wald von Brocéliande, dann durch eine landwirtschaftlich geprägte Ebene bis Dinan. Zunächst hatten sie sich noch über einige Dinge unterhalten, die die Baustelle betrafen. Dabei war Nicolas sogleich wieder in den strengen Tonfall des kalkulierenden Geschäftsmannes verfallen. Sabine konnte ebenso geradlinig sein und war solche Gespräche durchaus gewohnt. Doch hatte ihr der entspannte Nicolas, der noch vor Kurzem an ihrem Tisch gesessen hatte, deutlich besser gefallen, und sie war froh, dass es offenbar auch diese andere Seite an ihm gab. Nach und nach war zum Thema Château erst mal alles gesagt. Die Pausen im Gespräch wurden länger, aber seltsamerweise fühlte sich das Schweigen zwischen ihnen nicht seltsam an.

Er stellte das Autoradio an. »Ist das okay für Sie?«

»Ja, natürlich.«

Sabine beobachtete Nicolas aus den Augenwinkeln. Den Blick geradeaus, konzentriert auf den Verkehr, den linken Arm ans Fenster gelehnt, die rechte Hand am Steuer. Ob er eine Frau hatte oder eine Freundin? Zumindest trug er keinen Ring, und er hatte auch niemandem Bescheid gegeben, dass er später zurückkehren würde. Sabine wunderte sich kurz über sich selbst, dass ihr erst jetzt die Frage kam. Vielleicht, weil sein Auftreten zu sehr an einen einsamen Wolf erinnerte und nicht an einen Mann, der in einer glücklichen Partnerschaft lebte. Ein bisschen kannte sie sich schließlich aus mit Männern. Doch bei seinem Aussehen und seiner Position war es eher normal, dass er in einer Beziehung stand. Schnell schob sie den Gedanken beiseite. Ihr Blick blieb an seiner Hand am Lenkrad hängen. Eine große, kräftige Männerhand. Eher eine, der man zutraute, auch mal eine Schaufel zu halten, als nur auf einer Computertastatur rumzuhämmern. Doch die Haut war fast zart und sah nicht so aus, als wäre sie schwereren Belastungen ausgesetzt. Ob er Hobbys hatte? Segeln oder Golf wären sicherlich standesgemäß. Sabine musste sich ein Kichern verkneifen. Himmel – worüber sie sich alles Gedanken machte. Sie wandte den Blick nach draußen. Schäfchenwolken zogen über den blauen Himmel, und als sie bei Le Port Saint-Hubert den Fluss Rance überquerten, spürte Sabine bereits die Nähe des Meeres.

»Waren Sie schon einmal in der Bretagne, Sabine?« unterbrach er die Stille.

»Nein, leider nicht. Ich kenne Paris, dort habe ich während des Studiums eine Zeit lang gelebt, und ich war damals auch mal in Marseille.« Ihr wurde bei diesen Worten bewusst, wie wenig sie eigentlich bisher von Frankreich gesehen hatte.

»Die Bretagne ist schon besonders«, sprach er weiter. Seine Stimme hatte jetzt wieder einen wärmeren Tonfall. »In ihrem Herzen – den Waldgebieten und den Wiesen und Feldern – scheint die Zeit stehen geblieben zu sein, während sich die Küste unablässig der See entgegenstellt.« Er lachte leise, als hätte er sich gerade an etwas Schönes erinnert. »Viele meiner Geschäftspartner fahren in die Karibik oder nach Florida. Aber ich gestehe, ich bin gern hier an der Küste. Die steilen Klippen, die enorme Kraft des Meeres und die Einsamkeit, die man dort noch findet.« Er drehte den Kopf zu Sabine. »Und Sie? Lieber Strandbar oder Klippen?«

Sabine lachte. »Ganz ehrlich, ich war die letzten Jahre nicht oft am Meer, also gerne erst mal beides, wenn Sie mich so fragen, Monsieur Geradin.« Sie wusste es wirklich nicht, was ihr im Augenblick lieber wäre. »Auf Dauer wahrscheinlich aber auch die einsamen Klippen«, fügte sie hinzu.

Er blickte sie kurz an und lächelte. »Hey, es ist ein wundervoller Tag, und wir fahren gerade ans Meer – lassen wir doch dieses steife Sie weg, in Ordnung? Sag doch bitte Nicolas.«

In Sabines Magengegend erhob sich kurz ein Schwarm Schmetterlinge. »Sabine … dann bitte auch Sabine.«

»Sabine.« Er nickte, während er sich wieder auf die Straße konzentrierte.

Jetzt war sie mit dem Kunden per Du. Oh, oh – Sabine bat die leise Stimme in ihrem Kopf, die sie davor warnte, die Stufe zum Persönlichen zu überschreiten, doch bitte still zu sein.

Sie schaute hinab in das Flusstal, wo kleine Boote auf dem Schlick lagen.

»Hier an der Mündung der Rance gibt es einen Tidenhub von fast zwölf Metern. Ich weiß noch, wie ich als Kind einmal hier war und meinen Vater so lange genervt habe, bis wir das Ansteigen des Wassers vom Ufer aus beobachtet haben.« Wieder lachte er leise.

»Waren Sie … warst *du* … früher oft hier in der Gegend?« Sabine musste sich an die neue Anrede erst gewöhnen. Jemanden wie Sebastien zu duzen fiel ihr deutlich leichter. Sie fragte sich, wieso. Weil er eher ein Kumpeltyp war, weil sein Auftreten im Ganzen deutlich lässiger anmutete? Oder weil er ihr durch seine direkte Art sympathischer war? Oder weil sie Männer generell lieber auf eine gesunde Distanz halten wollte? Schnell verscheuchte sie die Gedanken wieder und versuchte sich auf Nicolas zu konzentrieren.

Dieser sprach zögernd weiter, sie hatte wohl mit ihrer Frage ein Thema angesprochen, das ihm zu schaffen machte. Und ihr Plan, Distanz zu halten, wurde jäh zunichtegemacht, denn Nicolas' Stimme wurde nun wirklich völlig anders, ganz privat. Ihm schien so einiges auf der Seele zu brennen.

»Mein Vater hat seine Geschäftspartner gerne hin und wieder an die Küste auf seine Yacht eingeladen. Das schaffte gleich den passenden Eindruck.« Er richtete sich auf dem Fahrersitz auf und umfasste deutlich fester das Lenkrad. »Weißt du, Sabine … mein Vater war ein Haifisch. Gut, es gehörte zu seinem Geschäft, marode Firmen zu übernehmen. Aber er hat sie wirklich gefressen und von einigen nur ein paar traurige Krümel übrig gelassen. Als er .. als ich den Betrieb übernommen habe, hat es mich einige Jahre gekostet, das Image wieder aufzubessern.« Wieder verfiel Nicolas in einen vertraulichen Tonfall. Ihm schien es wirklich wichtig zu sein, dass sie ihn von einer anderen, persönlichen Seite kennenlernte.

»Was wurde aus deinem Vater?« Sabine konnte sich nicht vorstellen, dass so jemand die Zügel gänzlich aus der Hand gab.

»Herzinfarkt … mit neunundfünfzig.«

»Oh, das tut mir leid.«

Nicolas winkte ab, wobei er kurz das Steuer losließ. »Wir hatten nie eine besonders innige Beziehung. Besonders zu der Zeit, als er mich mit in das Geschäft holte, rieben wir uns oft gegenseitig auf. Ich war ihm zu lasch, zu nett und zu nachsichtig.«

Sabine beobachtete ihn von der Seite her. Irgendwo auf den letzten Kilometern hatte Nicolas seine Maske aus dem Auto geworfen. Plötzlich konnte sie in seinem Gesicht jegliche Regung sehen. Kleine Fältchen, die sich zusammenzogen oder glätteten, ein Augenaufschlag oder das Senken der Lider, ein Zucken des Mundwinkels.

»Meine Mutter hat sein Tod härter getroffen. Sie lebt seitdem sehr zurückgezogen in der Provence und gibt Yoga-Kurse. Nicht, dass sie viel vom Business verstanden hätte – aber ein bisschen mehr Unterstützung hätte ich damals von ihr gebrauchen können.«

Sabine schwieg – die Welle der Einsamkeit, die plötzlich von ihm ausging, und die unverwandte Ehrlichkeit seiner Worte trafen sie an einem wunden Punkt. Sie wusste, wie es war, wenn die Familie – oder was davon noch übrig war – nicht hinter einem stand. Sie hätte auch oft einen mütterlichen Rat gebraucht oder eine Schwester, die einfach mal ein Ohr für sie hatte, statt über teure Windeln zu lamentieren und Sabine die fehlende eigene Familie unter die Nase zu reiben. Damals, als die Beziehung mit Christian in die Brüche ging, hatte sie sich so fürchterlich einsam und verraten gefühlt. Doch der Versuch, etwas Rückhalt bei ihrer Familie zu finden, war kläglich gescheitert. »Willst du schon wieder umziehen?«, war der einzige Kommentar ihrer Mutter gewesen, und ihre Schwester hatte am Telefon nur verächtlich geschnauft, etwas von Masern gefaselt und ihr geraten, Christians Seitensprung nicht zu ernst zu nehmen. So was würden Männer eben tun, bevor sie sich in den Hafen der Ehe begaben und eine Familie gründeten. Statt Trost zu finden, hatte Sabine ein schlechtes Gewissen bekommen bei dem Gedanken, vielleicht doch überreagiert zu haben.

Entschlossen schüttelte sie den Kopf, um nicht von ihren eigenen Schatten erdrückt zu werden. Es war richtig gewesen, sich von Christian zu trennen. Fremdgehen war kein Kavaliersdelikt, sondern ein Vertrauensbruch. Vielleicht konnten andere Frauen das einfach so akzeptieren. Sie nicht.

»Alles in Ordnung?« Nicolas sah besorgt zu ihr herüber.

»Ja … ich kenne das auch, wenn die Familie nicht hinter einem steht, wenn man sie mal dringend braucht.«

»Hm, da haben wir wohl was gemeinsam. Wir sind übrigens gleich da.« Er deutete auf ein Schild, das Saint-Malo ankündigte.

Kapitel 17

Sie durchfuhren den Ort bis ganz nach Norden. Dabei mussten sie eine Art Binnenhafen queren. Überall lagen kleine und große Schiffe vertäut, Möwen flogen über das Wasser und landeten auf dicken Betonpfeilern.

Nicolas stellte den Wagen auf einem Parkplatz nahe dem Meer ab. Sabine stieg aus und reckte sich. Eine steife Brise salziger Meeresluft traf sie und pustete ihr durch die Haare. Nicolas tat es ihr gleich, und sie lachte ihn über die Motorhaube an.

»Komm, wir gehen vor dem Essen noch an den Strand.« Er zeigte über die Promenade. »Da hinten liegt ein altes Fort auf einem Felsen, das ist ganz toll da.« Er freute sich wie ein kleiner Junge und zog sich schnell die Jacke über.

Sabine folgte ihm mit eiligen Schritten über die Strandpromenade. Sie sah das Fort und am Horizont das Meer, doch als sie neben Nicolas an der niedrigen Steinmauer ankam, die die Promenade vom Strand trennte, hielt sie einen Augenblick staunend inne. Es war eindeutig Ebbe. Unter ihr erstreckte sich ein mehrere hundert Meter breiter Strand. Hier und da durchzogen grüne Streifen von liegen gebliebenem Seetang die Fläche, und vereinzelt liefen Menschen über den feuchten Sand.

»Komm, da hinten geht es runter.« Nicolas winkte.

Wenig später spürte sie den weichen, sandigen Meeresgrund unter ihren Schuhen. Der Geruch nach Salz verstärkte sich noch. Längs unterhalb der Mauer, vor der sie eben noch gestanden hatten, zog sich eine endlose Reihe in den Sand gerammter Baumstämme entlang. Wie ein mächtiger Zaun schirmten sie die Promenade zusätzlich ab. Das Holz, gegerbt vom Meerwasser und über und über mit weißen Seepocken besetzt, ließ sie erahnen, wie hoch das Wasser hier bei Flut stand.

Nicolas hatte Sabines Blick bemerkt. »Eine enorme Tide, das habe ich dir ja gesagt. Beeindruckend, nicht wahr?«

Sie wanderten ein ganzes Stück auf die Klippen zu ihrer Linken zu. Dort erhob sich auch das Fort, das von hier unten aus gesehen wesentlich höher lag, als man es von der Promenade ahnen konnte.

Sabine musste sich konzentrieren, nicht den Boden unter den Füßen zu verlieren. Die plötzliche Weite um sie herum, der starke Wind und der weiche Untergrund bescherten ihr ein ungewohntes Gefühl. Hier und da knirschten Muscheln unter ihren Schuhen, und freche Möwen hopsten nur wenige Meter vor ihr her. Sie schaute nach rechts, die sandige Bucht zog sich über mehrere Kilometer.

»Herrlich, oder?« Nicolas breitete kurz die Arme aus. »Für das Hotel müssen wir unbedingt einen Flyer machen, oder gar ein kleines Infoheft, wo all die schönen Orte dieser Gegend aufgeführt sind«, schrie er gegen den Wind am, während er weiterlief.

Wir? Sabine wusste nicht, ob sie schmunzeln oder sich ärgern sollte. Das spätere Marketing lag wohl meilenweit außerhalb ihres Aufgabenbereiches. Obwohl ein Wir plötzlich doch etwas Verlockendes hatte. Innerlich wappnete sie sich jedoch gegen ihre aufsteigenden Sehnsüchte. Lass dich bloß nicht zu romantisch-verklärten Gefühlen hinreißen, Sabine! Ihre Freude über den Ausflug bekam einen Dämpfer. Warum musste sie ihren Umgang mit Männern immer gleich so kritisch hinterfragen? Konnte sie nicht einfach mal den Augenblick genießen? Ja, Nicolas gefiel ihr, er reizte sie, doch sie befanden sich hier auf einem fast noch geschäftlich einzuordnenden Ausflug. War sie inzwischen so empfindlich geworden, dass bei der kleinsten Nettigkeit seitens eines Mannes bei ihr alle Alarmglocken schrillten? Sie brauchte einige Atemzüge, bis sich ihre innere Stimme wieder etwas besänftigt hatte.

Sie liefen eine gute Stunde am Strand bis zu der felsigen Insel und von dort in einem Bogen zurück, auf Saint Malo zu. Die Stadt sah vom Strand wie eine trutzige Festung aus, mit der hohen Promenade und den darin eingelassenen turmartigen Vorsprüngen. Dahinter drängten sich die Häuser in einer Reihe, als würden sie neugierig und ängstlich zugleich auf den Ozean starren. Bei Sturm war das Meer in Saint-Malo sicherlich eindrucksvoll.

»Und jetzt gehen wir etwas essen.« Nicolas' Wangen waren gerötet, und wieder erinnerte er Sabine an einen kleinen, aufgeregten Jungen statt an einen gestandenen Geschäftsmann.

Er führte sie zu einem Hotel an der Strandpromenade. Ein Fahrstuhl brachte die Gäste auf das Dach, wo sich in einem rundum verglasten Bau die Gastronomie befand. Sabine sah beim Hereinkommen sofort, dass dies kein gutbürgerliches, sondern ein Restaurant der gehobenen

Klasse war. Etwas verlegen schaute sie auf ihre sandigen Schuhe. Statt angemessener Kleidung trug sie zur Jeans ihren dicken Pullover über der Bluse. Nicolas hingegen schien das nicht zu kümmern, und auch der Ober, der sie in Empfang nahm, verzog keine Miene, sondern führte sie zu einem Tisch direkt an der Fensterfront zum Meer hin.

»Früher hatten sie ein Restaurant in der unteren Etage, es war damals schon einer der Lieblingsorte meiner Großmutter.«

Sabine horchte auf. Nicolas hatte bisher noch nicht viel von Audrey gesprochen. Sie konnte den Faden allerdings nicht aufnehmen, er plauderte schon munter weiter.

»Worauf hast du Appetit? Fisch? Der ist vorzüglich hier, aber auch das Fleisch, alles aus der Region. Oder bist du Vegetarierin?« Er sah sie mit prüfendem Blick an.

Sabine musste lächeln, er machte den Eindruck, als wäre diese Frage durchaus wichtig für ihn. »Fisch und Fleisch, gerne.«

Er hob kurz die Hände. »Oh, nicht dass du denkst, ich hätte etwas gegen Vegetarier.« Er zwinkerte. »Ich esse nur selbst unheimlich gerne und eigentlich alles.« Dann steckte er auch gleich seine Nase in die Karte. »Der Fisch ist hier wirklich vorzüglich.«

Sabines Magen knurrte, als sie das Angebot der Gerichte las. Auch sie wählte Fisch.

Draußen senkte sich langsam die Sonne über das Meer und tauchte den Horizont in ein zartes Rosé. Die Straßenlaternen unten auf der Promenade gingen an, und in der Ferne leuchtete ein Licht von der Insel des Forts.

Nachdem sie bestellt hatten, faltete Nicolas die Hände auf dem Tisch und sah Sabine an.

In Sabines Magen flatterte es erneut, und sie blickte verlegen aus dem Fenster.

»Danke, dass du dir die Zeit genommen hast, heute mitzukommen. Ich wollte schon lange wieder einmal hierher, aber allein wäre ich wohl doch nicht gefahren.« Er schmunzelte verlegen.

»Ich muss mich für die Einladung bedanken. Bis zur Küste wäre ich allein wohl auch nicht gefahren, dabei ist es ja wirklich nicht weit. Obwohl es schon etwas merkwürdig ist, auf einmal mit dir hier zu sitzen.« Sie schmunzelte und versuchte den richtigen Ton zu treffen. Das hier war kein Date, aber auch kein Geschäftsessen. Es war … irgendetwas dazwischen, hoffte sie. Auch Nicolas lächelte, wurde dann aber wieder ernst. Dies war für Sabine nun der Moment, das Thema endlich auf Audrey zu lenken. Sie würde Nicolas von ihrem Fund berichten müssen. Sie und Sebastien waren eigentlich schon deutlich zu weit gegangen, indem sie sich die Filme angesehen hatten. Ihr schlechtes Gewissen meldete sich. Doch wegen des heiklen Hintergrundes wollte sie nicht mit der Tür ins Haus fallen.

»Wie war sie denn eigentlich so, deine Großmutter?« Hoffentlich fiel sie jetzt nicht mit der Tür ins Haus, aber die Frage brannte ihr einfach unter den Nägeln.

Nicolas hob verblüfft die Augenbrauen. Das Grün seiner Augen verdunkelte sich für den Bruchteil einer Sekunde. »Meine Großmutter?«

»Na ja, ich meine … ich bin jetzt so viel im Château, kenne die Zimmer, die Mauern und Winkel. Aber über die einstigen Bewohner weiß ich kaum etwas.« Sabine flunkerte nicht gerne, sie war Audrey ja längst näher, als ihr lieb war. Kurz trat das Bild von der jungen Frau vor ihr inneres Auge. Wahrscheinlich kannte Nicolas seine Großmutter so gar nicht. Sie selbst konnte sich an ihre Großeltern kaum erinnern. Die Eltern ihres Vaters hatten den Kontakt zu ihrer Familie bald nach seinem Tod einschlafen lassen, und die Eltern ihrer Mutter waren früh gestorben. Sie kannte nur wenige Ausschnitte aus deren Leben von alten Bildern her, und sie konnte nicht behaupten, sie wirklich wahrgenommen zu haben. Nicolas hatte immerhin auch in späteren Jahren wohl noch Zeit mit Audrey verbracht.

»Meine Großmutter.« Er lächelte etwas gequält. »Sie würde mir wohl den Kopf abreißen und behaupten, dass ich wie mein Vater wäre, wenn sie wüsste, was ich mit ihrem Haus vorhabe.«

Jetzt war Sabine verblüfft. »Ach was … meinst du wirklich?«

Der Ober servierte die Vorspeise. Nicolas machte eine kurze, taktvolle Pause und wartete, bis sie wieder unter sich waren. Dann sprach er mit gedämpfter Stimme weiter.

»Ja – mit Sicherheit. Sie hat das Château immer beschützt wie ein bissiger Hofhund. Deswegen hat sie dort auch bis zu ihrem letzten Tag gewohnt. Schon meine Eltern rieten ihr einst, den großen Kasten zu verkaufen und sich etwas Kleines, Passendes für das Alter zu suchen. Oh, da war vielleicht was los. Ich erinnere mich noch sehr gut daran, meine Mutter und sie haben sich auf dem Hof des Châteaus angekeift wie zwei alte Waschweiber.« Er senkte den Blick, das Thema schien ihn zu berühren. »Damals sind wir immer seltener dorthin gefahren. Also – versteh mich bitte nicht falsch – ich habe meine Großmutter wirklich geschätzt und war auch sehr gerne bei ihr, aber die Zankerei mit meinen Eltern, insbesondere meiner Mutter, war nicht ohne.«

»Worüber haben sie denn gestritten?« In Sabine rührte sich die leise Hoffnung, doch etwas mehr über Audrey zu erfahren.

Er zuckte mit den Achseln. »Genau weiß ich es nicht, die Stimmung war immer so hitzig. Ich war damals zwölf oder dreizehn, und das Ganze hat mich nicht wirklich interessiert. Ich habe mich immer zurückgezogen, weil ich die Streitereien irgendwann nicht mehr mit anhören konnte.«

»Schade, wenn eine Familie sich nicht verträgt.« Sabine stocherte in ihrer Vorspeise umher. Die Jakobsmuscheln auf grünen Bohnen waren köstlich, doch das leidige Familienthema brachte einen bitteren Beigeschmack mit sich.

»Ja … wie ist es bei dir? Was ist mit deiner Familie?« Er sah sie auffordernd an.

Sabine zögerte. Sie sprach wirklich nicht gerne darüber, vor allem nicht mit Fremden. Aber Nicolas erzählte ihr ohne Zögern gerade so private Dinge, da war es nur recht, wenn sie auch ein wenig von sich preisgab. Sie seufzte leise. »Ich habe noch eine Mutter und eine Schwester, aber nicht viel Kontakt zu ihnen. Es ist … kompliziert. Ich glaube, ich bin ein bisschen das schwarze Schaf der Familie.«

»Warum?« Nicolas legte fragend den Kopf schief.

»Vielleicht, weil ich nicht die Tochter geworden bin, die meine Mutter sich gewünscht hätte. Meine Schwester ist in ihren Augen perfekt: Hausfrau und Mutter, treusorgende Ehefrau …« Sabine machte eine abwinkende Handbewegung.

»… während du dich lieber in Frankreich herumtreibst, alte Häuser renovierst und mit fremden Männern zu Abend isst.« Er grinste.

»Ja, genau.« Sabine musste lachen.

Es folgte der Hauptgang, ein goldbraun gebratenes Fischfilet mit zarten Kartöffelchen. Sabines Stimmung hellte sich wieder auf. Was sollte sie über vergangenen Kummer nachsinnen, wenn doch die Gegenwart gerade ziemlich annehmbar war.

»Nicolas, was mich noch interessiert: Wie bist du eigentlich auf das Immobilienkontor Wilthman gekommen? Ich meine … in Paris gibt es doch eigentlich genug Architekten?«

»Ach … Heinrich hat früher mit meinem Vater einige Immobiliengeschäfte gemacht, und er war … ich will nicht sagen, ein Freund des Hauses, aber dennoch mit meiner Großmutter gut bekannt.«

»Mein Chef? Mit *deiner* Großmutter?«

»Ja.« Nicolas nickte, ihn schien das jedoch weniger zu wundern als Sabine. »Und weil er früher einige Male in dem Château war und es immer bewundert hat, dachte ich mir, wenn schon, dann wäre es meiner Großmutter wohl am liebsten gewesen, dass Heinrich sich um diese Angelegenheit kümmert. Wie gesagt, sie hätte mir den Kopf abgerissen. Ein Hotel, in ihrem Haus! Aber irgendetwas muss ich mit dem alten Kasten ja anfangen.«

In Sabines Kopf rauschten die Gedanken. Heinrich Wilthman kannte Audrey Perriéres. Dieses Puzzleteil wollte nun irgendwie gar nicht in das Gesamtbild passen. Er hatte gesagt, der Auftraggeber wäre ein guter Kunde des Hauses, was ja schon mal gelogen war. Sie hatte bemerkt, wie sehr ihm dieses Projekt am Herzen lag. Dass dahinter aber in der Tat ein ganz persönliches Interesse stand …

»Hattest du vorher schon einmal mit dem Immobilienkontor zu tun?« Sie versuchte die Frage so beiläufig wie möglich klingen zu lassen.

Er schüttelte den Kopf. »Ich glaube, meine Mutter schon. Bevor sie mir das Haus vermachte, hat sie versucht es zu verkaufen. In den Unterlagen befand sich auch ein deutsches Exposé von Wilthman.«

»Weißt du noch, wer sich damals darum gekümmert hat?« Sabine war erst seit acht Jahren bei Wilthman, Reineck dagegen einige Jahre länger.

»Nein, aber ich kann gerne nachsehen. Stand das nicht mit in deinen Unterlagen?«

»Nein – über den damaligen Versuch, das Haus zu verkaufen, war ich nicht informiert.« Jetzt musste sie nicht einmal lügen.

»Nun, hat ja auch nicht geklappt. Meine Mutter hat sich damals, glaube ich, sehr darüber geärgert. Heinrich Wilthman hat ihr wohl damals schon nahegelegt, das Anwesen nicht zu veräußern.«

»Hat ja anscheinend auch nicht geklappt. Warum wollte denn niemand das Haus haben?« Sabine versuchte den in ihr aufkeimenden Ärger zu unterdrücken.

Nicolas zuckte wieder mit den Achseln. »Schätze, zu groß, zu teuer, zu einsam … Keine Ahnung. Sie überschrieb es mir dann einfach und sagte, ich solle damit machen, was ich wolle.«

Wusste er am Ende gar nichts von den damaligen Vorgängen? Sabine musterte ihn prüfend. Seine Mimik verriet nichts darüber, ob er gerade log oder die Wahrheit sagte. Innerlich ging sie etwas auf Distanz zu ihm.

Den restlichen Abend versuchte Sabine bewusst beim höflichen Small Talk zu bleiben. Die neuen Erkenntnisse wollten sich einfach nicht in das Gesamtbild einfügen, und ihr Gefühl, dass alle mehr wussten, als sie ihr sagten, verstärkte sich wieder. War Nicolas ehrlich zu ihr? Hatte Sebastien ihr wirklich alles erzählt, was er über das Château wusste, und warum hatte ihr Chef ihr nicht gesagt, dass er das Haus kannte und vor allem die ehemalige Bewohnerin? Was wurde hier eigentlich für ein seltsames Spiel gespielt?

Auf der Rückfahrt hing Sabine ihren Gedanken nach. Das Radio spielte dezent französische Lieder, Nicolas summte leise mit und wirkte entspannt, die Straßenlaternen zogen wie glitzernde Sterne an ihr vorbei, doch je näher sie dem Wald von Brocéliande kamen, desto mehr schien das Auto von dunklen Schatten verfolgt zu werden.

Auf dem Zufahrtsweg zum Château war es stockfinster. Sabine fragte sich, ob Nicolas wohl heute noch nach Paris zurückfahren wollte, immerhin war es fast Mitternacht, und die Fahrt in die Hauptstadt würde sicherlich nochmals vier Stunden dauern. Gerade als sie ihn danach fragen wollte, sah sie einen Lichtschein durch den Wald.

Er hatte es auch bemerkt. »Deine Beleuchtung scheint zu funktionieren«, bemerkte er.

»Ja, allerdings sind das alles Bewegungsmelder.« Sabine lief ein Schauer über den Rücken. Inzwischen reichte der Lichtwurf bis zu ihnen auf die Zufahrt.

»Vielleicht eine Katze?«

»Nicolas, mach schnell das Licht aus!«

»Vom Wagen? Warum?«

»Tu es einfach!«

Nicolas stellte die Scheinwerfer ab und fuhr langsam auf das Château zu. Der Wagen war recht leise, wenngleich Sabine hoffte, dass sich ihre Befürchtungen nicht bestätigen würden und es tatsächlich nur ein herumstreunendes Tier gewesen war, das die Bewegungsmelder ausgelöst hatte.

Plötzlich bremste Nicolas abrupt. »Was geht da vor sich?«

Vor dem Haus war eindeutig eine Person zu sehen, die sich bewegte.

»Da ist jemand auf dem Grundstück!« Nicolas schaltete das Licht des Wagens wieder an und gab Gas. Der Motor des Geländewagens heulte auf, und sie sausten auf den Hof. Der dunkle Schatten, der sich eben noch unbeirrt vor dem Haus bewegt hatte, verschwand um eine Ecke.

Nicolas sprang aus dem Wagen. »Hallo? Hallo! Mist, wir sind zu spät! Wer treibt sich bloß nachts hier herum? Und vor allem, warum haut derjenige einfach wieder ab? Was ist hier eigentlich los?«

Sabine wusste, dass die Gestalt nicht zurückkehren würde, und sie wusste auch, was sie hier getan hatte. Fassungslos starrte sie vom Beifahrersitz auf die Front des Hauses.

»Das war garantiert kein Handwerker um diese Uhrzeit!« Nicolas beugte sich durch die Fahrertür in den Wagen.

»Nein, das war kein Handwerker.« Sabine zeigte mit dem Finger auf das Château.

Nicolas richtete sich auf, folgte ihrem Fingerzeig und machte einen fassungslosen Schritt nach vorne. »Was, zum Himmel …?«

Lasst dieses Haus ruhen!, stand mit dicken roten Lettern quer über den hellen Sandstein des Châteaus geschrieben.

Kapitel 18

Hätte ich mal lieber ein zweites Bett anstatt eines Sofas gekauft, dachte Sabine am nächsten Morgen und kochte erst einmal einen starken Kaffee. Nicolas saß auf dem Sofa, wo er wie zuvor Sebastien die Nacht verbracht hatte, und telefonierte sich zur Polizei durch. Die Beamten der Dienststelle in Rennes verwiesen ihn allerdings an die Gendarmerie, die im ländlichen Raum für Ordnung sorgte. Im Örtchen Mauron erreichte er dann auch endlich einen Beamten und beorderte ihn in einem unmissverständlichen Tonfall sofort in den Wald bei Paimpont.

»In einer guten Stunde dürften sie hier sein.« Er legte sein Handy auf den Tisch. »Sabine.« Er sah sie mit ernstem Gesicht an. »Sei ehrlich – gab es schon einen ähnlichen Vorfall? Ich meine … du hast sicher nicht ohne Grund überall Bewegungsmelder einbauen lassen, oder?«

Sie hatten in der Nacht noch einmal das Haus umrundet, aber natürlich war dort keiner mehr gewesen. Als Sabine, zitternd vor Kälte und auch etwas vor Angst, auf dem Hof gestanden hatte, hatte Nicolas angeboten, die Nacht zu bleiben. Dankend hatte sie das Angebot angenommen.

Jetzt fühlte Sabine sich ertappt. »Nun ja …«, setzte sie an. »Da war in der Tat …«

In diesem Augenblick klingelte sein Telefon. Mit genervtem Gesichtsausdruck ging er ran.

»Ja … nein, ich komme heute nicht ins Büro … In Paimpont … ja … Christine – sag diese Termine bitte ab. Ja, ich weiß … trotzdem … keine Ahnung …« Er rollte mit den Augen, während Sabine den Kaffee auf den Tisch stellte. Mit einem dankbaren Nicken nahm er sich eine Tasse. »Christine, das sollte wohl auch mal einen Tag ohne mich laufen.« Er legte auf. »Mein Gott, da ist man mal einen Morgen nicht da, und gleich meinen alle, der Laden bricht zusammen.« Er trank einen großen Schluck; dass der Kaffee brühend heiß war, schien ihn nicht zu stören. »Wer beschmiert denn bitte schön einfach so ein Haus, und das auch noch hier, mitten im Wald?« Ratlos sah er aus dem Fenster, wo die verlaufenen roten Buchstaben an der Hausfront von dem nächtlichen Zwischenfall kündeten.

Sabine setzte sich ihm gegenüber. Es war wohl Zeit, ihn einzuweihen. »Na ja … es ist jetzt schon der dritte Zwischenfall«, gab sie kleinlaut zu.

»Was?«

»Erst habe ich noch gedacht, es wäre ein dummer Zufall nach dem anderen. Am Samstag hat es in einem Schuttcontainer gebrannt. Dann das kaputte Rohr im Keller. Als Nächstes der sabotierte Kran … Da hat offenbar auch jemand nachgeholfen.«

»Aber wer sollte denn so etwas machen und vor allem …. warum?« Er stellte die Kaffeetasse auf den Tisch und verschränkte die Arme vor der Brust.

Sabine setzte sich aufrecht hin. Sie musste jetzt reinen Tisch machen. »Nun, es gab ja wohl schon ähnliche Vorfälle, damals, als deine Mutter das Château verkaufen wollte.« Sie beobachtete seine Reaktion sehr genau. Er schien aus allen Wolken zu fallen. »Davon weiß ich nichts! Von wem hast du das denn gehört?«

»Kannst du dich an einen Sebastien erinnern? Ihr müsstet euch von früher kennen. Er arbeitet als Touristenführer in Paimpont.«

Nicolas überlegte eine Sekunde, dann huschte ein Ausdruck des Erinnerns über sein Gesicht. »Ja, ich kenne ihn. Wir waren als Kinder sogar eine Zeit lang befreundet. Ich wusste allerdings nicht, dass ihr euch schon begegnet seid.«

»Ja, wir haben uns zufällig im Dorf kennengelernt und sind dort ins Gespräch gekommen. Ich habe von ihm einiges über die Geschichte der Gegend und vor allem auch über das Château erfahren. Unter anderem eben auch, dass es sehr merkwürdige Vorfälle hier gab.«

»Hm, davon weiß ich tatsächlich nichts. Es würde aber wohl erklären, warum meine Mutter mir das Château so mir nichts, dir nichts überschrieben hat. Vielleicht wollte sie mich damit ja übers Ohr hauen …«

»Das weiß ich nun wirklich nicht.« Sabine hob abwehrend die Hände.

»Was ist denn damals passiert?«

»Sebastien erzählte von ähnlichen Vorfällen wie jetzt. Damals gab es wohl auch Schmierereien, einen toten Hirschkopf … und jemand hat sogar den See blutrot eingefärbt, um potenzielle Käufer abzuschrecken.«

»Den See? Da hat sich aber jemand redlich Mühe gegeben.«

»Mit Erfolg, wie wir wissen.« Sabine seufzte. »Mir ist das langsam wirklich nicht mehr geheuer. Irgendjemand versucht auf jeden Fall, das Château vor Fremden zu beschützen. Und das mit allen Mitteln.«

»Ja, aber warum denn, zum Teufel? Vor allem, es gehört doch mir? Jeder hier im Dorf müsste das inzwischen wissen!« Nicolas' Gesichtsausdruck wurde bitterernst. So sah er wohl aus, wenn ihm jemand geschäftlich in die Quere kam.

»Was den Grund angeht … na ja, so richtig kann ich das auch noch nicht erklären, aber …« Ein lautes Motorengeräusch unterbrach sie.

»Da kommen die Handwerker«, sagte Nicolas und deutete auf den Hof.

Sabine spähte aus dem Fenster. Sie sah, wie Jacs Lastwagen vor dem Haus zum Stehen kam und wie sich alle Köpfe darin nach vorne neigten, um den Schriftzug auf der Hausfront anzusehen. »Ich geh mal lieber raus und gebe Jac Bescheid.« Hastig erhob sie sich. Sie war kurz davor gewesen, Nicolas von dem geheimen Raum zu erzählen. Aber sollte sie das tun? Wahrscheinlich musste sie es sogar, aber so recht mochte ihr dieses Geheimnis noch nicht über die Lippen kommen, auch wenn sie den Grund dafür nicht benennen konnte. Vielleicht später. Zunächst sollte sie mit Jac wegen der Farbe auf dem Haus sprechen.

»Merde, was ist das denn schon wieder?« Jac kam bereits auf sie zu, als sie durch die Tür trat, während seine Arbeiter schleunigst zum Kran und den restlichen Maschinen gingen, um dort nach dem Rechten zu sehen.

»Da hat sich heute Nacht jemand dran zu schaffen gemacht.« Sabine hob hilflos die Hände.

»Bei Ihnen ist aber alles in Ordnung?« Jac spähte über ihre Schulter, und sie hörte, wie Nicolas hinter ihr aus dem Haus trat.

»Ja, bei mir ist alles in Ordnung.«

Vom Kran her ertönte ein Pfiff, und einer der Bauarbeiter reckte den Daumen in die Höhe.

»Wenigstens war dieser Jemand nicht wieder an den Maschinen. Ist sonst noch irgendetwas kaputt?«

»Nein – ich glaube nicht.« Sabine hoffte dies zumindest. Im Haus selbst waren sie gestern Nacht gar nicht mehr gewesen.

»Da kommt die Gendarmerie.« Nicolas tippte Sabine am Arm an und deutete auf die Auffahrt. Ein silberblauer Wagen mit eingeschaltetem Blaulicht schob sich gerade aus dem Wald auf das Château zu.

Während Nicolas mit den beiden Beamten sprach, die aus dem Fahrzeug gestiegen waren, begutachtete Sabine mit Jac den Schaden. Dieser drückte prüfend einen Finger auf die Schrift, zerrieb die Farbe zwischen den Fingerspitzen und roch kurz daran.

»Das ist normale Wandfarbe, die können meine Männer mit Wasser abwaschen, denke ich.«

»Gut, sobald Nicolas mit den Gendarmen fertig ist, sollen sie das bitte auch tun.« Sabine hatte keine Lust, noch länger als unbedingt nötig die Warnung anschauen zu müssen und dadurch immer wieder daran erinnert zu werden, dass sie hier unerwünscht war.

Einer der Beamten trat näher an das Haus und fotografierte die Wand mit der Schrift. Nicolas' Stimme wurde etwas lauter, während er mit dem anderen Polizisten diskutierte. Sabine verstand aus der Ferne nur einige Wortfetzen. Offenbar ging es darum, dass die Beamten die Schmiererei wohl eher als ungefährlich einstuften, während Nicolas eine Anzeige wegen Vandalismus machen wollte. Seine Laune war nicht besser, als die Beamten wieder in ihren Wagen stiegen und fortfuhren.

»Sie sagen, wir sollten uns mal nicht so sorgen, das wären sicher nur Jugendliche gewesen, die uns einen Streich spielen wollten.« Er stemmte verärgert die Hände in die Seiten, wobei er sich an Jac wandte.

»Bekommen Sie das ab?«

»Ja, natürlich, das habe ich mit Madame Beck schon besprochen.«

»Prima, dann an die Arbeit!«

Sabine ließ sein befehlender Ton aufhorchen. Übernahm er gerade ganz selbstverständlich die Baustelle hier?

»Was machen wir nun?«

»Wir machen natürlich weiter. Ich lasse mich doch nicht von irgendwelchen Provinzlern verarschen!« Er schnaubte verächtlich.

Wir? Sabine schwante, dass das Sofa noch einige weitere Nächte belegt sein würde.

»Ich schaue dann mal im Haus nach dem Rechten.« Jac machte sich auf den Weg zum Château.

»Und wer kommt jetzt schon wieder?« Nicolas' Stimme hatte immer noch einen gereizten Ton. Sabine folgte seinem Blick und sah auf einem Fahrrad eine Gestalt in einer wohlbekannten Pluderhose und mit wehenden Haaren auf sie zukommen.

Sie musste lachen und winkte. »Sebastien!«

Sebastien kam schwer atmend vor ihnen zum Stehen. »Alles in Ordnung? Ist was passiert?« Sein Blick huschte zu Nicolas, um dann an den roten Buchstaben an der Fassade hängen zu bleiben. »Schon wieder?« Er stieg vom Rad.

»Alles in Ordnung, sonst ist nichts weiter geschehen. Was machst du hier?«

»Hey – da rauscht am Morgen ein Gendarmeriewagen durch den Ort und nimmt den Weg raus zum Château! Da darf ich mir ja wohl Sorgen machen. Aber du warst offenbar nicht ohne Hilfe, wie ich sehe.« Sebastien heftete den Blick auf seinen ehemaligen Jugendfreund. »Nicolas.« Er nickte knapp.

»Sebastien.« Nicolas bot Sebastien die Hand. Seine Stimme war kühl und geschäftlich, wie Sabine bemerkte. Von Wiedersehensfreude konnte bei den beiden nicht gerade die Rede sein. Und Sabine war auch die kleine, spitze Bemerkung von Sebastien über Nicolas' Anwesenheit nicht entgangen.

Eilig versuchte sie die Spannung aus dieser Begegnung zu nehmen. »Wie wäre es mit einem Kaffee? Vielleicht wird der Morgen ja jetzt etwas ruhiger.«

Kurz darauf fand sich Sabine mit den beiden Männern am Esstisch im kleinen Steinhaus wieder.

»Du arbeitest also als Touristenführer?« Nicolas sah Sebastien abschätzend an.

Oh Jungs – vertragt euch! Sabine füllte Kaffee auf und fragte sich im Stillen, ob das jetzt wirklich eine gute Idee gewesen war, Sebastien hereinzubitten.

»Ja, aber eigentlich habe ich Geschichte … studiert«, antwortete Sebastien, als hätte er das Bedürfnis, sich zu rechtfertigen.

Nicolas hob kurz beschwichtigend die Hand. »Sabine hat mir davon erzählt, dass du ihr schon ein bisschen etwas über die Geschichte des Châteaus berichtet hast.«

»Na ja, was ich halt so wusste. Allerdings eher aus den Anfängen, und es hat wenig mit dem zu tun, was wir inzwischen herausgefunden haben …« Er warf Sabine einen fragenden Blick zu. »Hast du schon …?« Er deutete mit dem Finger zu Nicolas.

Sabine atmete tief ein. »Nein.«

»Was meinst du damit?« Nicolas blickte fragend vom einen zum anderen.

»Ich wollte es dir vorhin schon erzählen, aber dann kam Jac und hat mich unterbrochen, und anschließend tauchten die Gendarmen auf …« Sabine suchte nach den richtigen Worten. Sie wollte auf keinen Fall, dass Nicolas dachte, sie hätte ihm bewusst irgendwelche Dinge verheimlicht. Obwohl sie das genaugenommen ja getan hatte. Ihr schlechtes Gewissen regte sich spürbar. »Nun, es ist so … Kannst du dich noch an die ersten Pläne auf dem Computer erinnern, und dass die etwas schief waren?«

»Ja.« Bei der Erinnerung daran grinste er kurz.

»Also, ich habe erst nach einer ganzen Weile herausgefunden, woran das lag. Es …« Sie beugte sich nach vorne und umfasste haltsuchend ihre warme Kaffeetasse. »… es gibt einen versteckten Raum unter der Treppe.«

»Unter der Treppe?« Er hob die Augenbrauen. »Eine Besenkammer oder was?«

»Nein, es ist ein recht großer Kellerraum. Der Schlüssel war versteckt, ich habe ihn gefunden und …«

»Na, auf jeden Fall sind deine Pläne durch das Auffinden des Raumes gerade geworden.«

Sebastien verschränkte die Arme vor der Brust und taxierte seinen ehemaligen Jugendfreund. »Wir haben ein paar interessante Dinge da unten gefunden.«

»*Ihr?* Ihr habt also zu zweit da unten im Keller herumgestöbert? Und das, ohne mich zu informieren?« Die beiden Männer maßen sich mit Blicken.

»Nicolas!« Sabine konnte nicht anders. Die beiden mussten sich ja wohl nicht aufführen wie zwei pubertäre Sprösslinge. »Sebastien hat mir hier sehr geholfen. Ich habe durch ihn einiges über das Château erfahren, was für die Planungen durchaus interessant und wichtig war, und als wir den versteckten Raum entdeckt haben … nun ja … es sind durchaus interessante, oder sagen wir mal … *relevante* Dinge da unten.«

»Was denn? Kann mich vielleicht jetzt endlich jemand aufklären?« Langsam schien Nicolas ungeduldig zu werden.

Sebastien kam Sabine zur Hilfe. »Am besten schaust du dir das selbst an.«

»Gut.« Er klatschte mit den Händen auf seine Knie. »Gehen wir.«

»Das … ist wirklich unheimlich.«

Keine halbe Stunde später standen die drei wieder oben in der Eingangshalle neben dem Brunnen. Sabine hatte Nicolas in den Keller geführt und ihm die Aktenstapel sowie den geheimnisvollen Koffer und dessen Inhalt gezeigt. Jetzt setzte sich Nicolas auf den Rand des Brunnens und starrte einen Augenblick auf die gemusterten Fliesen unter seinen Füßen, während Sabine die Tür wieder verschloss. Sebastien trat mit hinter dem Rücken verschränkten Händen zum Fenster.

»Ja, und da ist noch etwas.« Sabine blieb neben Nicolas stehen. Der Anblick des blutigen Brautkleides und der durchschossenen Uniform hatte ihn sichtlich schockiert.

»Noch etwas? Liegt vielleicht unter irgendwelchen Dielen noch eine alte Nazileiche?« Er sah Sabine mit leicht spöttischer Miene an. »Warum hast du mir nicht eher schon etwas davon erzählt?«

Sabine zuckte hilflos mit den Schultern.

»Vielleicht, weil sie dich und den Ruf deiner Familie schützen wollte?« Sebastien drehte sich zu ihnen um. »Weißt du denn, was damals hier passiert ist?«

»Nein – um Himmels willen, nein! Ich habe keine Ahnung.« Nicolas stand auf und vergrub die Hände in den Hosentaschen. Langsam wanderte nun auch er in der Eingangshalle umher, als sein Blick auf den Brunnen fiel.

»Was ist eigentlich hier passiert?« Er deutete auf das gesprungene Herz.

»Das war ein Balken, der hinuntergestürzt ist. Jac wird das reparieren lassen.« Sabine zögerte. »Dabei waren zumindest keine fremden Hände im Spiel. Übrigens habe ich dabei den Schlüssel zum Keller gefunden.«

»Wie? Im Brunnen etwa?«

»Ja, er war in dem Herz eingeschlossen.«

»Hm.« Nicolas zog nachdenklich die Augenbrauen zusammen. »Der Brunnen war meiner Großmutter immer sehr wichtig. Vielleicht erklärt das den Grund dafür.«

»Also, wir haben da unten noch etwas anderes gefunden. Filmrollen von einer alten Handkamera.« Sabine vergrub ihre Hände in den Hosentaschen. Langsam kam sie sich vor wie ein Dieb, der in fremden Sachen herumwühlte.

»Filmrollen? Von meiner Großmutter? Sie hat in der Tat gerne gefilmt und hatte so eine ganz altmodische Kamera damals, die man noch kurbeln musste. Ich wusste gar nicht, dass die Spulen noch existieren. Wie wohl so vieles nicht, was sich hier in letzter Zeit abgespielt hat!« Er schnaubte.

Sabine beschloss, diese Bemerkung einfach zu übergehen. »Ja, genau. Sebastien hatte noch einen Projektor, und wir haben uns zwei von den Filmen angesehen.«

Nicolas' Blick huschte zwischen Sabine und Sebastien hin und her. »Aha …? Und was war da drauf?«

»Bisher nicht viel Spektakuläres.« Sabine hoffte, dass ihre Stimme nicht verriet, wie sehr die Aufnahmen sie in Wirklichkeit beschäftigten. »Eine Familienfeier, ein paar … ich will mal sagen: *Versuche,* einen Film mit Schauspielern zu drehen, und wie die Nazis damals das Château besetzt haben.«

»Die Nazis haben dieses Château besetzt?«

Sabine hob die Hände. »Ja, das war wohl so. Die Aufnahmen sind eindeutig.«

»Davon hat mir meine Großmutter nie etwas erzählt.« Nicolas fasste sich an die Stirn und drehte sich von Sabine und Sebastien weg.

»Gibt es irgendeinen Hinweis, woher … das … die … die Sachen da unten aus dem Koffer stammen könnten?« Seine Stimme war nun leiser, wohl, weil in der oberen Etage Jacs Männer arbeiteten.

Sebastien trat an Sabine heran und legte ihr kurz die Hand auf die Schulter. »Nein, bisher noch nicht, wir haben aber wie gesagt auch nicht alle Filme gesehen.«

»Worauf warten wir dann?« Ruckartig drehte Nicolas sich um.

Sabine schüttelte den Kopf und deutete nach oben, wo es gerade laut rumpelte. »Besser nicht, wenn Jacs Männer noch im Haus sind. Außerdem sind die technischen Möglichkeiten etwas vorsintflutlich. Es muss dunkel sein dafür.«

»Dann machen wir das heute Abend!« Es war eindeutig eine Ansage statt einer Frage.

Sabine sah Sebastien an. Dieser nickte nur. »Es betrifft schließlich seine Familie.«

»Dann heute Abend.« Sabine umschlang ihren Oberkörper mit den Armen. Selbst die Anwesenheit der beiden Männer beruhigte sie nicht in Anbetracht dessen, was sie wohl noch auf den Filmrollen erwartete.

Der Tag verging für Sabine einerseits viel zu schnell, andererseits zogen sich die Stunden wie Kaugummi. Wie würde Nicolas auf die Filmaufnahmen reagieren? Wie war es mit Audrey weitergegangen?

Sebastien radelte zurück nach Paimpont, um am Nachmittag eine Gruppe durch den Ort zu führen. Nicolas fuhr nach Rennes, um sich etwas Kleidung und das Nötigste für eine weitere Übernachtung zu besorgen. Er hatte beschlossen, noch zu bleiben.

»Hätte ich gewusst, was hier los ist, hätte ich einen Koffer gepackt und mit hergenommen. Es ist wohl besser, ich behalte die Dinge jetzt selbst im Blick«, murrte er vor seiner Abfahrt mit einem kurzen Seitenblick auf Sabine.

Ihr schlechtes Gewissen wuchs, doch was hätte sie tun sollen? Ihn anrufen und sagen: »Ach, übrigens, da liegt eine Naziuniform mit Einschussloch im Keller. Was sollen wir damit machen?« Sie beschloss, die Dinge jetzt einfach laufen zu lassen. Nicolas würde ihr schon verzeihen, hoffte sie. Andererseits regte sich in ihr eine dunkle Vorahnung, dass sie die Spitze des Berges der Vergangenheit noch gar nicht erklommen hatte.

Pünktlich um siebzehn Uhr rauschte Nicolas in seinem Wagen wieder auf den Hof des Châteaus, und wenig später kam Sebastien mit dem Fahrrad die Auffahrt entlanggeradelt. Jac und seine Arbeiter machten soeben Feierabend. Auf der Baustelle war der Tag ohne Zwischenfälle abgelaufen, die Balken vom Dachboden ausgetauscht. Am nächsten Tag würden sie das Loch in den Dachschindeln wieder schließen.

Ab jetzt würde es schnell vorangehen. Vielleicht noch sechs bis acht Wochen, und sie würden mit dem Innenausbau beginnen können. Sabine ermahnte sich, die Baustelle nicht aus den Gedanken zu verlieren. Wegen all der ungewöhnlichen Vorkommnisse drehten sich ihre Gedanken ständig um andere Dinge. Siedend heiß fiel ihr der Brunnen ein; den müsste sie auch noch wieder herrichten lassen.

»Hast du kein Auto?« Nicolas holte gerade mehrere Einkaufstaschen aus seinem Kofferraum, als Sebastien am Château ankam.

»Nein, hier brauche ich für gewöhnlich keins«, antwortete er etwas unterkühlt. »Und du – hast du nichts zum Anziehen?« Er nickte zu den Einkaufstüten hin.

»Na ja, gestern war ich eigentlich nur auf einen kurzen Besuch hergekommen.«

Sabine schob sich zwischen die Männer. »Nicolas, du kannst im Nebenhaus schlafen, ich werde wieder in meinen Wohnwagen ziehen.«

»Kommt gar nicht infrage. Das Sofa war okay.«

»Ja, stimmt, da kann man wirklich ganz gut drauf schlafen.« bemerkte Sebastien beiläufig, während er sein Rad abstellte.

Sabine entging das kurze Aufhorchen von Nicolas nicht, der sie sogleich fragend ansah.

»Die Nacht, in der der Container brannte. Sebastien war so nett und …« Himmel – musste sie sich jetzt auch noch für die Übernachtung auf dem Sofa rechtfertigen? Jungs, was fangt ihr gerade an zu spielen? In ihr schrillten alle Alarmglocken. Begaben sich hier gleich zwei Ritter auf die Mission, dem hilflosen Burgfräulein beizustehen? Fast hätte sie losgelacht bei dem Gedanken.

»Ich hole mal den Projektor. Sebastien, du kannst ja im Saal schon die Leinwand aufbauen.« Sie ließ die beiden Männer stehen. Vielleicht rauften sie sich ohne ihre Anwesenheit besser zusammen.

Sie ließ sich bewusst Zeit. Den Filmapparat hatte sie sicher in dem leeren Raum neben der Wohnung im Steinhaus untergebracht. Von dort beobachtete sie, wie Nicolas und Sebastien soeben das Château betraten. Wie unterschiedlich sie doch waren, und dabei hatte jeder von den beiden irgendwie seinen Reiz …

Fang du jetzt auch noch an, schalt ihre innere Stimme sie vorwurfsvoll.

Wann war sie das letzte Mal in der Situation gewesen, gleich von zwei Männern umgeben zu sein, die beide irgendwie … jeder für sich …? Derart in Gedanken stieß sie sich fast den Kopf an der niedrigen Decke des Raumes. »Mist!« Fluchend kramte sie den Projektor hervor und die Filme, die sie hinter einem alten Bretterstapel versteckt hatte. Der Kinoabend würde heute vermutlich nicht sehr bequem werden. Die Kissen und den Wein sparte sie sich lieber, nur die Decke, die über dem Projektor gelegen hatte, nahm sie kurzerhand mit.

Im Saal des Châteaus hatte Sebastien bereits die provisorische Leinwand aufgebaut und trug gerade mit Nicolas den Tisch zu dem Platz, wo der Projektor stehen sollte.

»Das habt ihr euch ja perfekt ausgedacht.« Nicolas warf einen Blick in den Raum. »Ein bisschen wie früher, Sebastien. Kannst du dich noch erinnern? Wir haben mal eine ganze Zeltstadt aus Stühlen und dem langen Tisch hier aufgebaut und meiner Großmutter überzeugend erklärt, dies müsse mindestens eine Woche so stehen bleiben, damit wir auch darin spielen könnten.«

»Ja, ich erinnere mich«, sagte Sebastien. »Es hat die ganze Zeit geregnet, und nach draußen konnten wir nicht. Da haben wir anstatt des Lagerfeuers hier abends am Kamin gesessen.« Er blickte auf die schon lange nicht mehr angefachte Feuerstelle.

»Funktioniert der noch, Sabine?« Nicolas sah sie fragend an.

»Denke schon – aber da sollte lieber erst ein Schornsteinfeger kommen. Nicht, dass uns das Dach noch abbrennt.«

»Früher war es hier oft eisig kalt. Ich glaube, das war auch der Grund, warum meine Mutter hier nie länger bleiben wollte. Sie betonte immer, dass sie in ihrer Kindheit ein paar Mal fast erfroren wäre und niemals wieder auf ihre Zentralheizung verzichten würde.« Er legte den Kopf schief, und seine Stimme wurde leiser. »Also, mir hat das als Kind echt nichts ausgemacht. Meine Großmutter hatte immer genug Decken, und ich durfte zu ihr ins Bett.«

Sabine zuckte leicht zusammen. Es war das erste Mal, dass Nicolas Details aus seinem Leben mit seiner Großmutter erwähnte. Dadurch verkleinerte sich die eben noch recht große Kluft zwischen Audrey, wie Sabine sie von den Filmen her kannte, und ihrem Enkel ganz gewaltig.

»Fertig!« Sebastien schaute prüfend zu den Fenstern. »Dürfte auch gleich dunkel genug sein.«

»Wie viele Filme habt ihr bisher gesehen?« Nicolas nahm die Filmdosen zur Hand, die Sabine auf den Tisch gelegt hatte.

»Zwei, *Es war im Frühling* und *Der dunkle Sommer.*« Sabine schob zwei der Filmdosen etwas beiseite.

»Sind sie chronologisch?«

»Scheint so, ja. Deswegen haben wir sie auch der Reihe nach angesehen.«

»Mit *Die Hochzeit* ist damit wohl auch *die* Hochzeit gemeint? Die, von der die Klamotten aus dem Keller stammen?« Nicolas fuhr vorsichtig mit den Fingerspitzen über das fahle Silberblech der Dose.

»Das wissen wir nicht.« Sabine fröstelte unwillkürlich.

»Aber wir werden es bald wissen.« Sebastien fädelte den Film in die Apparatur.

Nicolas räusperte sich. »Welcher ist heute dran?«

Sabine tippe auf die entsprechende Dose. *Die Blume ohne Farbe.*

»Okay.« Auch Nicolas wirkte etwas zögerlich.

Allein Sebastien schien weniger Respekt vor den Filmen zu haben. »Also – bevor wir anfangen, Nicolas, fasse ich für dich noch einmal kurz zusammen, was wir bisher gesehen haben. Deine Großmutter lebte hier mit ihren Eltern und einem jungen Mann, wohl einem Verwandten, der deinem Urgroßvater im Holzhandel half. Der Bruder deiner Großmutter ist ja bekanntlich gefallen. An dem Tag, an dem wohl die Nachricht von seinem Tod kam, endete der vorige Film. Was das Château angeht, so hatten die Deutschen es seit dem Frühsommer 1940 besetzt.« Er tippte auf den Stapel Filmrollen. »Zumindest ergibt sich das aus den Daten hier. Damals haben ein Generaloberst und etliche Soldaten hier gehaust, sowie ein Soldat, der diesem Generalobersten wohl näherstand als die anderen. Wir mutmaßen, dass es sein Sohn war. Des Weiteren gab es wohl noch … tja, wie soll man es nennen … eine Gefangene. Auf den Filmen ist immer wieder schemenhaft eine junge Frau zu erkennen, die mit den Deutschen kam. Die Familie deiner Großmutter wurde ausquartiert und wohnte drüben im Nebengebäude.«

Sabine bemerkte, wie Nicolas' Augen sich weiteten. »Da drüben? Die ganze Familie?«

»Ja, mit mindestens vier Personen.« Sebastiens Ton war immer noch sachlich, so als hielte er einen seiner Vorträge.

»Das muss eine harte Umstellung für sie gewesen sein, von hier … da rüber.« Nicolas sah sich im Saal um, der allein schon etwa doppelt so groß war wie die Wohnung im Nebengebäude.

»Deine Großmutter freundete sich wohl mit diesem einen jungen Soldaten an, zumindest sieht man ihn mehrmals kurz in eher … sagen wir, lockeren Privataufnahmen.«

»Mit einem Nazi?« Nicolas schnaubte.

Sabine zuckte mit den Schultern. »Ich denke, ihnen allen blieb kaum etwas anderes übrig, als sich mit den Deutschen zu arrangieren.«

Bevor Nicolas etwas darauf sagen konnte, wies Sebastien auf die Decke am Boden.

»Bitte, Platz zu nehmen! Ich schalte jetzt den Projektor an.«

Nicolas und Sabine versuchten eine bequeme Position auf dem Fußboden zu finden. Das charakteristische Surren des Gerätes erklang und nahm sogleich den ganzen Raum ein. Ein wackeliges Bild erschien auf der weißen Leinwand und dann der Schriftzug, der auch auf der Dose gestanden hatte. *Die Blume ohne Farbe.*

»Die Filme sind übrigens alle in Schwarz-Weiß und ohne Ton«, sagte Sabine zu Nicolas.

Sebastien setzte sich im Schneidersitz hinter sie. Die erste richtige Aufnahme erschien: der Hof vor dem Château aus dem bereits bekannten Blickwinkel vom Fenster des Nebengebäudes. Aus der Eingangstür des Châteaus trat ein junger Mann in ziviler Kleidung, es war der vermeintliche Sohn des Generalobersten. Er schaute genau auf die Kamera und hob kurz die Hand, als wolle er der filmenden Person ein Zeichen geben.

»Da! Das ist mein Großvater Henri als junger Mann.« Nicolas setzte sich aufrecht hin und zeigte aufgeregt auf die Leinwand. »Ich dachte, die Familie meiner Großmutter durfte nicht in das Haus.«

Sabine drehte den Kopf und warf Sebastien einen hilfesuchenden Blick zu. Dieser legte Nicolas beschwichtigend die Hand auf die Schulter und zeigte dann auf die Leinwand. »Nein – da verwechselst du sicher etwas. Das ist dieser junge Deutsche.«

Nicolas erstarrte in der Position. Dann wiederholte er leise, aber bestimmt: »Der Nazi? Nein, ich schwöre, *das* ist mein Großvater Henri Perriéres. Er starb zwar lange vor meiner Geburt, aber ich habe ein Foto von ihm gesehen.«

Sebastien hüstelte verlegen. »Nun – wir sollten uns erst mal die Filme ansehen. Die Fakten sammeln wir dann später.« Er tippte Sabine und Nicolas von hinten an und nickte zur Leinwand, wo das Bild sich änderte.

Hinter dem jungen Mann trat zögerlich eine blonde Frau aus dem Haus. Er schien sie aufzufordern, ihm zu folgen, doch sie blieb auf der Türschwelle stehen und schaute wie ein scheues Reh.

»Ah, ja.« Sabine erinnerte sich an den letzten Film. »Der Generaloberst war mit den Soldaten abgefahren. Vielleicht war er länger weg? Das ist das geheimnisvolle Mädchen, das die Deutschen da im Haus gefangen hielten oder so. Zumindest sieht es auf den Aufnahmen so aus. Und anscheinend darf sie jetzt aus dem Haus heraus.«

In der Tat trat die junge Frau vor die Eingangstür. Es war das erste Mal, dass sie wirklich im Vollbild zu sehen war. Zuvor war sie bloß ein Schatten am Fenster gewesen, den Audrey mit der Kamera eingefangen hatte.

Obwohl die Aufnahmen ohne Farbe waren, konnte man ihr hellblondes Haar erahnen, das leicht gelockt war. Sie war schon älter, als es vorher den Anschein gehabt hatte, vielleicht so alt wie Audrey und die anderen jungen Leute auf dem Château.

Und mit einem Mal war es Sebastien, der hinter Nicolas und Sabine scharf die Luft einzog. »Oh Mann … das glaube ich nicht!«

Kapitel 19

Château Maélis, September 1940

Audrey ließ die Kamera sinken und blickte zu der jungen Frau, die nach Rudolf aus dem Château getreten war. Schüchtern und verlegen sah sie sich um. Sie durfte das Haus endlich verlassen. Hatte Audreys Gespräch mit Rudolf doch etwas bewirkt?

Die junge Frau blickte in die Sonne und lächelte zaghaft.

Wenigstens eine Person, die einen Hauch Glück verspürte in diesen Tagen.

Die Nachricht von Gilberts Tod lastete schwer auf Audrey. Sie wussten nicht, wie und wo er gefallen war. Hatte er leiden müssen, oder war er schnell gestorben? War er allein gewesen, oder hatte er jemanden an seiner Seite gehabt? All diese Fragen quälten sie, seit sie ihrer Mutter das Schriftstück aus der Hand gerissen hatte. Mit wenigen Sätzen wurde dort ein junges Leben für beendet erklärt. Gefallen wäre er, schon vor einigen Wochen – heldenhaft bei der Verteidigung seines Landes, irgendwo in den Vogesen.

Während ihre Eltern und sie selbst an jenem Tag noch

wie gelähmt dagestanden hatten, war Henris Reaktion eine andere. Mit einem gequälten, zornigen Laut, der aus seiner Kehle drang, drehte er sich um, fixierte Rudolf, der in taktvoller Entfernung stand, und ging dann auf ihn los wie ein wildes Tier.

Audrey schrie vor Entsetzen auf. Die verbliebenen Soldaten stürzten wie auf Kommando aus dem Haus.

»Henri, nein!«

Henri hatte Rudolf zu Boden gerissen und packte ihn wütend am Kragen. Dabei sprudelten so viele Flüche aus seinem Mund, wie sie sie noch nie von ihm gehört hatte.

»Henri, lass ihn los – er kann nichts dafür!« Audrey zerrte an Henris Hemd. Ein brüsker Schlag von ihm ließ sie nach hinten taumeln.

Die Soldaten waren weniger zimperlich. Zu viert stürzten sie sich auf Henri, lösten ihn vom verdatterten Rudolf, bogen ihm die Arme auf den Rücken, und einer hielt ihm sogleich einen Gewehrlauf vor die Brust.

»Stopp! Stopp!« Rudolf kam atemlos über die Knie wieder auf die Beine und riss die Hände empor. »Lasst ihn los! Sofort!«

Henri wand sich aus dem Griff der Soldaten, spuckte Rudolf vor die Füße und ging zurück zu Audreys Eltern, die mit schreckgeweiteten Augen die Szene von der Scheune her beobachtet hatten.

»Rudolf, bitte, er kann nichts dafür. Mein Bruder … mein Bruder ist gefallen. Henri und er … es tut mir leid.« Audreys Stimme überschlug sich fast. Die Angst, die Soldaten würden Henri erschießen, steckte ihr in den Gliedern.

»Ich weiß, ist schon gut, ist ja nichts passiert.« Rudolf

klopfte sich den Staub des Hofes von der Hose. »Alles in Ordnung, ihr könnt wegtreten«, wies er die Soldaten an. Diese murrten, verzogen sich dann aber zurück zum Haupthaus.

»Mein aufrichtiges Beileid, Audrey.« Er fasste sie kurz am Arm.

»Lass die Finger von ihr …«, schrie Henri, immer noch aufgebracht, von der Scheune her.

Rudolf hob beschwichtigend die Hände. »Ich gehe mal lieber. Wenn Sie etwas brauchen, lassen Sie es mich wissen …«

»Dieser scheinheilige Mörder!« Henri brauchte mehrere Stunden, um sich wieder zu beruhigen. Audrey versuchte ihm gut zuzureden, sie wusste selbst, dass es die Deutschen gewesen waren, durch deren Kugeln ihr Bruder sein Leben verloren hatte, aber Rudolf war es nun wirklich nicht gewesen, der den Abzug gedrückt hatte.

Das Blatt hatte sich gewendet seit diesem Tag. War es zuvor noch Henri gewesen, der die Perriéres beschworen hatte, sich mit den Deutschen gut zu stellen, so verteufelte und hasste er sie plötzlich abgrundtief. Audrey hingegen hasste den Krieg, dennoch kam sie nicht umhin, die Schuldigen etwas differenzierter zu betrachten. Natürlich fühlte sie sich in einem tiefen Zwiespalt, doch sie konnte und wollte Rudolf nicht für etwas anklagen, das er persönlich nicht verbrochen hatte. Henri begab sich allerdings auf dünnes Eis. Hatte er doch selbst gesagt und auch erlebt, wie schnell man bei den Deutschen in Missgunst geriet, so wurde er jetzt nicht müde, sie zumindest leise zu beschimpfen. Audrey hoffte nur inständig, dass seine Wut bis zur Rückkehr des Generalobersten von Lickenwitz abklang.

Sie musste sich irgendetwas einfallen lassen, um Henri zu beschwichtigen, sonst würde es gar noch ein weiteres Drama geben. Audrey brauchte nicht lange zu überlegen. Sie bemerkte schnell, dass trotz allem Henris Blicke immer wieder hoch zu ihrem ehemaligen Fenster wanderten, wo ab und an der flüchtige Schemen der jungen Frau zu erahnen war.

Bei der nächstmöglichen Gelegenheit sprach sie Rudolf darauf an.

Er trat ihr sehr zurückhaltend entgegen, fast schüchtern, als laste die generelle Schuld an Gilberts Tod mit auf seinen Schultern. Audrey tat es beinahe leid, konnte er doch tatsächlich überhaupt nichts dafür. Ein kleiner Dorn bohrte sich in ihr Herz, wenn sie sich vor Augen hielt, dass er deutsch war, doch man durfte sie einfach nicht alle über einen Kamm scheren, wie Henri es tat. Zumal Rudolf in den letzten Wochen eher zu ihnen gehalten hatte, und das hinter dem Rücken seines Vaters. Auch wenn sie dem Generaloberst und seinen Soldaten ohne Weiteres zutraute, jeden aufmüpfigen Franzosen sofort über den Haufen zu schießen, war Rudolf nicht so. Und das musste er Henri gegenüber jetzt schleunigst beweisen.

Sie trafen sich an der Stelle am Ufer, wo sie auch das erste Mal miteinander geredet hatten. Der Ort war neutraler Boden, fernab vom Krieg. Dort waren sie einfach nur zwei junge Menschen. Schweigend saßen sie eine Zeit lang da und schauten auf das Wasser. Silbrig glänzende kleine Wellen stießen gegen das Ufer, und hier und dort erklang ein leises Plätschern. Seit ihrem Ausflug in das Tal hatten sie keine Gelegenheit gehabt, länger miteinander zu sprechen. Es blieben ihnen nur kurze, flüchtige Begegnungen auf dem Hof. Doch durch den Austausch von Blicken und kleinen Gesten war Rudolf Audrey noch vertrauter geworden. Inzwischen klopfte ihr Herz nicht mehr so wild, wenn sie ihn sah, dafür breitete sich jedes Mal eine angenehme Wärme in ihr aus. Sie hatte ihn wirklich in ihr Herz geschlossen. Wäre doch nur dieser verdammte Krieg nicht gewesen.

Rudolf brach das Schweigen, als hätte er ihre Gedanken gelesen. »Ich habe mir in den letzten Tagen so manches Mal gewünscht, wir hätten uns ohne den Krieg kennengelernt. Vielleicht … vielleicht wäre ich wegen des Studiums nach Frankreich gekommen, in die Sommerfrische, hier auf das Château. Als Gast Ihrer Familie und nicht als …«

Audrey senkte den Kopf und spielte mit einem Stöckchen zwischen ihren Fingern. »Sie hätten sich mit meinem Bruder vielleicht sogar ganz gut verstanden, er war auch sehr belesen.«

»Noch mal, Audrey – es tut mir aufrichtig leid.«

»Ist schon gut, ich weiß.«

»Hat sich Ihr Cousin wieder etwas beruhigt?«

Audrey zuckte mit den Achseln. »Das hat ihn alles sehr mitgenommen.«

»Und Ihnen – wie geht es Ihnen, Audrey?«

Sie schwieg und schluckte schwer, dann antwortete sie leise: »Ich habe meinen Bruder verloren. Er war … er war immer ein wichtiger Halt für mich. Ich weiß noch nicht, wie es ohne ihn weitergehen soll. Doch …« Sie musste tief einatmen, um nicht zu schluchzen. »Ich habe bereits im Mai Böses geahnt – wir hatten so lange nichts von ihm gehört. Irgendwie denkt man dann ja immer automatisch gleich an das Schlimmste.« Es ging ihr seltsamerweise wirklich so. Der erste Augenblick war ein schwerer Schock gewesen, doch hatte sie in all den Wochen eine dunkle Vorahnung auf den Moment vorbereitet. Vielleicht war es geschwisterliche Intuition gewesen, sie wusste es nicht, aber sie hatte seit dem Einfall der Deutschen in Frankreich keinerlei Zukunftsgedanken mehr gehegt, in denen Gilbert eine Rolle gespielt hatte. Als ihr dies jetzt bewusst wurde, schauderte sie, war aber zugleich dankbar, dass es anscheinend ein schleichender Prozess gewesen war, den sie Stück für Stück gegangen war. Irgendwie machte es ihr dies jetzt einfacher.

Unwillkürlich liefen ihr die Tränen über die Wangen. Kurz musste sie an ihre Eltern denken. Diese kamen mit Gilberts Tod einfach nicht zurecht und standen Henri in ihren heftigen Reaktionen in nichts nach. Ihre Mutter war in noch tiefere Trauer verfallen und schwieg sich endgültig aus, während ihr Vater – wenn auch nicht so laut – auf die Deutschen schimpfte und seinen Zorn und seine Wut so manchen Abend mit Alkohol betäubte. Ihre Eltern entglitten ihr, und sie konnte ihnen nicht helfen.

Rudolf beugte sich zu ihr herüber, legte ihr den Arm um die Schultern und drückte sie. Seine Wärme beruhigte sie ein wenig, dennoch brauchte sie ein paar Minuten, bis sie sich wieder gefangen hatte.

»Es ist nicht leicht für uns alle«, sagte er leise und strich dabei mit einer kurzen, schüchternen Bewegung über Audreys Haar.

Audrey schüttelte nur den Kopf und wischte sich die Tränen aus dem Gesicht.

Schnell rückte sie ein Stück von ihm ab und wechselte das Thema, um nicht noch mehr zu heulen. Schließlich hatte sie vorgehabt, mit ihm über die junge Frau zu sprechen. »Rudolf, sagen Sie mir … die Frau, die mit im Château lebt…«

Er sah sie verwundert an. »Sie wissen doch, dass ich nicht über sie reden darf …«

»Ich habe nur eine einzige Frage. Man sieht sie nie draußen. Ist sie … ist sie eine Art … Gefangene?«

Rudolf schüttelte den Kopf. »Nein, wo denken Sie hin!«

»Warum ist sie dann eingesperrt?«

»Sie ist nicht eingesperrt. Aber vielleicht haben Sie recht, wirklich viel Gesellschaft, Frauengesellschaft, können wir ihr momentan nicht bieten. Vielleicht zieht sie sich aus Einsamkeit so zurück.«

»Sie lebt in einem Haus voller Soldaten, das wäre nur mehr als verständlich.« Audrey verzog kurz das Gesicht. »Kommt sie aus Deutschland?«

»Ja.« Er nickte, hob aber zugleich die Hände. »Das war jetzt schon die zweite Frage.«

Audrey ging nicht auf seinen Einwand ein. »Aber es ist doch Sommer. Vielleicht möchte sie auch einmal aus dem Haus raus.«

Jetzt zuckte Rudolf mit den Achseln. »Ich werde es ihr anbieten.«

»Danke.«

»Danke?«

»Na, sie tut mir ein bisschen leid, da sie immer so alleine im Haus ist.«

»Sie kommt ja sonst jeden Tag mit in die Kommandozentrale.«

Audrey schnaufte. »Hört sich spannend an für eine junge Frau.«

Jetzt lachte Rudolf leise auf. »Ist ja gut – ich frage sie gleich heute noch. Allerdings bin ich vermutlich auch nicht die richtige Begleitung für Marianne. Vielleicht würden Sie, Audrey … wahrscheinlich würde sie sich besser in der Gesellschaft einer anderen jungen Frau fühlen.«

»Marianne heißt sie?« Rudolf nickte. »Ich werde nett zu ihr zu sein.« Audreys Neugier stieg gerade beträchtlich. Und Henri würde sich vielleicht freuen, sie draußen auf dem Hof zu sehen. Bis zu dem Tag, wo die Nachricht von Gilberts Tod gekommen war, hatte er mehrmals seine Besorgnis ausgesprochen, was die Deutschen wohl mit der jungen Frau zu schaffen hätten.

Und da stand sie nun. Rudolf hatte gleich am frühen Abend dafür gesorgt, dass Marianne ins Freie trat. Audrey beobachtete sie vom Fenster über den Hof her. Obwohl Rudolf ihr gut zuzusprechen schien, zierte sie sich, das Château zu verlassen. Audrey seufzte und stand auf. Sie hatte versprochen, sich der jungen Frau anzunehmen, und um des Friedens zwischen Rudolf und Henri willen würde sie dieses Versprechen auch einhalten. Sie eilte auf den Hof zu. Rudolf winkte ihr fröhlich zu.

»Marianne, das ist Audrey.«

»Hallo.« Ihre Stimme klang wie ein leiser Lufthauch.

Audrey bemühte sich, höflich zu bleiben. Auch Marianne konnte wohl nichts für all die schrecklichen Dinge, die geschehen waren. »Hallo, darf ich Du sagen? Sprichst du Französisch?«

Marianne nickte. »Ein bisschen«, sagte sie auf Französisch.

»Machen wir einen kleinen Spaziergang?« Audrey deutete zum See.

Mariannes Blick huschte unsicher zu Rudolf, dieser nickte ihr aufmunternd zu. »Geh nur, Marianne. Du weißt, was wir besprochen haben. Und was du sagen darfst und was nicht.«

Marianne ging mit zaghaften Schritten neben Audrey her. Ihren Blick richtete sie dabei zu Boden.

»Es … es tut mir so schrecklich leid … ich kann für dies alles nichts«, flüsterte sie plötzlich.

»Ich weiß, wir sitzen alle irgendwie in einem Boot.« Audrey versuchte ihrer Stimme Zuversicht zu verleihen.

»Bist du nicht böse, dass Generaloberst von Lickenwitz euch aus dem Haus vertrieben hat? Es ist dein Zimmer, in dem ich nun lebe, oder? Ich habe nichts angefasst oder verändert.« Mariannes Blick sprang nervös hin und her und streifte Audrey dabei nur zaghaft.

In Audreys Magen bildete sich ein schmerzhafter Knoten. »Ja, es ist mein Zimmer, aber du kannst ja nichts dafür.«

»Es wäre schön hier, wenn wir nicht gekommen wären.«

»Es wird sich sicherlich alles richten.« Natürlich hasste Audrey die Deutschen für die Besetzung des Hauses, doch Marianne machte nicht den Eindruck, als könnte sie vorwurfsvolle Worte vertragen. Sie war ebenso ein Treibholz des Krieges, welches hier unfreiwillig angespült worden war.

»Wo kommst du her?«, fragte Audrey nun.

»Berlin, ich komme aus Berlin. Aber da …«, sie schaute sich einmal um, »ist alles viel grauer als hier. Nur Straßen und Häuser, ich war noch nie auf dem Land.«

»Und was hast du in Berlin gemacht?« Audrey war immer noch schleierhaft, warum die Deutschen die junge Frau bis hierher geschleppt hatten.

»Ich … ich habe studiert, an der Hochschule, Mathematik.«

»Mathematik?« Audrey sah Marianne verwundert an. Die junge Frau senkte den Blick wieder auf ihre Schuhe und blieb abrupt stehen. »Ja … dass dies einmal meine schwerste Bürde würde, ahnte ich ja nicht.« Sie schluchzte fast bei diesen Worten.

Sie waren fast am Ufer des Sees angekommen. Als würden die Tiere die traurige Stimmung am Ufer spüren, kamen alsbald die beiden Schwäne vorbei und zogen ihre Bahnen dicht vor den beiden jungen Frauen.

Mariannes blasses Gesicht bekam ein bisschen mehr Farbe, als sie die Schwäne bemerkte und ihnen zusah. »Sie sind wunderschön.«

»Rudolf sagt, du darfst das Haus jederzeit verlassen, wenn du möchtest, komm doch öfters heraus, hier tut dir keiner was.« Audrey versuchte Marianne etwas Mut zuzusprechen. Aus den Augenwinkeln sah sie Henri, der in der Ferne vor die Scheune getreten war.

»Schau … da hinten ist mein Cousin Henri.« Audrey winkte ihm zu. »Er passt auch auf mich auf.«

Henri winkte zurück und lächelte.

»Ja, ihn habe ich schon oft beobachtet.« Mariannes Blick huschte zu dem jungen Mann herüber, dann senkte sie ihn wieder.

»Ich weiß nicht, ob Generaloberst von Lickenwitz es erlauben wird.« Ihre Stimme zitterte.

»Der ist ja erst mal für einige Zeit nicht da.«

»Ich muss dennoch mit Rudolf … zwar nicht jeden Tag … aber wenn … Ich habe eine Aufgabe.«

Audrey brannte fast vor Neugier. »Was musst du denn machen?«, rutschte es ihr heraus.

»Das … das darf ich nicht sagen.« Marianne blickte sich um, als säße hinter irgendeinem Strauch ein Spitzel. Der Generaloberst schien ihr gehörig Angst gemacht zu haben, womit auch immer.

Audrey konnte sich immer noch nicht zusammenreimen, welche Aufgabe Marianne bei den Deutschen innehatte, und obwohl sie ihre Neugier kaum bezähmen konnte, beließ sie es mit der Fragerei, denn Marianne schien dies sehr aufzuregen. Trotz der Sommerwärme hatte sie die Arme um den Oberkörper geschlungen und sah aus, als würde sie erbärmlich frieren. Vielleicht war es auch eine Auswirkung der frischen Luft, auf die sie in den letzten Wochen hatte verzichten müssen.

»Ich … ich möchte jetzt lieber wieder ins Haus.« Marianne drehte sich um und ging eilig zurück auf den Hof. Audrey konnte fast nicht mit ihr Schritt halten. Vor der Eingangstür hielt sie an und wandte sich zu Audrey. »Danke, dass du mich begleitet hast. Vielleicht können wir das in den nächsten Tagen wiederholen. Die Schwäne sind so schöne Tiere.« Mit diesen Worten senkte sie den Kopf und verschwand im Château.

Audrey blieb ratlos vor dem Haus stehen. Was war nur los mit dieser jungen Frau?

Aus den Augenwinkeln bemerkte sie Henri, der wie angewurzelt vor der Scheunentür stand. Sie ging zu ihm.

Eine gewisse Verzückung stand Henri ins Gesicht geschrieben, und Audrey bemerkte erleichtert, dass diese den Zorn aus seinen Augen vertrieben hatte.

»Sie ist angeblich keine Gefangene. Ich weiß nicht, was sie mit ihr anstellen, aber Rudolf sagt, es stünde ihr frei, das Haus zu verlassen.« Sie betonte absichtlich Rudolfs Namen. Henri sollte nur wissen, dass er sich für sie einsetzte. Sie hoffte, das würde seine Meinung über den Deutschen etwas heben.

»Hat sie irgendetwas gesagt?« Er nestelte nervös an einem Lappen in seinen Händen.

Fast hätte Audrey lachen müssen. Oh Henri – dich hat es aber ganz schön erwischt. Doch sie verkniff sich eine spitze Bemerkung dazu.

»Sie sagte, es täte ihr alles fürchterlich leid, sie käme aus Berlin und hätte dort Mathematik studiert.«

»Mathematik?« Auch Henri blickte angesichts dieser Information verwundert drein. »Was zum Himmel macht sie dann hier?«

»Das hat sie mir nicht verraten, aber sie möchte vielleicht in den nächsten Tagen noch einmal mit mir zum See gehen, sie mag die Schwäne.«

»Schwäne …« Henris Blick ruhte auf dem Château. Mit seinen Gedanken war er bereits ganz woanders.

»Ich werde dir Bescheid geben.« Audrey zwinkerte ihm zu und fasste ihn aufmunternd am Arm.

»Ja … ja, danke, mach das.«

Marianne erschien Audrey wie eine zarte Blume ohne Farbe. Erst nach und nach verlor sie das Grau und zeigte zaghaft das Rosa ihres Teints, ein seltenes Strahlen ihrer blauen Augen und ein sanftes Gold ihrer Haut, je öfter sie in die Sonne kam.

Sie hatte einige Tage gebraucht, bis sie wieder den Mut fand, das Château zu verlassen. Zaghaft winkte sie Audrey, die gerade im Hof Wäsche aufhängte, dann eines Mittags vom Fenster aus zu. Audrey wartete an der Tür auf Marianne, und gemeinsam gingen sie wieder zum Ufer des Sees. Sie sprachen nicht viel. Marianne atmete die warme, würzige Sommerluft tief ein, und nach und nach schien sie sich etwas zu entspannen. Audrey ließ ihr Zeit. Sie hatte über Marianne so manche schlaflose Nacht gegrübelt. Sicherlich waren die Umstände für die junge Frau sehr schwer, fast schwerer als für Audrey, die immerhin noch nahe ihrem Zuhause war, wenn auch nicht darin. Aber alles und jeden in der Ferne zu wissen, die Familie und Freunde, und das in diesen Zeiten … Marianne musste sich schrecklich einsam fühlen.

In der zweiten Woche der Abwesenheit des Generalobersten kam Marianne fast täglich aus dem Château. Entweder in den Mittagsstunden, wenn die Soldaten faul im Schatten bei der Terrasse rumlungerten, oder in den Abendstunden, nachdem sie mit Rudolf unterwegs gewesen war. An diesen Tagen wirkte sie auf Audrey besonders erschöpft.

Audrey fand nicht immer die Zeit, sich zu ihr zu gesellen. Ihre Mutter war seit der Nachricht über Gilberts Tod sehr lethargisch, sie schaffte es kaum, den Haushalt zu führen oder gar die Wäsche zu machen. Wie ein Schatten ihrer selbst saß sie stundenlang nur da und starrte auf die Wand, das schwarze Trauerkleid trotz des heißen Spätsommerwetters bis zum Hals zugeknöpft. Bernard Perriéres hingegen ertränkte seinen Kummer. Dies tat er zwar des Abends in der Scheune, aber wenn Henri ihn dann bei Einbruch der Dunkelheit in sein Bett verfrachtete, war er kaum noch bei Sinnen. Morgens wankte er dann zerknittert wieder in die Scheune und griff erneut zur Flasche. Die Geschäfte führte Henri inzwischen allein. Audreys Vater war selten bei Sinnen, und er hätte den Arbeitern kaum eine vernünftige Anweisung erteilen können. Audrey fragte sich, wie lange ihre Eltern noch zulassen wollten, dass die Familie derart verfiel.

Ihr Tag bestand nur noch aus den Aufgaben, die nötig waren, um die Grundversorgung der vier Erwachsenen zu sichern: Wasser holen, Holz hacken, Wäsche waschen und alle paar Tage mit dem Fahrrad nach Paimpont fahren, um Nahrungsmittel zu besorgen. Wenigstens war ihre Kondition inzwischen gut genug, um den Weg ins Dorf mit dem Rad mühelos zu bewältigen, auch wenn es immer weniger zu kaufen gab und die Deutschen den Vorzug bekamen. Audrey graute vor dem Winter. An so manchem Tag lauschte sie in der Schlange vor der Lebensmittelausgabe den anderen Frauen, wie sie die Vorräte für den Winter planten. Doch Audrey hatte keinen Schimmer, wie man Gurken und Kraut einlegte oder gar Früchte einkochte, geschweige denn, wo sie das alles herbekommen sollte. Sie hoffte, dass sie aus dem Küchengarten des Châteaus etwas abzwacken konnte, wenn nötig, heimlich in der Nacht.

Abends fühlte sich Audrey oft müde und hoffnungslos ausgelaugt. Nur noch selten nahm sie ihre Kamera zur Hand. Einmal filmte sie Marianne, wie diese zunächst die Pfaue auf dem Hof fütterte, die zwischenzeitlich ziemlich abgemagert waren, dann einmal, wie Marianne regungslos im Licht der untergehenden Sonne am Ufer des Sees verharrte. Ansonsten gab es wenig schöne Augenblicke, die es wert gewesen wären, sie festzuhalten. Ihr Traum vom Besuch der Filmschule in Paris war in so weite Ferne gerückt, dass das Bedienen der Kamera ihr mittlerweile fast schon sinnlos erschien.

Rudolf trat ihr respektvoll und höflich entgegen. Fast täglich erkundigte er sich nach ihr und dem Befinden ihrer Eltern. Auch ihm war das Verhalten ihres Vaters nicht entgangen.

»Er wird sich wieder fangen«, beteuerte Audrey, denn aus Rudolfs Augen sprach stumm die Sorge, dass Bernard Perriéres nach der Rückkehr seines Vaters, des Generalobersten, die Contenance verlieren könnte. Die Männer waren immerhin schon einmal aneinandergeraten. Audrey hoffte inständig, dass er sich am Riemen reißen würde, doch die unterschwellige Spannung war deutlich zu spüren.

Eines Nachmittags – es waren gut zwei Wochen vergangen, nachdem Marianne das erste Mal aus dem Haus gekommen war – sah Audrey, wie Henri sich ihr zaghaft nährte. Wie beiläufig schlenderte er zum Ufer und grüßte sie höflich. Am Abend bemerkte Audrey das erste Mal wieder etwas Glanz in Henris Augen.

In den folgenden Tagen beobachtete sie diese Treffen des Öfteren, und mit jedem Mal wurden sie etwas länger. Die beiden unterhielten sich angeregt, einmal hörte Audrey sogar, wie Marianne lachte. Es wärmte ihr das Herz, dass die beiden kurze Augenblicke der Freude erfuhren.

Das Glück währte bis zu den ersten Septembertagen, die nicht nur schwere Gewitter mit sich brachten, sondern auch die Rückkehr des Generalobersten von Lickenwitz.

Kapitel 20

Wie ein Baum stand Generaloberst Freiherr von Lickenwitz am Tag seiner Rückkehr im strömenden Regen auf dem Hof und erteilte Kommandos.

»Das Gebäude da«, er deutete auf die linke Holzscheune, »wird benötigt. Es wird ab jetzt nur noch Stammholz geschlagen. Jedwedes Inventar des Betriebes ist beschlagnahmt.«

Audrey stand mit Henri, ihrem Vater und den Arbeitern in einer Reihe. Sie fror bis ins Mark, während sie sich die neuen Anweisungen anhörte. Rudolf stand neben seinem Vater, er trug Uniform, und sein Gesicht wirkte versteinert. Die Fronten waren wieder klar getrennt. Die sommerliche Ruhe der vergangenen Wochen floss mit den Rinnsalen des Regens davon.

»Die Soldaten werden in der Scheune einquartiert.« Mit einer steifen Bewegung wandte sich der Generaloberst zu Bernard Perriéres und Henri.

»Ihre Arbeiter unterstehen ab heute ganz dem Betrieb der Wehrmacht. Sie selbst dürfen nur noch Ihren Eigenbedarf an Holz decken, Abverkäufe sind ab sofort untersagt. Des Weiteren verhänge ich eine Ausgangssperre für alle französischstämmigen Bewohner ab sieben Uhr abends. Dieser Betrieb wird nun ganz zugunsten des deutschen Reiches geführt!«

Bernard Perriéres schnaubte. Henri legte ihm beruhigend die Hand auf die Schulter, und Audrey fasste ihn am Arm. In Henris Miene sah sie ein zorniges Beben und mahnte ihn mit einem eindringlichen Blick zur Ruhe.

Wenige Stunden später wurden sie Zeuge dessen, wie viele Soldaten der Oberst auf dem Hof des Châteaus einquartierte. Audrey, die geduckt hinter dem Fenster hockte, zählte zehn Transporter, aus denen jeweils um die zwanzig schwer bepackte Männer sprangen. Die Scheune war groß, aber zweihundert Mann waren selbst dort nur sehr beengt unterzubringen. Wie der Sturzregen der letzten Tage überfluteten nun die Deutschen den ganzen Hof. In einem großen Zelt wurde eine Feldküche eingerichtet. Seitlich der Scheune buddelten noch am Abend die Männer Senken für die Latrinen, welche dann mit den letzten Brettern aus dem Lager notdürftig zusammengezimmert wurden. Audrey zückte kurz entschlossen ihre Kamera und filmte das Treiben durch das Fenster hindurch.

»Was wollen die nur alle hier?« Luise Perriéres jammerte leise vor sich hin.

Henri saß neben Audrey und blickte mit wütend zusammengezogenen Augenbrauen nach draußen.

Bernard Perriéres hatte sich an den Tisch in der Küche gesetzt, mit dem Rücken zum Geschehen. Er hielt ein Glas Schnaps in der Hand und starrte auf die Flasche vor sich. »Jetzt ist es aus mit uns hier … aus …«

»Ach, Vater.« Audrey wusste keine tröstenden Worte, sie war selbst entsetzt von dem, was vor ihrer Tür geschah.

Und es wurde in den folgenden Tagen nicht besser. Die Soldaten hausten regelrecht in der Scheune. Audrey konnte nicht ausmachen, ob sie Urlaub hatten, bald nach Hause durften oder erst vor ihrem Einsatz standen, doch sie betranken sich hemmungslos. Alle paar Tage wechselte die Belegschaft. Lastkraftwagen kamen, brachten neue Soldaten und fuhren mit anderen wieder ab. Auf dem Hof herrschte ein stetiges Hin und Her.

In den durchwachten Nächten stellte Audrey fest, das auch im Château seltsame Dinge vor sich gingen. Eines Abends fuhren spät noch Fahrzeuge vor. Generaloberst Freiherr von Lickenwitz hatte vor dem Eingang Fackeln entzünden lassen. Aus den ersten Wagen stiegen Männer in Uniformen. An ihren blinkenden Orden und dem Schulterputz konnte Audrey erahnen, dass es sich hierbei nicht um einfache Soldaten handelte. Es waren hochdekorierte Offiziere, denen ein großer Empfang bereitet wurde. In ihrem Schloss! Audrey war gleichermaßen entsetzt und angewidert von dem Gehabe des Generalobersten, der sich in den fremden Mauern so hervortat, als handele es sich um seinen Besitz.

Als sie sich schon abwenden wollte von der Szenerie, sah sie noch einen Wagen vorfahren. Dieser hielt sehr dicht am Eingang. Zwei Soldaten hielten die Türen auf; vier Frauen stiegen aus, die sodann ins Haus geführt wurden.

»Bist du verrückt! Starr da nicht so hin!« Henri riss sie vom Fenster weg.

»Was machen die da drüben? Was sind das für Frauen? Sind das deren Frauen?« Audrey konnte sich keinen Reim auf das ganze Geschehen machen.

»Ich weiß es nicht, und es geht uns auch nichts an.« Henris Laune war seit der Rückkehr des Generalobersten unausstehlich. Audrey ahnte, warum; seine Treffen mit Marianne hatten ein jähes Ende gefunden. Sie wusste, wie er sich fühlte, denn auch sie und Rudolf hatten sich kaum gesehen in den vergangenen Tagen, und sie vermisste ihn.

Irgendwann mitten in der Nacht fuhren die Fahrzeuge mit den Männern und den Frauen wieder davon. Das Schauspiel wiederholte sich an den kommenden Tagen und gab Rätsel auf.

Audrey überlegte, ob sie Rudolf danach fragen sollte. Doch dieser begegnete ihr nur noch selten auf dem Hof, und wenn, war er kurz angebunden und sah sich immer hektisch um, als hätte er Angst, jemand könnte sie sehen. Sie sehnte sich danach, endlich einmal wieder allein mit ihm zu sprechen.

Eines Nachmittags erwischte sie ihn am See. Er war gerade mit Marianne zurückgekehrt; die Soldaten hatten die junge Frau in das Haus verfrachtet, und Rudolf ging mit schweren Schritten in Richtung Wald. Audrey ließ den Eimer stehen, mit dem sie gerade Wasser von der Pumpe holen wollte, und huschte ihm nach. Auf der versteckten Lichtung am Ufer traf sie ihn schließlich.

»Rudolf.« Sie zog ein überraschtes Gesicht, als hätte sie der Zufall zusammengeführt. »Wie schön, Sie mal wieder zu treffen.«

»Wie geht es Ihnen?« Er starrte verlegen auf seine schweren Stiefel.

»Ach, lass uns doch endlich Du sagen«, schlug sie vor.

Rudolf lächelte scheu. »Sehr gern. Also, wie geht es dir, Audrey?«

»Na ja, meine Eltern nimmt das alles sehr mit. Denken

Sie … denkst du, dein Vater wird das Château beizeiten wieder freigeben? Ich weiß einfach nicht, wie es weitergehen soll.«

Rudolf schwieg zunächst. Dann sah er Audrey ins Gesicht. »Nein, er hat von seinem Aufenthalt in Deutschland einige neue Anweisungen mitgebracht. Zum einen überwacht er die Verteilung der Soldaten.« Rudolf machte eine Geste zur Scheune hin. »Zum anderen …« Er verstummte und schüttelte den Kopf.

»Hat das mit den nächtlichen Feiern zu tun?«

»Du weißt davon?« Verblüfft sah er sie an.

»Es ist ja wohl kaum zu übersehen, wenn abends die Fackeln angehen. Und dann die Wagen mit den Männern und Frauen.«

Plötzlich drehte er sich zu ihr um und packte sie an den Schultern. »Audrey, glaube mir – ich habe damit nichts zu tun! Es ist besser, wenn ihr flieht. Hier ist es nicht mehr sicher für euch!«

Sie lachte auf. »Fliehen? Wo sollen wir denn hin?«

»Irgendwo anders hin – nur bleibt nicht in der Nähe meines Vaters. Es könnte gefährlich werden für euch. Besonders für dich!«

Audrey lief es eiskalt den Rücken hinab. Seine Stimme war so bitterernst, dass sie seine Worte nicht infrage stellte.

Henri setzte sich auf die Bettkante und schlug die Hände vors Gesicht. Audrey hatte ihm am Abend von dem Gespräch mit Rudolf erzählt. Einen langen Augenblick verweilte er so, dann richtete er sich auf und sah Audrey ernst an. »Wenn es so ist, dann müssen wir fort von hier.«

»Aber wohin denn?«, fragte Audrey ihn. Es war ausgeschlossen, dass sie irgendwo in der Nähe unterkamen, denn wie sie letztens in der Bäckerei erfahren hatte, war sämtlicher Besitz von deutschen Soldaten besetzt und beschlagnahmt worden.

Henri setzte sich aufrecht hin. »Auch wenn er zu *denen* gehört – er hat uns bis jetzt nichts Böses gewollt. Wir sollten seinen Rat ernst nehmen. Der Holzhandel ist ohnehin in der Hand der Deutschen. Wir können hier im Augenblick nichts tun. Ich denke, in Anbetracht dieser Warnung wäre es für uns alle sicherer, wenn wir das Château Maélis verließen.«

»Wohin denn?«, wiederholte Audreys Vater mit schwacher Stimme. Offenbar hatte er dem Gespräch von der Küche aus gelauscht.

»Wir gehen zu meinen Eltern.« Henri erhob sich und stemmte die Hände in die Seiten.

Polternd erhob sich Bernard Perriéres von seinem Platz am Tisch. »Und wie stehe ich dann da? Wenn du nach Hause willst, steht es dir frei zu gehen, Henri. Aber ich werde mein Haus und meinen Betrieb nicht einfach aufgeben und dem Feind in die Hände fallen lassen! Ich werde mich nicht wie ein Feigling in der Nacht davonstehlen!«

»Vater!« Audrey stand ebenfalls auf und stellte sich zwischen die beiden Männer. Sie hob beschwichtigend die Hände. Auch wenn es ihr selbst unvorstellbar erschien, das Château zu verlassen, machte ihr das, was sich da draußen zusammenbraute, noch mehr Angst.

»Wir wissen doch gar nicht, wie es bei denen aussieht … vielleicht ist da auch alles voller Deutscher«, erklang nun

Luises Stimme. Alle sahen sie überrascht an. Nach der Nachricht von Gilberts Tod hatte sie sich an keiner Unterhaltung mehr beteiligt.

Henri hob entmutigt die Arme. »Ich weiß es nicht, denn ich habe seit etlichen Wochen keinen Brief mehr von zu Hause empfangen. Aber ich kann es mir einfach nicht vorstellen. Aus irgendeinem Grund scheint dem Generaloberst das Château besonders wichtig zu sein. Für uns gibt es hier nichts mehr zu tun. Um unseren Lebensunterhalt können wir besser in Rennes kämpfen.«

»Da hast du recht.« Audrey sah ihren Vater an. »Wir haben kaum Vorräte für den Winter, dürfen abends das Haus nicht mehr verlassen, und über zweihundert Deutsche sitzen da draußen in der Scheune.«

»Ich werde dennoch nicht bei meinem Bruder betteln gehen.« Ihr Vater schnaufte.

»Keiner wird uns dort als Bettler sehen. Meine Eltern werden uns gern aufnehmen. Vor allem Audrey und Luise wären bei ihnen weit besser aufgehoben als hier … Wer weiß, was all diese Soldaten im Schilde führen.«

Audrey trat neben ihren Vater. »Ich muss Henri zustimmen. Es ist jetzt nicht die Zeit für falschen Stolz. Hier können wir nichts mehr ausrichten.«

»Wie Hunde … fortgejagt vom eigenen Grund.« Ihr Vater schüttelte den Kopf und sah sich suchend nach der Schnapsflasche um.

»Was meinst du, wie sollen wir nach Rennes kommen?«

Henri legte ihr die Hand auf die Schulter. »Ich fürchte, wir werden laufen müssen.«

Luise sog scharf die Luft ein.

Henri deutete mit einem Kopfnicken nach draußen, wo

es inzwischen dunkel, aber nicht leise geworden war. Die Soldaten schienen ihre neue Unterkunft zu feiern. »Sie haben alles beschlagnahmt. Nehmen wir etwas – stehlen wir es. Das sollten wir nicht riskieren. Wenn wir uns heute in der Nacht aufmachen, wird es keiner merken. Sie scheinen sich gebührlich zu betrinken. Wenn wir stramm durchmarschieren, können wir morgen Abend bei meinen Eltern sein. Und ich vermute, man wird uns hier weder vermissen noch suchen.«

Aus seiner brechenden Stimme hörte Audrey heraus, dass es eine Person gab, die Henri sehr wohl vermissen würde.

»Gut. Maman, Vater – ich denke, wir sollten es so machen.«

Bernard Perriéres schüttelte den Kopf, hob aber gleichzeitig mit einer ergebenen Geste die Hände. »Nun gut, du hast recht. Die Frauen werden da sicherer sein.«

»Dann packen wir jetzt.« Luise schien es plötzlich eilig zu haben. Die Aussicht, vielleicht an einen weniger beengten und komfortableren Ort zu gelangen, schien ihr neue Zuversicht zu geben.

Henri hob mahnend die Hand. »Wir können nur das Nötigste mitnehmen, wir haben sonst zu schwer zu tragen.«

Luise hatte bereits eine Tasche hervorgeholt. »Diese Banditen haben uns doch sowieso kaum etwas gelassen.«

Es war weit nach Mitternacht, als sie sich zum Aufbruch bereit machten. Draußen grollte in der Ferne wieder Donner.

»Es wird regnen.« Audrey hatte inzwischen gehörig

Angst vor der geplanten Flucht. Was, wenn man sie bemerkte? Würden die Deutschen sie verjagen? Gar erschießen? Oder einfach ziehen lassen?

»Das Wetter wird uns nütze sein.« Henri hockte am Fenster und spähte nach draußen. »Die Soldaten haben sich alle betrunken, selbst die Wache vor dem Scheunentor schläft. Wir müssen nur sehen, dass wir aus dem Haus und in den Wald kommen.«

Audrey starrte auf ihren Koffer. Wie bei der Vertreibung aus dem Haus vor drei Monaten hatte sie ihre Kamera ganz nach unten gepackt. Sie dachte an all die persönlichen Dinge, die sich noch drüben im Château befanden. Und sie dachte an Rudolf. Es schmerzte sie, ihn verlassen zu müssen. Er war um ihre Sicherheit besorgt, und dies berührte Audrey. Es brachte sie beide noch näher zueinander.

»Was ist denn mit Marianne?«, flüsterte sie Henri zu. »Wir können sie doch nicht einfach hierlassen!«

Sein Gesicht versteinerte. »Sie gehört zu denen. Wir können ihr nicht helfen. Rudolf wird auf sie achtgeben.«

Audrey nickte bedrückt. Dann fiel ihr siedend heiß etwas ein, und sie sprang auf. »Ich muss noch schnell etwas erledigen.«

»Audrey – mach jetzt keinen Unsinn!« Henri sah sie warnend an.

»Nein, nein – ich bin vorsichtig und gleich wieder da.«

Im Dunkeln tappte sie die Treppe zur Eingangstür hinab. Henri hatte sie angewiesen, kein Licht anzumachen, um ja keinen Verdacht zu erwecken. Ab und an erhellten ferne Blitze den Himmel, aber Audrey brauchte kein Licht, sie kannte sich so gut aus, dass sie sich auf dem ganzen Hof blind zurechtfand. Neben der Eingangstür stand ein kleines Eimerchen. Dieses nahm sie zur Hand und huschte damit im Schatten der Büsche zum Haupthaus herüber. Dort stellte sie das Eimerchen neben dem Eingang zur Küche ab. Francine oder die Köchin würden es finden und wissen, was zu tun war. Romeo und Julia brauchten weiterhin Futter.

Der Gedanke an die Pfaue versetzte Audrey einen schmerzhaften Stich. Hastig kehrte sie zurück in das Steinhaus. Kurz erwog sie, Rudolf eine Nachricht zu hinterlassen, doch dann wurde sie gewahr, dass dies zu gefährlich war. Es war besser, wenn niemand wusste, wo sie hingingen, das hatte er ihr selbst geraten. So schwer es ihr auch fiel – sie musste vernünftig sein.

Um drei Uhr in der Nacht erhob sich Henri. »Ich denke, jetzt ist es Zeit. Auf dem Hof scheinen alle zu schlafen, und auch im Château ist kein Licht mehr an.« Donnergrollen verschluckte fast seine Worte.

Wie Strauchdiebe schlichen sie sich vom Haus fort, jeder mit einem Koffer in der Hand und zwei Lagen Kleidung am Körper. Äste schlugen ihnen entgegen, als sie sich einen Weg bahnten. Henri ging vorneweg, er kannte den Wald wie seine Westentasche. Luise und Bernard folgten ihm, das Schlusslicht bildete Audrey. Ihre Mutter rutschte und stolperte vorwärts, sie war es nicht gewohnt, durch das Unterholz zu streifen.

Als sie endlich einen Waldweg erreichten, kamen sie deutlich schneller voran. Aus der schwülen Nachtluft wurde langsam der kühle Hauch des Morgens. Die Gewitter waren verstummt. Hier und da schien der Mond durch die Bäume. Audrey und Henri ließen Luise und Bernard vorangehen. Audrey beobachtete den angestrengten Gang ihres Vaters, leicht gebeugt schleppte er seinen Koffer, rutschte hin und wieder auf dem feuchtnassen Boden aus und fluchte leise. Ihr wurde schmerzlich bewusst, dass ihre Eltern nicht mehr die Jüngsten waren. Gerade die letzten Monate hatten beide um Jahre altern lassen. Luises Haar glänzte silbergrau im dumpfen Nachtlicht. Ihre Mutter hielt sich trotz der Anstrengung aufrecht und gab ein erstaunlich flottes Marschtempo vor. Das Ziel schien sie anzutreiben. Vielleicht hätten sie schon eher gehen sollen? Woher nur nahm ihre Mutter plötzlich diese Kraft?

Im Licht der aufgehenden Sonne erreichten sie den Rand des Waldes und folgten dem Weg nahe dem Straßenrand. Erst als die Sonne höher am Himmel stand, legten sie eine kurze Rast ein und setzten sich auf eine alte Steinmauer. Audrey schmerzten die Füße, doch sie beklagte sich nicht. Ihren Eltern machte der lange Marsch viel mehr zu schaffen. Henri hatte Wasser in einer Feldflasche mitgenommen. Ihr Vater trank mit zittriger Hand. Ihm wäre etwas Härteres wahrscheinlich lieber gewesen. Während sie sich einen Augenblick erholten, bemerkte Audrey, dass sie nicht die Einzigen waren, die unterwegs waren. Ein Pferdekarren, vollbepackt und obenauf noch zwei Kinder, die im Sitzen schliefen, fuhr an ihnen vorbei; die müden Eltern saßen auf dem Kutschbock. Wenig später wanderte eine Gruppe Männer am Straßenrand entlang, auf dem Rücken schweres Gepäck, in den Händen Äste als Wanderstöcke. Audrey bemerkte die durchgelaufenen Schuhe der Männer, sie waren wohl schon länger unterwegs.

Auch Henri sah diesen Menschen nachdenklich hinterher. »Wir sind nicht die Einzigen, die gezwungen sind, sich einen neuen Ort zum Leben zu suchen.«

»Nein.« Audrey schluckte schwer. Ihr wurde das erste Mal so richtig bewusst, dass dieser Krieg und mit ihm die Besatzung durch die Deutschen das ganze Land betraf und nicht nur ihre kleine Scholle mitten im Wald.

Luise erhob sich von der Mauer, strich ihren Rock glatt, der bis über das Knie mit Schlamm bespritzt war, und winkte ungeduldig ihrer Familie zu, gerade so, wie sie früher die Hausmädchen angetrieben hatte. »Los, wir gehen weiter. Ich will hier nicht wie ein Tagelöhner am Straßenrand herumsitzen.«

Bernard erhob sich schwerfällig, Audrey und Henri nahmen ihre Koffer, und weiter ging es. Es gab kaum nennenswerte Dörfer auf der Strecke, nur lose Ansammlungen von Bauernhöfen. Auf denen waren vereinzelt deutsche Fahrzeuge zu sehen, aber auch Bauern, die wie gewohnt ihrem Tagewerk nachgingen. Sie liefen an La Quellier vorbei, durch La Guerinais, und gegen Mittag waren sie schon in Bréal-sous-Montfort. Bis Rennes war es nicht mehr weit. Audreys Willenskraft jedoch war erschöpft, und sie musste dem Drang widerstehen, sich einfach an den Wegesrand zu setzen und dort zu bleiben, bis das Schicksal mit ihr gnädig wäre. Obwohl eigentlich sie die bessere Konstitution haben müsste, konnte sie mit ihren Eltern und Henri nicht mithalten. Vielleicht lag es daran, dass sie das Château nicht verlassen wollte? Je weiter sie sich vom Wald entfernt hatten, desto falscher hatte es sich angefühlt, Rudolf dort allein zu lassen. Natürlich war er einer der Besatzer, doch er war auch ihr Freund geworden.

Auf der Straße war nun deutlich mehr Betrieb, doch waren es überwiegend Militärfahrzeuge, die ihren Weg kreuzten. Henri erwog, nach einer Mitfahrgelegenheit zu fragen, doch Bernard protestierte mit auflebender Kraft. »Lieber krieche ich auf Knien in die Stadt, als mich von denen auch noch fahren zu lassen.« Luise nickte zustimmend. So setzten sie ihren Weg zu Fuß fort.

In Rennes begrüßten sie die Flaggen der Deutschen. Bedrohlich leuchtete das obligatorische Rot im Licht der Abendsonne. Auf den Straßen der Stadt war es auffallend ruhig. Sie waren noch nicht weit gekommen, als ein Fahrzeug mit aufheulendem Motor neben ihnen zum Stehen kam. Ein junger deutscher Soldat sprang heraus und stellte sich ihnen in den Weg. »Die Ausgangssperre beginnt gleich. Sie dürfen nicht weiter!«

Dies erklärte die Stille auf den Straßen.

Henri schob sich vor Audrey und ihre Eltern und hob beschwichtigend die Hände. »Wir sind gleich am Ziel. Lassen Sie uns bitte weitergehen.«

»Was wollen Sie denn in der Stadt?« Der Soldat beäugte sie misstrauisch.

»Familie – wir möchten zu meiner Familie«, gab Henri wahrheitsgemäß an.

»Gut, aber beeilen Sie sich, nach Einbruch der Dunkelheit haben Sie auf der Straße nichts mehr verloren.« Mit Schwung kletterte er in das Fahrzeug und fuhr davon.

Sie hatten kaum noch Kraft. Audrey hatte das Gefühl, es dauere eine halbe Ewigkeit, bis sie die eine Straße hinter sich gelassen hatten, um in die nächste zu gelangen. Sie spürte ihre Beine kaum noch, und ihr Arm, der den

Koffer trug, war inzwischen ohne Gefühl. Wie mochten sich nur ihre Eltern fühlen?

Sie schafften es nicht bis zum Einbruch der Dunkelheit. So verzögerten sich die letzten Kilometer bis zu Henris Elternhaus nochmals, weil sie einige Male in dunklen Hinterhöfen Schutz suchen mussten, da Motorengeräusche erklangen. Bloß nicht von Soldaten gesehen werden, dachte sie, zumal keiner von ihnen wusste, wie der Verstoß gegen die Ausgangssperre in Rennes geahndet wurde.

Henri kannte sich gut aus in der Stadt. Zielsicher führte er die kleine Gruppe weiter, und als endlich das lang gezogene Stadthaus in Sicht kam, welches sich zwischen die anderen Häuser schmiegte, war Audrey vor Erschöpfung den Tränen nahe.

Dumpfes Licht drang durch die Fenster. Auf Henris Klopfen hin öffnete ein Dienstmädchen mit weißer Schürze die Haustür. Schüchtern, fast ängstlich spähte sie durch den Türspalt, riss dann aber die Tür auf, als sie erkannte, wer davorstand.

Nach dem langen Marsch fühlte Audrey sich plötzlich wie in einem Karussell. Binnen Minuten war das ganze Haus in heller Aufregung. Ihr Onkel und seine Frau stürzten herbei, ihre Cousinen tauchten auf, alle redeten wild durcheinander, Hausmädchen huschten um sie herum, griffen nach dem Gepäck, brachten Getränke. Audrey hingegen wollte nur noch ihre Schuhe ausziehen und ihre schmerzenden Füße hochlegen.

Kapitel 21

Rennes, Herbst 1940

Als Audrey am nächsten Morgen erwachte, erschrak sie zunächst angesichts der Stille um sie herum. Seit Monaten hatte sie nicht in einem Zimmer für sich allein geschlafen. Sie brauchte einige Zeit, um zu begreifen, wo sie war.

Eric Perriéres hatte die Familie seines Bruders mit offenen Armen empfangen, ganz zu schweigen von der Freude, seinen Sohn wieder daheim zu wissen. Keiner von ihnen bezweifelte, dass sie das Château nicht aus gutem Grund aufgegeben hatten. Seine Frau Isabelle hatte geschwind die Hausmädchen angewiesen, die Gästezimmer herzurichten, und die Köchin beauftragt, den Ankömmlingen ein kleines Mahl zu servieren. Nach und nach hatte Audrey begriffen, dass im Stadthaus der Familie Perriéres das Leben trotz der Besatzung wie gewohnt seinen Gang nahm. Hier war im ersten Moment nichts zu spüren von Einschränkungen oder gar Enteignung. In ihre unermessliche Müdigkeit hatte sich unterschwelliger Groll gemischt.

Vorsichtig stieg sie nun aus dem warmen Bett. Ihre Füße fühlten sich immer noch etwas taub an, und die Muskeln ihres Körpers schmerzten. Ihr Koffer stand am

Fußende des Bettes. Ein wenig ratlos tappte sie mit nackten Füßen im Zimmer umher. Durch die Vorhänge am Fenster fiel ein schmaler Sonnenstrahl. Wie spät es wohl war? Audrey lauschte, doch im Haus war es still. Ihr Blick fiel auf eine Tür gegenüber vom Bett. Dahinter befand sich ein kleines Bad mit fließend Wasser, Toilette, Waschbecken und einer schmalen Badewanne. Als sie vor vielen Jahren zum ersten Mal im Stadthaus ihres Onkels zu Gast gewesen war, war dies der Inbegriff von Luxus für sie gewesen. Sie erinnerte sich wieder daran, wie sie ihrem Vater damals Vorwürfe gemacht hatte, warum er das Château nicht auch so ausstattete. Immerhin standen ihnen für die Körperpflege auf den Zimmern nur altmodische Waschkommoden zur Verfügung, und zum Baden oder zur Verrichtung der Notdurft musste man in die Waschküche in den Keller, wo ihr Vater vor Jahren das Wasserklosett in einen Verschlag hatte einbauen lassen. Und selbst dies war ihr in den letzten Monaten fremd geworden, denn seit die Deutschen das Château besetzt hielten, hatte es für sie nur die Schwengelpumpe auf dem Hof und ein Plumpsklo an der Scheune gegeben.

Zaghaft betrat sie nun das kleine Bad. Über dem Waschbecken hing ein Spiegel. Audrey betrachtete sich, als stünde dort eine Fremde. War dies wirklich ihr Gesicht? Schmal, die Wangenknochen noch höher als sonst, die Haare stumpf und ohne Glanz, die Augen müde, mit dunklen Ringen darunter. Sie drehte den Wasserhahn auf, benetzte ihre Hände, die eher aussahen wie die einer Bäuerin – das Holzhacken und die Arbeit am Waschbrett hatten ihren Tribut gezollt. Mit den nassen Händen fuhr sie sich über das Gesicht. Mit einem blütenweißen und weichen Handtuch, das neben dem Waschbecken parat lag, trocknete sie ihre Haut. Wo war hier der Krieg?

Sie ging zurück ins Schlafzimmer. Am Fenster zog sie die Vorhänge ein Stück weiter auf. Die Sonne blendete sie einen Augenblick. Draußen auf der Straße herrschte bereits reges Treiben. Automobile und Pferdewagen, Männer mit Handkarren, kleine Gruppen von Kindern liefen am Straßenrand entlang und hier und da Frauen mit Einkaufskörben. Wären da nicht die Militärfahrzeuge mit der auffälligen Beflaggung gewesen, man hätte meinen können, es sei ein ganz normaler Spätsommertag. Die Straße war recht breit, doch fehlte Audrey die Weite der Natur, die sie vom Château gewohnt war. Hier blickte man nur bis zur nächsten Häuserfront. Schwärme von Tauben saßen auf den Giebeln, hier und da hing Kleidung zum Trocknen aus den Fenstern, und so weit das Auge sehen konnte, reihte sich Haus an Haus, nur unterbrochen von Einfahrten, die in düstere Hinterhöfe führten. Hier und da standen Bäume am Straßenrand, und schmale Beete säumten so manchen Hauseingang, doch die Bäume und Pflanzen wirkten schwächlich, nur wenige trugen noch Sommerblüten, und die Blätter an den Ästen bekamen schon ihr Herbstgewand. Im Wald von Paimpont war es Ende September noch nicht so weit, dort zeigte sich die Natur noch üppig, Büsche und Bäume hingen voller Beeren und Früchte, und bevor die Bäume ihr buntes Herbstlaub zeigten, erstrahlten sie nochmals in sattem Tiefgrün. Doch war das tatsächlich so gewesen? Audrey bemerkte, dass sich in ihrem Kopf nur Erinnerungen an vergangene Jahre fanden. Die Bilder der letzten Tage und Wochen waren verschwommen, und über allem lastete die braungrüne Farbe der Soldatenuniformen. Audrey schauderte, und aus dem Schaudern wurde ein unkontrolliertes Zittern. Was hatte sie alles verloren in diesem Sommer? Ihren Bruder, ihre Heimat, ihre Eltern, die nicht mehr so waren wie früher, und all ihre Träume und Zuversicht. Mit wackeligen Knien sank sie auf die Bettkante. Hatte sie noch bis gestern Abend die ganze Zeit versucht von Tag zu Tag zu leben, die anstehenden Probleme zu lösen und an der Hoffnung festzuhalten, dass alles nur ein böser Traum wäre, brach jetzt der ganze unterdrückte Kummer über sie herein.

Es dauerte eine ganze Weile, bis sich Audrey wieder halbwegs gefangen hatte. Mit gleichmäßigen, streng ausgeführten Atemzügen versuchte sie wieder Herrin ihrer Gefühle zu werden. Das Rauschen in ihren Ohren wurde leiser, und stattdessen drangen die Laute des Alltags zu ihr durch. Das Haus um sie herum erwachte zum Leben, sie hörte Schritte und Türengeklapper. Es war Zeit, sich anzuziehen.

Ihr Koffer gab nicht mehr viel Kleidung her. Das, was sie beim Eintreffen der Deutschen aus dem Château mitgenommen hatte, war deutlich verschlissen. Sie suchte sich eine Bluse, auf der nicht ganz so offensichtliche Flecken zu sehen waren, und den Rock mit den wenigsten Ziehfäden. Wen hatte es auch in den letzten Monaten schon gekümmert, was sie trug?

Dass das Äußere nun wieder Gewicht bekommen würde, wurde ihr sofort bewusst, als sie in den Frühstückssalon kam. Dort saßen bereits alle versammelt: ihr Onkel Eric mit seiner Frau, ihre Cousinen Elodie und Josette, Henri und ihre Eltern. Bernard und Luise wirkten gegenüber Eric und Isabelle wie Schatten ihrer selbst. Auch ihre Kleidung zeugte davon, dass ihre letzten Monate nicht einfach gewesen waren, wohingegen die Familie ihres Onkels am Tisch saß und aussah, als wären sie erst gestern im Modehaus zum Einkaufen gewesen. Elodie, die Audrey immer schon forscher als ihre jüngere Schwester vorgekommen war, blickte nun auch unverwandt auf Audrey. Um ihre Nase zeigte sich ein leichtes Kräuseln. Die beiden Mädchen waren nicht viel erwachsener geworden. Wie zwei Anziehpüppchen saßen sie steif am Tisch und zelebrierten das Essen wie ein gut eingeübtes Theaterstück.

»Audrey, komm, setz dich.« Ihr Onkel wies auf einen freien Stuhl.

Audrey nahm Platz und starrte einen Augenblick auf den Tisch vor sich. Brot, Marmeladen, Butter! Ihr Magen zog sich schmerzhaft zusammen. Sie hatten zwar noch keinen wirklichen Hunger leiden müssen in den letzten Monaten, doch gerade in den vergangenen Wochen waren ihre Einkäufe in Paimpont sehr karg ausgefallen. Zumal es ihr mit einem Mal ungewohnt vorkam, sich an einen gedeckten Tisch zu setzen, um den zwei Hausmädchen herumschwirrten, die Kaffee und Tee einschenkten.

Ihr Onkel richtete währenddessen das Wort an seinen Bruder. »Hättet ihr doch eine Nachricht geschickt oder wärt schon früher zu uns gekommen! Wir haben davon gehört, dass die Gebietsverwaltung sich bei euch auf dem Château eingerichtet hat, doch wir konnten ja nicht ahnen, dass …«

Seine Frau Isabelle sog hörbar die Luft ein. »Luise, wenn ihr etwas braucht, Kleidung oder was auch immer, lass es mich wissen. Ich gebe es bei den Mädchen sofort in

Auftrag. Wie schrecklich, dass ihr alles zurücklassen musstet. Audrey – vielleicht können Elodie und Josette dir ein paar Kleider überlassen.« Dann wandte sie sich an Henri und tätschelte ihm über den Tisch hinweg die Hand. »Ich bin froh, dass du wieder da bist.«

Audrey hörte, wie ihr Vater sich verlegen räusperte. »Danke, wir wissen das wirklich sehr zu schätzen. Ich hoffe, dass dieser Umstand nicht zu lange anhält und wir bald wieder alle wie gewohnt …«

Eric schenkte seinem Bruder einen milden Blick. »Es ist wirklich kein Problem, ihr könnt so lange hierbleiben wie nötig. Ihr solltet euch ein paar Tage erholen. Hätte ich geahnt, dass ihr zu Fuß unterwegs wart, ich hätte euch einen Fahrer geschickt.« Er schüttelte verdrossen den Kopf.

»Wir wussten ja nicht, wie es hier bei euch steht, wir wollten euch nicht zur Last fallen.« Henris Stimme war dünn.

»Was lebt ihr da im Wald auch für ein rückständiges Leben.« Isabelle schüttelte den Kopf. »Bernard, ich habe ja immer schon gesagt, du hättest wenigstens einen Telefonapparat installieren lassen können.«

Eric sah seine Frau scharf an. »Isabelle, jetzt ist nicht die Zeit für Vorwürfe. Aber in einem muss ich meiner Frau recht geben, ein Brief wäre das Geringste gewesen.«

Audrey sah, wie ihr Vater noch blasser wurde, als er schon war, und sie wusste auch, dass es ihn bei Weitem mehr belastete, bei seinem Bruder Unterschlupf und Hilfe zu suchen, als er zugeben wollte. Seine Ehre hatte einen großen Sprung bekommen, den selbst die noch so gut gemeinten Worte seines Bruders wohl nie wieder kitten würden. Dieser Standesdünkel war natürlich unsinnig, doch Audrey konnte die Schmach nachvollziehen, wenn sie daran dachte, dass ihre albernen und ungeliebten Cousinen ihr mit Kleiderspenden würden aushelfen müssen. Hätte man ihr dies noch zu ihrem Geburtstag vorhergesagt, sie hätte wohl gelacht und gesagt, dass sie dann lieber nackt im Wald umherrennen würde. Ein Blick auf die ausgefransten Ärmelaufschläge ihrer Bluse belehrte sie jetzt eines Besseren.

Sie arrangierten sich. Audrey beobachtete in den nächsten Tagen, wie ihre Mutter sich ohne viel Aufhebens in die Rolle des Gastes einfügte, als wäre dies ein Ferienaufenthalt in der Stadt. Alsbald fand man sich mit Luise und Isabelle beim Nachmittagstee ein und plauderte, als würde sich die Welt da draußen wie gewohnt weiterdrehen – ein Treffen, auf das Audrey gerne hätte verzichten können. Dennoch, die seelische Schwere schien von Luise abgefallen zu sein. Nur ein Thema vermied sie strikt. Gilbert.

Elodie und Josette besuchten seit Kurzem ein neu eingerichtetes Ausbildungsinstitut für junge Frauen. Dies brachte ihnen und den Müttern viel Gesprächsstoff. Nachmittags wurde der Unterricht ergänzt durch Tanzstunden, Konversationskurse und eine für junge Damen angemessene Leibesertüchtigung. Ihre Cousinen wirkten zudem regelrecht berauscht von den vielen jungen Soldaten, die in der Stadt verweilten, und plapperten unentwegt über Männer. Dass es sich um Deutsche handelte, schien weder sie noch ihre Mutter zu stören. Im Gegenteil, das Abenteuer lockte. So verbrachten die jungen Frauen viel Zeit mit der Auswahl von Kleidung und Schminke, um dann am Nachmittag nach dem Unterricht und der

Teestunde durch Rennes zu flanieren. Abends kehrten sie erhitzt und kichernd zurück. Überhaupt schien die Anwesenheit der Deutschen hier einen ganz anderen Stellenwert zu haben als im Wald bei Paimpont. Audrey hatte die Deutschen als Besatzer erlebt, welche sie aus ihrem Haus vertrieben hatten. Hier in Rennes und in der Familie ihres Onkels hingegen wurden sie fast wie Heilsbringer verehrt. Neben Audrey schien auch Henri diesen Umstand höchst bedenklich zu finden.

Henris knappe und kritische Einschätzung dazu brachte ihm böse Worte von seinem Vater ein. »Die Waffen schweigen, was wollen wir mehr? Man muss sich nun arrangieren.«

Vielleicht hatte Onkel Eric aufgrund seiner Tätigkeit als Kaufmann da eine andere Einstellung? Audrey versuchte die Zusammenhänge zu verstehen. Der Familie ging es augenscheinlich prächtig. Von Not oder gar Unterdrückung war in diesem Hause nichts zu spüren. Im Gegenteil, je mehr die Deutschen das Land unter ihre Fittiche nahmen, desto wohlgelaunter zeigte sich ihr Onkel – und desto missmutiger wurde Henri.

Audrey wusste nicht recht, was sie in Rennes machen sollte. Die Aufgaben, an die sie sich durch die Not, die Familie versorgen zu müssen, inzwischen gewöhnt hatte, fielen nun wieder den Bediensteten zu. Doch sie konnte den Komfort nicht recht genießen. Natürlich war es angenehm, jeden Tag frische Wäsche zu bekommen, auch wenn es größtenteils nicht ihre eigene Kleidung war. Doch sie konnte einfach nicht so tun, als wäre alles normal. Zum Müßiggang, wie ihn ihre Cousinen pflegten, fehlte ihr jeder Anreiz, und die Gesellschaft ihrer Mutter und der Frau ihres Onkels war auch nicht gerade das, was ihr als Zeitvertreib zusagte. So verbrachte sie oft Stunden allein, studierte die Tageszeitungen oder erwischte sich selbst dabei, wie sie gedankenverloren aus dem Fenster starrte. Die Tage wurden zu einem langweiligen Gleichmaß; draußen verging der Spätsommer, und der Herbst hielt Einzug.

»Melde dich doch auch auf dieser Schule an, die Elodie und Josette besuchen.« Luise war etwas pikiert darüber, dass Audrey so gar kein Interesse zeigte, ihren Cousinen nachzueifern.

»Ach Maman, ich glaube, das ist nichts für mich.«

»Aber da bereitet man die Mädchen auf die Ehe vor – die beiden scheinen dort sehr viel zu lernen.«

Audrey wollte sich nicht dem Zwang einer solchen Ausbildung ergeben. Und wenn diese Schule voll war mit kichernden und albernen Mädchen, schon gar nicht. Das war nichts für sie. Sie kannte wenig Steifheit und Strenge, sie war im Wald aufgewachsen, in der Natur. Elodie und Josette konnten nicht mal ein Huhn von einer Taube unterscheiden.

Zu Henri bekam sie kaum noch Zugang. Er war wortkarg geworden, und sein Blick hatte etwas Lauerndes. Er war nicht glücklich im Haus seiner Eltern.

Aus der Zeitung bekam Audrey zum Winter hin eine Vorstellung davon, was sich in Rennes und im ganzen Land änderte. Die Deutschen setzten nun in Frankreich ihre Politik um, auch wenn dies offiziell nicht so betitelt wurde, sondern angeblich von der Regierung des französischen Staates ausging, mit schwerwiegenden Folgen für die jüdische Bevölkerung. Zunächst wurde nur eine Meldepflicht erlassen, dann wurde den Juden der Zugang zu öffentlichen Plätzen verboten. Einige Wochen später erfolgte ein Arbeitsverbot, und dann begann man, die Juden nach und nach aus ihren Häusern zu holen. Audrey beobachtete dies mehrmals von ihrem Fenster aus. Soldaten sammelten die Familien ein und brachten sie fort.

Als es im Dezember eine Familie von schräg gegenüber traf, sprach Isabelle an diesem Tag beim Abendessen das erste Mal ihr Bedauern aus. »Es waren doch ganz nette Leute.«

Eric Perriéres strafte seine Frau mit einem strengen Blick. »Du hast doch gehört, was die Regierung dazu sagt – man pflichtet den Deutschen da ganz bei, dass eine Lösung gefunden werden muss. Diesen Menschen die Möglichkeit einer Eigenverwaltung weit im Osten zu bieten ist wohl nur mehr als recht.«

Henri ließ geräuschvoll sein Besteck auf den Teller fallen. »Vater, hast du gesehen, wie man die Menschen wegschafft? Sind Güterzüge wohl das rechte Transportmittel für einen so großzügig beworbenen Neuanfang? Und ist dir nicht zu Ohren gekommen, wie es in dem Lager bei Paris zugehen soll?«

»Henri!« Die Stimme des Onkels klang warnend.

»Oder verschließt du davor lieber die Augen, weil es dir zugutekommt? Damit bist du genauso schlecht wie die Deutschen! Dir muss doch klar sein, welch ein Unrecht da vor unseren Augen geschieht!«

»Henri, bitte.« Nun war es Isabelle, die versuchte ihren Sohn zu beruhigen.

Audrey beobachtete die Gesichter ihrer Eltern; diese

senkten betroffen den Blick. Ihre Cousinen verstummten ebenfalls und stocherten in ihrem Essen herum.

Doch Henri schien nicht gewillt, ein Blatt vor den Mund zu nehmen. »Da in Vichy sitzen doch nur Marionetten.«

Wieder bekam er eine satte Zurechtweisung durch seinen Vater, der genervt seine Serviette auf den Tisch warf. »Henri! Seit dem Waffenstillstand geht es wieder aufwärts mit unserem Land, die Firmen bekommen Aufträge, die Arbeitslosigkeit sinkt, die Versorgung ist gesichert. Sei vorsichtig, was du sagst!«

»Ja, und du bekommst eine Firma nach der anderen zugespielt. Glaubst du, ich habe es nicht mitbekommen? Du kollaborierst mit der Bezirksverwaltung, um dich als Geschäftsführer der enteigneten Firmen anzubieten. Was ist denn das für eine Art?« Er schnaufte wütend.

Isabelle sog scharf die Luft ein. »Sohn!«

Henri sprang auf. »Ich bin kein kleiner Junge mehr. Ich habe in den letzten Jahren genug über Wirtschaft gelernt, und ich habe einst von meiner Familie gesagt bekommen, dass es ehrenhaft ist, ein ehrlicher Geschäftsmann zu sein. Und? Was ist davon geblieben?«

Eric Perriéres wurde nun laut: »Geh mir aus den Augen! Wenn du wieder besonnen denken kannst … »

Henri drehte sich um und verließ den Raum. Eine eisige Stille machte sich breit. Audrey starrte auf ihr Essen, ihr war der Appetit vergangen, und dies nicht nur wegen des Streits, sondern wegen Henris Worten. War es tatsächlich so? Bereicherte sich ihr Onkel an dem Unglück anderer?

Die Stimmung in der Familie blieb ebenso eisig wie der Winter, der sich mit seiner kalten Hand über das Land legte. Henri sprach mit seinen Eltern nur noch das Nötigste. Auch Audrey gegenüber war er immer nur kurz angebunden. Mehrmals versuchte sie von ihm mehr zu erfahren über die Dinge, die er angeprangert hatte, doch er winkte jedes Mal ab. »Das verstehst du nicht.«

»Vieles würde ich verstehen, wenn man es mir erklären würde!« Audrey fühlte sich herabgesetzt. Nur weil die anderen Frauen des Hauses so taten, als geschähe da draußen in der Welt nichts Schlimmes, und beim Tee die Tageszeitung beschämt umdrehten, dass man ja nicht die aktuellen Nachrichten las oder gar darüber sprechen musste, hieß das nicht, dass sie auch so war. Warum wollte Henri das nicht sehen? Doch er war offensichtlich nicht gewillt, sie aufzuklären und an seinen Gedanken teilhaben zu lassen.

Als sie über vier Monate in Rennes waren, fühlte Audrey sich einsamer als je zuvor. Hinzu kam eine unstillbare Sehnsucht nach dem Château, ihrem Zuhause und nach einer Zeit, in der sie mit ihrer Familie ein unbeschwertes Leben ohne Krieg und Unrecht geführt hatte. Wie es wohl auf dem Château aussah? Ob ihre geliebten Pfaue durch den Winter kamen? Was machten wohl Rudolf und Marianne? Sie hatte sich verboten, an den jungen deutschen Soldaten zu denken, doch je mehr sich Henri von ihr entfernte, desto mehr erinnerte sie sich an die warmen Sommerabende am See, an denen sie mit Rudolf gesprochen hatte. Sie meinte gar zu spüren, wie er sie in den Arm genommen hatte, um sie zu trösten. Bei dem Gedanken daran durchfuhr sie ein wohliger und zugleich tieftrauriger Schauer.

»Nun geh doch einmal mit Elodie und Josette aus«, forderte ihre Mutter sie mehrmals auf. »Es gibt hier im Ort so nette Tanzabende.« Doch Audrey konnte sich nicht dazu durchringen. Auch Henri verließ abends das Haus, wobei Audrey sich kaum vorstellen konnte, dass er sich irgendwo amüsieren ging.

Aus Langeweile kletterte Audrey in ihrem Zimmer eines Nachmittags auf einen Stuhl und wuchtete ihren Koffer vom Schrank. Vorsichtig nahm sie ihre Kamera heraus und verstaute den Koffer wieder. Zaghaft fuhr sie über das silberne Gehäuse. Was hatte sie als Letztes gefilmt? Die Ankunft der vielen Soldaten auf dem Château. Sie bekam einen Kloß im Hals. Traurig setzte sie sich mit der Kamera auf die Bettkante, nahm ein Taschentuch von ihrem Nachtschränkchen und begann das Gerät zu säubern. Hier und da hatten sich Fusseln und Staub in die Scharniere der Klappen gesetzt, und auch die Linse war schmutzig. Sorgsam reinige Audrey die Kamera, als würde sich damit alles fortputzen lassen, was sie bisher mit ihr aufgenommen hatte. In ihrem Zimmer im Château, so denn die Deutschen ihr Versteck nicht gefunden hatten, lagerten ganz oben im Schrank die Filme der vergangenen vier Jahre. Filme, auf denen Gilbert noch zu sehen war. Ob sie die Rollen jemals wiederbekommen würde? Und ob sie dann die Kraft haben würde, sie eines Tages anzusehen? Gedankenverloren nahm sie die Kamera in die Hand und trat zum Fenster. Draußen war es kalt, nur wenige Menschen waren auf der Straße zu sehen. Audrey drehte an der Kurbel. Sie filmte die Straße und die Häuser auf der gegenüberliegenden Seite, drehte sich einmal kurz um und machte eine Aufnahme von ihrem Zimmer. Dann ließ sie die Kamera wieder sinken. Es brachte ihr keine wirkliche Freude mehr. Zu viele Dinge wogen schwer auf ihrer Seele. Seufzend verstaute sie die Kamera in der Schublade ihres Nachtschränkchens.

Zunehmend Sorge bereitete ihr der Gesundheitszustand ihres Vaters. Hatte sie seine blasse Haut und den leichten Husten in den ersten Wochen nach ihrer Ankunft in Rennes noch auf die Umstände der vergangenen Wochen und der erschöpfenden Flucht zurückgeführt, so konnte sie inzwischen nicht mehr die Augen davor verschließen, dass sein schwacher Zustand noch andere Gründe haben musste. Im Gegensatz zu seiner Frau hatte er sich im Hause seines Bruders nicht erholt. Ganz im Gegenteil, der Husten verschlimmerte sich. In den ersten Februartagen war er derart schlimm geworden, dass Bernard das Bett nicht mehr verlassen konnte. Luise ließ nach dem Arzt rufen, dieser empfahl eine sofortige Einweisung in die Klinik.

Eric Perriéres sicherte seiner Schwägerin und seiner Nichte zu, alles in seiner Macht Stehende zu unternehmen, dass Bernard im Krankenhaus gut versorgt werden würde. Was dieses Versprechen wert war, erfuhr Audrey bereits am nächsten Tag, als sie ihren Vater besuchte.

Das örtliche Krankenhaus war heillos überfüllt. Überall in den Fluren lagen Menschen, teils nicht mal mehr in Betten. Audrey schauderte, als eine Schwester sie zum Zimmer ihres Vaters führte.

»Was ist denn hier los?«, fragte sie mit entsetzter Stimme.

Die junge Schwester zuckte nur mit den Achseln. Es war kalt, viele Menschen hatten ihr Heim verloren, die meisten waren auf der Flucht, lautete ihr Erklärungsversuch.

»Aber … es gab doch gar keine Gefechte in der Gegend.« Audrey konnte den Blick nicht von den ausgemergelten Körpern abwenden, die zu ihren Füßen lagen.

»Nein – hier nicht. Aber an vielen anderen Orten. Viele sind Soldaten, die es nicht bis nach Hause geschafft haben oder die von den Deutschen gar nicht erst in Gefangenschaft genommen wurden. Hier liegen auch Menschen aus der Küstenregion – was immer die Deutschen da bauen, sie verschleißen eine Unmenge an Arbeitskräften. Wer nicht mehr arbeiten kann, wird fortgeschickt. Viele, darunter auch etliche Deutsche, wollen nur noch nach Hause. Nun ja … teils schaffen sie es dann nur bis hierher.« Der Schwester stand der Unmut über all dies ins Gesicht geschrieben.

Audrey ärgerte sich über sich selbst. Sie hatte zwar die Zeitungen gelesen und auch ab und an dem Rundfunkgerät gelauscht, aber von all dem hier war weder etwas zu lesen noch zu hören gewesen. Ihr wurde klar, dass sie nichts, aber auch gar nichts davon wusste, was in Wirklichkeit im Land vor sich ging. Die augenscheinliche Sorglosigkeit der Familie ihres Onkels hatte sie geblendet. Vielleicht hatte Henri allen Grund, wütend auf seinen Vater zu sein, denn wer wusste schon, worin er inzwischen involviert war.

Ihre Wut verflog, als sie schließlich vor dem Krankenbett ihres Vater stand. Eric Perriéres hatte sich tatsächlich für eine gute Behandlung ihres Vaters eingesetzt, denn dieser lag in einem kleinen, aber sauberen Zweibettzimmer und in einem anständigen Bett.

»Er ist sehr schwach, daher passen Sie bitte auf, dass

er sich nicht aufregt.« Die Schwester nickte Audrey zum Abschied zu.

Audreys Vater lag dort wie eine zerbrechliche Puppe. Sein einst so kräftiger und durchaus korpulenter Körper wirkte zusammengefallen. Die Haut glänzte fiebrig, und seine Augenlider flatterten nur schwach, als Audrey an seine Seite trat.

»Vater, ich bin es.« Sie nahm seine Hand, sie war eiskalt. Audrey musste sich ein Schluchzen verkneifen. Sie verharrte eine Stunde an seiner Seite, doch er zeigte keine Reaktion. Nach einer Weile stand sie leise auf und verließ das Zimmer wieder. Zwischen den vielen Betten und Notlagern auf den Fluren suchte sie nach einem Arzt. Es schien eine Ewigkeit zu dauern, bis sie jemanden gefunden hatte, der ihr Auskunft geben konnte. Ein grauhaariger, übermüdet wirkender Doktor rückte sich seine Nickelbrille zurecht und blätterte in der dicken Aktenmappe, die er bei sich trug.

»Bernard Perriéres, sagen Sie? Ihr Vater? Moment …« Der Mann las kurz in den Unterlagen nach. »Tja, die Lunge, junge Frau, ich muss Ihnen leider sagen, dass es nicht gut um ihn steht. Die Lunge ist entzündet, und die Blutwerte zeigen, dass außerdem die Leber geschädigt ist. Wir tun, was wir können, allerdings sieht es wirklich nicht gut aus, Madame. Ich muss jetzt leider weiter …« Mit einem Nicken verschwand der Arzt und widmete sich dem nächsten Patienten. Audrey blieb wie vom Blitz getroffen zwischen all den stöhnenden und hustenden Menschen stehen. Es dauerte, bis sich die Worte des Arztes zu einer Bedeutung geformt hatten. Stumm schlug sie sich die Hand vor den Mund. Das konnte doch nicht wahr sein!

Fortan hatte sie tagtäglich nur ein Ziel: das Krankenbett ihres Vaters. In den ersten Tagen begleitete ihre Mutter sie noch. Angewidert und mit einem Taschentuch vor dem Mund tappte Luise unbeholfen durch die Flure des Krankenhauses. Später weigerte sie sich, Audrey weiterhin zu begleiten.

»Aber Vater braucht uns, Mutter!« Audrey versuchte sie mehrmals dazu zu bewegen mitzukommen, doch Luise sträubte sich vehement. »Ich kann das nicht, Audrey, diese ganzen Kranken dort …« Audrey war fassungslos. Ihr Vater lag im Fieberdelirium, und ihre Mutter zupfte lediglich verlegen an ihrem Blusenärmel und setzte sich lieber mit Isabelle zum Nachmittagstee.

»Henri – kommst du mit zu Vater?«, fragte sie daraufhin ihren Cousin. Immerhin waren die beiden sich einst bei der Arbeit im Holzhandel nahe gewesen.

»Es tut mir leid, Audrey, ich habe keine Zeit.«

»Was kann denn gerade bitte schön wichtiger sein als er?«, schnaubte sie wütend.

»Das verstehst du nicht.« Henri hob entschuldigend die Hände und ließ sie einfach stehen.

Die Blase der Einsamkeit um sie herum wurde mächtiger denn je. So saß sie schließlich stundenlang alleine am Bett ihres Vaters, hielt dessen Hand und hoffte inständig, dass sich eine Besserung seines Zustands zeigte.

Kapitel 22

Rennes, März 1941

Audrey ließ die Kamera sinken und trat vom Fenster zurück. Die armen Menschen dort unten auf der Straße, wo kamen sie nur her? Wo brachte man sie hin? Sie hatte in den letzten Wochen mehrmals solche Züge beobachtet – Menschen, die einem Strom gleich durch die Straßen liefen, zerlumpt, am Ende ihrer Kraft. Sie seufzte und schnappte sich ihre Jacke, es war Zeit, ins Krankenhaus zu gehen. Der Zustand ihres Vaters hatte sich in den letzten vier Wochen nicht verbessert. Er fehlte ihr so schrecklich. Auch wenn er seit der Besetzung des Châteaus nicht mehr er selbst gewesen war und sie sich merklich entfremdet hatten, er war dennoch ihr Vater.

Ihre Mutter war einfach kein Ersatz, zumal diese sich zurzeit lediglich um irgendwelche unwichtigen Dinge scherte. Audrey versuchte sich selbst zu beschwichtigen und sagte sich, dass ihre Mutter einfach nur ihre ganz eigene Art hatte, mit dem Geschehen um sie herum umzugehen. Doch es machte sie wütend zu sehen, mit welcher Gleichgültigkeit Luise die Erkrankung ihres Mannes hinnahm. Ständig saß sie mit Isabelle und deren Töchtern zusammen und redete über Nichtigkeiten. Audrey verachtete die beiden kichernden Mädchen inzwischen, seit sie wusste, dass diese Blumen von deutschen Verehrern ins Haus geschickt bekamen und sie ganz unverfroren annahmen. Alle außer Henri schienen der Regierung und den Deutschen, die hinter dieser standen, beizupflichten. »Man wird unser Land wieder nach vorne bringen«, tönte ihr Onkel so manchen Abend mit stolz geschwellter Brust. Audrey sah dann schnell zu Henri und merkte, wie er sich auf die Lippen biss und die Hände zu Fäusten ballte.

Draußen ging ein scharfer, kalter Wind. Audrey zog ihre Jacke eng um sich und lief die Straße entlang in Richtung Krankenhaus. Es war nur eine halbe Stunde Fußweg, doch dieser war ihrer Mutter offensichtlich zu lang. Audrey musste mit den Tränen kämpfen. Sie hatte das Gefühl, langsam verrückt zu werden. Die Angst um ihren Vater, die Angst um die Zukunft des Landes … Sie würde alles dafür geben, wenn dieser Albtraum doch endlich platzen würde wie eine Seifenblase.

Im Krankenhaus hatte sich das Bild nicht sonderlich gewandelt, außer dass die meisten Schwestern Audrey inzwischen kannten und mit einem kurzen Nicken begrüßten. Die Patienten lagen immer noch auf den überfüllten Gängen, und es schien sich nichts an der Situation zu verbessern.

Audrey schob sich durch die Betten und Lager und versuchte den Menschen möglichst nicht ins Gesicht zu schauen. Die flehenden Blicke würden sie sonst bis in die schlaflosen Nächte hinein verfolgen.

An diesem Tag hörte sie plötzlich ihren Namen.

»Audrey?«

Sie schaute auf und blickte direkt in das Gesicht von Rudolf. Vor Schreck blieb ihr der Mund offen stehen.

»Audrey, was machst du denn hier?« Er zog sie am Ärmel ein Stück beiseite. »Geht es dir gut? Bist du krank?« In seinen Augen spiegelte sich echte Sorge, und er berührte zärtlich ihre Wange.

Audrey fand ihre Stimme wieder. »Nein, ich nicht … Vater.«

»Das tut mir leid.«

»Aber was machst du hier?«

Rudolfs Gesicht bekam einen traurigen Ausdruck. Audrey kannte ihn nicht lange und hatte auch nicht viel Zeit mit ihm verbracht, doch sie konnte in ihm lesen wie in einem Buch. Wie sie es einst bei Gilbert gekonnt hatte … und auch bei Henri. Um ihr Herz spürte sie förmlich die Wärme explodieren.

»Ich … Marianne ist hier, ich muss auf sie aufpassen.«

»Marianne? Oh nein – ist sie krank? Ich habe mich oft gefragt, wie es euch wohl ergeht.«

Sein Gesicht wurde ernst. »Audrey, es war das einzig Richtige, was ihr tun konntet. Fortzugehen war eine gute Entscheidung. Ich bin froh, dass du meinem Rat gefolgt bist.«

»Aber was ist mit Marianne?«

Seine Schultern sackten herab. »Sie … sie hat versucht sich etwas anzutun.«

»Oh nein!«

»Es ist wohl alles zu viel für sie gewesen, und nun hat mein Vater … es ist irrsinnig, aber …« Die Qual in seinen Augen war nicht zu übersehen. »Er will sie heiraten.«

»Was?« Audrey schlug sich die Hand vor den Mund. Einige Schwestern sahen zu ihr herüber.

Rudolf trat einen Schritt näher an sie heran und sah ihr fest in die Augen. »Audrey, mein Vater hat sich da in etwas verrannt. Damals in Berlin. Er hat dort Dinge befohlen bekommen … Ich darf eigentlich nicht darüber sprechen. Und ich kann Marianne nicht helfen. Hier ist sie zwar erst einmal in Sicherheit, aber wenn sie wieder wohlauf ist, muss ich sie mit zurücknehmen, und dann …«

»Warum, um Himmels willen, will er sie denn heiraten, sie ist doch so jung …?« Audrey verstand nun gar nichts mehr.

»Weißt du noch, diese Feiern, die mein Vater nach seiner Rückkehr abgehalten hat?« Er blickte sich rasch um. »Das ist eine längere Geschichte.« Dann holte er tief Luft. »Mein Vater verheiratet junge Frauen mit SS-Größen, das deutsche Volk brauche reines Blut, sagt er. Er ist ganz besessen davon. Marianne wird sich umbringen, wenn er sie heiratet. Vielleicht …« Er sah sie eindringlich an. »Audrey, wir … wir haben uns nie gesehen hier, hörst du!« Fahrig strich er ihr wieder über die Wange. Seine Augen wirkten gläsern. »Ich muss gehen, vielleicht könnt ihr ihr helfen?«

Jetzt endlich verstand Audrey, was er ihr sagen wollte. Sie nickte leicht.

»Wir haben uns hier nicht getroffen!« Er sah sich nochmals um.

»Nein, haben wir nicht.«

Der Besuch bei ihrem Vater fiel an diesem Tag kürzer aus. Es ging ihm unverändert und den Umständen entsprechend. Als er schlief, wandte Audrey sich zum Gehen. Rasch rannte sie zurück zum Haus ihres Onkels, die Begegnung mit Rudolf hatte sie vollends verwirrt. Ihre Lunge brannte, als sie dort ankam. Hoffentlich war Henri daheim. Ohne einen Gruß an ihre Mutter und ihre Tante, die wie immer um diese Zeit beim Tee saßen, hastete sie nach oben.

»Alles in Ordnung, Kind?«, rief ihre Mutter ihr noch nach.

»Ja«, keuchte sie, in der Hoffnung, dass Luise jetzt nicht auf die Idee käme, ihr zu folgen.

»Henri? Henri, bist du da?« Forsch klopfte Audrey an die Zimmertür ihres Cousins.

Es dauerte einen Augenblick, bis sich hinter der Tür etwas rührte. Sie hörte, wie sich der Schlüssel im Schloss drehte. Er schloss ab?

Henri öffnete die Tür einen Spalt. »Audrey?«

»Verdammt, lass mich rein, ich muss mit dir reden.« Sie wunderte sich selbst über ihren forschen Ton.

Henri öffnete die Tür, und sie stürzte an ihm vorbei.

Im Zimmer war es düster, die Vorhänge fast zugezogen, auf dem Bett lagen Unmengen an Papieren.

Audrey wirbelte zu Henri herum. »Ich war … im Krankenhaus … Rudolf … Marianne ist dort.«

»Audrey, nun beruhige dich erst mal, du siehst aus, als würdest du gleich ersticken.«

Audrey zerrte an ihrem Jackenkragen. Ja, so fühlte sie sich auch. »Nun hör mir doch zu: Marianne, sie ist im selben Krankenhaus wie Vater. Sie hat versucht, sich etwas anzutun. Dieser Verrückte … er will sie heiraten!«

Jetzt hatte sie Henris ganze Aufmerksamkeit. »Rudolf?«

»Nein – Himmel, sein Vater natürlich!«

»Was?« Henri legte sich eine Hand an die Stirn. Audrey

pellte sich derweil aus ihrer Jacke, ihr war mit einem Mal schrecklich heiß.

Henri ließ sich auf die Bettkante sinken.

»Rudolf hat gesagt, *er* könne ihr nicht helfen.«

»Nein – das kann er nicht.« Henri lachte spöttisch auf.

»Können wir … kannst du irgendetwas tun?«

Henri stützte das Gesicht in beide Hände und schwieg.

»Henri?« Ihr Blick fiel an ihm vorbei auf die Papiere, die auf dem Bett verteilt waren. Es waren Flugblätter. »Was ist das da?«

Henri sprang auf und packte sie barsch am Arm. »Audrey, das da geht dich nichts an, und du hast das auch nie gesehen.«

Audrey wurde wütend. »Das ist nun schon das zweite Mal, dass ich heute so was höre. Ich habe nichts gesehen, nichts gehört … Am besten gehe ich runter und setze mich zu meiner Mutter, da ist die Verdummung und Ignoranz ja anscheinend schon weit genug fortgeschritten.«

Henri sah sie verblüfft an, winkte dann aber ab. »Schhh… nicht so laut!« Er schob sich an ihr vorbei zum Fenster und blieb vor dem Spalt in den Vorhängen stehen.

»Audrey, was ist nur aus uns geworden? Was ist aus Frankreich geworden?«

»Ich weiß es nicht. Ich verstehe aber auch so vieles nicht. Bitte sprich endlich mit mir!« Sie hob hilflos die Hände. »Ich weiß nur, dass Marianne mir schrecklich leidtut. Und du … du mochtest sie doch auch. Wir müssen etwas tun!«

Er sog scharf die Luft ein. »Ja, sie bedeutet mir etwas, genau wie Rudolf dir etwas bedeutet. Wir haben uns allerdings die falschen Menschen zur falschen Zeit ausgesucht.« Seine Stimme wurde leise. »Der Vater deines Rudolf …«

»Er ist nicht *mein* Rudolf!« Audrey wollte nicht trotzig sein, aber Henris Tonlage verfehlte seine Wirkung bei ihr nicht. Das wollte sie nicht auf sich sitzen lassen.

»Ist ja gut … Auf jeden Fall ist dieser Generaloberst Freiherr von Lickenwitz einer der Schlimmsten.«

»Was meinst du damit?«, fragte Audrey, die eine wachsende Unsicherheit spürte. Was wusste Henri?

Er seufzte. »Na gut, wenn du darauf bestehst … Dann ziehe ich dich jetzt ins Vertrauen. Danach weißt du allerdings eindeutig mehr, als gut für dich ist.«

»Wohl genau wie früher …«

»Nur, dass das kein Kinderspiel mehr ist, Audrey.« Seine Stimme war plötzlich sehr ernst.

»Ich weiß.«

»Also gut – seit wir hier in Rennes sind, habe ich einige Leute kennengelernt.« Er deutete auf die Flugblätter auf dem Bett. »Vater würde mich wohl erschlagen, wenn er davon erführe, aber er hat ja sowieso nur sein dämliches Geld im Kopf. Diese Leute, Audrey, bilden einen Widerstand gegen die Regierung und die Deutschen. Es sind nicht viele, aber es gibt sie. Wir …«

»Du zählst dich also auch zu ihnen?« Jetzt war es Audrey, die sich auf die Bettkante setzte.

»Ja!« Dieses eine Wort kam so schnell aus Henris Mund, dass Audrey klar wurde, womit er sich in letzter Zeit so viel beschäftigt hatte.

»Dein Vater wäre dann nicht der Einzige, der dich am liebsten lynchen würde, sehe ich das richtig?«

Henri hob den Zeigefinger. »Generaloberst Freiherr

von Lickenwitz stünde wohl ganz oben auf der Liste, ja.« Er trat zu Audrey und setzte sich neben sie. »Ich kann dir das jetzt nicht alles im Einzelnen erklären, das würde zu lange dauern. Auf jeden Fall betreibt unsere Regierung da ein schönes Schattenspiel. Wir haben gute Kontakte nach England. Die Informationen, die man von dort bekommt, sprechen eine ganz andere Sprache als unsere Regierung, gerade was das Thema Juden, Arbeitsdienste der Franzosen und auch sonstige Machenschaften angeht. Lickenwitz spielt zum einen eine gewichtige Rolle beim Aufbau der Küstenbefestigung. Wenn dieser Atlantikwall erst einmal fertig ist, wird weder ein Engländer noch ein Amerikaner je einen Fuß auf den Kontinent setzen. Audrey, ich bin vor Kurzem dort gewesen, du kannst dir nicht vorstellen, was die da in die Landschaft graben. Und das Schlimme ist: Sollte dieser Wall je fertig werden, ist die Tür für lange, lange Zeit zu. Dann kann uns keiner mehr helfen. Dagegen muss man etwas tun.«

»Wie, du meinst, der Krieg ist noch nicht vorbei?«

»Die Engländer fangen die Protokolle und Nachrichten der deutschen Führung ab. Glaub mir, das hier war jetzt nur der Anfang.« Seine Wangen waren vor Aufregung ganz rot geworden.

»Und wieso geschieht das alles hier bei uns … in Paimpont, auf unserem Château?« Audrey schüttelte wieder den Kopf.

»Das ist wohl leider einfach nur ein dummer Zufall. Das Château liegt abgeschieden, weit genug weg von der Küste, aber dicht genug dran, es hat Platz, die Holzproduktion kommt Lickenwitz zusätzlich zugute, und … na ja, man munkelt, der Generaloberst hätte eine Schwäche für die Sagen rund um unseren Wald. Es geht um irgendwelches verdrehtes Zeug über die Germanen, die Arier. Er kam wohl einfach durch die Gegend und hat sich etwas Passendes geschnappt.«

»Unser Château …«

»Aber Audrey, das mit dem Widerstand ist wirklich ganz gefährlich. Du darfst zu keinem etwas sagen, am besten denkst du nicht mal drüber nach. Vergiss es einfach wieder.«

»Vielleicht …«, begann sie, »vielleicht ist das alles ja eines Tages vorbei …«

»Vorbei ist da noch lange nichts. Zum einen streckt dieser Hitler seine Fühler nach England aus, zum anderen …«

»Was treibt dieser Lickenwitz noch?«, fuhr Audrey dazwischen. Mariannes Schicksal war ihr für den Augenblick wichtiger als die Pläne der Deutschen.

»Der ist total verrückt.« Henri ließ den Zeigefinger neben seiner Schläfe kreisen. »Kannst du dich noch an die Empfänge erinnern, die er da im Château abgehalten hat?«

»Ja, Rudolf hat vorhin etwas angedeutet, irgendein Heiratsprogramm.«

»Das nennen sie *Operation Rote Rose.* Hitler und sein Handlanger Himmler wollen Europa nicht nur von den Juden befreien, sie möchten auch ihre eigene Rasse stärken. Dazu sammeln sie in Deutschland und allen eroberten, besetzten oder annektierten Gebieten Frauen – bevorzugt blond und blauäugig mit reiner Abstammung –, die sie dann mit ihren SS-Leuten vermählen wollen, um den passenden Nachwuchs zu erzeugen.« Er schüttelte den Kopf. »Frag mal Elodie und Josette – deren Traum ist es längst, der neuen Regierung kleine treue Franzosen zu schenken, im Zweifelsfall eben auch mit Nicht-Franzosen. In Deutschland gibt es seit Jahren so einen Mädchenbund – die haben sich ihre eigene Generation Mütter herangezogen, und jetzt geht das in anderen Ländern auch los. Lickenwitz aber läuft ganz vorneweg! Er sammelt die Schäfchen für diesen Hitler.«

»Das ist doch verrückt! Deswegen will er Marianne … Oh Gott, wir müssen ihr helfen, Henri!«

Er stand auf. »Ich werde sehen, was ich tun kann.«

»Danke«, sagte Audrey und stand ebenfalls auf. »Wenn ich irgendwie helfen kann?«

Henri trat zu ihr und nahm sie in den Arm. Etwas, das er schon sehr lange nicht mehr getan hatte. »Ich muss dir danken – ohne dich hätte ich nie davon erfahren, dass sie hier ist.« In seinen Augen blitzte es kurz auf. Audrey wusste, dass er ihr nicht nur ihretwegen helfen würde, sondern auch, um sich selbst zu helfen.

All das, was Henri ihr erzählt hatte, verfolgte sie in den kommenden Tagen. Und das Wissen, dass er nichts unversucht lassen würde, um Marianne in Sicherheit zu bringen, belastete sie doppelt. Jedes Mal, wenn sie aus dem Haus ging, hatte sie das Gefühl, beobachtet zu werden. Wurde es irgendwo laut, duckte sie sich unwillkürlich. Sie hatte große Angst um Henri, er hatte sich auf gefährlich dünnes Eis gewagt. Würde man ihn erwischen … Sie wusste aus der Zeitung, was mit den Verrätern passierte. Dass sie des Todes waren, verheimlichte niemand, denn das sollte der Abschreckung dienen. In ihren Albträumen stapften schwere Stiefel umher, die Henri abholten. Die Angst, ihn auch noch zu verlieren, war groß.

Natürlich konnte sie nicht einfach vergessen, was er ihr erzählt hatte. Wie auch? Sie versuchte dieses Wissen ganz tief in sich zu verstecken und sich so unauffällig wie möglich zu verhalten, doch es blieb das Gefühl, dass sie es wie ein Brandzeichen auf der Stirn für alle sichtbar mit sich trug.

Im Krankenhaus huschte sie nun noch schneller durch die Gänge. Einerseits wünschte sie sich, Rudolf wiederzusehen … Rudolf als Menschen, als Mann, nicht als Deutschen! Er war nicht wie sein Vater. Natürlich verrenkte sie auf ihrem Weg durch die Gänge auch die Augen, ob sie gar Marianne irgendwo entdecken konnte. Doch sie fand nichts, was auf ihre Anwesenheit hindeuten würde.

Henri schwieg wie ein Stein. Manchmal streifte er sie mit einem aufmerksamen Blick, ein kurzes Blinzeln, ein Zeichen ihrer Verbundenheit. Doch niemand durfte Verdacht schöpfen. Und Audrey wusste, dass er sie beschützte, indem er ihr nichts verriet.

Eine Woche nach dem Zusammentreffen mit Rudolf empfing sie an der Tür zum Krankenzimmer ihres Vaters eine Schwester.

»Mademoiselle Perriéres – es tut mir aufrichtig leid.«

Audrey hatte wenig geschlafen und noch weniger gegessen in den letzten Tagen. Sie brauchte nur in die braunen Augen der Krankenschwester zu sehen und wusste sofort, was sie ihr mitteilen wollte. Dann wurde es dunkel um sie.

»Audrey?« Es war Henris Stimme, die sie zurück ins Bewusstsein holte. Sie erschrak. Was war passiert? Sie war in ihrem Zimmer im Stadthaus ihres Onkels. Wie war sie nach Hause gekommen? Dann erinnerte sie sich an die Augen der Krankenschwester und …

»Nein!« entfuhr es ihr gequält.

»Audrey, er war krank, er hat nicht leiden müssen, er ist friedlich eingeschlafen.« Henri zog sie hoch und nahm sie in den Arm. Audrey weinte an Henris Schulter.

»Sie wollten dich am liebsten dortbehalten, so schwach wie du momentan bist, doch ich habe dich nach Hause geholt. Du musst dich erholen.« Seine Stimme klang warm und beruhigend, wie früher, wenn sie sich ein Knie aufgeschlagen hatte und er gekommen war, um sie zu trösten. Nur, dass Gilbert auch da gewesen war, um ihr wieder auf die Beine zu helfen … und später hatte Vater sich die Schramme angesehen und ihr den Kopf gestreichelt. Jetzt war nur noch Henri da …

Henri wiegte sie einige Zeit an seiner Schulter, bis sie sich etwas beruhigt hatte. Sie war erschöpft, doch es hatte gutgetan, den Tränen freien Lauf zu lassen.

»Audrey, wir schaffen das – du schaffst das. Irgendwie geht's weiter.« Er hielt sie mit den Armen ein Stück von sich. »Und …« Seine Stimme wurde leise. »Sie ist in Sicherheit. Hörst du? *Sie* ist in Sicherheit.«

Audrey nickte, sie hatte verstanden.

»Schlaf dich jetzt erst mal aus.« Er ließ sie aus seinen Armen zurück auf das Bett gleiten und deckte sie zu.

Die Trauerfeier, die Beerdigung, alles ging an Audrey vorbei, als würde sie es auf einer Leinwand beobachten. Sie schaute zu, fühlte sich aber, als wäre sie nicht wirklich dabei. Ihre Mutter trug Schwarz, doch ihre Augen blieben tränenlos. Henri stand ehrlich betroffen auf dem Friedhof, allerdings deutlich abseits seiner Familie.

Es dauerte ganze sechs Wochen, bis Henri und sie das nächste Mal alleine und in Ruhe sprechen konnten. Audrey vermutete, dass Henri sie schonen wollte, doch in ihrem Inneren brannten lauter Fragen: Wie ging es Marianne? Wo war sie, wohin hatte Henri sie gebracht? Wusste Rudolf davon? Wie ging es ihm?

Sie fühlte sich am falschen Platz. Um sie herum geschahen Dinge, die sie nicht mitbekam, obwohl ihr die Menschen, die es betraf, wichtiger waren denn je.

Kapitel 23

Château Maélis, Sommer 2016

Sabine löste den Blick von der flackernden Leinwand und drehte sich fragend zu Sebastien um. »Die letzten Aufnahmen waren aber nicht hier im Château, oder?«

»Nein.« Sebastien wirkte abwesend.

»Was ist los?« Sabine erhob sich auf die Knie und sah Sebastien an. Dieser starrte noch einen Augenblick auf die Leinwand, dann fuhr er sich mit beiden Händen über das Gesicht.

»Oh Mann, ich hatte ja schon so eine Ahnung, aber jetzt … jetzt weiß ich es sicher.«

»Jetzt weißt du was?« Auch Nicolas drehte sich zu ihm um.

»Hast du sie denn nicht erkannt? Nicolas – denk mal nach … damals, hier im Château. Mit wem war ich immer hier?«

»Mit deiner Großmutter … ach herrje! Marianne! Deine Großmutter war diese junge blonde Frau?!«

Sebastien nickte langsam. »In den ersten beiden Filmen hat man die junge Frau ja immer nur verschwommen oder nie direkt gesehen. Als nun ihr Gesicht auf der Leinwand aufleuchtete …« Er strich sich über die Haare und stand auf. »Ich hatte ja keine Ahnung. Ich wusste nicht einmal, dass sie eine Deutsche war. Und dass sie hier in das Ganze verstrickt war.«

Nicolas stand ebenfalls auf. »Wir sollten mit ihr reden, sie kann sicherlich bei Weitem mehr erzählen, als uns diese Filme gezeigt haben.«

»Ja.« Sabine kam auf die Füße und streckte sich. »Denkst du, Sebastien, sie wird mit uns sprechen?«

»Ich denke schon. Aber ich möchte zuerst mit ihr allein reden, versteht ihr das?«

»Natürlich.« – »Klar«, sagten Sabine und Nicolas wie aus einem Mund.

»Ich werde morgen zu ihr fahren. Jetzt sollte ich besser mal gehen.«

Nicolas rührte sich neben Sabine. »Ja, geh ruhig.«

»Ich melde mich.« Und schon war er aus dem Saal verschwunden.

»Das hat ihn, glaube ich, ganz schön mitgenommen.« Sabine sah Sebastien hinterher.

»Wundert mich nicht, ich bin auch nicht gerade begeistert über diese ganze Nazigeschichte.« Nicolas sah Sabine von der Seite her an. »Lass mich mal das eben Gesehene zusammenfassen: Die Deutschen haben also das Château besetzt, meine Großmutter ist zunächst mit ihren Eltern drüben in das Nebenhaus gezogen, und dann – als all die Soldaten hier ankamen – sind sie wohl geflohen und haben woanders Unterschlupf gefunden. Richtig? Sebastiens Großmutter war die geheimnisvolle blonde Frau. Bleibt nur noch zu klären, wessen Hochzeit da schieflief, und … welcher der Männer wessen Großvater war.«

»Wie kommst du jetzt auf die Großväter?« Sabine hatte auch ihre Probleme, die ganzen Puzzleteile zusammenzufügen.

Nicolas deutete auf die Leinwand. »Weißt du noch vorhin, als ich meinte, meinen Großvater Henri erkannt zu haben. Er *war* es – aber er war sicherlich kein gebürtiger Henri Perriéres. Und was Sebastien angeht – Marianne scheint ja hier in Paimpont geblieben zu sein. Es gab nie einen Mann an ihrer Seite, schon früher nicht. Da ich aber einen Großvater hatte, Sebastien jedoch nicht … Zähl doch mal eins und eins zusammen.«

Sabine riss die Augen auf. »Du meinst, der Mann, der auf der Hochzeit erschossen wurde, war vielleicht Sebastiens Großvater?«

Nicolas hob die Hände. »Das ist jetzt reine Spekulation, ich weiß es nicht, aber möglich ist alles.«

Sabine dachte nach. Möglich war es, ja. »Konntest du denn erkennen, wo die letzten Aufnahmen entstanden sind? Das war nicht hier.«

»Hm … ich bin mir nicht sicher, aber soweit ich weiß, gab es wohl früher noch ein Haus in Rennes, das der Familie meiner Großmutter gehört hatte. Ich glaube, eine Cousine meiner Großmutter hat dort gelebt.« Er schüttelte langsam den Kopf. »Das ist alles so lange her, und ich habe mich offen gestanden nie wirklich mit der Geschichte meiner Familie befasst. Ich meine aber, mich zu erinnern. Doch wie gesagt, es ist schon ewig her, und ich war damals noch ein Kind, aber ja, da gab es eine Frau, die ein- oder zweimal hier bei meiner Großmutter zu Besuch war und die sich als ihre Cousine vorgestellt hat. Ich glaube, die ist dann verstorben.«

»Ist denn sonst noch jemand von deiner Verwandtschaft am Leben?«

Er seufzte. »Ich müsste mal meine Mutter danach fragen.« Dabei verzog er das Gesicht. Die Aussicht, mit seiner Mutter sprechen zu müssen, schien ihm nicht zu behagen.

»Ich fürchte, dass wir mit diesen Stummfilmen nie wirklich die ganze Geschichte zu fassen bekommen. Es sind schon jetzt so viele Ereignisse ungeklärt, die wir vermutlich niemals erfahren werden.« Sabine schlang die Arme um ihren Oberkörper. Ihr war kalt. »Ich bin gespannt, ob Marianne uns die Geschichte zu Ende erzählen kann.«

Nicolas sah ihr einen Augenblick lang direkt in die Augen. »Meinst du denn, dass alle alten Geschichten aufgedeckt werden sollen? Vielleicht sollten wir diese hier besser einfach ruhen lassen.« In seiner Stimme schwang ein Hauch Unsicherheit mit. Hatte er vielleicht Angst vor dem, was da zutage kommen könnte? Die Filme in Kombination mit dem Fund aus dem Keller ließen wirklich große Fragen offen.

Sabine seufzte und zuckte mit den Schultern. »Ich weiß nicht, ich denke nur, dass im Laufe der Jahre – der Jahrzehnte – oft vieles ungesagt bleibt. Oft ist das wirklich das Beste für alle Beteiligten, um Schmerz zu ersparen, doch manchmal kann es auch sehr reinigend sein, wenn Klarheit geschaffen wird.«

»Hm«, machte Nicolas und schaute nachdenklich auf seine Füße.

»Auf jeden Fall denke ich nicht, dass du deinen Großvater in dem Film gesehen hast«, sagte sie nun leise. »Die Deutschen sind doch nach dem Einfall der Alliierten sicherlich alle wieder verschwunden.«

»Ich bin mir auch nicht mehr ganz sicher. Ich habe als

Kind einmal ein Bild von ihm gesehen. Ach, das sind alles so Geschichten, die man mir nie richtig erzählt hat. Aber angeblich ist mein Großvater kurz vor meiner Geburt gestorben. Meine Mutter war auf das Thema nie gut zu sprechen, ich glaube, sie hat sich mit ihrem Vater nicht besonders gut verstanden. Sie hat immer nur vage Andeutungen darüber gemacht, dass er wohl etwas eigen war. Meine Großmutter war auch etwas – ich will mal sagen – empfindlich diesem Thema gegenüber. Wir haben also nie offen über die Vergangenheit gesprochen, aber ich hatte immer das Gefühl, dass etwas geschehen war, das meine Mutter und meine Großmutter mir verschweigen wollten.«

»Eben, sag ich ja – vielleicht zu viele ungesagte Worte.«

»Wie auch immer, ich sterbe mittlerweile vor Hunger.« Nicolas drehte sich zu Sabine. »Hast du noch etwas zu essen hier, oder sollen wir noch irgendwohin fahren?«

Die Selbstverständlichkeit in seinem Ton ärgerte Sabine längst nicht mehr. Irgendwie konnte sie auch verstehen, dass er nun lieber auf andere Gedanken kommen wollte, denn die Filme waren sicher sehr aufwühlend für ihn.

»Ich muss mal gucken, was der Kühlschrank noch so hergibt.«

Gemeinsam bauten sie die Leinwand und den Projektor ab und machten sich auf den Weg aus dem Château hinüber zum Steinhaus. Gerade als Sabine die Eingangstür des Haupthauses hinter sich schloss, blieb Nicolas abrupt stehen.

»Riechst du das?« Er stellte den Projektor ab. »Da schmort doch irgendetwas?«

Sabine schnupperte und sah sich hektisch um. Die Container waren es nicht. Dann sah sie eine dünne Rauchfahne in die Luft steigen. »Oh Scheiße … Nein!« Entsetzt starrte sie auf Emma. In dem Wohnwagen stieg eine lodernde Flamme auf.

»Verdammt!« Nicolas rannte sofort los.

»Nein! Nein, bleib hier! Nicolas – da ist eine Gas…«

In diesem Augenblick schoss eine Stichflamme durch das Dach des Wohnwagens, und es gab einen ohrenbetäubenden Knall. Sabine duckte sich und riss instinktiv die Hände vors Gesicht. In ihren Ohren rauschte und piepte es. Sie brauchte einen Augenblick, um wieder Herrin ihrer Sinne zu werden. Emma brannte lichterloh, und wenige Meter vor ihr lag Nicolas auf dem Hof.

»Nicolas? Nicolas!« Noch während sie loslief, fingerte Sabine mit zittriger Hand ihr Handy aus der Hosentasche. Als sie bei ihm ankam, ließ sie sich auf die Knie fallen. »Nicolas?« Eine dicke Platzwunde prangte auf seiner Stirn, Blut tropfte auf den Kies des Hofes. »Oh nein … Nicolas?« Sabine legte ihm sanft die Hand auf die Wange. Er stöhnte. Aber er lebte!

Sabine versuchte die Notrufnummer zu wählen. 112? War das international? Sabine konnte keinen klaren Gedanken fassen. Beim zweiten Versuch schaffte sie es, die richtigen Zahlen anzutippen.

»Sapeurs-Pompiers«, meldete sich eine Stimme.

Die Feuerwehr! »Feu! Château Maélis – Paimpont. Un blessé – er ist bewusstlos! Aide! Nach dem Dorf links ab …« Himmel, hoffentlich fanden sie das Château.

»Restez calme! Nous arrivons!«

»Schnell, bitte …!« Sabine schluchzte. Ihr Blick fiel auf

Nicolas, der sich leicht bewegte.

»Schhh, bleib still liegen, du bist verletzt.«

»W… was ist passiert?« Er tastete mit der Hand nach der Wunde an seinem Kopf.

»Die Gasflasche ist hochgegangen. Du blutest am Kopf. Gleich kommt Hilfe. Warte – beweg dich nicht!« Sabine kam schwankend auf die Füße. Das Feuer erleuchtete den ganzen Hof, die Hitze stach ihr wie heiße Nadeln in die Haut. Sie schwankte zum Steinhaus und schaffte es irgendwie die paar Stufen hoch in die Wohnung. Dort trat sie ins Bad, griff sich ein Handtuch, machte es nass und hastete zurück zu Nicolas. Vorsichtig betupfte sie seine Stirn.

Es dauerte eine gefühlte Ewigkeit, bis sie die Sirenen durch den Wald näher kommen hörte. Zwei Feuerwehrwagen schoben sich die Einfahrt entlang. Das Blaulicht zuckte gespenstisch durch den Wald. Sabine sprang auf und winkte. Im Bruchteil einer Sekunde war der Hof voller Feuerwehrmänner. Ein Krankenwagen blieb direkt neben ihr und Nicolas stehen, mehrere Sanitäter sprangen heraus. Sabine wurde mit einem Mal schwarz vor Augen.

»Madame? Madame?«

Sabine hörte die Stimme irgendwo dicht bei ihr, doch ihre Augenlider wollten ihr nicht gehorchen. Als Zeichen des Verstehens versuchte sie stattdessen die rechte Hand zu heben, was sich allerdings merkwürdig anfühlte. Mit aller Macht zwang sie ihre Augen auf. Verschwommen erkannte sie einen Tropf, der zu ihrem Arm führte, und daneben jemanden in einem weißen Kittel.

»Madame, tout va bien?« Eine Hand legte sich beruhigend auf ihre Schulter.

»Wo bin ich?« Ihr Schädel dröhnte.

»À l'hôpital.« Die Stimme gehörte einer jungen Krankenschwester, die ihr beruhigend zulächelte. Sabine brauchte einen Augenblick, um sich wieder auf die französische Sprache einzustellen. »Sie haben einen Schock, aber es wird Ihnen mit Sicherheit bald besser gehen, wir haben Ihnen ein leichtes Beruhigungsmittel gespritzt.«

»Wo ist Nicolas?«

»Er wurde auch am Kopf getroffen. Aber er ist zum Glück nicht schwer verletzt.«

»Danke.« Sabine schloss die Augen wieder.

Als sie das nächste Mal wach wurde, fand sie ihre Orientierung schneller wieder. Ihr Kopf schmerzte zwar immer noch, doch es gelang ihr, ihre Umgebung klarer wahrzunehmen. Sie lag in einem Krankenhauszimmer. Der Tropf an ihrem Arm war verschwunden. Durch die Jalousien des Fensters drang helles Licht in den Raum, es war also bereits wieder Tag. Vorsichtig versuchte Sabine sich aufzurichten.

»Machen Sie langsam, junge Frau.« Eine raue Stimme drang vom Bett gegenüber zu ihr her. Sie erkannte eine ältere Dame, die über eine Zeitschrift hinweg zu ihr herübersah. Plötzlich wurde ihr übel. Schwer atmend verharrte sie einen Augenblick, bis das flaue Gefühl nachließ. Gerade als sie es geschafft hatte, sich auf die Bettkante zu setzen – ihre Beine waren nackt, und sie trug eines dieser Krankenhausnachthemden –, ging die Zimmertür auf. Eine Krankenschwester, gefolgt von einem Polizisten, betrat den Raum.

»Oh, wie ich sehe, geht es Ihnen besser.«

Sabine fischte nach ihrer Bettdecke und zog diese um sich herum und über ihre Beine. Dass man sie ausgezogen hatte, ohne dass sie es bemerkt hatte, beschämte sie gerade sehr.

»Wo ist meine Kleidung?«

»Die bringe ich Ihnen gleich«, sagte die Schwester. »Wir mussten Sie untersuchen. Aber Ihnen fehlt nichts, bis auf die Gehirnerschütterung und den Schreck.«

»Schreck … ja …«, wiederholte Sabine leise.

Der Polizist schob sich an der Krankenschwester vorbei und baute sich vor Sabine auf. »Fühlen Sie sich in der Lage, einige Fragen zu beantworten?«

»Ja.«

»Gut.« Er zückte einen Notizblock, und die Krankenschwester verschwand.

Sabine versuchte seinen Fragen zu folgen und alle Antworten bestmöglich zu geben. Aber was wusste sie schon … Sie erzählte von den ersten Vorfällen, und dass die Polizei informiert worden war. Auf die Frage, ob sie jemanden gesehen hatte, antwortete sie mit Nein. Weiter ging es mit ihrem Wohnwagen. Ja, er sei ihrer, nein, er sei nicht in Benutzung gewesen. Ja, natürlich hätte er alle nötigen Sicherheitsprüfungen gehabt. Sie bemerkte den misstrauischen Gesichtsausdruck des Beamten. Wahrscheinlich war die explodierende Gasflasche nicht die einzige, um die er sich im Lauf des Jahres kümmern musste. Sabine wusste um die Gefahr und hatte immer tunlichst darauf geachtet, dass Emma regelmäßig in der Werkstatt und beim TÜV kontrolliert wurde. Sie wurde etwas ungehalten. »Der Wohnwagen war in bestem Zustand.«

Der Polizist nickte schwach und machte sich weiter Notizen. Als er endlich fertig war, atmete Sabine auf. Dennoch wurde sie das Gefühl nicht los, dass man ihr in diesem Fall die Schuld gab. Der Polizist verabschiedete sich knapp und verschwand. Sabine suchte nach dem Klingelknopf.

»Wann kann ich gehen?«, fragte sie die Schwester, als diese zurückkehrte. Sie fühlte sich kräftig genug und war nicht weiter verletzt. Sie hoffte, man würde sie nicht noch länger hierbehalten wollen.

»Der Arzt würde Sie gerne noch einmal ansehen, und dann können Sie nach Hause.«

Sabine atmete auf. »Kann ich Monsieur Geradin vorher noch sehen? Kann er auch schon entlassen werden?«

»Ich gebe Ihnen die Zimmernummer. Mehr kann ich nicht sagen.« Die Schwester zückte ein Kärtchen und schrieb etwas auf. »Sie können sich unten am Empfang ein Taxi rufen lassen.«

»Wo … also, in welcher Stadt bin ich eigentlich?«

»In Saint-Méen-le-Grand.«

»Danke.« Sabine versuchte sich zu orientieren, durch Saint-Méen-le-Grand war sie mit Nicolas gefahren, als sie auf dem Weg nach Saint-Malo gewesen waren. »Oh, und meine Kleidung?«

»Bringe ich Ihnen gleich.«

Die Schwester verschwand kurz und kam dann mit einer Plastiktüte wieder, in der sich Sabines Kleidung ordentlich zusammengelegt befand, zusammen mit ihren Schuhen.

»Merci.«

Der Arzt kam und untersuchte sie. Er leuchtete ihr in die Augen, ließ sie ein paar Schritte geradeaus laufen. Dann nickte er wohlwollend.

»Sie haben Glück gehabt. Schonen Sie sich aber ein paar Tage.«

Sabine brauchte länger als gewohnt, um sich anzuziehen. Jede Faser ihres Körpers schmerzte. Dabei konnte sie sich gar nicht erinnern, dass die Explosion sie so arg getroffen hatte. Wahrscheinlich waren es der Schreck und der Anblick von Nicolas gewesen, der dafür gesorgt hatte, dass sie sich selbst vergaß. Nachdenklich betrachtete sie ihren Pullover, Blut klebte noch am Ärmel. Als sie angezogen war, nahm sie die Karte mit Nicolas' Zimmernummer zur Hand und verabschiedete sich von der Dame im Bett gegenüber. Sie durfte gar nicht darüber nachdenken, was alles hätte passieren können. Ihre Knie waren immer noch weich.

Auf dem Flur musste sie sich erst mal orientieren. Nicolas lag auf einer anderen Station. Nach einer kurzen Suche fand sie einen Fahrstuhl, der sie zwei Etagen höher brachte. Dort sah es ganz anders aus als auf ihrer Station. Ein großzügiger Flur, deutlich mehr Schwestern – eine Privatstation? Sabine fand Nicolas' Zimmer und klopfte.

»Ja?«, drang seine Stimme durch die Tür.

Sie betrat den Raum. Er war groß, hatte nur ein Bett, dafür einen riesigen Fernseher, und auch sonst sah alles eher aus wie in einem Hotel statt in einem Krankenhaus.

»Sabine! Ich hatte die Schwestern schon mehrmals nach dir gefragt.« Er freute sich sichtlich und versuchte sich in seinem Bett aufzurichten. Ein dickes Pflaster zierte seine Stirn, und sein rechtes Auge wirkte geschwollen.

»Nicolas, wie geht es dir?« Sie trat an sein Bett.

»Bis auf den Kopf – gut. Ich habe wohl irgendetwas abbekommen, da ist ein tiefer Schnitt und dazu eine dicke Beule. Wie sehe ich aus?«

Sabine musste lachen. »Du hast schon besser ausgesehen.«

»Warum zum Teufel ist das Ding in die Luft geflogen? Hat die Polizei dich auch schon befragt?«

»Ja, vorhin war ein Beamter bei mir. Er hat die ganze Zeit auf der Gasflasche und der Sicherheitsprüfung rumgekaut … ich habe aber wirklich immer darauf geachtet, dass bei Emma alles in Ordnung war.«

»Emma?«

»Emma, ja – verdammt.« Sabine konnte nichts dafür, ihr kullerten plötzlich die Tränen über die Wangen. »Ich … ich habe diesen Wohnwagen … immer gepflegt …. er … sie … ich …« Sie schluchzte und zog hilflos die Schultern hoch.

»He, komm mal her.« Er winkte sie dichter zu sich heran und nahm ihre Hand. »Deine Schuld war das sicher nicht. Und so einen Wohnwagen, den kann man ersetzen.«

Sabine zog die Nase hoch. Die Wärme seiner Hand und seine Nähe ließen die Tränen nicht gerade versiegen. Im Gegenteil, jetzt heulte sie wie ein Schlosshund.

»War wohl doch alles etwas viel in letzter Zeit?« Er sah sie besorgt an.

»N… nein …« Sie entzog ihm ihre Hand und wischte sich über die Wangen. Er sollte jetzt nicht denken, dass sie ihren Aufgaben am Château nicht gewachsen war. Auch wenn sie sich selbst eingestehen musste, in einigen Dingen diesmal dumme Anfängerfehler begangen zu haben. Hätte sie gewusst, was dort auf sie zukäme, hätte sie viel mehr von Deutschland aus geregelt – vor allem diese ganze Geschichte um ein Bauunternehmen und die Handwerker. Sie wurde das Gefühl nicht los, dass Reineck sie ins offene Messer hatte laufen lassen. Unter ihre Tränen mischte sich jetzt Wut. »Das war sicherlich kein Zufall – und bestimmt nicht meine Schuld!«

»Das denke ich auch nicht.« Nicolas' Augen wurden schmal. »Doch jetzt war es wirklich etwas anderes als eine beschmierte Wand.«

Sabine schniefte immer noch. »Darfst du gehen? Oder musst du noch hierbleiben?«

Er befühlte seinen Kopf. »Ich denke, ich kann gehen. Ich werde gehen, ich lass dich sicherlich nicht alleine zum Château fahren. Der Arzt wollte zwar noch irgendwas untersuchen, aber so schlecht geht's mir nun auch wieder nicht.«

»Dann fahren wir zusammen, ich lasse ein Taxi rufen.« Sie straffte sich entschlossen. »Jac ist sicher auch heute dort. Ich hoffe bloß, das Feuer hat nicht auf die Scheunen übergegriffen.«

Als das Taxi durch den Wald auf das Château zufuhr, wurde Sabine etwas schwindelig. Sie ballte die Hände zu Fäusten – sie würde sich nicht von ihrer Angst packen lassen und aufgeben. Aus der Ferne sah alles ganz friedlich aus. Jacs Fahrzeuge standen vor dem Haus, seine Männer wuselten auf dem Hof herum. Erst als das Taxi vor dem Château zum Stehen kam, erblickte Sabine das Dilemma der gestrigen Nacht. Und auch Nicolas, der während der Fahrt schweigend aus dem Fenster gestarrt hatte, schüttelte den Kopf. »Wir haben echt Glück gehabt.«

In einer riesengroßen Pfütze standen die verbrannten

Reste von Emma. Bis auf eine halbe Seitenwand und das Fahrgestell war der Wohnwagen ausgebrannt. Schwarz verkohlt ragten die Überreste wie eine unausgesprochene Warnung im Schatten der Scheune auf. Diese hatte auf den ersten Blick nicht viel abbekommen, außer dass sich die Seitenwände vom Ruß schwarz gefärbt hatten. Die Feuerwehr war wohl noch rechtzeitig gekommen. Nicolas bezahlte den Taxifahrer und blieb dann neben Sabine mitten auf dem Hof stehen.

Gerade als sie innerlich begann, sich von ihrer geliebten Emma zu verabschieden, und Mühe hatte, die Tränen zu unterdrücken, kam Jac aus dem Château gelaufen.

»Sabine! Monsieur Geradin! Bin ich froh, Sie zu sehen. Was ist passiert? Wieso hat es gebrannt?«

»Der Wohnwagen hat auf einmal Feuer gefangen. Die Gasflasche ist explodiert, wir konnten nichts tun.«

»Ist mit Ihnen alles in Ordnung?« Er war inzwischen bei ihnen angekommen, und die Sorge stand ihm ins Gesicht geschrieben.

»Ja, nur eine leichte Gehirnerschütterung und ein paar Kratzer.« Nicolas deutete auf seine Stirn. »War die Polizei schon hier?«

»Die Polizei? Dann war es kein Unfall?« Jacs Blick sprang zwischen dem ausgebrannten Wohnwagen, seinen Baumaschinen und dem Château hin und her.

»Wir wissen es nicht. Vielleicht … ein Zufall.«

»Ein bisschen viele Zufälle hier momentan«, bemerkte er ganz zu Recht.

»Jac, wir wissen auch nicht, was hier gespielt wird. Aber ich bitte Sie …« Nicolas sah ihn fast hilfesuchend an.

Jacs Blick wurde milder. »Keine Sorge – noch lasse ich

mich nicht verjagen. Auf der Baustelle ist auf jeden Fall alles in Ordnung, da hat sich niemand zu schaffen gemacht.«

»Gut.« Sabine fand endlich ihre Stimme wieder und atmete erleichtert aus. Sie hatte auch schon Angst gehabt, dass Jac seine Männer und Maschinen einpackte und das Weite suchte. Verübeln hätte sie es ihm nicht können. Das Château schien mittlerweile nicht mehr sicher zu sein.

Jac versprach, seine Männer das Wrack des Wohnwagens entsorgen zu lassen, sobald die Polizei ihn freigab. »Gehen Sie da besser nicht ran«, sagte er mahnend, »da ist eh nicht viel übrig geblieben. Ich hoffe, da war nichts Wichtiges mehr drin?«

»Nein.« Bis auf viel Arbeit, Liebe, Erinnerungen und dem Gefühl eines Zuhauses, das sie verloren hatte, ergänzte Sabine im Stillen und seufzte leise. Gott sei Dank hatte ihr Auto nichts abbekommen, es stand neben Nicolas' Wagen vor dem Steinhaus.

»Ich gehe dann mal wieder – wir haben das Dach schon fast wieder zu. Kommen Sie gleich einmal schauen, Sabine?«

»Ja, ich möchte mich nur kurz umziehen.« Sabine deutete auf ihren verschmutzten Pullover und sah dann zu Nicolas.

»Geh ruhig, ich schau mir den Wohnwagen noch einmal genauer an.« Er deutete auf Emmas verbrannte Reste.

Gerade als sie wieder aus dem Nebenhaus kam, fuhr ein kleines grünes Auto vor das Château. Verdammt! Den Wagen kannte sie nur zu gut. Monsieur Halovét. Sabine hob die Augenbrauen. Auch Nicolas hatte den Mann entdeckt und sah fragend zu Sabine herüber. Mit einem Winken bedeutete sie ihm, das sie sich darum kümmerte.

»Madame Beck.« Schon hatte er sie entdeckt und kletterte aus seinem Fahrzeug. »Die Bezirksfeuerwehr hat mich informiert. Es gab wohl einen …« Sein Blick blieb an den Resten von Emma hängen. »…Zwischenfall auf der Baustelle.«

»Monsieur Halovét. Nun – nicht direkt auf der Baustelle.«

Wie ein neugieriges Frettchen reckte der Beamte die Nase nach vorne. »Ja, aber ich muss das jetzt alles prüfen. Lagern Sie gefährliche Stoffe hier? Wo ist der Bauleiter? Kann ich ihn bitte sprechen?«

Sabine spürte, dass ihre Geduld nicht ausreichen würde, sich mit dem geschäftigen Beamten zu befassen, auch wenn dies eigentlich ihr Job war. Doch die Gefahr war groß, dass sie ihn heute einfach anfahren würde oder gar Schlimmeres. Sie rief nach Jac. Nicolas blickte auf und trat zu ihnen.

»Monsieur Halovét vom örtlichen Bauamt, Monsieur …« Bevor sie Nicolas vorstellen konnte, trat er dem Beamten schon entgegen.

»Guten Tag, Geradin mein Name.«

»Oh, der Besitzer höchstpersönlich?« Monsieur Halovét legte prüfend den Kopf schief.

Jac kam mit eiligen Schritten aus dem Haus und bemühte sich, die augenscheinlich etwas angespannte Situation zu entschärfen. Er schien den Beamten zu kennen und setzte gleich ein nettes Lächeln auf. »Monsieur Halovét, das freut mich, Sie wiederzusehen.«

Zu Sabines Erleichterung schien die Anwesenheit von

Jac auch den Beamten freundlicher zu stimmen. Dieser führte Monsieur Halovét sogleich herum und versicherte ihm, dass auf der Baustelle ansonsten keine Gefahren zu erwarten wären, zumal der Wohnwagen ja auch nicht direkt zum hiesigen Projekt gehört hatte.

Nach einer Stunde schien Monsieur Halovét endlich zufrieden. Dennoch setzte er ein ernstes Gesicht auf und beschied: »Madame Beck, ich muss leider dennoch die Baustelle bis auf Weiteres stilllegen. Erst wenn der abschließende Bericht der Polizei vorliegt, kann ich sie wieder freigeben.«

»Aber dazu gibt es doch keinen Grund …« Nicolas sah den Beamten verärgert an.

Jac kam Monsieur Halovét zuvor und hob beschwichtigend eine Hand. »Kein Problem, Monsieur Halovét, wir warten dann auf Ihre Benachrichtigung. Es ist ja auch in unserem Sinne, dass hier alles sicher ist.«

»Gut – ich melde mich.« Schon saß der Beamte wieder in seinem Auto und brauste davon.

Sabine hob hilflos die Arme. »Was erlaubt der sich? Der kann doch nicht einfach …«

Jac verzog das Gesicht. »Doch, kann er, und es ist besser, wenn wir ihn nicht herausfordern. Ich kenne den Typen – der hat schon wegen ganz anderer Lappalien Baustellen dichtgemacht. Besser, man legt sich nicht mit ihm an. Lassen wir es auf uns zukommen.« Ernst sah er Sabine und dann Nicolas an. »Mir gefällt die Zwangspause auch nicht, aber ich denke, die Polizei wird das schnell klären. Das«, er deutete auf Emmas Reste, »hat sicherlich nichts mit der Sanierung des Châteaus zu tun.«

»Dann müssen Ihre Leute wohl Feierabend machen für

heute, Jac.« Sabine zuckte resigniert mit den Achseln. Ihr Kopf schmerzte; wirklich böse wäre sie nicht, wenn sie heute noch etwas Ruhe bekäme.

»Wir schauen, was morgen ist. Die Polizei braucht sicher nicht lange, und sonst hake ich dann mal bei Monsieur Halovét nach.«

»Danke, Jac.«

»Ist ja auch meine Baustelle.« Er zwinkerte ihr aufmunternd zu und rief dann nach seinen Arbeitern.

Sabine ging mit Nicolas zum Steinhaus, suchte im Bad in ihren Reiseutensilien nach Kopfschmerztabletten und nahm gleich zwei davon. Sie bot Nicolas auch welche an, der bereits mehr auf dem Sofa lag als saß, und ließ sich dann auf das Bett fallen.

»Hat uns doch ganz schön erwischt, hm?« Nicolas legte die Beine hoch und schirmte mit der Hand die Augen ab.

»Kannst du wohl sagen.« In Sabines Kopf machte sich ein dumpfes Gefühl breit, sie war auf einmal todmüde.

Als sie wieder aufwachte, waren mehrere Stunden vergangen. Vorsichtig setzte sie sich auf und merkte, dass es ihr weit besser ging als noch am Mittag. Sie strich sich mit den Handflächen über das Gesicht. Dann stand sie leise auf und kochte erst mal einen starken Kaffee. Nicolas lag noch schlafend auf dem Sofa und rührte sich erst, als die Kaffeemaschine laut blubberte.

Sabine stellte zwei Tassen auf den Tisch und ließ sich schwerfällig auf einem der Stühle nieder. »Ganz schöner Knochenjob hier.« Sie schaffte es sogar, sich ein Lächeln abzuringen. Nebenbei sah sie auf ihr Telefon. Vier verpasste Anrufe, alle von Sebastien. Sie nahm es zur Hand und drückte auf Rückruf, während Nicolas sich auf dem Sofa langsam in eine sitzende Position brachte.

»Sabine! Ich habe den ganzen Tag versucht euch zu erreichen. Was ist denn los?«, bestürmte Sebastien sie gleich nach dem zweiten Klingeln.

»Alles gut, es gab einen kleinen Unfall.«

»Unfall – seid ihr in Ordnung?«

Sabine musterte Nicolas, der im Gegensatz zu ihr offensichtlich noch mit Schmerzen kämpfte. »Ja, so weit geht's uns gut.«

»Ich bin bei meiner Großmutter. Sie möchte euch sehen. Könnt ihr morgen herkommen?«

»Ja, auf jeden Fall. Wo müssen wir denn hin?«

»Nach Iffendic – Nicolas weiß sicher, wo das ist. Résidence du Lac. Gegen zwölf Uhr?«

»Zwölf Uhr.«

»Bis morgen.«

»War das Sebastien?«, fragte Nicolas vom Sofa aus.

»Ja, seine Großmutter will mit uns sprechen.«

»Na, dann sollte sich wohl bald alles aufklären.« Er nahm einen großen Schluck von seinem Kaffee.

»Ich muss, glaube ich, mal ein bisschen an die frische Luft.« Sabine stand auf.

»Ich komme auch gleich mal raus, ich … brauche nur etwas länger.« Nochmals fasste er sich an den Kopf und fuhr sich dann mit beiden Händen über das Gesicht.

Draußen schien die Abendsonne rotgolden über den See. Sabine wanderte einmal bis zum Ufer. Sie beobachtete die kleinen Wellen auf der Wasseroberfläche. Kurz überkam sie ein Bedürfnis zu fliehen. Sie könnte jetzt kneifen, ihre

Sachen packen und das Weite suchen. Sollte Nicolas sich doch jemand anders für sein Château suchen! Selbst ihr Chef würde wohl Verständnis haben, wenn sie aufgab, immerhin war der Job inzwischen wirklich gefährlich geworden. Doch war es richtig, einfach wieder die Decke über alles zu breiten? Sabine fühlte sich weiß Gott nicht zu Heldentaten berufen – aber dennoch mischte sich zu dem machtlosen Gefühl in ihrem Innern der leise Ehrgeiz, dass hier eine Geschichte endlich zu Ende gebracht werden sollte. Doch war das ihre Aufgabe? Sie drehte sich einmal um die eigene Achse. Sie selbst hatte die Geschichte wieder aufgerollt und damit offensichtlich schlafende Hunde geweckt, denn irgendjemand schien mit der Renovierung des Hauses und ihren Recherchen ganz und gar nicht einverstanden. Trotzdem hatte sie noch nie irgendwo ein halbes Haus stehen lassen. Vielleicht in ihrem eigenen Leben, ja, da schon – aber nun war es an der Zeit abzuschließen. Mit den eigenen alten Geschichten und auch mit dieser hier. Ihr wurde bewusst, das sie zu alledem den Drang verspürte, vor Nicolas und Sebastien davonzulaufen. Sie mochte beide Männer schrecklich gerne, jeder war auf seine Art interessant, und doch machte ihr die Nähe zu den beiden Angst. Aber auch davor sollte sie nicht mehr fortlaufen.

Sie fasste einen Entschluss und drehte sich kampflustig zum Château um. Sie würde sich jetzt mit Nicolas diesen verdammten letzten Film ansehen, und wenn ihnen dabei das Château unter den Füßen wegbrannte. Sie würde diesem Haus zuliebe, um Audreys willen und vor allem auch für Nicolas und Sebastien, endlich dem Ende dieser Geschichte ins Auge blicken. Anschließend konnte sie immer noch über die Konsequenzen nachdenken. Irgendwo waren die ungesagten Worte geblieben, und sie würden sie finden.

Sie schleppte gerade den Projektor, den irgendjemand vom Eingang hinein in das Château gestellt hatte, zusammen mit der provisorischen Leinwand und der Decke in den Saal, als Nicolas vom kleinen Haus herüberkam.

»Was hast du vor?«

»Wir gucken jetzt den letzten Film!« Sie stellte den Projektor ab. Diesen Apparat zu bedienen konnte ja nicht allzu schwer sein.

Nicolas verzog das Gesicht. »Meinst du wirklich?«

»Ja. Wenn wir morgen mit Marianne reden, sollten wir das wenigstens erledigt haben. Halte mal kurz die Leinwand.«

Nicolas half ihr, alles aufzubauen. Die Filmdosen lagen noch in dem Karton, zum Glück hatte sie niemand gestohlen über Nacht. Sabine suchte die letzte Filmdose heraus. *Die Hochzeit.* Kurz zweifelte sie an ihrem Übermut, doch dann straffte sie sich und konzentrierte sich auf das Einfädeln des Filmstreifens in die Spule. Dabei fiel ihr auf, wie wenig Material auf dieser Filmspule war.

Draußen war es inzwischen dunkel geworden. Sabines Herz klopfte ihr bis zum Hals, doch sie schob es auf den starken Kaffee. Jetzt konnte und wollte sie nicht kneifen. Entschlossen schaltete sie den Projektor ein und setzte sich auf die Decke. Nicolas tat es ihr seufzend gleich.

Kapitel 24

Es dauerte einen Augenblick, bis das Bild erschien. Sabine rutschte unruhig auf der Decke hin und her. Plötzlich befanden sie sich wieder mitten im Saal des Châteaus. Sie bemerkte, wie Nicolas neben ihr erschrocken zusammenzuckte. Genau diesen Effekt hatte sie bei dem allerersten Film auch gespürt. Wie in einer Zeitmaschine versetzten einen die Aufnahmen zurück in eine längst vergangene Zeit.

Dort, wo sie die Leinwand aufgebaut hatten, stand jetzt eine Art Altar. Davor ein großer Tisch, festlich geschmückt mit Blumen; rechts und links davon waren zwei große Hakenkreuzfahnen aufgebaut.

Die Kamera schwenkte, im restlichen Saal waren Stuhlreihen aufgebaut. Durch eine der Terrassentüren traten Gäste ein, Männer in Uniformen, Deutsche und Franzosen, behängt mit Orden. Akkurat in Zweierreihen, als wäre es ein einstudierter Auftritt.

Nicolas deutete auf die Leinwand. »Da! Da ganz vorne läuft wieder mein Großvater mit. Allerdings… ihr habt recht gehabt.« Er beugte sich vor und kniff die Augen zusammen. »Er trägt eindeutig eine deutsche Uniform.«

»Ob das seine Hochzeit war?«

»Das glaube ich nicht, er sieht nicht aus wie ein Bräutigam. Und wenn dies jemand gefilmt hat, dann sicherlich nicht Audrey als Braut. Von wann ist dieser Film?«

Sabine musste noch mal aufstehen, um auf die Dose zu schauen. »1943.«

Er winkte sie wieder zu sich. »Dann ist wohl inzwischen etwas Zeit vergangen. Das war ein Jahr vor der Befreiung Frankreichs durch die Alliierten.«

»Weißt du, wann deine Großmutter geheiratet hat?«

Nicolas dachte einen Augenblick nach. »Nein, aber meine Mutter ist 1947 geboren. Und ich meine, das wäre zwei Jahre nach der Hochzeit gewesen.«

»Hm, dann passt ihre Hochzeit nicht zusammen mit diesem Film.«

»Nein – Gott sei dank.« Nicolas verzog das Gesicht, er dachte wohl an den Fund im Keller.

Wie die Gäste im Film nahm auch Sabine wieder Platz, wenn auch nicht auf einem Stuhl, sondern auf der Decke am Boden.

Jetzt kamen die Frauen von der Terrasse herein. Allesamt jung, hübsch und blond in langen, schlichten weißen Kleidern und mit Blumenkränzen im Haar. Der einzige Farbklecks, der auf den schwarz-weißen Aufnahmen zu erahnen war, waren die roten Rosen, die alle Frauen sich angesteckt hatten.

Die Gäste setzten sich, die Kamera wechselte auf einen Platz seitlich des Kamins.

Es war kein Kirchenmann, der an den Altar trat, um diese Trauung zu vollziehen, sondern nur eine Art Priester. Auch sein Gewand war mit den charakteristischen Symbolen der Nazizeit versehen.

Sabine kramte in ihrem Gedächtnis. »Ob das wohl mit

diesem Arierkult zu tun hat? Die Nazis haben sich doch neben all der Gewalt und Unterdrückung auch für so mystisches Zeug interessiert. Germanen, der Heilige Gral und all so was …«

Nicolas schnaubte verächtlich. »Ihr Deutschen hattet mal ganz schön dummes Zeug im Kopf, ja?!«

»He, was soll das jetzt heißen?« Sabine sah ihn vorwurfsvoll an. »Ich bin auf jeden Fall die Letzte, die sich mit so was identifiziert!«

»So war das auch nicht gemeint – schau … da geht's weiter.«

Aus der Tür von der Eingangshalle her trat nun ein einzelner Mann. Aufgrund der Nähe zur Kamera breitete sich sein Gesicht über die ganze Leinwand.

Nicolas schüttelte den Kopf. »Die Adlernase – das ist doch dieser Generaloberst, der hier das Sagen hatte? Schau dir mal seine Augen an, der Typ hat einen total verrückten Blick.«

Der Mann trat an der Kamera vorbei in die Mitte der Stuhlreihen.

Die Perspektive schwenkte wieder zur Tür. Eine Frau trat ein – unverkennbar die Braut. Sie trug ein weich fließendes Kleid mit kurzer Schleppe und einem dünnen Schleier. Mit langsamen, zögerlichen Schritten ging sie auf den Generalobersten zu, der sich ihr zuwandte und den Schleier hob.

»Ach, Himmel!« Sabine schlug sich die Hand vor den Mund. »Das ist ja Sebastiens Großmutter!« Sie war heilfroh, dass er heute nicht da war.

Gebannt verfolgten sie, wie der Oberst die junge Frau nach vorne zum Altar führte. Der vermeintliche Priester begann augenscheinlich eine Rede zu halten. Die Kamera zitterte einige Male leicht.

Das Ganze dauerte unendliche Minuten. Dann zuckte die Kamera zur Terrasse hinüber, im Bruchteil einer Sekunde sah man eine Gestalt vorüberhuschen. Plötzlich brach die Hölle los.

Türen wurden aufgestoßen, mehrere Soldaten stürmten in den Saal. Die Kamera konnte gar nicht so schnell reagieren und blieb einfach geradeaus gerichtet. Man sah einen blonden Mann nach vorne auf das Brautpaar zustürzen. Von den Seiten versuchten Soldaten ihn aufzuhalten, Gäste sprangen auf.

Aufeinmal schien das Bild einige Sekunden wie eingefroren.

Generaloberst Freiherr von Lickenwitz schaute entsetzt auf den blonden Mann und sackte in sich zusammen. Dann drehte der Angreifer sich um.

Sabine und Nicolas sogen beide gleichzeitig scharf die Luft ein. Es war der junge Mann, der zuvor mit Audrey auf dem Château gelebt hatte. Nur kurz war seine Gestalt zu erkennen, dann stürzten sich mehrere Soldaten auf ihn. Einige der Gäste sprangen ebenso auf, die meisten flüchteten durch die Terrassentüren. Nur einer stand ebenso schockstarr wie die Kamera. Schließlich ging er nach vorne zum Altar.

»Mein Großvater!«, flüsterte Nicolas mit belegter Stimme.

Der junge Mann kniete neben dem toten Generalobersten nieder. Seine Gestik sagte alles, er stand mit dem Erschossenen in irgendeiner engen Beziehung, enger als alle Aufnahmen vorher hätten erahnen lassen.

Die Kamera zitterte. Die junge blonde Braut stand mit ausgebreiteten Armen da, das Kleid mit blutigen Flecken übersät. Sie schlug sie die Hände vors Gesicht, aber dann stürzte sie sich auf die Soldaten, die den Angreifer am Boden festhielten.

Das Bild brach ab. Der Film war zu Ende.

Die flackernde Lampe des Projektors tauchte den Saal in diffuses Schummerlicht. Unzählige Schatten schienen sich an den Wänden zu formen. Sabine blickte sich schaudernd um. Das alles war in diesem Raum geschehen. Damit erübrigte sich jede weitere Frage nach der Echtheit der Kleider im Keller. Ihr Magen krampfte sich zusammen, sie saßen nur wenige Meter von der Stelle entfernt, wo der Generaloberst in einer Blutlache gelegen hatte, und nur wenige Meter von dort, wo man den jungen Mann zu Boden gerissen hatte. Sabine sprang auf.

»Oh Scheiße«, fluchte sie leise.

Nicolas saß wie versteinert und blickte auf die bildlose Leinwand.

Sabine wanderte mit verschränkten Armen auf und ab, dabei vermied sie es, den vorderen Bereich des Saals zu betreten. Plötzlich traf es sie wie der Schlag. »Nicolas! Ich glaube, ich weiß, was die ganzen Akten im Keller bedeuten!«

»Was für Akten?« Er löste sich nur schwer aus seiner Starre. »Meinst du …meinst du, dieser Generaloberst war mein … Urgroßvater?« Er sah sie mit fragendem Blick an. »Das wäre in der Tat eine Katastrophe. Wenn das ans Licht käme, dann schätze ich, dass die Presse mich auseinandernehmen würde.«

Sabine hob hilflos die Arme. »Ich weiß es nicht, Nicolas, ich weiß nicht, wer wer war. Marianne wird es wissen, und sie wird es uns erzählen – hoffentlich. Aber die Frauen da …«, sie deutete auf die Leinwand, »die standen alle in einem Zusammenhang, und ich glaube, das hat mit dem ganzen Zeug da unten im Keller zu tun. Komm mit, wir gucken jetzt nach.«

»Jetzt?«

»Ja, jetzt, ich will das wissen.«

Nicolas erhob sich langsam. »In Ordnung.«

Im Licht von Nicolas' Mobiltelefon tappten sie in den versteckten Keller. Sabine konnte kaum die Hand vor Augen erkennen. Sie war voller Adrenalin. Sie ahnte, warum die Akten hier unten versteckt wurden.

»Hier, leuchte mal auf den ersten Stapel.« Innerlich verfluchte sie sich, dass ihr die erste Akte aus dem Keller abhandengekommen war und vor allem, dass sie sie nicht aufmerksam gelesen hatte.

Sie zog eine der Mappen vom Stapel. Der schwache Lichtkegel wurde durch eine Staubwolke gedämpft. Sie schlug den Deckel auf. »Schau her«, sagte sie. »Da stehen Frauennamen … hier … Constanze Namann, geborene Falbeu … Das da muss das Heiratsdatum sein, 9.7.1942.« Daneben stand der Name des Ehemannes, SS-Gruppenführer Klaus Namann, und darunter … Adressen. »Leuchte mal da rüber.« Sabine sah sich Stapel für Stapel an. Bei dem Buchstaben W stockte sie, einer Eingebung folgend. »Nicolas … hier!« Sie zog eine Mappe mitten aus dem Stapel. »We… Wi… Also doch! Wilthman! Die Familie meines Chefs …« Sabines Augen hefteten sich auf die Zeilen. Deshalb hatte Herrn Wilthman so viel daran gelegen, dass sie den Auftrag übernahm. Und deshalb hatte er sie vor Tagen angerufen, um sich zu erkundigen, wie alles lief! Mit einem Mal verstand sie, dass er ihr nicht mehr hatte sagen können. Auch sein Ruf stand auf dem Spiel. Und vielleicht hatte er gar nicht mal so sehr sein eigenes Ansehen, sondern vielmehr im Nachhinein seine Großmutter schützen wollen, die keinen anderen Ausweg gekannt hatte, als eine Ehe mit einem Deutschen einzugehen …

Das Licht des Handys ging aus.

»Verdammt.« Nicolas versuchte es wieder anzuschalten. »Der Akku ist leer.«

»Warte, ich hole meine Taschenlampe.« Eilig tastete sie sich im Dunkeln die Stufen empor. Kurz bevor sie an der Tür ankam, schlug diese mit einem dumpfen Knall zu. Sabine wäre fast vor Schreck die Treppe rücklings hinabgestürzt.

»Sabine? Sabine!« Nicolas' Stimme drang dumpf aus dem Keller.

»Die Tür ist zu!«

Nicolas tappte im Dunkeln die Stufen empor.

»Verdammt, was soll das?«

»Ich war das nicht!«

»Schhh… da ist doch jemand draußen vor der Tür. Hallo?« Nicolas hämmerte gegen die Tür.

Sabines Herz klopfte bis zum Hals, in ihren Ohren rauschte es.

»Was wollen Sie?«, rief Nicolas mit fester Stimme.

»Wir möchten nur mit Ihnen reden«, sagte eine Frauenstimme, und das Knirschen von Schritten war draußen vor dem Kellereingang zu hören.

»Lassen Sie uns sofort hier raus!« Nicolas hämmerte nochmals gegen die Tür.

»Wir möchten mit Ihnen reden«, ertönte eine weitere Frauenstimme, die sich jünger anhörte als die erste »Wir möchten mit Ihnen über das sprechen, was Sie dort unten gefunden haben. Über die Akten«

»Hier sind keine Akten.« Nicolas' Stimme hatte nun einen wütenden Unterton.

»Doch«, sprach die ältere Frauenstimme. »Wir wissen, dass Sie sie da unten gefunden haben.«

Sabine griff im Dunkeln nach Nicolas' Arm.

Er versuchte etwas versöhnlicher zu klingen. »Geht es darum? Waren Sie schuld an alldem, was hier passiert ist? Und das alles nur wegen ein paar alter Akten? Wer sind Sie überhaupt?«

»Es ist uns lieber, wenn Sie uns nicht sehen. Wir sind zwei der letzten Frauen aus Paimpont und Umgebung, die im Zusammenhang mit einer Organisation standen, die einst die *Rote Rose* genannt wurde. Diese hatte hier in diesem Château im Zweiten Weltkrieg ihren Ursprung.«

»Was wollen Sie eigentlich? Übrigens wird das Ganze ein Nachspiel haben. Sachbeschädigung … Freiheitsberaubung … gar versuchter Mord, da kommt ganz schön was zusammen.« Nicolas stemmte sich erneut gegen die Tür.

»Nicolas …«, flüsterte Sabine. »Lass uns hören, was sie zu sagen haben. Vielleicht lassen sie uns dann raus, und vielleicht klärt sich sogar einiges auf.«

Im Dunkeln spürte sie, wie Nicolas sich straffte. »In Ordnung – reden Sie.«

Die zweite Frau ergriff das Wort. »Ich denke, wir sollten Ihnen das erklären. Audrey Perriéres hat hier über viele Jahre die Geheimnisse der Frauen dieser Organisation behütet. Es war so, dass unter der Führung der Deutschen unzählige Frauen aus ganz Frankreich mehr oder weniger zur Ehe mit hochrangigen Soldaten, Offizieren und sonstigen Verdienstträgern des ehemaligen Hitlerreiches gedrängt wurden. Erst durchaus mit vielen Freiwilligen, denn man verpackte es geschickt in all die Propagandalügen, später aber auch durchaus mit Gewalt, denn Hitler und seine Getreuen wollten unbedingt die Arisierung der Nation vorantreiben. Dreh- und Angelpunkt war immer der Kreis um einen gewissen Generalobersten Freiherr von Lickenwitz.«

»Das war der Nazi, der hier das Château besetzt hatte.« Sabine fröstelte, so etwas in der Art war ihr heute beim Ansehen des Filmes auch in den Sinn gekommen. Es jetzt bestätigt zu hören, jagte ihr einen kalten Schauer über den Rücken.

Die eine Frau seufzte laut. »Es tut uns sehr leid, wenn wir hier viel Unruhe gestiftet haben. Wir haben seit Audreys Tod nach diesen Akten gesucht. Wir wussten nicht, wo sie waren, nur … Wenn sie eines Tages in die falschen Hände gerieten, wäre das für viele Menschen wohl eine Katastrophe. Audrey wusste, was damals geschehen war und mit den Frauen passierte. Damit dies alles nie vergessen würde, hat sie sich um die Dokumentation gekümmert. Hat Akten angelegt, welche Frau zu welchem Mann kam, hat Daten gesammelt über deren Kinder und dann dafür gesorgt, dass alle in Kontakt blieben. Sie hat der *Roten Rose* damals einiges an Grauen genommen, denn wie gesagt waren viele Frauen nicht freiwillig dabei. Die späte

Kriegszeit brachte viel Not, etliche verloren ihre Familien und ihr ganzes Hab und Gut. Für manche Frauen war da der Ausweg in die Ehe die einzige Möglichkeit, sich zu retten, auch wenn es für viele bedeutete, dass sie nach Kriegsende nach Deutschland gehen mussten.«

»Warum haben Sie all die Jahre versucht jeden von hier zu vertreiben?«

»Audrey Perriéres hatte die Dokumente all die Jahre gut versteckt«, erklärte die jüngere Frau. »Sie hatte immer gesagt, es wäre besser, wenn nur sie wüsste, wo die Akten sind. Leider nahm sie dieses Wissen mit ins Grab. Als sie starb, gab es hier in der Gegend noch wesentlich mehr betroffene Frauen. Man beschloss, das Château vorsichtshalber zu bewachen und jeden zu vertreiben, bis die Frauen der *Roten Rose* diese Akten gefunden hätten. Verstehen Sie uns nicht falsch, es ist nichts Persönliches. Aber wenn diese Akten in die falschen Hände kommen, könnte das in manchen Fällen einen großen Skandal auslösen. Es sind ja nicht allein die Frauen von damals betroffen, sondern auch deren Nachkommen. Für manche könnte der Hinweis auf ihre Herkunft massive Probleme nach sich ziehen.«

Sabine schnaubte, sie ließ Nicolas' Arm los und verschränkte die Arme. »Muss man dafür Wohnwagen in die Luft sprengen?« Dann aber kamen ihr die Worte von Nicolas in den Sinn. Wenn tatsächlich alles ans Licht käme, würde die Presse als Erstes ihn auseinandernehmen und dann nicht haltmachen vor weiteren Skandalen.

Die ältere Frau sog scharf die Luft ein. »Ja, da sind wir wohl zu weit gegangen. Aber wir hatten die ganze Zeit gesucht und nichts gefunden, und dann, vor Kurzem erst, lag eine der Akten hier einfach herum. Da bekamen wir Angst, dass alles publik werden würde, was Audrey vor der Öffentlichkeit verborgen hatte. Monsieur Geradin, das … das war auch zu Ihrem Schutz. Glauben Sie mir.«

Nicolas seufzte so leise, dass nur Sabine es hören konnte. »Ja, das glaube ich Ihnen sogar«, sagte er dann. »Aber würde jetzt bitte jemand mal diese Tür aufmachen?«

Die Frauen zögerten.

Sabine versuchte zu vermitteln. »Er weiß es doch jetzt … und überhaupt, es ist sein Haus und das Erbe seiner Großmutter. Wenn jemand entscheidet, was damit passiert, dann er.«

Doch Nicolas schien etwas ganz anderes zu beschäftigen.

Nervös strich er sich mit beiden Händen über den Kopf. »Hatte meine Großmutter auch so eine Ehe? Mein Großvater war doch nicht etwa so ein Nazi?«

»Er war Deutscher. Aber er war nicht wie sein Vater.«

»Mein Großvater hieß doch Henri …«, setzte Nicolas an.

»Ja«, sagte die ältere Frau. »Später hieß er so. Als er nach Frankreich kam, hieß er allerdings Rudolf von Lickenwitz. Monsieur Geradin, es tut mir sehr leid, dass Sie dies auf diesem Wege erfahren müssen. Eigentlich sollte so etwas innerhalb der Familie erklärt werden. Ihr Großvater war Rudolf von Lickenwitz.«

Nicolas wandte sich von der Tür ab. »Ich muss über all das in Ruhe nachdenken. Aber eines versichere ich Ihnen, die Akten bleiben genau da, wo sie sind. Und niemand wird von uns etwas erfahren. Wir werden uns Gedanken machen, wie wir zukünftig damit umgehen werden, doch werden wir keinen in Gefahr bringen. Nur hören Sie bitte auf, uns zu terrorisieren, und lassen uns endlich hier raus!«

»Sie werden das Richtige tun.«

Ein leises Klacken erklang. Nicolas stieß die Tür auf. Die Eingangshalle war leer, vom Hof aus schien das Licht der Bewegungsmelder durch die Fenster.

»Sie sind weg.« Nicolas hob ungläubig die Arme.

Wenig später saßen Nicolas und Sabine im Steinhaus am Tisch, zwischen ihnen eine Flasche Schnaps. Nachträglich überkam Sabine ein leichtes Zittern.

»Na – idyllisch hier bei uns im Wald von Brocéliande, was?« Nicolas lachte spöttisch auf.

»Ganz ehrlich: Hätte ich das alles vorher gewusst – ich wäre wohl lieber nach Finnland Blockhütten aufbauen gefahren.« Sabine schüttelte den Kopf.

»Das wäre aber schade gewesen. Dann hätten wir uns ja nie kennengelernt«, sagte er und sah sie eine Weile nur an.

»Wie geht es dir eigentlich?« Sabine deutete auf seinen Kopf.

»Mein Urgroßvater war ein fieser Nazi. Ich war im Keller eingesperrt … Aber sonst geht's …«

»Wir sollten morgen noch mal ganz in Ruhe darüber sprechen, aber heute nicht mehr. Ich bin k.o., wirklich.« Jetzt, wo das Adrenalin aus Sabines Körper wich, spürte sie eine bleierne Müdigkeit. Sie wollte einfach nur ins Bett und hoffte, morgen würde endlich einmal ein ganz normaler Tag werden. Wobei morgen ihr Besuch bei Marianne anstand.

»Ist das alles wirklich passiert in den letzten Tagen?« Sabine rieb sich das Gesicht. Draußen stieg der Mond gerade über das Wasser des Sees. Tausend funkelnde Strahlen fielen durch die umliegenden Bäume auf den Hof, und alles wirkte mit einem Mal so friedlich. Sie richtete den Blick durch das Fenster in die Ferne. »Man kann kaum glauben, was sich hier vor Jahrzehnten ereignet hat. Aber Audrey hatte recht damit, diesen Ort dennoch zu bewahren. Es ist so schön hier.«

»Also bleibst du noch? Ich meine, ich würde es verstehen, wenn du keine Lust mehr auf das Projekt hättest.« Nicolas sah sie über den Tisch hinweg an.

Sabine zuckte mit den Schultern. »Wenn der Spuk jetzt vorbei ist …«

Kapitel 25

Die Fahrt nach Iffendic verlief schweigsam. Sabine beobachtete, wie Nicolas immer wieder nachdenklich auf seiner Unterlippe kaute. Die Erkenntnisse des letzten Tages schienen ihn sehr zu beschäftigen.

»Alles in Ordnung?«, fragte sie, als sie das Ortsschild passiert hatten.

»Ja, ich weiß nur gerade gar nicht, ob ich noch mehr von dem ganzen Zeug wissen will.«

»Jetzt gehen wir bis zum Schluss. Ich denke, ein Neuanfang für das Château ist nur möglich, wenn alle alten Geschichten einmal erzählt sind.«

Er wiegte leicht den Kopf . »Ja, da magst du recht haben. Ich frage mich nur, ob es für mich oder Sebastien auch gut ist. Wobei eines klar ist – das alles darf nie an die Öffentlichkeit gelangen.«

Sabine hob die Hände. »Von mir erfährt keiner was.«

Sie bogen in eine kleine Seitenstraße ab. Es war Punkt zwölf. Nicolas parkte den Wagen.

»Da ist Sebastien!« Sabine winkte aus dem Wagenfenster. Er kam ihnen entgegen.

»Hallo!«, begrüßte er die beiden fröhlich und geriet dann ins Stocken. »Was … wie seht ihr denn aus?«

Diesmal hatte die stille Post der Dörfer wohl nicht funktioniert.

»Hallo. Schön, dich zu sehen! Ich hatte dir doch erzählt, dass wir einen Unfall hatten. Lange Geschichte«, winkte Sabine ab. Ihre Aufmerksamkeit galt sogleich der Frau, die auf der kleinen Terrasse des Hauses gegenüber in der Sonne saß. Die alte Dame hob den Kopf, lächelte und sah sie direkt an.

Sabine schlug sich verblüfft die Hand vor den Mund. Es war in der Tat die Frau aus dem Film, zwar sichtlich gealtert, aber ihre schmalen Gesichtszüge waren selbst über siebzig Jahre später noch unverkennbar.

»Darf ich euch meine Großmutter vorstellen? Marie, oder mit vollem Namen Marianne Duval.« Sebastien winkte ihr zu. »Seid behutsam mit ihr. Ich habe schon mit ihr gesprochen, das nimmt sie alles sehr mit, diese alten Geschichten.« Gemeinsam näherten sie sich der Terrasse.

»Oh – da sind Sie ja, Sebastien hat mir schon viel von Ihnen erzählt«, sagte sie zu Sabine. Sie stand für ihr hohes Alter erstaunlich behände von ihrem Platz auf und begrüßte erst Sabine und dann Nicolas. »Setzen Sie sich doch bitte. Es ist so sein schöner Tag heute, finden Sie nicht? Ich hole mal schnell noch Kaffee – oder lieber Tee?« Sie wirkte ein wenig nervös.

»Kaffee, danke«, sagten Nicolas und Sabine fast gleichzeitig.

»Soll ich gehen, Großmutter?«

»Nein, nein, das schaff ich schon.«

Während die alte Dame im Haus verschwand, sah Sebastien zu Sabine und Nicolas. »Seit ich mit ihr gesprochen habe, ergibt alles einen Sinn.« Er nickte den beiden zu, damit sie Platz nahmen.

Nicolas sah Sabine an. »Erzähl du es ihm.«

Sabine räusperte sich. »Wir haben gestern eine Menge erfahren. Im Grunde hat sich die ganze Geschichte aufgeklärt. Wir…«, Sie flüsterte fast, da sie nicht wusste, ob Sebastien Marianne von den Filmen erzählt hatte. »… haben den letzten Film gesehen.«

»Aber erzählt erst mal, was ist denn mit euch passiert?« Sebastien deutete auf das große Pflaster auf Nicolas' Stirn.

»Vorgestern Abend, kurz nachdem du weg warst, ist mein Wohnwagen in die Luft geflogen.«

»Merde!« Sebastien bekam große Augen. »Gut, dass euch nicht mehr passiert ist. Weiß man, wer dahintersteckt?«

»Ja, wir wissen es, zudem sind wir … na ja, nicht direkt, aber doch irgendwie überfallen worden, und man hat uns im Keller eingesperrt.«

Bevor Sebastien etwas sagen konnte, rief Marianne aus dem Haus: »Sebastien, hilfst du mir bitte mal, das ist doch etwas schwer.«

Sebastien sprang auf. »Natürlich.« Er lächelte seine Großmutter liebevoll an und nahm das Tablett, um es auf den Tisch zu stellen. »Wir haben gestern sehr lange geredet. Dass sie früher hier gearbeitet hat, wusste ich ja, aber dass sie auch im Krieg schon hier war und eigentlich Deutsche ist …« Er strich Marianne kurz über die Schulter.

Diese setzte sich, faltete die Hände und sah plötzlich um Jahrzehnte jünger aus. »Ja, es tut mir leid. Ich habe es Sebastien auch schon gesagt … Manchmal denkt man ja, wenn man einfach schweigt, lösen sich die Dinge in Wohlgefallen auf. Ich habe nach dem Krieg so gedacht, ich wollte einfach alles vergessen.« Sie seufzte tief.

Sabine starrte verlegen auf die üppigen Rosenbüsche, die die Terrasse umrandeten. Ein Film war etwas, das man als Außenstehender nicht wirklich fassen konnte. Trotz des direkten Bezuges zum Château war es dennoch surreal gewesen. Jetzt aber so direkt neben Marianne zu sitzen, rührte sie zutiefst. All das, was sie in den Filmen gesehen hatten, hatte diese leibhaftig erlebt.

Der Blick der alten Dame richtete sich auf Nicolas. »Ihr wart früher ganz schön wilde Jungs.«

Nicolas lächelte und blickte wiederum zu Sebastien.

Marianne senkte den Blick wieder. »Schade, dass du dann fortgeblieben bist, aber das lag auch an deiner Mutter. Doch es ist wohl das Beste, ich fange von vorne an.« Ihre Stimme wurde leiser, als wollten die Worte nicht gesagt werden.

»Ich bin in Berlin geboren und aufgewachsen als Marianne Schrader. Mein Vater war Professor an der Universität und auch ich studierte dort. Ich konnte gut mit Zahlen umgehen.

Als Hitler an die Macht kam, veränderten sich auch die Kontakte über die Universität. Mein Vater und die anderen Professoren wurden immer wieder nach herausragenden Studenten befragt. Angeblich wollte man ihnen die besten Möglichkeiten im Deutschen Reich bieten.« Sie seufzte nochmals und sackte etwas auf ihrem Stuhl zusammen. »Natürlich waren wir damals alle geblendet von solchen Versprechungen. Mein Vater bekam über die Partei Kontakt zu von Lickenwitz. Dieser war eine schillernde Gestalt, und man munkelte, er würde eine wichtige Rolle bei der Übernahme Frankreichs spielen. Ja, man sprach damals ganz selbstverständlich davon, als ob die Franzosen einfach Tür und Tor öffnen würden und freiwillig Teil des großdeutschen Traumes würden.« Marianne stieß ein kurzes Lachen aus. »Verrückt war das alles, verrückt.«

Sabine, Nicolas und Sebastien schwiegen andächtig. Ab und zu tauschten sie Blicke aus. Jeder von ihnen schien tief berührt, jetzt direkt von Marianne zu erfahren, was damals passiert war.

Sie fuhr fort. »So kam von Lickenwitz auch auf mich zu. Ich glaube ja, rückblickend, dass er damals schon ein Auge auf mich geworfen hatte, doch drehte sich alles zunächst um meine Begabung und welchen Nutzen ich doch den Deutschen bringen könnte. Ich schäme mich heute dafür, aber ich war auch stolz über die Aufmerksamkeit, die mir zuteil wurde. Und dann … dann ging alles ganz schnell. Die Armee rückte vor, von Lickenwitz wurde auf seine Stellung berufen, und ich sollte mitgehen, um den Ausbau der deutschen Nation mit voranzutreiben.« Marianne schüttelte bedächtig den Kopf. »Wir brachen Ende Mai in Berlin auf. Auf dem Weg Richtung Westen erreichte uns die Nachricht, dass es erste Angriffe auf Berlin gegeben hätte. Ich geriet in Panik und wollte zurück, schließlich waren meine Eltern noch dort, und bis dahin hatten wir von Kämpfen nicht viel mitbekommen.« Sie schwieg einen Augenblick und nippte an ihrem Tee, dann fuhr sie mit fast barscher Stimme fort. »Von Lickenwitz hat mich nicht zurückgehen lassen!«

Sabine zuckte zusammen und erinnerte sich an die erste Filmaufnahme von der Besetzung des Châteaus, wo man die junge blonde Frau offensichtlich unter Soldatenbegleitung in das Haus geführt hatte.

»Ich hatte große Angst vor ihm. Er war plötzlich nicht

mehr der werbende Parteipatriot aus Berlin. Im Westen wurde er zum harten Generaloberst, der keinen Widerspruch akzeptierte. Sein Sohn, der war nett … aber dazu später mehr.«

Nicolas horchte auf, doch Marianne deutete ihm mit einer kleinen Geste an, dass er sich noch ein wenig gedulden möge.

»Wir kamen zum Château Maélis, so ein schöner Ort eigentlich. Doch von Lickenwitz zerstörte dort jeglichen Zauber. Er wies die angestammte Familie aus dem Haus und besetzte den ganzen Betrieb. Das Holz brauchte er für seine Betonbunker, und das Château selbst erschien ihm wohl gerade angemessen für seine neue Position.« Sie lachte etwas gehässig auf. »Natürlich wäre ein Ort dichter an der Küste praktischer gewesen, doch ich glaube, der Generaloberst hatte Angst, dass ihm doch mal ein Engländer in den Hintern schießen könnte. So fuhren wir fast täglich viele Kilometer zur Kommandozentrale, wo er mich an einen Schreibtisch setzte, immer zwei Soldaten neben mir, und wo ich Stunde um Stunde die Zahlencodes der verschlüsselten Militärnachrichten der Engländer durchsehen musste. Und das war nicht einfach so eine Zahlenreihe, die versteckten ihre Nachrichten in endlosen Ketten.« Marianne verschränkte die knochigen Finger. »Von Lickenwitz verstand es, mir noch mehr Angst zu machen. Würde man *uns* erwischen, würde ich erschossen werden; würden *wir* unsere Arbeit nicht anständig machen, würde Deutschland zerstört … und durch die Nachrichten, die durch die Kommandozentrale flossen, bekam ich mit, welcher Sturm in Deutschland tobte. Nach dem ersten großen Luftangriff auf Berlin war ich nur noch ein zitterndes

Häufchen Elend, weil ich so fürchterliche Angst um meine Eltern hatte. Ich …« Sie schluchzte leise. »Ich habe sie nie wiedergesehen.«

Sebastien legte seiner Großmutter die Hand auf den Arm. »Wenn es zu viel wird, dann musst du nicht von damals erzählen.«

Sie schüttelte den Kopf und straffte sich. »Nein, nein … das muss jetzt raus. Ich saß also hier in Frankreich – irgendwie gefangen zwischen den Fronten. Die ersten Wochen waren ein Albtraum. Erst als Rudolf mich aus dem Haus holte, ich mit Audrey Kontakt bekam … und ich Henri kennenlernte, wurde es etwas erträglicher.« Ein liebevolles Lächeln huschte über ihr Gesicht. »Ich war nicht mehr allein. Doch das währte nicht lang. Audreys Familie verschwand eines Nachts vom Château. Das traf nicht nur mich, auch Rudolf schien sehr besorgt. Der Arme, er hatte sich so verguckt in Audrey damals, doch es schien einfach nicht die rechte Zeit zu sein. Die folgenden Monate wurden zäh, die Tage verschmolzen. Und dann …« Sie musste husten, ihre Stimme klang mit einem Mal brüchig. »Dann setzte von Lickenwitz seinen nächsten Plan zur Rettung des Deutschen Reiches um. Ich war in Berlin schon beim Bund Deutscher Mädel gewesen, das gehörte sich damals einfach. Aber was von Lickenwitz in Frankreich mit der *Roten Rose* aufbauen wollte, das war eine Heirats- und Gebärmaschinerie. Und so viele junge Französinnen ließen sich darauf ein. Viele hatten alles verloren, Eltern, Männer … ihre Zukunft. Da brachte der Führer das Heil mit, indem er ihnen Sicherheit bot. Mich wollte von Lickenwitz für sich. Erst habe ich seine Avancen ja gar nicht verstanden, aber eines Tages, da befahl er einfach, dass ich ihn heiraten sollte.«

Sebastien sog scharf die Luft ein. Sabine sah, dass ihn diese Geschichte sehr bewegte. Wahrscheinlich wusste er auch schon, wie sie ausging.

Marianne begann sich unwillkürlich die Handgelenke zu reiben. »Ich … war verzweifelt und wusste keinen Ausweg mehr. Fast wäre meine Geschichte damals zu Ende gegangen. Ich weiß gar nicht mehr genau, was und wie es geschah, aber ich war auf einmal in einem Krankenhaus, und dann … war ich plötzlich in Sicherheit. Henri hat mich gerettet und dabei sein eigenes Leben riskiert.« Ihre Wangen bekamen einen zarten rosa Schimmer. »Ich brauchte einige Wochen, um mich zu erholen. Ich wusste damals nicht einmal, wo ich war – nur, dass ich weit weg von Lickenwitz war, und das war auch gut so. Henri brachte mich auf dem Dachboden im Haus eines jungen Paares unter. Später erfuhr ich, dass sie im Widerstand aktiv waren, das ist auch nicht ungefährlich gewesen damals. Aber ich bekam fast täglich Besuch von Henri, und das baute mich wieder auf. Ach, hätten wir uns doch nur unter anderen Umständen kennengelernt. Etwas später brachte er Audrey mit, sie wurde meine Freundin. Ich durfte mich draußen bei Tag nicht frei bewegen, es war zu gefährlich. Aber es war die schönste Zeit meines Lebens … wir gingen in der Nacht raus, draußen im Mondschein spazierten wir durch den Garten des Hauses. Wir waren verliebt, ja, das waren wir.«

Alle schwiegen betroffen, während Marianne in den Erinnerungen versank.

»Audrey tat mir sehr leid damals«, erzählte sie dann. »Ich wusste, dass es ihr mit Rudolf ähnlich erging, doch er war für sie unerreichbar. Sie hat mir viel von ihrem Bruder erzählt, und wie schön es früher in den Sommern auf dem Château gewesen war. So vertrieben sie mir alle die Zeit, versuchten mir die Angst zu nehmen, und wir alle waren von der Hoffnung beseelt, dass dieser Krieg und die deutsche Besatzung Frankreichs irgendwie ein Ende haben würden. Obwohl das für mich bedeutete, wieder eine ungewisse Zukunft zu haben. Nächtelang habe ich wachgelegen und gegrübelt, ob ich und Henri … wie soll man sagen … in einem normalen Leben überhaupt eine Chance hätten zu heiraten. Ich war Deutsche, er Franzose. Bei Audrey und Rudolf war es andersherum. Im Grunde sah unsere Zukunft wenig rosig aus.« Marianne versank in längeres Schweigen.

Sabine spürte Ungeduld in sich aufsteigen. Es war sicher nicht feinfühlig, die alte Dame zu bedrängen, doch dass die Geschichte offensichtlich eine ganz andere Wendung genommen hatte, wusste sie ja aus dem letzten Film.

»Aber Sie kamen doch eines Tages wieder zurück zum Château Maélis, oder?«, fragte sie rundheraus.

Marianne zuckte zusammen, und Sebastien strafte Sabine mit einem scharfen Blick. Verlegen blickte sie zu Boden.

Nicolas unterbrach die gespannte Situation. »Möchte noch jemand Kaffee, Tee?«

»Oh, ich bin eine schlechte Gastgeberin heute. Sebastien, schenke doch bitte nach.« Marianne schien sich wieder zu fangen.

»Ja, ich landete doch wieder dort … wir alle landeten dort. Es war an einem kalten Frühjahrsabend 1942. Audrey wollte gerade gehen, sie wusste, dass Henri und ich gerne noch etwas allein sein wollten. Dazu kam es nicht.

Schwere Stiefel tönten durchs Haus, Rufe, Schreie. Die Nazis hatten herausbekommen, dass sich in dem Haus Widerständler befanden. Wir saßen in der Falle da unterm Dach. Man hat uns …« Sie brach ab. Sabine meinte die Angst förmlich greifen zu können. »Es war schrecklich. Plötzlich waren das Grauen und die Panik wieder da.«

Trotz der frühsommerlichen Wärme an diesem Nachmittag wurde Sabine eiskalt.

»Wir wurden getrennt. Von Lickenwitz hatte natürlich nach mir suchen lassen. Dass seine Braut einfach so verschwand, ging ihm mächtig gegen den Strich. Oh, und Rudolf hat deswegen sehr viel Ärger bekommen, der sollte damals ja auf mich aufpassen. Hätte sein Vater gewusst, wie sein Sohn zu mir, zu Audrey und Henri gestanden hatte, er hätte ihn wohl … ach, wer weiß. Mich brachte man zurück zu von Lickenwitz, und ab da war ich wie eine Gefangene. Vergessen war mein Können mit den Zahlen – ich war für ihn nur noch als … Beute wichtig.«

»Möchtest du eine Pause machen, Großmutter?«, fragte Sebastien besorgt.

Marianne wiegte leicht den Kopf. »Nicolas, wie ist es dir ergangen all die Jahre? Audrey hat dich damals sehr vermisst. Ihr tat es leid, dass du unter ihrem Streit mit ihrer Tochter und deinem Vater so leiden musstest.«

Nicolas zuckte mit den Achseln. »Ich weiß nicht einmal, warum man mich nicht mehr so oft zu ihr ließ.« Er hörte sich ein bisschen wie ein kleiner, trotziger Junge an. »Ich konnte sie erst dann wieder öfter sehen, als ich alt genug war, selbst zu entscheiden.«

»Ja, und daran sieht man leider, welch weite Kreise diese Geschichte zog.« Marianne zupfte an den Ärmeln ihrer

Bluse, als wolle sie sich rüsten für das, was nun kam. »Mir ging es damals nicht sehr gut … zum einen angesichts der Aussicht auf eine Ehe mit diesem … diesem … nun ja. Zum anderen aber, weil …« Plötzlich überzog Schamesröte ihre faltigen Wangen. »Weil meine Zeit mit Henri nicht ohne Folgen geblieben war. Ich hatte furchtbare Angst damals. Hätte von Lickenwitz herausgefunden, dass sein arisches Mädchen nicht mehr jungfräulich war, so hätte er sicher von der Hochzeit abgesehen, aber ich wäre wohl in einem der berüchtigten Züge gen Osten gelandet. Ich – und dafür schäme ich mich wirklich heute – hatte gehofft, er würde es nicht merken und denken …«

Sebastien atmete erleichtert aus. »Gut, dass es nicht so weit gekommen ist.«

»Ja, aber das Opfer war groß.« Sie straffte sich etwas. »Rudolf hatte derweil alles darangesetzt, Audrey aus den Fängen der Nazis zu bekommen. Man hatte sie ja im Haus der Widerständler gefunden, ebenso wie Henri. Ihr Onkel – bei dem sie untergekommen war –, verschloss ihr und seinem eigenen Sohn sofort den Zugang zur Familie. Audreys Onkel hatte sich ja auch all die Zeit über durch die Nazis bereichert – ein Unding, dass Audrey und vor allem Henri ihm derart in den Rücken gefallen waren. Dabei hatte Audrey ja wirklich nichts damit zu tun. Rudolf fand heraus, wo man Audrey festgesetzt hatte, und nach einigen Wochen bekam er sie frei. Unter dem Vorsatz, dass er sie als seine *Rote Rose* heiraten würde und er sie *zur Vernunft* gebracht hatte, brachte er sie dann mit auf das Château. Was mit Henri passiert war, wusste niemand von uns. Rudolf beschwor Audrey mitzuspielen, und sie tat es … Sie hätte ja auch sonst nirgends hingekonnt. Die beiden sollten wenige Wochen nach uns heiraten. Erst der Vater, dann sein Sohn. Welch ein Stolz für den Führer.« Mariannes Lachen klang bitter. In ihren Augen flammte Wut auf, die sich zu Traurigkeit wandelte. »Und dann ging alles ganz schnell. Die Hochzeit, von der habe ich dir ja schon erzählt, Sebastien.« Sabine sah, wie sie schwer schluckte.

Nicolas hob die Hände. »Wir wissen über diese Hochzeit Bescheid, Madame. Sie müssen nicht …«

Marianne sah ihn fragend an, dann schien ihr etwas einzufallen. »Audrey hatte alles gefilmt, oder? Ja, sie hat das festgehalten … Hat sie es denn nicht vernichtet?«

Nicolas und Sabine schüttelten beide leicht den Kopf.

»Nun gut. Ich denke auch wirklich nicht gerne an diesen Tag zurück. Obwohl, es änderte sich damit natürlich einiges. Wie Henri aus der Gefangenschaft geflohen war, das wusste niemand so recht. Na ja, Rudolf hat nie darüber gesprochen, aber ich denke, er hatte da seine Finger im Spiel. Dass er damit das Todesurteil für seinen eigenen Vater unterschrieben hatte … Wer hätte auch gedacht, dass Henri so etwas tun würde? Er hat mich wohl sehr geliebt.«

Ein langes Schweigen breitete sich aus.

Irgendwann rieb Nicolas sich über das Pflaster auf seiner Stirn. »Was ich nicht verstehe: Warum redeten von meinem Großvater dann alle als Henri?«

»Das war die letzte Wendung dieser ganzen Geschichte.« Marianne lehnte sich erschöpft zurück und sah einmal kurz in den Himmel auf, als würde die Vergangenheit dort noch sichtbar an ihr vorbeiziehen. »Henri wurde natürlich verhaftet, er hatte im Grunde Glück, dass man ihm nicht gleich im Garten des Châteaus eine Kugel in den Kopf jagte. Aber so profan waren die Nazis ja nicht – nein –, sie brachten ihn nach Drancy, wie ich später herausfand. Sebastien, das ist dein Gebiet, was sagt der studierte Historiker dazu?«

Sebastien senkte den Blick, und auch Nicolas schien diesen Namen schon einmal gehört zu haben. »Das lernt jeder Franzose in der Schule. Drancy war der Inbegriff des Gräuels.«

Marianne nickte. »Nach dem Krieg suchte ich meinen Geliebten, den Vater meines Kindes, und erfuhr, dass er dort hingebracht worden war. Allein der Gedanke … oh, was haben sie den Menschen da nur angetan. Es hieß das *Nacktenlager* – die überwiegend jüdischen Häftlinge hat man nackt in die Züge gesperrt, dass man sie bei einem Fluchtversuch sofort erkennen konnte. Bis weit nach Polen haben sie sie gebracht. Ich hoffe, Henri ist dies erspart geblieben, aber ich weiß es nicht und werde es wohl auch nie erfahren.« Sie wischte sich mit zittriger Hand über die Augen. Dann fuhr sie fort. »Auf dem Château gab es einen Moment der Starre, nachdem von Lickenwitz tot war. Der Führer höchstpersönlich schickte Rudolf eine Beileidsbekundung. Er verbrannte sie. Aber er bekam die Leitung über die Soldaten des Départements und konnte somit in Paimpont und auf dem Château bleiben. Ich bekam zwischendurch meine Tochter, und wir alle versuchten das letzte Kriegsjahr irgendwie zu überleben. Alles war so fern und doch so nah. Im Februar 1944 erreichte Audrey die Nachricht, dass ihre Mutter gestorben war, sie war somit legitime Erbin des Châteaus. Zu dem Rest ihrer Familie wollte sie keinen Kontakt, die hatten sie ja fallenlassen als potenzielle Widerständlerin. So hatten wir alle irgendwie nur noch uns. Und dann kam die letzte Hürde dieses Krieges – als Frankreich befreit wurde. Damals kam es auch zu der Wandlung von Rudolf von Lickenwitz in Henri Perriéres.«

Nicolas beugte sich nach vorne und stützte die Arme auf den kleinen Gartentisch.

Marianne sah ihn liebevoll an. »Die Alliierten schoben sich Stück für Stück weiter nach Westen und trieben die Deutschen vor sich her. Im ganzen Land herrschte Chaos – und bei uns auf dem Château gespenstische Stille. Rudolf hatte seine Soldaten alle fortgeschickt. Wir warteten. Audrey beschwor Rudolf, sich nicht in die Hände der Amerikaner zu begeben, ja, sie stritten regelrecht. Als die ersten Amerikaner kamen, versteckte ich mich in dem alten Rübenkeller. Audrey und Rudolf traten ihnen entgegen. Als Ehepaar Audrey und Henri Perriéres. Es war gewagt … nein … es war verrückt. Aber es klappte. Die Amerikaner zogen weiter, und bis auf ein paar schiefe Blicke von den alten Dörflern geschah nie wieder etwas. Es war aber damals auch alles aus den Fugen. Rudolfs Glück war, dass er trotz seines Standes wohl immer ein netter Mann gewesen war. Und Henris Verschwinden gab ihm eine neue Identität. Ich habe zwar immer gehofft, auch ich würde meinen Henri eines Tages wiedersehen, aber es kam nie dazu. So wurde ich irgendwann zu Marie und fand hier in Paimpont meine Heimat. Ich habe mich all die Jahre mit Audrey im Sinn der *Roten Rose* eingesetzt. Nach dem Krieg kamen ab und zu Frauen und später Kinder dieser Frauen hierher und suchten nach ihrer Vergangenheit. Wir haben sie bewahrt … und versucht taktvoll damit umzugehen.«

»Na ja, manche waren da nicht gerade ›taktvoll‹«, rutschte es Nicolas heraus.

»Ich habe gehört, was am Château geschehen ist. Damit ist es jetzt vorbei. Es ist alles gesagt, was viel zu lange nicht gesagt wurde. Es liegt jetzt in eurer … in deiner Hand, Nicolas.«

»Und was war mit meinen Eltern und Audrey – warum gab es da Streit?«

Marianne lachte traurig auf. »Denk mal nach, Junge … dein Vater mit seinem großen Unternehmen, deine Mutter ein angesehener Teil der Gesellschaft … Irgendwann fand sie heraus, was Audrey verbarg und wer ihr Vater wirklich gewesen war. Darüber haben sie gestritten. Deine Mutter wollte Audrey dazu bringen, jegliche Informationen zu der Vergangenheit der Familie und dem Château zu vernichten. Audrey wollte das aber nicht, weil es noch viele hundert weitere Frauen gab, deren Geschichte dann sterben würde. So hat deine Mutter sich von deiner Großmutter abgewandt – sie wünschte nicht, dass davon je etwas mit ihr in Verbindung gebracht werden würde.«

»Deswegen bist du damals nicht wieder hergekommen.« Es war Sebastien, der jetzt kindlich betroffen dreinsah.

»Ja, dabei habt ihr beide euch immer so gut verstanden. Macht das jetzt wieder wett – dies ist eine gute Gelegenheit. Und Sie, junge Frau, passen auf die Jungs auf.« Marianne zwinkerte. »So, das war die ganze Geschichte. Ich hoffe, ich muss sie nicht noch einmal in meinem Leben erzählen.« Marianne lehnte sich etwas zurück und hielt ihr Gesicht in die Sonne. Ihr Gesicht wirkte entspannt, als wäre eine große Last von ihr abgefallen.

Sabine betrachtete sie einen Augenblick. Man ahnte ja

nicht, was diese alte Dame alles erlebt hatte. Ebenso wenig wie sie geahnt hatte, was hinter den Mauern des Châteaus einst geschehen war.

Marianne öffnete die Augen und blinzelte gegen die Sonnenstrahlen an. »Ich denke, ich sollte mich etwas zurückziehen, ich bin erschöpft. Wenn das Hotel fertig ist, würde ich das Château gerne noch einmal besuchen. Darf ich das?«

»Natürlich!« Nicolas erhob sich, als Marianne sich von Sebastien aufhelfen ließ. »Es wäre mir eine Ehre. Wir würden uns sehr freuen.«

Sabine streifte ihn mit einem Seitenblick. Wie meinte er das wohl?

»Sebastien, würdest du mich jetzt bitte auf mein Zimmer bringen?«

»Natürlich.« Sebastien bot seiner Großmutter den Arm als Stütze. »Ich bringe dich rein … und wir«, er sah zu Sabine und Nicolas, »sehen uns morgen, okay?«

»Fahren wir noch mal ans Meer?« Nicolas saß auf dem Fahrersitz und hielt sich am Lenkrad fest, ohne den Wagen gestartet zu haben.

»Ans Meer? Jetzt?«

»Ich brauche frische Luft, am besten eine steife Brise. Ja, jetzt.« Er wartete Sabines Antwort gar nicht ab, sondern drehte den Schlüssel um und fuhr los.

Zwei Stunden später standen sie auf der Promenade von Saint-Malo. Es war windig, und es herrschte Flut. Hier war es bei Weitem nicht mehr so warm wie vorhin zwischen den Rosenbüschen in Iffendic. Das Wasser stand bis kurz unter die hohe Mauer. Möwen krallten sich auf die Spitzen der Holzpoller, und die Wellen trieben weiße Gischt gegen den Strand.

Sabine fröstelte. Sie wusste, dass sie das Château jetzt mit anderen Augen betrachten würde. Und dass sie fortan ein Teil seiner Geschichte war und auch ein bisschen Verantwortung trug.

Nicolas streckte den Rücken durch und sah Sabine von der Seite her an. »Wir werden alles so belassen, wie es ist, das mit dem Keller. Wenn jemand kommt und danach fragt, und weiß, worum es geht, wird er die nötigen Informationen bekommen, ansonsten werden wir das da unten weiter verstauben lassen, bis wirklich niemand mehr daran denkt, oder?«

»Wir?« Sabine sah ihn von der Seite her an.

»Ja – wir. Ich hoffe, du bleibst dann jetzt noch etwas länger, das Hotel muss fertig werden, und wenn …«

»Bis das Château fertig ist, bleibe ich auf jeden Fall.«

»Dann hab ich ja Glück?«

»Wieso?«

Ein Lächeln huschte über sein Gesicht. »Na, ich kenne eine Architektin, die vor nicht allzu langer Zeit mal gesagt hat, in so alten Häusern würde man nie fertig.« Er sah sie an und nahm ihre Hand.

Sabine spürte die Wärme, die von ihm ausging, und lächelte. »Dann hab ich auch Glück.«